W0472911

TRACY REES

Het geheim van Silvermoor

XANDER

Uitgegeven door Xander Uitgevers
www.xanderuitgevers.nl

Oorspronkelijke titel: *The House at Silvermoor*
Oorspronkelijke uitgever: Quercus
Vertaling: Karien Gommers
Omslagontwerp: Studio Marlies Visser
Omslagbeeld: Philip Game, Image select
Interfoto Hermann Historica
Auteursfoto: Ludwig Esser
Zetwerk: Michiel Niesen, ZetProducties

Eerste druk 2021
Derde druk 2021

ISBN 978 94 0161 548 8 | NUR 302

Voor Phil,
voor mijn ouders
en ter nagedachtenis aan mijn grootvader,
Leonard Rees, die mijnwerker was in Zuid-Wales

DEEL 1

1

TOMMY

Zomer 1897

'Neem me niet kwalijk, meester.'

De bel was net gegaan, waarmee het einde van onze laatste schooldag was ingeluid. Mijn klasgenoten waren direct enthousiast de klas uit gestoven. Voor hen betekende het einde van het schooljaar een nieuwe fase in hun leven. Eindelijk zouden ze wekelijks thuis een loonzakje kunnen afleveren. Zo werd je in de mijnstreek een man: je trad in de voetsporen van de vorige generaties en droeg bij aan het cultureel erfgoed. Maar ik had daar zo mijn bedenkingen over.

Ik keek toe hoe meester Latimer zijn bureau opruimde en zijn jasje uitklopte, dat tijdens de les altijd over zijn stoel hing. Wit krijtstof had zich vermengd met het kolenstof dat wij allemaal op onze kleding droegen. We ademden en slikten het in als we onze lippen aflikten. Door dat zwart-witte mengsel zag Latimer er op de een of andere manier altijd grijs en dof uit.

Hij keek op. 'Tommy Green. Ben je er nog, knul? Is er iets?'

'Ik zou u graag even willen spreken, meneer. Heel even maar.'

Latimer ging verder met het uitkloppen van zijn jasje en legde vervolgens de krijtjes op een rij. Onzeker frunnikte ik aan mijn vingers. Ik wist eigenlijk niet eens wat ik precies wilde zeggen. Steenkolenmijnen en graven, dat was alles wat ik van de wereld wist. Wat moest ik hem vragen?

'Dank u, meester. Ik wilde… Het is…' Ik haalde diep adem. 'U hebt altijd gezegd dat ik het goed doe op school, meneer.'

Ik hoopte dat hij me te hulp zou komen. Me wellicht zou bijvallen met: 'Dat is inderdaad waar, Tommy. In al die jaren dat ik lesgeef, heb ik nog nooit zo'n veelbelovende leerling gehad. Eeuwig zonde als je de mijnen in zou gaan.'

Maar hij zei niets. Hij veegde het bord schoon en terwijl hij alle spreekwoorden en dichtregels uitveegde die we in onze laatste les hadden geleerd, zag ik al mijn hoop vervliegen.

De afgelopen jaren had ik heel hard mijn best gedaan op school, wat me de lof van de meester had opgeleverd. Ik was drie jaar achter elkaar de beste van de klas geweest. Daarvoor had ik prijzen gewonnen, die me onder luid applaus door een glimlachende graaf op de zondagsschool waren overhandigd terwijl ma met een hoedje op lusteloos had meegeklapt. Niemand van ons was ooit zo dicht bij de graaf geweest en bij elke prijsuitreiking had hij me de hand geschud en gezegd dat ik een slimme jongen was. De tweede keer was ik voorbereid en begroette ik hem als een oude kennis, maar hij gaf geen teken van herkenning en leek zich niet te kunnen herinneren dat ik dezelfde slimme jongen van vorig jaar was.

De derde keer werd hij vergezeld door zijn zesjarige zoon, de jonge heer Walter Sedgewick. Hij was gedoopt op de dag dat ik vijf jaar werd en alle dorpelingen waren voor die gelegenheid uitgenodigd op Silvermoor. Het feest eindigde met vuurwerk. Om die reden meende ik dat er een bijzondere band tussen ons was. We schudden elkaar de hand, hij ernstig als een kleine rechter. Ik staarde hem indringend aan. *Ken je me niet meer?* smeekte ik in stilte. *Je bent gedoopt op mijn verjaardag, we zijn met elkaar verbonden.* Maar hij keek me alleen maar een beetje angstig aan. Toen ik zijn hand losliet, klopte hij wat kolenstof van zich af dat ik op zijn manchet had achtergelaten.

Niet alleen op school deed ik mijn best, ook tegenover mijn vader moest ik me bewijzen. Om te tonen dat ik een man was, liet hij me allerlei mannenklusjes doen. Ik moest op konijnen schieten en als ik huilde, gaf hij me een oorvijg. Toen ik negen was, moest ik een hele nacht in het kolenhok zitten, zodat ik wist hoe het was om alleen in het donker te zijn. Ik had van dichtbij lijken moeten zien en in hun opengesperde ogen gekeken. Er zijn je al heel veel doden voorgegaan, zei hij dan.

Hoe vaak droomde ik er niet van om Grindley te verlaten en de wijde wereld in te gaan? Ik droomde ervan om mensen te ontmoeten die iets anders deden dan in de mijn werken, en over andere dingen praatten. Ik droomde van kamers vol boeken. Maar telkens wanneer er iets van die dromen aan mijn jongenslippen ontsnapte, kon ik op een pak slaag van mijn vader rekenen. Dus ik leerde mijn mond te houden.

Toen ik heel klein was, fantaseerde ik vaak dat de graaf op een dag naar ons huisje zou komen om mij als zijn verloren gewaande zoon – en broer van Walter – op te eisen. Ik mocht op Silvermoor wonen en elke dag op een pony rijden. Maar toen ik ouder werd en in de gaten kreeg hoe het leven in elkaar zat, besefte ik dat deze droom alleen uit zou kunnen komen als mijn moeder zichzelf te schande had gemaakt – en dát was onmogelijk, want dan had mijn moeder een heel ander soort vrouw moeten zijn.

Ondanks al mijn pogingen om op een juiste manier volwassen te worden had ik evenveel mogelijkheden als ieder ander in Grindley, namelijk één, en dat was mijnwerker worden. Dus daar stond ik dan, twaalf jaar oud, vurig hopend dat ik mijn lot kon afwenden.

Latimer begon aan een volgend klusje, namelijk het terugplaatsen van de boeken in de houten kast die we 'de bibliotheek' noemden.

'Ik vroeg me alleen af, meester… of ik… of er misschien…' Ik moest heel nodig naar het toilet, maar ik vermande me. 'Is er nog meer te leren, meneer? En zou ik dat mogen? Kan ik niet wat anders doen dan in de mijn werken? Kunt u me helpen, meester? Alstublieft?'

'O, is dát het,' zei hij ten slotte terwijl hij zijn jasje aantrok. 'Je mag dan heel wat boekenwijsheid hebben vergaard, maar de belangrijkste les is kennelijk aan jou voorbijgegaan. Nederigheid, aanvaarding, plichtsbesef. Je bent de zoon van een mijnwerker, Tommy, en de kleinzoon van een mijnwerker. Heb je geen respect voor ze en voor wat ze doen?'

'Jawel, jawel,' zei ik haastig. 'Zo bedoelde ik het niet, meester... Maar er is meer dan Grindley, dat weet ik. Er zijn ook mensen die níét in de mijn werken en ik vroeg me af of ik daar misschien ook bij kan horen. Ik heb voor iedereen respect, meester.'

'Goed dan.' Hij ging zitten en legde zijn handen met de vingertoppen tegen elkaar voor hem op het bureau. Jarenlang had ik meester Latimer achter dat bureau zien zitten. 'Het spijt me zeer, Green, als ik je valse hoop heb gegeven. Je bent inderdaad veelvuldig de beste van de klas geweest, maar dat zegt helaas alleen iets over het belabberde intelligentieniveau van de meeste kinderen in Grindley. Daar kunnen ze niets aan doen, het komt door hun afkomst. Iemand moet de beste zijn, Tommy, en op een klein dorpsschooltje waar alleen de minst domme kinderen nog ergens iets van begrijpen, was jij dat.'

Ik voelde het bloed naar mijn hoofd stijgen, maar ik huilde niet, want van mijn vader had ik geleerd mijn tranen te onderdrukken.

'Maar... eh... meester... De graaf...'

Hij keek me scherp aan. 'Wat is er met de graaf?'

'Hij... Hij noemde me een slimme jongen toen hij me die prijs gaf.'

Hij snoof. 'Hij kan je bij een prijsuitreiking moeilijk een domkop noemen. Een kwestie van goede manieren, Green, niet iets wat je serieus zou moeten nemen. Het is allemaal relatief, snap je. Relatief.'

Ik snapte er niets van, maar ik deed wel mijn best om het te begrijpen, zoals altijd als iets nieuw voor me was, of moeilijk. 'Bedoelt u dat ik niet slim ben, meester? Dat dat alleen maar zo lijkt vergeleken bij de anderen?'

Zijn gezicht stond nu iets minder boos. 'Green, jongen, je moet begrijpen dat de wereld ingewikkelder en lastiger in elkaar zit dan je je ooit zult kunnen voorstellen, en dat hij niet is bedoeld voor mensen zoals jij. In de klas mag je dan uitblinken, daar buiten zul je niets voorstellen. Je zult er binnen de kortste keren verpletterd worden, net zoals al die mannen jaren geleden in de White Arrow Drift-mijn. Heeft de dominee niet gezegd dat we allemaal op de juiste plek op deze aarde geboren worden? Twijfel je aan Gods plan?'

Ik stond met mijn mond vol tanden, of beter gezegd, mijn tong zat als een kleverige klont in mijn keel vast en ik kon niet slikken, laat staan spreken. Ik werd knalrood en liet mijn hoofd hangen.

'Ik mag toch hopen van niet,' concludeerde hij, alsof ik met 'nee' had geantwoord. 'Nou, wegwezen, knul, en omdat ik het waardeer dat je altijd zo je best hebt gedaan op school, zal ik je vader hier niets over vertellen. Maar als je er nog eens over begint, zal ik ervoor zorgen dat hij je een flink pak rammel geeft om je van die malle ideeën af te helpen.'

Dat zou het pak rammel van de eeuw worden, wist ik. 'Dus er is… helemaal niks anders… voor mij?' fluisterde ik.

'Nee, niets,' beaamde hij.

Ik keerde me om en liep voor de laatste keer de klas uit. Bij de deur kon noch mijn intuïtie, noch mijn gezonde verstand voorkomen dat ik me omdraaide om een laatste vraag te stellen. 'Wat deed uw vader eigenlijk, meneer? Was hij ook schoolmeester?'

Met een gevaarlijke precisie vloog de borstel door de lucht. 'Wegwezen, Green!'

2

TOMMY

Mistroostig liep ik huiswaarts. De mededeling dat ik niet slim genoeg was om meer uit het leven te kunnen halen was een even grote klap voor me als het ongeluk in de mijn waarbij mijn broer Dan vorig jaar was omgekomen. Maar dat gevoel moest ik van me af zien te schudden voordat pa thuiskwam. Hij had ons vaak verteld dat kinderen heel vroeger, nog voor de wetswijziging, al op vijfjarige leeftijd in de mijn moesten werken, en in zijn stem had dan altijd een zekere nostalgie doorgeklonken.

Bij thuiskomst trof ik mijn broer John in de tuin aan, waar hij een bad nam in de zinken teil. 'Hé, Tom, hoe is 't?' vroeg hij.

Mijn zus Mercy, die bij de wastobbe stond, had zijn kleren snel weggegrist en een schone lange onderbroek op de muur klaargelegd. Het is overbodig te zeggen dat degenen in ons gezin die in de mijn werkten pas naar binnen mochten als ze gewassen waren.

Via de achterdeur, de enige deur die we gebruikten om binnen te komen, stapte ik de achterkamer in, waar ma iets met spek stond te bakken. De huisvesting in Grindley was beter geregeld dan in menig ander mijnwerkersdorp. We hadden beneden twee kamers en die waren behoorlijk ruim. Een van de twee kamers was twaalf vierkante meter. Ernest en Alfie zaten op de grond te kaarten. Mijn middelste zus Mary zat in een hoekje met een mokkend gezicht te naaien. Ze was sowieso al geen lachebekje, maar sinds onze Jimmy, haar tweelingbroer, vorig jaar in de mijn was gaan werken, was ze constant chagrijnig. Oma zat aardappelen te schillen bij het fornuis. Het hele jaar door zat ze daar, ze had het altijd koud.

'Waar is onze Con?' vroeg ik aan ma, nadat ik haar een kus had gegeven en een stuk van het brood had afgescheurd dat naast het fornuis stond af te koelen. Connie was de jongste, mijn lievelingszusje.

'Geen idee,' antwoordde ma nerveus. 'Ik kan niet iedereen de hele dag in de gaten houden. Sinds de dood van Dan ben ik mezelf niet meer.'

Na het overlijden van Dan was er van mijn voorheen altijd kalme, slimme moeder inderdaad weinig meer over. De mensen in de buurt zagen haar gewoon doorgaan met koken, schoonmaken, knopen aannaaien en ons huishouden runnen, maar thuis zagen we hoezeer ze was veranderd. Ze was vaak in gedachten verzonken en huilde snel. Ze vergat dingen die ze anders nooit zou zijn vergeten, en we wisten allemaal dat een deel van haar met Dan was meegegaan.

Dan was de knapste van alle broers en pas zeventien toen hij stierf. Geen grote ramp, geen uitzonderlijk ongeluk. Ned Vale, de timmerman die op die dag achter hem in de tunnel aan het werk was, had de mijngang niet behoorlijk gestut. Of toch wel, afhankelijk van wie je erover sprak. Er was nooit eerder iets aan de hand geweest met Neds stutwerk, dus misschien was het gewoon een onverklaarbaar ongeluk. Een deel van de mijngang was ingestort en had onze Dan verpletterd. Ned was ontroostbaar geweest en het was de enige keer dat ik pa had zien huilen.

Het kwam niet in de krant. Dat gebeurde alleen als er meerdere slachtoffers waren. Vanuit het perspectief van de krant, die uiteraard sensationeel nieuws wilde brengen, gold: hoe meer, hoe beter. Maar hetzelfde gold voor de mijnwerkers, want met dat soort verhalen konden ze druk zetten in hun streven naar betere werkomstandigheden. Geen enkele krant had echter iets kunnen veranderen aan het afgrijselijke ongeluk dat Dan was overkomen, bijna honderd meter onder de grond, moederziel alleen in de duisternis... De plotselinge val van stenen... Was het snel gegaan? Was hij meteen dood geweest? Of had hij daar nog een hele tijd gelegen in de wetenschap dat hij zou sterven?

De deur vloog open en John kwam binnen na zijn bad, gevolgd door Mercy, die er rood en verhit uitzag. En meteen daarna kwam opa binnen met Connie, die glunderend een emmertje vasthield.

'Het is gelukt, mama,' piepte ze. 'Ik heb een vis gevangen.' Toen ze mij zag, begon ze te stralen en sloeg ze haar armen om me heen. Het emmertje botste tegen mijn been.

'Au!'

'Sorry. Kijk eens naar mijn vis, Tommy.'

Ik tuurde in de emmer en zag een klein voorntje dood op de bodem liggen.

'Ik heb haar meegenomen naar de beek,' legde opa uit. 'Ze wilde ook iets bijdragen aan het avondeten.'

'Ik heb de vis bedankt dat ik hem mocht vangen,' verklaarde Connie terwijl ze de vis triomfantelijk op tafel gooide. 'En ook zijn pa en ma dat ik hun kind mocht hebben. En de beek dat ik erin mocht vissen.'

'Hoe komt ze daar nou toch bij?' zei mijn moeder verwonderd terwijl ze de vis aan de kant schoof.

Na het eten, toen de kleintjes de ladder op waren geklommen om naar bed te gaan en opa en oma op hun opklapbed onder de trap in een hoek van de keuken lagen, zat de rest van ons in de voorkamer. Ma speelde zachtjes op het harmonium. 'His Mercy Shall Raise Me Up'. Mercy zat te haken. Mary had haar hoofd op Jimmy's schouder gelegd en haar gezicht stond heel wat blijer nu haar tweelingbroer weer veilig thuis was. George en John deden een kaartspel. Deze momenten van rust in de avond betekenden veel voor me.

Toen ving mijn vader mijn blik en maakte een hoofdbeweging naar de deur. 'Tijd voor een rokertje,' zei hij. Hij pakte zijn pijp en liep naar buiten.

Ik bleef even wachten om geen argwaan te wekken en ging toen achter hem aan. Hij zat op een muurtje zijn pijp uit te kloppen. De buren aan weerszijden van ons rijtjeshuis deden hetzelfde. Pa zat met zijn gezicht naar de straat toe, uitkijkend op de huizenrij aan de overkant van de straat, die parallel liep aan de onze. Ik ging naast hem zitten met mijn gezicht naar ons huis toe.

'Vanavond moet jij mee,' zei pa plompverloren. 'Jimmy kan niet meer mee nu hij in de mijn werkt. Voedsel is schaars en ik heb een helpende hand nodig.'

Zwijgend liet ik het op me inwerken.

'Niks tegen je ma zeggen, hoor,' voegde hij er onnodig aan toe. Ma gaf hem regelmatig een uitbrander als hij zijn zonen mee uit stropen nam. 'Het lijkt wel of je ze allemaal zo snel mogelijk de dood in wilt jagen,' zei ze als hij weer een andere zoon had meegenomen. 'Straks worden ze allemaal nog doodgeschoten of opgehangen,' mopperde ze. 'Afijn, dan hoeven ze in elk geval de mijn niet meer in.' Pa trok zich er niets van aan, maar ik geloof niet dat hij het leuk vond.

'Ik hou mijn mond,' stelde ik hem gerust. 'Hoe laat, pa?'

'Om middernacht. Het is vollemaan vanavond, dus dan kan je goed zien hoe het in z'n werk gaat. En nu weer naar binnen, jij. Dan kan ik hier nog even rustig mijn pijp roken.'

Om twaalf uur liet ik me stilletjes uit bed glijden. De voeten van Ernest raakten mijn kin, Johns arm lag over mijn borst en mijn eigen linkerbeen zat klem onder een snurkende George. Stropen mag dan gevaarlijk zijn, uit bed stappen zonder iedereen wakker te maken was minstens zo riskant.

Pa stond in de tuin te wachten, zijn gezicht nors als altijd, en zonder iets te zeggen gingen we op pad. Niettemin voelde het als een enorm avontuur. Iedere jongen, ook al had hij een slechtere vader getroffen dan de mijne, zou het spannend vinden om 's nachts bij het maanlicht samen op avontuur te gaan.

Stropen was natuurlijk illegaal en gevaarlijk, maar ik kon niet wachten om het landgoed Silvermoor weer te betreden. De fantastische herinnering aan mijn vijfde verjaardag was me altijd bijgebleven en mijn geheime fascinatie voor de adel was niet verminderd. Maar toen we bij de afslag naar Silvermoor kwamen, liep mijn vader gewoon door.

'Waar gaan we naartoe, pa?'

'Voorlopig kan ik niet meer naar Silvermoor. Ik ben daar vorige week gesnapt.'

'Maar waar...'

Hij gaf geen antwoord. Mijn vader was een man van weinig woorden.

We liepen enkele kilometers in de richting van Arden, het volgende dorp. Ineens drong tot me door dat het eerstvolgende grote landgoed Heston Manor was en de angst sloeg me om het hart. Heston behoorde toe aan de Barridges, de andere familie van mijneigenaren in onze streek. Zij bezaten drie steenkolenmijnen en beulden hun mensen af. Als we ons in Grindley gelukkig prezen dat we voor de Sedgewicks van Silvermoor werkten omdat 'de anderen' nog veel erger waren, bedoelden we de Barridges.

Twintig jaar geleden was er een explosie geweest in een van de mijnen van de Barridges, veroorzaakt door mijngas, een van de giftige stoffen die het leven onder de grond zo gevaarlijk maakten. De opzichter, een zeer ervaren man, had zijn zorgen over het bewuste deel van de tunnel gedeeld met Winthrop Barridge, maar die vond dat er gewoon doorgewerkt kon worden. Honderden mannen kwamen om. Ik kon nauwelijks geloven dat iemand zo onverschillig kon zijn. Zo veel onnodige slachtoffers.

Bovendien keerde Winthrop Barridge geen cent schadevergoeding uit aan de achtergebleven weduwen. Ze werden meteen de volgende dag gesommeerd te vertrekken. Zo veel rouwende vrouwen en kinderen zonder een dak boven hun hoofd en totaal berooid. Er werd gezegd dat hij een hart van steenkool had.

De vrouwen protesteerden en kampeerden aan de rand van het terrein van Heston, maar Barridge liet de honden op hen los. Ze stapten naar een regionale krant, die een tijdlang veel aandacht besteedde aan de hebzuchtige, genadeloze mijneigenaren. Nadat Barridge zwijggeld had betaald, ebde de aandacht echter weg. Terwijl al die weduwen en hun kinderen een onbekend lot tegemoet gingen, trok Winthrop Barridge nieuwe werklui aan voor zijn Hepzibah-mijn en hief het champagneglas op de geboorte van zijn tweelingzonen.

Dit verhaal zegt alles over wat we wisten van de Barridge-clan. En nu gingen we op hun terrein stropen.

Heston Manor stond nu echter leeg. Misschien had God hem gestraft voor zijn steenkolenhart, want zes jaar geleden was zijn oudste zoon en erfgenaam een tragische dood gestorven. Hoewel hij bekendstond als een ervaren ruiter, was hij van een nieuw paard gegooid. Niet lang daarna verhuisden de Barridges naar hun huis in Yorkshire, dat kleiner was dan Heston, maar waar geen verdrietige herinneringen lagen. Voor ons soort mensen was het helaas niet mogelijk om onze rouw op die manier te verwerken.

Heston Manor was een angstaanjagende plek. Het was omheind, ommuurd, afgegrendeld. In alle opzichten verboden terrein. De dichte bossen zaten vol wild, maar het was algemeen bekend dat de Barridges, hoewel ze zelf elders woonden, niet wilden dat anderen zich de konijnen toe-eigenden. Paulson, de terreinknecht, was een gewelddadige man, die niets liever deed dan stropers betrappen. Ik had gehoord dat hij samen met zijn handlangers en drie zwarte honden de hele nacht over het terrein patrouilleerde en valstrikken zette, maar omdat mijn vader me er nu mee naartoe nam, ging ik er voor mijn gemoedsrust maar van uit dat die geruchten sterk overdreven waren.

'Nou, jongen,' zei pa. Hij bleef in het donker staan. 'Ken je de verhalen over deze plek? Ja? Nou, die zijn allemaal waar, dus we wagen ons niet te ver het terrein op. Hier verderop is een stuk grond waar de oude Paulson geen aandacht voor lijkt te hebben. Blijf dicht bij me en doe wat ik zeg. Begrepen? Als die kerel je te pakken krijgt, bindt hij je aan je enkels vast.'

Ik knikte verdoofd en kon bijna niet geloven dat we op het punt stonden een dergelijke onschendbare grens over te gaan. Een hoge dikke heg vol brandnetels en doornen versperde de weg, als in een sprookje. De heg leek bijna te leven en ons iets te willen aandoen. Maar pa leidde me naar een plek waar hij wat dunner was en opgevuld was met bladeren en buigzame takken. In het maanlicht lichtte hij echter op als de kale plek op het hoofd van predikant Tawney. Hoewel de predikant zijn haar er altijd overheen kamde, bleef je hem zien. Pa trok de takken uiteen en knikte dat ik erdoorheen moest kruipen. Hij volgde me en toen ik om me heen keek, legde hij even zijn hand op mijn schouder. We waren omringd door bomen.

'Laat je niet voor de gek houden,' mompelde pa vlak bij mijn oor. 'Het is hier niet veilig. Blijf goed om je heen kijken. Als je iemand ziet, ook al is het in de verte, moet je meteen wegrennen. Die honden van ze… daar wil je liever niets mee te maken hebben. Ze zijn zo snel als het licht. Er zijn twee vluchtroutes. Ik zal je ze laten zien.'

Ik knikte. Ik was nerveus, maar waarschijnlijk niet zo nerveus als ik had moeten zijn. Het voelde allemaal als een droom. We liepen ongeveer een halve kilometer over een smal paadje dat zich door de doornstruiken kronkelde. In de strikken van pa vonden we twee konijnen en een fazant. In het vreemde witte licht had pa's gezicht een triomfantelijke uitdrukking. We gooiden het wild in een tas en hij liet me zien hoe je de vallen opnieuw moest zetten.

'Zie je die dennenboom?' vroeg hij vervolgens. 'Die grote dunne daar, naast die dichte struiken. Dat is onze grens. Ga daar niet overheen. Nooit. Als je leven je lief is, tenminste. Begrijp je dat, zoon?'

'Ja,' fluisterde ik. Hij noemde me zelden 'zoon', dus ik wist dat het hem ernst was.

'Ik zal je laten zien waarom,' zei hij. Hij leidde me naar de dunne den. Even verdween de maan achter een wolk en toen hij weer tevoorschijn kwam, wees pa ergens naar. Ik kon echter niet goed zien waar hij naar wees, dus keek ik hem vragend aan. Hij gaf een tik tegen de zijkant van mijn hoofd en toen zag ik het. Een heel dunne lijn, als een haar, dwars over het pad. Verschrikt keek ik pa aan.

'Dat is toch geen…'

Hij knikte. 'Er ligt een jachtgeweer in de struiken. Als je dat draadje raakt, gaat-ie af. Ze zijn al tachtig jaar illegaal, maar Paulson gebruikt ze nog steeds. Net als valstrikken. Die liggen hier overal. Dus waar moet je stoppen, knul?'

'Bij de dunne den vlak voor de dichte struiken.'

Hij knikte. 'Dan gaan we nu terug. Ga jij maar voor. Laat me maar zien of je de weg terug nog weet.'

Gelukkig kon ik me goed oriënteren en lichtte de maan me bij. Slechts één keer liep ik verkeerd en gaf pa me een tik tegen mijn hoofd, zodat de juiste route er voor altijd ingehamerd zat.

Het pad naar de andere valstrikken was nog korter. Pa was voorzichtig en bleef ruim binnen de grenzen van het gevaar. Hier zat slechts één eekhoorn in de val. Pa vloekte binnensmonds en gooide het kleine geschonden lijk in de varens. Hij liet me zien hoe belangrijk het is om de vallen te bedekken met gebladerte zodat ze niet opvallen. 'We willen natuurlijk niet dat Paulson ons hier, in óns gebied, op het spoor komt.'

'Zie je die bult daar?' vroeg hij, wijzend naar een vreemd heuveltje vlak langs het pad. 'Daar moet je blijven staan.' Hij liep ernaartoe. Ik durfde me niet eens af te vragen hoe hij dit allemaal te weten was gekomen. Pa pakte een stevige stok een gooide hem naar voren. Ineens zag ik iets grijs oplichten en hoorde ik een luide klap. Het was geen kleine val, zoals die van pa. Deze was bedoeld voor stropers, niet voor wild. De stok brak met een klap in tweeën en de twee helften vlogen omhoog. Ik slikte.

'Dat had je been kunnen zijn,' zei pa kortaf. En toen gingen we met onze bescheiden maar zuurverdiende buit naar huis.

3

JOSIE

April 1898

Er was altijd een soort rivaliteit geweest tussen Arden, ons dorp, en het bijna vijf kilometer verderop gelegen Grindley. Ik was er gek genoeg trots op om uit Arden te komen. Ik vond de naam mooier en als jong meisje stelde ik geen hogere eisen aan mijn geboorteplaats. Als ik erop terugkijk, ben ik verbaasd over mijn zelfingenomenheid. Ik was de dochter van een mijnwerker, ooit zou ik de vrouw van een mijnwerker worden en Arden was het dorp waar ik woonde. Maar dat veranderde allemaal op de dag dat ik Tommy Green ontmoette.

Mijn zus Alice zou gaan trouwen en ik was eropuit gestuurd om viooltjes te plukken, die we in haar haren zouden vlechten, zodat de korenbloemblauwe kleur van haar ogen nog beter zou uitkomen. Alice was al gezegend met een perfecte teint en een engelachtig gezicht, dus wat kon háár het schelen of haar ogen beter zouden uitkomen? Ze ging nota bene met Fred Deacon trouwen. Fred was gedrongen en getaand, en al kreeg ik er vijf hele ponden voor, dan nog zou ik van mijn leven niet met hem willen trouwen. Ze zei dat ze van hem hield, maar volgens mij was het haar te doen om de baan van machinist in de mijn, die hij zou krijgen wanneer zijn vader overleed. En om het grote huis dat bij die baan hoorde.

Het was eind april. Daar hadden ze zeker niet aan gedacht toen ze me eropuit stuurde voor viooltjes. Langs de veldweg waren de bloemen allang weg, maar ik wist een geheim plekje op Heston, het oude landgoed van de Barridges, waar ze nog wél stonden. Als mijn moeder had geweten dat ik daarnaartoe ging, zou ze me hebben vermoord. Zeker weten.

De Barridges waren onze landadel. Ze bezaten alles: onze huizen, onze banen en volgens sommigen ook onze ziel. Vroeger woonden de Barridges op Heston Manor, waar ze feesten en dinertjes hielden en alles deden wat de extreem rijken nu eenmaal deden. Maar nu was Heston leeg, verlaten en verboden terrein.

Als ik de mensen in Grindley ergens om benijdde, was het om het feit dat zij hun adel konden zien. Ze konden hun pet voor hen afnemen en over hen kletsen. De onze woonde daar te ver weg voor. Ik had nog nooit een heer of vrouwe gezien, laat staan een glimp opgevangen van een glanzend rijtuig. Alleen de mannen zagen een Barridge, want ondanks de afstand en zijn leeftijd bezocht Winthrop Barridge zijn mijnen elke dag, weer of geen weer. En dat was een goede zaak, vond men.

In het hele graafschap stond hij bekend als een harde meester. Destijds wist ik niet precies wat dat betekende. Het enige wat ik wist, was dat de familie niet erg geliefd was, maar wat kon mij dat schelen? Ik kwam ze toch nooit tegen.

Genietend van het mooie weer slenterde ik over de veldweg, totdat ik bij een rotsachtig hellinkje kwam dat oprees tegen een oude stenen muur. Erachter stond een groepje bomen dat tegen de muur aan drukte. Er waren al wat stenen afgebrokkeld en het gat was opgevuld met een houten hek, waarvan de planken verrot waren zodat ik er makkelijk doorheen kon. Ik betwijfelde of de jachtopziener ooit in dit dichtbegroeide deel patrouilleerde. Hij had zijn handen vol aan de rest van het grote landgoed en bovendien groeiden hier alleen maar wilde bloemen en bramen. Ik zou heel voorzichtig zijn. Ik wilde alleen maar even tussen de houten planken door naar het uitgestrekte landschap kijken, vanuit het perspectief van een landeigenaar. Ik zou van de rust genieten die ik thuis nooit had, en na een tijdje zou ik weer vertrekken.

In deze tijd van het jaar stonden de bossen vol wilde hyacinten en viooltjes, en ze waren blauwer dan elders, want de dikke bomen beschermden ze tegen het kolenstof in de lucht. Het was zeldzaam om een zuivere kleur zonder een grijze stoflaag eroverheen te zien. Ik plukte genoeg viooltjes voor Alice' haarkrans en een armvol hyacinten voor mezelf. Toen ging ik naar huis. Tot nu toe was het allemaal rustig verlopen.

Maar ineens zag ik de jachtopziener mijn kant op komen. Hoewel ik hem nooit eerder had gezien, herkende ik hem direct. Niet alleen aan zijn beenkappen, laarzen en de fazantenveren die recht op zijn hoed stonden, maar ook aan het geweer dat aan zijn zij hing, en de veerkrachtige tred waarmee hij kwam aanlopen, alsof de weg van hem was.

Godzijdank bevond ik me op een plek waar ik het volste recht had om te zijn. 'Goeiemorgen, meneer,' zei ik een beetje parmantig.

'Hoe kom jij aan die bloemen, meisje?' wilde hij weten.

Ik bloosde. Dat voelde ik. Met mijn teint viel niets te verbergen. Ik haatte mijn rode haar en mijn lichte huid. Niet uit ijdelheid, maar gewoon omdat het zo onpraktisch was. Neem Alice, zij kon een schaamteloze leugen vertellen terwijl haar wangen de kleur van gerijpt graan hielden. Maar waarom zou deze man zich druk maken om een twaalfjarig meisje met een bos wilde bloemen onder haar arm?

Daar had hij genoeg redenen voor.

'Heb je die bloemen soms van Heston gestolen?' bulderde hij.

Ineens was ik me bewust van het weidse, stille landschap dat zich naar alle kanten om me heen uitstrekte. 'Ben je soms op verboden terrein geweest? Geef antwoord, meisje.'

'Ze zijn voor de bruiloft van m'n zus, meneer. Ze gaat vandaag trouwen. Ik kan maar beter teruggaan voordat m'n ma ongerust wordt. Goeiedag.'

'Niet zo snel.' Hij trok aan mijn arm en de hyacinten vielen op de grond. De viooltjes had ik in mijn schortzak gedaan, dus die waren gelukkig veilig.

'Nee!' riep ik geschokt. Ik vond het nogal voorbarig en vooral zonde van de bloemen.

'Hoe ben je op het terrein gekomen?' bulderde hij in mijn gezicht. Hij hield me nog steeds bij de arm vast. 'Heb je de borden niet gezien, meisje? Of kun je soms niet lezen? Er staat "Verboden toegang voor onbevoegden". Wat heb je daarop te zeggen?'

'Ik ben er niet geweest,' jammerde ik. 'Ik zweer het.'

'Waar heb je die bloemen dan geplukt? Hier in de heg staan niet zo veel hyacinten, of wel soms?'

'Het zijn maar bloemen, meneer.'

'Je hebt geen recht op de bloemen van Heston, dus ik vraag het je nog een keer: hoe ben je op het terrein gekomen?'

'Ik was in Grindley, meneer. Daar staan ze langs de weg. Ga zelf maar kijken.'

Hij keek me vol ongeloof aan. 'Ben je helemaal naar Grindley gelopen om bloemen voor je zus te plukken?'

'Ja. Voor haar bruiloft, meneer. Het is een speciale dag.'

Hij liet mijn arm los. 'Hoe heet je vader?'

Alles in me verstijfde. We wisten allemaal welke problemen iemand als de jachtopziener, iemand naar wie de adel luisterde, kon veroorzaken voor een man als mijn vader. Ik kon hem de waarheid niet vertellen. 'Broad, meneer. Thomas Broad.'

'En hoe heet jij?'

'Lizzie.'

'Nou, Lizzie Broad, je kunt maar beter terug naar Grindley lopen en nog wat meer bloemen voor je zus plukken. Deze zijn nu niets meer waard,' zei hij. Hij liep heen en weer over mijn hyacinten en trapte de stelen en tere bloemetjes kapot.

'Ja, meneer. Dat lijkt me ook. Dan ga ik maar, meneer.'

'Zorg dat je voortaan uit de buurt van Heston blijft.'

Ik draaide me om en rende richting Grindley, waar ik eigenlijk helemaal niet naartoe moest. Na een tijdje keek ik over mijn schouder. Hij kwam gelukkig niet achter me aan. Hij was een zijweggetje ingeslagen en de heuvel naar Heston opgeklommen. Desalniettemin had ik al ruim een halve kilometer gerend en ineens moest ik huilen. Ik was eigenwijs geweest en nu was ik bang en voelde ik me dom. Ik kon alleen maar hopen dat de man niet naar Arden zou gaan om naar ene Thomas of Lizzie Broad te vragen, want die bestonden helemaal niet.

Ik had nog nooit meegemaakt dat er iets van me was afgepakt wat ik heel graag wilde, en de reden daarvan, zo realiseerde ik me, was dat ik nooit iets had gewild. Maar als je niet eens zoiets simpels als een bos wilde bloemen mocht hebben, dan had dat iets vernederends.

Het volgende moment hoorde ik iemand fluiten en verscheen er een jongen van mijn leeftijd in mijn blikveld. Ik sloeg een zucht van ergernis en streek met mijn mouw over mijn bezwete gezicht. Waarom was iedereen niet gewoon thuis op zondagochtend, of in de kerk? Waarom moest iedereen zo nodig gaan wandelen tussen Arden en Grindley en mij in de weg lopen?

'Hé, hallo,' zei de jongen en hij tikte op zijn pet.

'Goeiedag,' zei ik uit de hoogte. Ik weet niet waarom. Misschien omdat hij uit Grindley kwam, of misschien nam ik een voorbeeld aan de volwassenen. In Arden vond men de mannen uit Grindley zwakkelingen, evenals de familie Sedgewick, voor wie ze werkten, en ze vonden dat een meisje uit Grindley haar handjes mocht dichtknijpen als ze een man uit Arden trouwde (hoewel dat al sinds mensenheugenis niet meer was gebeurd). Na verloop van tijd kwam ik er tot mijn verbazing achter dat de mensen uit Grindley even trots waren op zichzelf als wij.

Hij glimlachte alsof ik iets grappigs had gezegd, waardoor ik nog geïrriteerder werd. Ik had haast, ik moest naar huis. Maar als ik om zou draaien, dacht deze flierefluiter misschien dat ik hem achternaliep. Eigenlijk was ik daar vrij zeker van. Hoewel hij er armoedig uitzag en net als iedereen hier was bedekt met kolenstof, had hij een leuk gezicht. Zijn donkergroene ogen puilden een heel klein beetje uit, niet op een eigenaardige manier, maar precies genoeg om de aandacht te trekken.

Kikkerogen, dacht ik meteen. Ze gaven hem een open en leergierige blik. Hij was lang – wat niet handig was voor een mijnwerker – had donkere krullen en kwam arrogant over. Dat is het enige wat ik op dat moment dacht: dat hij arrogant overkwam. Ik aarzelde. Ik wist niet welke kant ik op moest lopen en tegelijkertijd was ik nieuwsgierig.

'Lekker weer, hè?' zei hij. Nog steeds liet hij zijn mooie ogen over me heen glijden alsof ik een lust voor het oog was, of anders een bron van vermaak.

'Hoor eens,' zei ik. 'Ik zal het maar eerlijk zeggen. Ik moet de andere kant op. Ik moet naar huis. M'n zus trouwt vandaag en m'n ma vermoordt me als ik te lang wegblijf. En nu kom ik jou tegen, maar ik wil niet dat je denkt dat ik je achternaloop. De meiden in Grindley zullen je vast een leuke jongen vinden, maar ik kom uit Arden en daar hebben we genoeg aan elkaar. Dus haal je maar niks in je hoofd.' Met die woorden draaide ik me om en liep weg, hoewel ik geen idee had hoe ik mijn voorsprong kon behouden. Zoals ik al zei, hij was lang, en ik was echt maar een klein meisje.

'Moet ik nu soms ook de andere kant op gaan zodat jij niet denkt dat ik jou achternaloop?' riep hij me na. Dat vond ik behoorlijk brutaal.

Ik snoof. 'Dat maakt me niks uit. Geniet van je wandeling.'

Hij schoot in de lach, een verrassende geluidsexplosie op die stille zondagmorgen. 'Nou, als het je niks uitmaakt, loop ik gewoon verder,' zei hij en hij kwam naast me lopen. 'Nu we reisgezellen zijn, moeten we ons ook maar even aan elkaar voorstellen,' zei hij. 'Ik ben Tommy Green, uit Grindley.'

Ik keek hem zijdelings aan. Hoewel ik een beetje buiten adem begon te raken, wilde ik niet langzamer gaan lopen, maar evenmin wilde ik dat hij dezelfde lange passen bleef maken en me zou inhalen. 'Josie Westgate uit Arden.'

'Aangenaam. Maar als je zus vandaag gaat trouwen en je van je moeder op tijd thuis moet zijn, waarom zag ik je dan zo snel als je korte beentjes je konden dragen van Arden wegrennen?'

Ik bleef staan en hapte verontwaardigd naar adem. 'Ik heb geen korte beentjes,' zei ik. 'Ik heb heel normale benen voor een meisje van mijn leeftijd.'

'En je bent...?'

'Ik ben toevallig twaalf, Tommy Green, hoewel je daar niks mee te maken hebt. En ik was op weg naar Grindley, als je het per se weten wilt, en ik ben de oude jachtopziener tegen het lijf gelopen en hij heeft me weggestuurd. Trouwens, stel je altijd zo veel vragen?'

Ook hij was blijven staan. 'Ja,' verzuchtte hij. 'Dat zegt iedereen over mij. Bedoel je de oude Paulson? Die zo veel veren op zijn hoed draagt dat je de zon niet meer ziet?'

Ik schoot in de lach. 'Ja, die.'

'Wat heeft hij op een jonge meid te vitten?'

'Ik had boshyacinten...' Ik aarzelde. Ik had nog nooit iemand verteld over mijn uitstapjes naar het verboden landgoed, dus waarom zou ik dat aan een volslagen vreemde vertellen? Maar op de een of andere manier kon ik het niet voor me houden. We kwamen bij de plek waar mijn mooie bloemen op de grond waren gevallen en vertrapt. Verdrietig wees ik ernaar. 'Hij dacht dat ik ze van Heston had gestolen. Hij was heel boos. Om mezelf niet in de problemen te brengen zei ik dat ik ze in Grindley had geplukt en toen zei hij dat ik maar beter terug kon gaan om er nog meer te plukken. Dus daarom liep ik die kant op.'

Hij staarde me aan. 'En had je ze daarvandaan? Van Heston?' Hij keek me aan met een mengeling van nieuwsgierigheid, bewondering en bezorgdheid.

'Verderop,' zei ik en hij volgde mijn blik, 'zit een gat in de muur. Ik ga nooit ver, hoor, ik blijf in het bos, maar het is er heel stil en de bloemen zijn heel mooi.'

'Wáren mooi,' mompelde hij. Hij raapte twee of drie stelen van de grond op, maar gooide ze meteen weer weg toen hij zag hoe beschadigd ze waren.

'Hij zei dat ik ze gestolen had,' vervolgde ik, blij dat ik iemand in vertrouwen kon nemen. 'En hij wilde weten hoe mijn vader heet, dus toen heb ik een naam verzonnen, en nu ben ik bang dat hij in Arden op zoek gaat naar ene Thomas Broad, maar die bestaat helemaal niet. En nu moet ik me de rest van mijn leven verstoppen, want met mijn haar val ik altijd op.' Ik streek een lok uit mijn gezicht en keek er even naar. Nog even rood als vanochtend. Als alle ochtenden. 'Goed gedaan, hoor, Josie Westgate,' zei ik ten slotte. 'Je hebt jezelf weer mooi in de nesten gewerkt.' We liepen weer verder, deze keer rekening houdend met elkaars passen alsof het verschil in beenlengte uiteindelijk toch niet zo belangrijk was.

'Ik vind het eigenlijk wel dapper van je,' zei hij. 'Maak je maar geen zorgen. Ik denk dat hij je alleen maar bang heeft willen maken, zodat je nooit meer naar Heston gaat. Dat moet je ook niet doen trouwens. Paulson is een nare vent en de mensen die voor hem werken, zijn al net zo naar. Die wil je liever niet tegenkomen, denk ik.'

'En hoe weet jij dat zo goed?'

'Ik stroop daar al maanden,' zei hij. 'M'n pa heeft me verhalen verteld waar je haren rechtovereind van gaan staan.'

Zijn moed vervulde me met afschuw, maar ook met bewondering, en ik verbaasde me over zijn eerlijkheid. 'Hoe oud ben je eigenlijk?'

'Bijna dertien.'

'Bovengronds?' De jongens in deze streek gingen op hun twaalfde van school af en deden bovengronds werk totdat ze veertien waren, dan gingen ze de mijn in.

'Ja. Crooked Ash.'

'Vind je het leuk?'

'Leuk? Nou nee. Ik vind er niks aan, maar het is beter dan ondergronds, dat weet ik zeker. Als je elke dag dat je naar je werk gaat bang moet zijn om het niet te overleven, dan zegt dat wel genoeg, of niet?'

Zoals hij het zei, klonk het wel logisch. Het was duidelijk wat hij bedoelde, maar ik had mijn vader of mijn broer Bert nog nooit zoiets horen zeggen. 'Tja, zo gaat het hier nu eenmaal...' zei ik zacht, me verbazend over zijn vrijpostigheid. 'Het is ons leven.'

'Ja, maar we hoeven het toch niet leuk te vinden?'

'O nee?'

'De mijnbouw,' zei hij op de toon van een schoolmeester die zijn klas toesprak, 'is een belangrijke industrietak. Al ruim honderd jaar wordt er geld mee verdiend, veel geld, voor onze heren en meesters. Niet zozeer voor ons, dat is wel duidelijk,' voegde hij eraan toe. 'Het is gevaarlijk en moeilijk werk, maar dat interesseert de meesters niet. De gevaren en de problemen zijn voor ons soort mensen. Wij zijn eenvoudige lieden, die niet meer van het leven verwachten. Al was ons een beter leven gegund, we zouden niet weten wat we ermee moesten doen. We worden klaargestoomd voor de mijnen, om ons leven te riskeren voor hen. Het is onze weg naar de roem.'

Mijn mond viel open van verbazing. Die Tommy Green was goed van de tongriem gesneden. Ik had nog nooit iemand zo horen praten, maar de sarcastische ondertoon was me niet ontgaan.

'Veel mensen vinden het een prima systeem dat door God zo is bedoeld en in al zijn eenvoud volmaakt is,' vervolgde hij. 'Ik vind het een idioot systeem en de meesters zouden meer aandacht moeten hebben voor het lot van de mannen die ze voor zich laten zwoegen, en voor hun behoeften en vaardigheden. De ene meester is beter dan de andere, maar die van jullie is de ergste van allemaal.'

Automatisch deed ik mijn mond open om iets te zeggen ter verdediging van Arden, maar iets hield me tegen. Ik wilde iets vragen. 'Maar als het zo erg is, waarom doen ze het dan bijna allemaal?' Als we op school een vraag stelden, kregen we een draai om onze oren en werd ons gezegd dat we dom waren. Maar Tommy gaf me niet het gevoel dat ik dom was.

'Goeie vraag. Omdat een man geld moet verdienen. Hij moet zijn gezin onderhouden. Bovendien heeft hij zijn hele leven gehoord dat dit de enige manier is. Dus vraagt hij zich nooit af of hij ook nog iets anders zou kunnen.'

Nu begreep ik wat hij bedoelde. 'Maar jij wel, hè, Tommy Green?'

'Ja, ik heb me dat wel afgevraagd. Maar er is me zorgvuldig duidelijk gemaakt dat mijn armen bedoeld zijn om te houwen, mijn benen om te dragen en mijn hoofd om in de diepte in een tunnel van steen verbrijzeld te worden. Dus als het zover is, ga ik ondergronds.'

'Ben je bang?'

'Natuurlijk.'

Geen enkele jongen uit Arden zou ooit toegeven dat hij bang was. Maar Tommy zei het alsof het de normaalste zaak van de wereld was. En nu ik erover nadacht, was het dat ook.

In een opwelling legde ik mijn hand op zijn arm. 'Ben jij...' begon ik ten slotte. Thuis luisterde ik nooit naar de gesprekken over politiek. Dat interesseerde een jonge meid toch niet? Ik vond het fijner om te denken dat we het in ons leven nog niet zo slecht getroffen hadden. Maar nu pijnigde ik mijn hersenen op zoek naar een woord dat ik de mannen weleens had horen zeggen, een woord dat volgens mij te maken had met de gevoelens die Tommy zojuist had uitgesproken. 'Ben jij soms een... eh... revolutie?' Ik wist dat er nog een paar lettergrepen ontbraken, maar het precieze woord wilde me niet te binnen schieten.

Weer lachte hij. Niet smalend zoals mijn broer, maar blijmoedig alsof iets in hem nog onaangetast was, ondanks zijn woede. 'Ja, dat ben ik, Josie. Een wandelende, pratende eenmansrevolutie. Als ik kon, zou ik de wereld willen veranderen.'

'Ga je dat ook doen?'

'Nee. Ik ben maar een gewone jongen. Er staat een heel systeem tegenover me en er ligt honderd jaar geschiedenis achter ons. Ik zal niets kunnen veranderen. Ik zal naar mijn werk gaan, net zoals de rest hier, en mijn lot aanvaarden. Alleen zou ik heel graag willen dat... Ach... laat ook maar.'

'Wat?' vroeg ik. Ik, die nooit iets te wensen of te dromen of te vragen had gehad, wilde weten wat hij zo graag wilde.

'Dat vertel ik je een andere keer. Kijk, daar is Arden al. Ga naar de bruiloft van je zus en blijf weg van Heston. Ik meen het. Het is daar veel gevaarlijker dan je denkt.'

Hij had gelijk. We stonden op de laatste heuvel voor Arden en ik kon de huisjes, de school en de kerktoren zien. De huwelijksklokken luidden zelfs al. Ik zou levend gevild worden.

'Nou,' zei ik terwijl ik mijn hand uitstak. 'Bedankt voor de les en succes met alles wat je wilt. Tot ziens, jongen uit Grindley.'

Grijnzend schudde hij mijn hand. 'Tot ziens, meisje uit Arden.' Ik tilde mijn rokken op en ging ervandoor. 'Je hebt mooi haar!' riep hij me na. Mijn haren hingen in slierten voor mijn gezicht, als evenveel rode slangen. Wat een brutale aap. Ik geloofde er niks van. Alice, met haar lichtblonde vlechten, was het mooie prinsesje. Als hij het nou over mijn ogen had gehad, had ik hem nog wel geloofd. Die waren donker als sleedoorn en eigenlijk best mooi, vond ik zelf. Maar niemand had me ooit het meisje met de mooie ogen genoemd. Ik was altijd alleen maar 'die rooie'.

Toen ik in Arden aankwam, lagen de viooltjes slap in de zak van mijn schort, de tere blaadjes donker en vochtig alsof ze huilden. Mijn familie liep al in een stoet naar de kerk. Ik wierp de bloemen naar mijn moeder, die me een vinnige klap gaf en ze toen snel in Alice' haar vlocht. Typisch ma, nooit een plan aanpassen aan veranderende omstandigheden. Ze rukte mijn schort af en verstopte hem in een struik om hem later op te halen. Met een veelzeggende blik monsterde ze me van top tot teen, pakte hoofdschuddend een kam uit haar zak en trok die ruw door mijn haar. Tijdens de psalmen was ik nog steeds in tranen van de pijn, maar Alice trouwde met Fred en zag er beeldig uit.

Toen ik naderhand mijn schort uit de struiken haalde, zat er een bos schitterende hyacinten in verstopt.

4

JOSIE

Een week na de bruiloft besloot ik puur uit koppigheid, maar ook uit nieuwsgierigheid, terug te gaan naar mijn geheime plek, maar het verrotte hek was gerepareerd met een heleboel planken en spijkers. En zo werd Tommy mijn nieuwe geheim.

Ik kwam hem nog een paar keer bij toeval tegen. Hoewel… Ik hielp het toeval een handje. Ik vermoedde dat hij wel vaker op zondagochtend een wandeling maakte en daarom zorgde ik ervoor dat ik toevallig in de richting van Grindley wandelde. Maar vaak zag ik hem ook niet. In ons leven was er nu eenmaal weinig ruimte voor vrije tijd. Niettemin werden we vrienden, of misschien waren we dat vanaf onze eerste ontmoeting al.

Vaak kon ik, nog voor ik hem zag, zijn gefluit al over de kronkelweggetjes horen. Dan ineens kwam hij in zicht, met zijn zware laarzen, lange benen, groene kikkerogen en wilde bruine krullen. En altijd verscheen er een glimlach op mijn gezicht. Kletsend liepen we samen verder en beklommen Silvermoor Rise, een licht glooiende heuvel met uitzicht op onze beide dorpen, de heuvel die over ons waakte terwijl wij leefden en werkten, en die afwisselend groen, grijs en goud kleurde.

Vanaf ons vaste plekje keken we uit over het graafschap. Achter ons zagen we de enorme mijnschacht van Crooked Ash, waar Tommy werkte, en in noordwestelijke richting die van Hepzibah en Drammel Depth, allebei in handen van de Barridges. In de kloof tussen de heuvels voor ons was nog geen mijnschacht zichtbaar, maar we wisten dat White Arrow Drift van de Barridges en Horizon Drift van de Sedgewicks ongezien onder de aardplooien op de loer lagen. De lucht was altijd heiig en vies, maar daar waren we aan gewend. We wisten niet beter.

We spraken over van alles, maar vooral over waar we naartoe wilden gaan als we mochten kiezen. Tommy was geobsedeerd door andere landen en van hem leerde ik meer over de wijde wereld om ons heen dan ik in al die jaren dat ik op school had gezeten had geleerd. Ik had nooit goed opgelet in de klas. Maar toen Tommy me allerlei wetenswaardigheden over Amsterdam en Peru vertelde, kon ik ze zonder enige moeite onthouden. Hij verbreedde mijn horizon.

'Egypte,' verzuchtte hij. 'De piramiden, de Nijl. Krokodillen. Ik zou zo graag eens een krokodil willen zien, Josie. Volgens mij zijn dat de oudste dieren ter wereld.'

'Gekkie,' zei ik huiverend. 'Ik denk dat ze jou ook heel graag willen zien, maar dan wel om je in stukken te scheuren.'

'India,' mompelde hij. 'Daar zou ik het allerliefst naartoe gaan. Olifanten. Robijnen zo groot als eieren.'

Zijn fascinatie voor verre en exotische landen was aanstekelijk. Binnen twee weken had hij me ook aan het dagdromen gekregen.

'Ik zou denk ik naar Afrika willen gaan om leeuwen te temmen,' mijmerde ik op een dag hardop. 'Ik ga ze leren om een kar te trekken en mij daarop rond te rijden. Ze zullen mijn kinderen bewaken en 's nachts slaap ik met mijn hoofd op hun vacht, als een kussen van zacht goudkleurig bont.' Algauw kon ik me niet meer voorstellen dat ik ooit níét over dat soort zaken had nagedacht.

We spraken ook over onze families, onze dorpen en onze adel. Hoewel de meesters niemand van ons bij naam kenden, lag ons welzijn in hun handen, en daarom fascineerden ze ons.

Soms klommen we nog hoger de heuvel op zodat we Heston konden zien liggen. We zagen grasvelden en bossen en tussen de bomen door een glimp van een rood spits dak.

'Het blijft een sombere, griezelige plek, ook al is het een fortuin waard,' huiverde ik. 'Waarom zijn ze er weggegaan? Ik weet dat hun zoon is overleden, maar... dat gebeurt bij ons aan de lopende band. Wij kunnen niet wegvluchten van ons verdriet, we moeten ermee leren leven.' Ik begon op Tommy te lijken met al mijn vragen. Het leek wel onkruid. Als het eenmaal was opgekomen, was het niet meer tegen te houden.

'Ja,' verzuchtte hij. 'Zo is het.' Hij staarde in de verte en ik wist dat hij aan zijn broer Dan dacht, die op zijn zeventiende was overleden. Snel veranderde ik van onderwerp.

'Hoe is het op Silvermoor, Tommy? Is het mooi daar?'

Toen vertelde hij over zijn vijfde verjaardag, over het doopfeest van de kleine heer. 'Het is nu al jaren geleden, maar het is nog steeds de mooiste en feestelijkste dag van mijn leven. Je zou het geweldig hebben gevonden, Josie. Alle mijnwerkers hadden die dag vrij gekregen en we waren allemaal op Silvermoor uitgenodigd. Het hele dorp. Er was volop te eten, en er waren vaten vol bier en spelletjes op het gazon... Er werd ponygereden, er klonk muziek en gelach. En toen, op het allerlaatst, was er vuurwerk. Een regen van zilveren vonken en pijlen van goud.' Hij lachte. 'Het was de beste verjaardag die ik ooit heb gehad. Dat zal je niet verbazen. Maar ik was nog heel klein, Josie, dus ik dacht dat het allemaal speciaal voor mij was. Ik dacht: als ze mijn verjaardag hiervoor uitkiezen, moet het wel heel wat voorstellen. Maar toen werd het donker en gingen we allemaal naar huis, terug naar de mijnen en de wastobbes en de school, naar het zwarte stof en het zware werk...' Weer zuchtte hij. 'Toen al wist ik waar ik liever was.'

Even zweeg ik en probeerde me er een beeld van te vormen. 'En de familie? Heb je vrouwe Amelia gezien?'

'Ja, ze droeg een jurk zo blauw als korenbloemen. Je weet hoe de vrouwen hier eruitzien, Josie. Gebogen, zorgelijk en gehuld in een schort. Nou, Amelia was lang en elegant. Ze had grijze ogen en blond haar. Ze zeggen dat de graaf haar vaak heeft bedrogen, heel vaak zelfs, maar zou dat waar zijn?'

Ik haalde mijn schouders op. Wie begreep mannen?

'De graaf zag er prachtig uit,' vervolgde hij. 'Hij had een enorme snor en glimlachte volop. Vrouwe Flora is maar een paar jaar ouder dan jij, Josie, en vrouwe Elizabeth een paar jaar jonger.'

Ik wilde dat de Sedgewicks ónze adellijke familie waren. Vergeleken bij hen waren de Barridges een stel wrede misdadigers. Een jongenstweeling van pakweg eenentwintig, een iets oudere – saai! – meisjestweeling en een dode erfgenaam. En bovendien een wrede meester en meesteres, die nog nooit door iemand mooi genoemd was. Nee, een schitterende jurk of koets zou ik nooit te zien krijgen.

'Er zijn mensen die een hekel aan de adel hebben,' zei Tommy. 'Ze haten alles waar ze voor staan en willen het systeem omvergooien. Maar volgens mij is dat niet de juiste manier. Ik vind dat wij betere levens moeten krijgen. Misschien niet zoals dat van hen, maar wel vergelijkbaar. We zouden het daglicht moeten zien, keuzes moeten kunnen maken en dingen moeten kunnen vieren met vuurwerk. Iedereen. Vind je ook niet?'

Ik had nog nooit over vuurwerk nagedacht, maar nu hij het zei, leek het niet eens zo veelgevraagd.

'Misschien ben je in werkelijkheid een zoon van de graaf,' fantaseerde ik hardop. 'Misschien zal hij je op een dag opnemen in de familie en dan heet je Thomas Sedgewick en ben je veel te voornaam om met mij om te gaan.'

Er gebeurden wel gekkere dingen. Het kwam regelmatig voor dat een heer zich met dorpsvrouwen inliet, maar zodra dat consequenties had, verdween hij snel naar zijn grote huis. Meestal konden de mensen weinig sympathie opbrengen voor de bewuste vrouw. Van haar werd verwacht dat ze haar leven oppakte en een oplossing zocht voor het cadeautje waar hij haar mee had opgezadeld. Ze werd niet verstoten of zo, want wie kon nu nee zeggen tegen een van de meesters? Waar men zich wel aan stoorde, was wanneer de vrouw zich beter ging voordoen dan ze was, en het allerergste was wanneer ze het kind een van de familienamen gaf. Ik herinner me dat mijn vader daar weleens een betoog over hield toen ik nog klein was. Waarom weet ik niet. Een aristocratische afkomst moest verborgen worden achter een eenvoudige naam als Joe of Molly. Er waren dus geen kleine Winthrops of Clementina's in Arden, en geen Rufussen of Amelia's in Grindley.

'Daar heb ik vaak over gedagdroomd,' zei Tommy, 'maar nee. Je hebt m'n ma nog nooit ontmoet, Josie, maar als dat wel zo was, zou je weten waarom dat onmogelijk is. Bovendien ben ik de zoon van pa. Echt wel. We lijken helemaal niet op elkaar, maar soms kun je het zien aan de manier waarop zijn mond staat of aan de manier waarop mijn haar valt… Ik hoor in Grindley, Josie, en dat maakt het alleen maar vervelender…'

'Dat het niet zo is,' maakte ik zijn zin af.

5

TOMMY

De zondag daarna zat ik in de kerk. Telkens wanneer ik aan Josie dacht, verscheen er een glimlach op mijn gezicht. Ze was als een kaars waarvan het heldere licht mijn grauwe leventje opvrolijkte. Inmiddels had ik een saaie baan in de reusachtige donkere mijn van Crooked Ash, waar ik me bezighield met het wassen van steenkool. Crooked Ash was een diepe mijn, die in het bezit was van de graaf van Silvermoor. Hij bezat ook nog een driftmijn, Horizontal Drift, waarbij een horizontale tunnel in een heuvel was gegraven, en alle jongens in Grindley waren voorbestemd om in een van beide te gaan werken. Meestal traden we in het voetspoor van onze vaders. Pa werkte in Crooked Ash, dus ik ook.

Toen mijn klasgenoten en ik aan het werk gingen, hoefde de opzichter ons niet uit te leggen wat we moesten doen of waarom. Steenkool zat in ons bloed. Onze vaders en broers vertelden eindeloos over hun werk, vermoeid, maar ook gepassioneerd en trots. De termen vulsteen, kolenwagen, blinde schachten en gruis waren ons met de paplepel ingegoten.

Het was onze taak om de kolen in een tank te storten. Goede, schone steenkolen bleven drijven en konden verder gesorteerd worden. De kolen die zonken werden verwijderd en vermalen om de steen van het gruis te scheiden. De hele dag stonden we onder een houten overkapping te wassen en te sorteren, want de vraag naar steenkool was onverzadigbaar.

Ik ademde de koele geur van boenwas in die de mahoniehouten kerkbanken hun donkere glans gaf, en staarde lusteloos naar de dunne slierten zandkleurig haar op het hoofd van predikant Tawney. Ze glinsterden in de zon, waardoor zijn kale plek nog zichtbaarder werd. Hij zou ermee moeten ophouden, dacht ik. Hij moest gewoon accepteren dat hij kaal werd. Maar meteen schrok ik van die gedachte. Als er iemand was die begrip moest hebben voor het voeren van een verloren strijd, was ik het wel.

Mijn eigen dromen sluimerden binnen in me. Daar had ik ze zo diep begraven dat ze waarschijnlijk op een dag in steenkool zouden veranderen, maar ze waren er nog wel. En ik was niet de enige, zo besefte ik die dag.

Na de dienst werden we staande gehouden door Millicent Tawney, de vrouw van de predikant. Ze was een klein vrouwtje dat als een roodborstje druk heen en weer dribbelde. Ze vertelde dat er met Pasen in Rotherham een concert van verschillende kinderkoren uit het hele graafschap werd georganiseerd en het leek haar geweldig – heerlijk zelfs! – als er ook een koor uit Grindley mee zou doen. Zij zou de muziek uitzoeken en het koor leiden. Zou Connie de gelederen willen versterken?

Connie begon te kirren van opwinding. Ze was pas zes, maar ze was dol op muziek. Vaak zong oma 's avonds voor haar en dan zong Connie mee, waarbij ze de melodie moeiteloos overnam. Voor de rest had niemand van ons een muzikaal oor.

Natuurlijk gromde en mopperde pa eerst wat. Hij maakte zich zorgen over de kosten en het gedoe, maar hoe petieterig ze ook was, mevrouw Tawney wist al zijn bezwaren te pareren totdat ma zei: 'Ach, Jim, het kan toch geen kwaad...'

'Ik wil niet dat dat kind zich iets gaat verbeelden,' zei hij nors. 'Straks krijgt ze er allerlei rare ideeën van en denkt ze dat ze er later mee verder kan...'

'Welnee,' suste ma. 'Het is maar voor één keer, Jim. Voor de aardigheid. Con is nog maar een kind.'

Hij mopperde nog wat door totdat oma, die vaak zo stil was dat we vergaten dat ze er was, hem een harde por gaf. 'Ze moet het doen,' zei ze. 'Ik vind het heerlijk om haar stemmetje te horen. Jij hebt je totale gebrek aan muzikaal talent aan al je kinderen doorgegeven behalve aan haar, Jim Green, en daar ben ik niet blij mee. Ze doet mee, mevrouw Tawney.'

In de algehele consternatie was ik waarschijnlijk de enige die Connies ogen zag oplichten. Ik herkende die flonkering. Het was de lokroep van het Grote Onbekende. En als zij daar ook van droomde, vroeg ik me af hoe het mijn kleine Con zou vergaan als ze voor altijd hier in Grindley vast zou moeten zitten.

6

JOSIE

Juni 1899

De weken kropen voorbij en werden maanden tot het uiteindelijk weer zomer werd. Mijn vriendschap met Tommy had me ingrijpend veranderd. Hij had me geleerd om vragen te stellen, te dromen en te lachen. Maar zijn veertiende verjaardag kwam eraan en dat betekende dat hij de mijn in moest. Voor Tommy betekende dat het einde van zijn leven. Niet het einde van het leven zoals hij het kende, maar gewoon het definitieve einde. Hij werd geplaagd door het sombere voorgevoel dat hij, net als zijn broer Dan, in de mijn zou omkomen.

Omdat hij meestal een opgewekt humeur had, was het moeilijk om hem zo terneergeslagen en somber te zien. En het idee dat hij weleens gelijk kon hebben, dat ik hem zou kunnen verliezen, vloog als een fladderende vogel door me heen. Zonder hem zou mijn leven oneindig veel schraler zijn. We probeerden elkaar op te vrolijken en af te leiden van wat er komen ging.

'Wat zou jij willen worden als je zelf kon kiezen?' vroeg hij me op een dag.

'Nou... ik zou op een boerderij willen werken,' peinsde ik. 'Als melkmeid. Of dienstmeisje. Eh...'

'Ik zou wel terreinknecht of jachtopziener willen zijn,' zei Tommy nadenkend. 'Hoe word je eigenlijk jachtopziener? Ik kan me niet voorstellen dat Paulson een opleiding heeft gevolgd. Hij kan niet slimmer zijn dan ik.'

'Misschien gaat het bij dat soort banen van vader op zoon, net zoals bij ons.'

'Misschien wel.'

'Maar we hadden het over mij,' hielp ik hem herinneren. 'Meisjes kunnen geen jachtopziener worden. Misschien ga ik wel het toneel op!' Van het idee alleen al kregen we de slappe lach. Ik had net zo goed kunnen zeggen dat ik een eenhoorn wilde worden. Die kans was net zo onwaarschijnlijk. 'Revuemeisje!' hijgde ik. 'Met lange krullen en linten.'

'En een kanten onderbroek,' zei Tommy.

'Wat weet jij van kanten onderbroeken?' wilde ik weten terwijl ik hem een tik op zijn arm gaf.

'Op het sigarettenpakje van onze John zit een plaatje van Lillian Sharpell, uit de jaren tachtig, waar ze haar tenen vooruitsteekt en haar rok optilt. Ik kan me jou wel voorstellen in een kanten onderbroek, Josie Westgate. Heel goed zelfs.'

'Bah,' snoof ik. 'Het is waar wat ze zeggen. Jongens uit Grindley zijn vreselijke minderwaardige schepsels.' Dat zei ik wel, maar onze Bert had dezelfde soort plaatjes, maar dan van Patricia Lamar. Het was natuurlijk een schokkende foto, maar ze was wel heel mooi. Mooier nog dan onze Alice.

Onze vrolijkheid duurde niet lang. De toekomst kwam steeds dichterbij. 'Wanneer moet je eigenlijk?' vroeg ik zacht. Ik kon niet anders, nu we nog samen waren. Hij wist wat ik bedoelde.

'Over twee weken.'

'Dan al?' Hij was dus al bijna jarig.

'Ja. Nog twee weken in het licht,' zei hij, 'en dan ga ik de duisternis in. En dan zit het erop voor mij.'

Ondanks de zomerzon rilde ik en ik hoopte maar dat hij geen gelijk kreeg.

7

TOMMY

Juni 1899

Gedurende mijn laatste week bovengronds begon ik me zwaarmoedig en verdoofd te voelen. Ik testte het gevoel, gewoon om het zeker te weten, zoals je met je tong tegen een losse tand duwt. Ik dacht aan Silvermoor en voelde niets. Ik dacht aan de kleine heer en voelde niets. Ik dacht aan het zonlicht, aan aardrijkskunde en kunst, aan alles wat geen deel meer van mijn leven zou uitmaken, en ik voelde niets. Het luchtte me op. Misschien was het op die manier voor mij mogelijk om in de mijnen te werken.

De afgelopen twee jaar was ik van steenkolenwasser opgeklommen tot sorteerder. Ten behoeve van de verschillende afnemers moest ik de kolen in ijzeren zeven kiepen, een al even eentonige bezigheid. Die laatste dagen, die ik in gedachten aftelde alsof ze in grote zwarte cijfers waren geschreven, had ik er in mijn slaap nog mee door kunnen gaan. Trouwens, dat deed ik vaak ook.

Het was uit zo'n alledaagse droom dat mijn vader me op een nacht wekte. Hij was boos omdat ik niet om middernacht was opgestaan. Ik stommelde het bed uit, de kluwen broers in hun slaap storend.

We gingen in straf tempo op pad. Mijn vader was vijfenveertig jaar, maar hij was zo sterk als een os. Na een kilometer was ik al buiten adem.

'Wacht eens,' zei hij toen we bij onze geheime doorgang kwamen. Hij greep mijn arm vast. 'Morgen word je veertien en maandag ga je de mijn in. Dit is de laatste nacht dat ik je mee uit stropen neem. Begrepen?'

'Ja, pa.' Iedere jongen begon op de eerstvolgende maandag nadat hij veertien was geworden. Het vooruitzicht van mijn verjaardag voelde eerder als een ondergang dan als iets feestelijks.

'Volgende week neem ik Ernest mee. Hij werkt nu bovengronds en is ook al bijna een man.'

'O, pa, nee,' protesteerde ik zachtjes terwijl de hagen om ons heen ruisten. 'Niet onze Ern. Hij is zo zwak.'

De draai om de oren die hij me gaf, was niet hard, maar pa hield zich alleen maar in om te voorkomen dat ik een kreet zou slaken in de stille nacht.

'Wie anders?' wilde hij weten. Zijn stem klonk kalm maar boos. 'Onze Alfie is nog maar een kind. Of moet ik Con soms meenemen?'

Connie was inmiddels zeven en nog steeds mijn lievelingetje. Het was een schattig meisje, onbedorven als een zonnestraal. Het paasconcert met haar koor was inmiddels allang voorbij en er was geen zicht op een herhaling. 'Nee, pa,' zei ik vermoeid. 'Tuurlijk niet. Maar u weet hoe Ern is.' Ernest had een fragiele gezondheid. Hij was snel moe, elke maand verkouden en kon amper een kolenemmer tillen…

'Nu is hij aan de buurt. Hij moet ons laten zien dat hij het in zich heeft om een man te worden.'

'Hij is niet expres zwak, pa. Sommige mensen worden zo geboren. Ik ga voorlopig wel in zijn plaats mee totdat Alfie wat ouder is. Het maakt mij niets uit.' Alf was een stevig ventje, net als pa geknipt voor het leven in Grindley.

Deze keer kreeg ik een flinke oorvijg en toen ik een kreet slaakte, schudde pa me door elkaar. Het was al weer een hele tijd geleden dat we een dergelijk gesprek hadden gehad, waarbij iets wat mij volkomen redelijk leek hem razend van woede maakte.

'Wat is dat toch met jou, jongen?' mopperde hij. 'Waar haal je al die rare ideeën vandaan? Je weet helemaal niet hoe de wereld in elkaar zit. Je zult nooit in staat zijn om na een dag in de mijn 's nachts nog uit stropen te gaan. Daar zul je zelf snel genoeg achter komen.'

Ik probeerde nog een keer voor mijn broer op te komen. 'Ma vindt het sowieso niet goed dat we mee gaan stropen, maar u weet ook hoe bezorgd ze is om Ern. Ze zal u villen, pa, en als iemand van ons last zal krijgen van het stropen, is het Ern wel. En ma zal het meteen merken. Dat weet ik zeker.'

'O ja? Zal ik jou eens wat vertellen, jongen? Ik ga weg. Ik heb geen zin om met jou te werken vanavond. Jij kunt het allemaal al en je weet het allemaal zo goed, dus dit zal een makkie voor je zijn, of niet soms? En waag het niet om met lege handen thuis te komen.'

Hij liep de veldweg af en verdween vliegensvlug in de duisternis. Ik slaakte een zucht. Vervolgens kroop ik door de heg en liep naar de eerste val, waar een eekhoorn en twee konijnen in zaten. Ik stopte de twee konijnen in mijn tas. Vroeger, toen ik nog klein was, zou de aanblik van een dood konijn, bebloed en nog zacht, me aan het huilen hebben gebracht, maar inmiddels was ik gehard. Per slot van rekening moesten we eten. Ik liep terug naar het beginpunt en nam vervolgens het andere pad, waar het geweer lag. Daar vond ik een fazant. Ik was blij omdat ik wist dat pa blij zou zijn. Ik liep naar de hoge, dunne dennenboom naast de dichte struiken.

Toen gebeurde er iets. Het was een stikdonkere nacht, maar ineens kwam de maan tevoorschijn en bescheen het pad. Ik zag de verraderlijke zilverkleurige draad glinsteren en de krankzinnige gedachte kwam in me op om eroverheen te stappen.

Ik herinnerde me wat pa die eerste nacht had gezegd. *Dat is onze grens. Ga daar niet overheen. Nooit. Als je leven je lief is, tenminste.*

Of mijn leven me lief was, wist ik niet meer. En ik haatte die oude klootzak. Ik keek op, in de veronderstelling dat de maan elk moment door een wolk kon worden opgeslokt, maar hij bleef standvastig fonkelen, alsof hij wilde zeggen: ga maar, jongen. Ik zal je niet in de steek laten.

'Morgen word ik veertien,' fluisterde ik, en terwijl ik mijn voeten zo hoog mogelijk optilde, stapte ik over de draad.

8

TOMMY

Het pad, met aan weerszijden overhangende varens, bleef smal, en ik liep er onbekommerd overheen, zonder op eventuele valstrikken te letten, steeds dieper het bos in, totdat ik aan de rand kwam en uitkeek over een groot grasveld, dat was bezaaid met statige eikenbomen. Aan de overkant, in het volle zicht, stond Heston Manor, het huis dat over de ruggen van duizend mannen was gebouwd.

Ik had er zo snel mogelijk vandaan moeten rennen, want nu was ik nog veilig. Maar iets hield me tegen, iets wat sterker was dan een doodswens. Het verhaal van dat huis greep me aan, als een visioen van wat ik altijd had gewild, maar het was helaas allemaal anders gelopen. En bovendien zou het een geweldig verhaal zijn om aan Josie te vertellen.

De indrukwekkende rode puntdaken staken grijs en zwart af in het maanlicht. Het waren, in mijn lekenogen, ouderwetse daken, maar ze waren zorgvuldiger afgewerkt dan die van Silvermoor, dat in een eenvoudigere en klassiekere stijl was gebouwd. Ik had nog nooit een Barridge gezien en dat wilde ik zo houden, maar terwijl ik naar het verlaten landhuis staarde, was ik me ineens weer sterk bewust van het drama dat eromheen hing. De oudste zoon, die niet als eerste loontrekker werd gewaardeerd, zoals bij ons, maar wel vanwege erfrecht, traditie en trots, was in de bloei van zijn leven omgekomen. De familie was gevlucht. Hun verdriet moest verschrikkelijk zijn geweest.

Nu ik de bogen, dakranden, schoorstenen en gazons voor me zag, kon ik me een betere voorstelling maken van het leven dat ze hier hadden geleid. Ik dacht aan hoe ze hier hadden geleefd, aan de feesten en banketten, de studies en de reizen... Dat alles hadden ze aan de kant geschoven. Het huis, dat nu donker en leeg was, moest vol van leven zijn geweest. Ik huiverde bij de gedachte aan de lege kamers, waar nu alleen maar spinnen woonden. Bijna heel Grindley had makkelijk in dit huis gepast, maar op nog geen tweeënhalve kilometer van dit spookhuis verwijderd moesten wij genoegen nemen met krappe woninkjes.

Op hetzelfde moment dat ik dit dacht, zag ik daadwerkelijk een spook. Een witte man op een wit paard danste over het gras. Weer had ik beter weg kunnen rennen, maar ik kon het niet. Ik was versteend. Ik wreef in mijn ogen, vurig hopend dat ik me het dansende paard verbeeld had.

Maar toen ik mijn vuisten van mijn oogbollen weghaalde, was het er nog steeds. De man droeg geen hoed, zijn lichte haar glinsterde in het maanlicht. Hij droeg evenmin een jasje, maar alleen een ruimvallend wit overhemd. Zijn witte handen hielden de teugels vast. En dan dat paard! Het danste niet alleen, maar het leek zelfs enkele centimeters boven de grond te zweven. Het was helemaal wit, met glanzend witte manen. Het dier boog zijn nek en stak zijn hoeven vooruit om vervolgens allerlei ingewikkelde passen te maken, alsof hij op de muziek van een onzichtbaar orkest aan het dansen was.

Mijn angst maakte plaats voor verwondering. Ik had nooit geweten dat een spook zo mooi kon zijn. Wat zou Josie hiervan vinden?

Ineens hoorde ik een geluid dat mijn bloed deed stollen. Honden. Blaffende honden in het bos. Het geluid kwam steeds dichterbij. Mijn doodswens bestond niet meer. Het laatste wat ik wilde was aan flarden worden gereten door die zwarte beesten. De dansende verschijning had iets in me losgemaakt wat er al heel lang sluimerde. Misschien had het mijn vermogen om ontroerd te raken door schoonheid en ontzag te hebben voor het wonderbaarlijke in me aangewakkerd. Misschien was het mijn ziel. Ik begon te rennen.

De maan hield haar belofte en begeleidde me. Ik had nog nooit zo hard gerend. Mijn lange benen draafden voort en mijn hart bonsde terwijl de honden dichterbij kwamen en hun zware lijven dwars door het kreupelhout joegen. Toen ik bij de dunne den en het dichte struikgewas aankwam, durfde ik mijn tempo niet te verminderen om te kunnen zien waar de draad lag. In plaats daarvan probeerde ik de positie zo goed mogelijk in te schatten en sprong ik er, met mijn stroperstas hotsend op mijn rug, overheen. Ik perste me door het gat in de haag en bleef even staan om de opening met takken en een wirwar van klimop te bedekken. Daarna rende ik verder. Algauw begon mijn hart weer sneller te kloppen, maar het geblaf ebde weg en ik wist dat ze me niet waren gevolgd.

Ik ging verder in wandeltempo. Mijn benen voelden slap en ik kon amper overeind blijven. Ik was blij dat het nog een stukje lopen was naar Grindley zodat ik een beetje op adem kon komen. Intussen dacht ik na. Niemand kon me gezien hebben tussen die bomen, laat staan herkend. De kans was groot dat ik ermee weg zou komen. Maar zodra de mannen bij de honden kwamen en ze zagen snuffelen op de plek waar ik was verdwenen, zouden ze de opening zien. Ze zouden hem vast dichtmaken en dan was het gedaan met het stropen op Heston. Pa zou woedend zijn, dus ik kon er maar beter niets over vertellen.

Als pa voorlopig niet meer naar Heston zou kunnen en ook niet meer naar Silvermoor durfde, was het stropen de komende periode van de baan. Ik besefte dat ik Ernest met mijn nachtelijke avontuur had gered. Misschien was dat witte paard met die witte ruiter geen spook geweest. Misschien was het een zilverkleurige engel geweest.

9

JOSIE

Juni 1899

Vreemd hoe je je soms iets kunt afvragen en vervolgens antwoord krijgt van het leven zelf. Niet lang na die sombere dag waarop Tommy en ik peinsden over welke beroepen er voor vrouwen mogelijk waren, gebeurde er iets onvoorstelbaars. De oude meneer Embry, die de dorpswinkel van Arden runde, overleed. Dat was niet zo onvoorstelbaar, want het was het natuurlijke verloop van het leven. Het bijzondere was dat zijn enige naaste familie een nicht was. Een vrouw dus. We konden niet veel van haar gezicht zien achter haar zwarte sluier en door de zakdoek waarmee ze voortdurend haar ogen depte. Wel had ze een slank, kaarsrecht figuur en een sierlijke tred, en toen het gerucht rondging dat ze de winkel had geërfd, zei iedereen hetzelfde.

'O, wat jammer. Eeuwig zonde. Die winkel was alles voor hem. Was er dan nergens een mannelijke erfgenaam te vinden? Nu komt de zaak natuurlijk in handen van vreemden.'

Een paar jaar later zou ik ontdekken dat vrouwen heel vaak in winkels werkten, en dat het helemaal niet zo bijzonder was. Maar het wereldbeeld van de mensen in Arden beperkte zich, zoals Tommy al zo vaak had geklaagd, tot wat ze kenden, en van een vrouw achter de toonbank hadden we nog nooit gehoord. Meneer Embry had jarenlang zijn winkel in Arden gedreven, in Grindley werd de dorpswinkel door meneer Goldsworthy gerund en verderop in Steepley was meneer Grunt de winkelier.

Zo was het dus. Winkeliers waren mannen. Iedereen betreurde het overlijden van meneer Embry en het feit dat zijn levenswerk daarmee in één klap was weggevaagd. Want een vrouw kon natuurlijk geen winkel runnen.

Maar juffrouw Embry bleek daar heel anders over te denken.

De winkel ging twee weken op slot. Uit respect voor het overlijden van meneer Embry, maar ook uit praktische overwegingen, want juffrouw Embry moest haar spullen pakken en van de stad naar een klein, afgelegen dorp verhuizen. Toen dat gebeurd was, ging de zaak weer open, onder dezelfde naam en met dezelfde artikelen, maar met een heel ander persoon achter de toonbank.

Ik ging er meteen die eerste dag naartoe om me voor te stellen. In mijn ogen was juffrouw Embry een soort godin: afkomstig uit de stad, ongetrouwd, onafhankelijk en ook nog leuk om te zien. Ze had glanzend donkerbruin haar dat ze in een vlecht had opgerold en een prachtige roomkleurige huid. Ze begroette me vriendelijk en zei toen ik wegging dat ze hoopte dat we vriendinnen konden worden. Ik straalde en liep zwevend van geluk naar huis.

En dat was het dus. Vlak nadat ik me had afgevraagd wat een meisje met haar leven kon doen, behalve met een mijnwerker trouwen en in de huishouding of op een boerderij werken, kwam er een wildvreemde vrouw in ons midden en gaf het antwoord: wat ze maar wilde. Ik kon niet wachten om Tommy over haar te vertellen.

Hoewel ik elke zondag uit wandelen ging, kwam ik hem niet meer tegen. Sterker nog, ik zou hem een hele tijd niet meer zien.

10

TOMMY

Juni 1899

Het was zover. Mijn eerste dag ondergronds was aangebroken. In Crooked Ash werd de steenkool heel diep gewonnen. Ruim honderd meter diep. Op mijn klompen stond ik met de anderen te wachten om in de kooi te stappen. Ik had mijn platte pet opgevuld met kranten, de enige bescherming die we hadden voor onze arme, kwetsbare schedels. Mijn handen klemden zich om mijn lunchblik, gevuld met brood met jam. Zoet was de enige smaak die er beneden in het stof te proeven was, dat wist ik van iedereen die me was voorgegaan. Ma had het blik aan me gegeven toen ik wegging. 'Wees voorzichtig,' had ze me gesmeekt. De herinnering aan haar stem was moeilijk te verdragen.

Pa had nu geen dienst, en John en Georgie ook niet. Jimmy wel, maar we hadden elkaar nog niet gesproken. Ik weet niet wat hij ervan vond, hij sprak nooit zo veel over zijn werk. Hij zei eigenlijk nooit veel, behalve tegen Mary.

Om hun zenuwen te verhullen waren de jongens om me heen geintjes aan het maken terwijl de ervaren mannen sombere voorspellingen deden over stakingen en dreigende honger. Het had iets te maken met de Hepzibah-mijn verderop. Ik sloot me voor alles af en staarde voor me uit in het niets.

Ratelend kwam de kooi boven. Ik bukte me en stapte samen met negentien anderen onder het traliewerk door. Het hek viel dicht en de kooi was gesloten. Schouder aan schouder stonden we terwijl er allerlei emoties door ons heen gingen. De nieuwelingen waren vooral bang en vroegen zich af of ze het wel zouden volhouden, de ouderen toonden een soort gelaten superioriteit, omdat zij het al jaren volhielden.

Na een schokkende beweging dook de kooi omlaag. Ik hield mijn hoofd schuin omhoog, deels omdat ik anders met mijn neus in de oksel van Sam Kerrell zat – en dat was geen fijn plekje – en deels om zo lang mogelijk te kunnen genieten van het daglicht, een grijswitte rechthoek die langzaam kromp tot het formaat van een envelop, een postzegel, een speldenprikje, en toen was het weg.

Het voelde zo verkeerd dat ik wel kon huilen. Was ik echt de enige die er zo over dacht? Was ik soms een rare snuiter? In een reflex keek ik naar de anderen om te zien of hun gezichten iets van mijn gevoelens weerspiegelden, maar ik kon ze uiteraard niet zien.

Met een dreun kwam de kooi tot stilstand. Even was er helemaal niets. Behalve duisternis. Het was zo donker dat iemand die nog nooit zo diep onder de grond was geweest, zich daar niets bij kon voorstellen. Het was een verpletterende duisternis, die de lucht uit je longen perste. Bovengronds was ik nooit bang in het donker, maar dit was iets heel anders. Ik wist dat deze duisternis mensen gek kon maken, en had gemaakt.

Na een korte stilte begon iedereen te praten. De deur werd opengerukt, het traliehek ging ratelend omhoog en de werkploeg werd vrijgelaten. Toen iemand een lucifer aanstak, dacht ik meteen aan mijngas of koolmonoxide, de gassen die als stille, dodelijke slangen in het donker op de loer lagen. Maar zo dicht bij de schacht stond een vrij sterke luchtstroom, dus de gassen zouden zich daar waarschijnlijk niet opho-pen. Ineens gingen de lampen aan, die voor een flikkerend licht in de duisternis zorgden.

De opzichter verdeelde de taken. Het was de bedoeling dat ik, net als pa, hakker zou worden, maar meestal begonnen de nieuwelingen als ponyrijders, een beproefde manier om de kneepjes van het vak te leren. Daar rekende ik vandaag dus op, en omdat ik van dieren hield, gaf dat vooruitzicht me nog enige troost.

Terwijl iedereen verschillende kanten op werd gestuurd, hield Bulford mij apart. In het flikkerende schijnsel van onze lampen maakte hij een hoofdbeweging om duidelijk te maken dat ik met hem mee moest. Ik vroeg me af of ik een voorkeursbehandeling zou krijgen omdat ik de zoon van Jim Green was en daarom meteen al verantwoordelijker werk zou mogen doen. Hoe dan ook, ik had het leuk gevonden om met de pony's te werken.

We gingen een tunnel door die schuin afliep en waar je niet rechtop kon staan. Mijn zintuigen werden geprikkeld door de dichte duisternis en ik registreerde dingen die ik normaal niet zou moeten voelen. Ik stelde me voor dat de miljoenen tonnen aan gewicht van Yorkshire boven me op instorten stonden. Ik raakte de houten stutten boven mijn hoofd aan en dacht aan Dan. Ik had het gevoel dat ik het zonlicht kon zien schitteren op de zee, kilometers ver weg, hoewel er hier geen zon was en ik de zee nog nooit van mijn leven had gezien. Ik kon Josies plagende stem horen: 'Ben je soms bang, Tommy Green?'

Nou en of. Niet voor iets specifieks, daarvoor waren de gevaren te groot en te talrijk, maar in mijn geest waren ze samengeklonterd tot een vage dreiging die ik had verdrongen. Ik was bang voor dit bestaan, om te moeten leven als een wroetende worm, om een goed verstand te hebben dat ik nergens meer voor hoefde te gebruiken. Ik hield ervan om buiten te zijn, van het licht en de regen, en ik was bang dat ik dat allemaal nooit meer mocht zien gedurende al die lange werkdagen. Ik had het gevoel dat ik in de verkeerde trein was gestapt.

De tunnel werd steeds lager en ik moest me dieper bukken. Uiteindelijk liep ik bijna dubbelgeklapt en begon mijn rug pijn te doen. Ik begon me af te vragen of ik niet beter op handen en knieën verder kon, maar Bulford bleef een strak tempo aanhouden. Kruipend zou ik in elk geval niet sneller vooruitkomen dan lopend, en bovendien zou ik last van mijn knieën krijgen in plaats van van mijn rug. En we waren nog niets eens met werken begonnen. De wandeling naar de steenkolenlaag werd niet vergoed, dus dit half uur ondergronds geploeter werd niet uitbetaald. Deze wandeling was een voorrecht dat ons bij de plek zou brengen waar we uiteindelijk ons loon konden gaan verdienen.

Maar over de onrechtvaardigheden van het systeem maakte ik me die eerste dag nog geen zorgen. Op tweeënhalve kilometer van de kooi bleef Bulford staan voor een enorme berg stof en een rij lege vaten. 'Die moet jij vullen,' zei hij. 'Ik kom je na werktijd weer ophalen.' En met die woorden liep hij weg, kruipend en schuifelend als een potsierlijk insect. Ik keek hem na en zag het licht van zijn lamp steeds zwakker worden totdat hij helemaal uit het zicht verdween.

Dit moest een grap zijn. Hoe kon ik hier in godsnaam negen uur doorbrengen, moederziel alleen, om in stilte stof te scheppen? Stel dat mijn lamp uitging. Ineens werd ik doodsbang. Ik wist dat dat regelmatig gebeurde, maar ik had gedacht dat er dan collega's bij zouden zijn en we het samen wel zouden redden. Hier kon ik op niemand terugvallen. De dichte duisternis zou me overvallen en opslokken en ik zou ongetwijfeld onder vallend gesteente verpletterd worden.

En stel dat Bulford niet terugkwam? Stel dat hij me vergat of zelf verongelukte, of me gewoon uit kwaadaardigheid zou achterlaten? Hoe en wanneer kwam ik hieruit? Ik kon op geen enkele manier de duur van negen uur afmeten. Maar als ik wegging voordat mijn dienst erop zat, waren de problemen niet te overzien. En hoe kon ik de weg terugvinden? De mijn was een ondergronds labyrint. We waren talloze identieke kruisingen van tunnels gepasseerd. De diepte en de duisternis hadden mijn richtinggevoel nu al weggevaagd. Ik had geen idee waar de kooi was. Ik wist niet hoe ik thuis moest komen. Mijn maag speelde op en het door ma zo liefdevol bereide ontbijt kwam eruit. Ik moest flink overgeven en toen mijn maag leeg was, voelde ik me duizelig en slap. De lucht was verstikkend en er heerste een ondoordringbare stilte, slechts onderbroken door vreemd geknars en gekraak, waardoor ik ervan overtuigd raakte dat de hele tunnel elk moment kon instorten. Ik kon me niet voorstellen dat een enorme, zware entiteit als de aarde zulke geluiden kon maken zonder dat er een ramp aan zat te komen. Weer dacht ik aan Dan.

De uren duurden lang onder de grond. Veel langer dan bovengronds, dat was wel duidelijk. Het was een vreemd verschijnsel waar ik maar al te zeer aan gewend zou raken. Een uur thuis, in de buitenlucht of boodschappen doen in het dorp was een ongrijpbaar moment dat in een flits voorbij was. Een uur ondergronds sleepte zich voort als een sissend, meedogenloos beest.

Snikkend schepte ik door, mijn blik strak gericht op mijn flikkerende lamp. Ik durfde hem niet op de grond te zetten uit angst dat ik hem zou omstoten. Maar ik durfde hem evenmin op een richel te zetten omdat ik bang was dat hij zou vallen. Als ik hem een eind van me af neerzette, was ik te ver van het licht verwijderd. Ik bleef het ding eindeloos in een cirkel om me heen verplaatsen op zoek naar de juiste oplossing die niet bestond.

En dat allemaal voor één shilling.

Negen uur later kwam Bulford me ophalen. Onderweg naar boven in de kooi moest ik me aan de tralies vastgrijpen om niet om te vallen. Ik trilde over mijn hele lijf en dacht dat ik nu al gek aan het worden was. De andere mannen keken me veelbetekenend aan. Maar op weg naar huis realiseerde ik me dat ik het had overleefd. Voor het eerst van mijn leven was ik pa dankbaar voor hoe hij me had opgevoed.

Later hoorde ik dat de eerste keer voor iedereen hetzelfde is. Het is een soort inwijdingsritueel. Maar er werd nooit een woord over gezegd. Het was het best bewaarde geheim van de mijnen. Aanvankelijk was ik daar boos over, maar later was ik eigenlijk wel blij dat ik het van tevoren niet had geweten. Was dat wel zo geweest, dan had ik waarschijnlijk niet naar beneden gedurfd, en wat zou er dan gebeurd zijn? Dus ook ik hield me aan die onuitgesproken zwijggelofte. Nooit heb ik jongere jongens over die eerste dag verteld, omdat ik hun angst niet erger wilde maken. Eenmaal thuis wist ik me flink te houden tegenover ma, en toen ik voor de tweede dag bij de mijn aankwam, lukte het me een stoer gezicht te trekken, precies zoals werd verwacht van de zoon van Jim Green.

11

TOMMY

Op de tweede dag mocht ik met de pony's werken, en zo had dat wrede inwijdingsritueel in elk geval één positief aspect: erger kon het niet meer worden. Stan Baldwin, die de ponyploeg leidde, nam ons mee naar de ondergrondse stallen, een vreemde plek naast de schacht.

In Crooked Ash waren honderdveertig pony's, die vroeger in het wild over de heuvels in Wales hadden gelopen. Hun namen stonden gegraveerd boven hun box en overal in de stallen hingen rozetten die ze hadden gewonnen, als een soort herinnering aan een vriendelijkere wereld. Het was een vreemd en wreed gezicht om de dieren onder de grond in het donker opgesloten te zien. En toch werden ze goed behandeld, want ze leverden een waardevolle bijdrage. Niet alleen onze productiviteit, maar ook ons leven hing vaak van hen af.

Die dag kreeg ik een pony met de naam Mint toegewezen. Het dier was al zes jaar in de mijn en ik was er zeker van dat er geen slimmer wezen was dat ooit in die tunnels heen en weer had gelopen. Mint wist precies wat hij deed.

Van hem en Stan leerde ik alles wat ik moest weten; hoe ik de pony's met verbale commando's moest berijden, hoe ik ze op lastige plekken moest manoeuvreren en hoe ik ze kon vragen om met hun hoofd een valdeur open te duwen. De tunnels zaten vol bochten en kronkels en de grond lag bezaaid met puin. Ze gingen omhoog en dan weer omlaag. De hoogte varieerde nogal, dus hoofdwonden kwamen regelmatig voor. Over de hele lengte liepen scherpe rails, op ruim een halve meter uit elkaar, die in het donker gevaarlijk konden zijn, hoewel ik ze gauw genoeg op mijn duimpje zou leren kennen. Telkens als ik een houten stut zag doorbuigen onder het gewicht erboven, dacht ik aan Dan en werd ik bang.

Na drie weken mocht ik zelf een pony trainen. Ik was een natuurtalent, zei Stan. De eerste pony die onder mijn hoede kwam, was een witte hengst die Rogue heette, en elke dag verontschuldigde ik me voor het feit dat ik hem moest klaarstomen voor een vreselijk leven.

Er ging nog een week voorbij en nog een, en ergens in mijn achterhoofd wist ik dat ik Josie al een hele tijd niet had gezien. Ik was altijd moe en had voortdurend pijn, maar dat was de reden niet. We zouden elkaar ongetwijfeld een keer tussen Arden en Grindley zijn tegengekomen, zoals voorheen, zonder afspraak of plan, en een paar uur met elkaar hebben kunnen optrekken. Maar als ik op zondag uit de kerk kwam, liep ik niet naar Arden, maar de andere kant op.

Als iemand me had gevraagd of ik Josie vermeed, zou ik nee hebben gezegd. Het was geen bewuste keuze om op zondag zuidwaarts te lopen. Maar ik denk eerder dat ik haar simpelweg niet kón zien, nu mijn leven er zo anders uitzag. Josie hoorde bij het verleden, toen er nog momenten van vreugde waren, van zorgeloosheid zelfs. In het leven van een mijnwerker was geen plaats voor Josie, laat staan voor hoop, ambitie of zonlicht. Met haar vuurrode haren, sprankelende donkere ogen en ondeugende gevoel voor humor was ze als een kaars voor me, die ik niet wilde uitdoven.

Ik sleet mijn dagen in de duisternis. Vaker wel dan niet lag ik horizontaal ingeklemd in een steenkolenlaag, onder een overhang van afbrokkelend gesteente terwijl ik met mijn pikhouweel de kolen eraf hakte. Na een half uur leek het of mijn nek op het punt van breken stond. En tegen de tijd dat ik naar huis ging, had ik het gevoel dat mijn lichaam niet meer van mij was. Na een dag in allerlei verwrongen en onnatuurlijke houdingen voelde ik overal een brandende pijn die ik me eerder niet had kunnen voorstellen.

Er was uiteraard geen wc daar beneden. Als we nodig moesten, zat er niets anders op dan aan de zijkant van de tunnel onze behoefte te doen. Plassen was tot daaraan toe, want het was sowieso heel vochtig daar beneden. Het water klotste toch al om onze enkels, dus een plas was nog niet het ergste. Voor de grote boodschap probeerden we echter een soort inham te vinden, zodat anderen er niet in zouden stappen. Of we staken er een stok in om degenen die na ons kwamen te waarschuwen.

Er was een man in ons team, Mikey Rawlins, die van zichzelf vond dat hij een enorm gevoel voor humor had. Wij noemden het een grote bek. Hij stak nooit een stok in zijn ontlasting en schrok er niet voor terug om de man voor hem een duw te geven wanneer we een door hem gemarkeerde plek passeerden. Meer dan eens ging ik naar huis met Mikeys uitwerpselen aan mijn klompen. Het was gelukkig niet persoonlijk bedoeld. We deden allemaal ons best om niet naast hem te hoeven lopen, maar soms was dat gewoon niet te voorkomen.

Soms werd het wel persoonlijk en dat was heel naar om te zien, vooral omdat we allemaal in hetzelfde schuitje zaten, of althans hoorden te zitten. Ik had geluk. Ik was groot en sterk en mijn vader werd niet alleen gerespecteerd, maar ook gevreesd. Het enige waar ik mee te maken kreeg, was met wat plagerijtjes; ze noemden me een dromer of de professor, dat was alles. Maar de kleine Benny Larkin, die vlak na mij was begonnen, kreeg het flink te verduren. Hij was klein en leek nog minder op een mijnwerker dan Josie. Maar het ergste was dat zijn grootvader tijdens de staking van 1839 gewoon had doorgewerkt en men vergat niet snel iets in deze streek. Hoewel Benny nog niet eens geboren was toen zijn grootvader zijn impopulaire beslissing had genomen, had hij nog steeds last van die familieschande.

Bulford, de opzichter, nam hem op zijn eerste dag apart, stak zijn lamp aan en trok zijn broek naar beneden, zodat we allemaal zijn geslachtsdelen konden zien. Iedereen lachte hem uit. Ik niet. Benny moest huilen.

Vervolgens smeerden ze zijn kleine jongeheer in met een mengsel van modder en schalie en maakten hem wijs dat hij daarvan zou groeien. Nog maanden daarna vond iedere mijnwerker in de ploeg, behalve ik, het nodig om iets over Benny's mannelijkheid te zeggen of, zoals ze beweerden, het gebrek daaraan. De onmenselijkheid in de mijnen beperkte zich niet alleen tot het systeem, ze verspreidde zich in de manier waarop we met elkaar omgingen. Het maakte me ziedend. Maar als ik er iets van zou zeggen, zou ik mijn eigen leven tot een hel maken, en dat van Benny erbij.

Josie was hopeloos nieuwsgierig. Ze zou alles tot in detail willen weten. Maar wat kon ik aan mijn vriendin, een jong meisje nog, vertellen? Verhalen over duisternis en stront en schaamte? Nee. Dat wilde ik niet. Daarom liep ik elke zondag de andere kant op.

12

JOSIE

September 1899

De hele maand september stond het huilen me nader dan het lachen, maar ik huilde niet. Ik had Tommy al meer dan drie maanden niet gezien. In het begin hield ik me voor dat het door zijn nieuwe baan kwam, dat hij moe was, dat hij geen tijd had. Maar eigenlijk begreep ik het niet. Ik was pas dertienenhalf en hoewel ik mijn hele leven verhalen over de mijnbouw hoorde, had ik geen idee hoe het er in werkelijkheid aan toeging.

Ik had niet het idee dat Tommy gelukkig was. Maar dan zou je toch denken dat hij opgevrolijkt wilde worden. En was ik daar dan niet de meest geschikte persoon voor? Als hij me echt zou willen zien en onze vriendschap evenveel voor hem betekende als voor mij, dan zou hij heus wel een manier hebben kunnen vinden.

Ik kon er met niemand over praten. En dat terwijl ik drie zussen had. Maar Alice en ik maakten overal ruzie over, de zesjarige goudgelokte Tansy was nog te jong en de donkerharige Martha, die twee jaar ouder was, beschikte weliswaar over engelengeduld, maar was ook te zachtaardig. Ik wilde haar niet met narigheid belasten. Het idee alleen al dat ik ma in vertrouwen zou nemen, werkte op mijn lachspieren. We hadden het nooit goed met elkaar kunnen vinden. Ik had van mezelf niet het idee dat ik bijzonder intelligent was, zoals Tommy, en een schoonheid was ik ook al niet. Ik probeerde me aan te passen. En toch had ik altijd het gevoel dat ik anders was en dat ma me daarom niet mocht.

'Je denkt zeker dat je heel wat voorstelt,' had ma me op gezette tijden in mijn jeugd toegebeten.

'Helemaal niet!' riep ik dan uit. 'Ik stel niets voor, ma, dat weet ik maar al te goed.' Jaren later zou ik pas beseffen dat het eigenlijk iets treurigs had dat een dochter haar moeder moest kalmeren door haar ervan te verzekeren dat ze in geen enkel opzicht bijzonder was.

Naarmate ik ouder werd, waren we vaker samen thuis. Martha was de oudste ongetrouwde dochter, dus het was haar taak om ma in de keuken en met het haardvuur te helpen. Maar ma had graag wat reservekrachten. Volgens mij dacht ze ook dat ik de minste kans maakte om te trouwen en dat ze dus met mij opgescheept zou blijven zitten.

Hoe dan ook, ik moest leren hoe je de was deed. Eerst moest ik alle knopen van de kleren verwijderen, zodat ze niet kapotgingen in de mangel, om ze er naderhand allemaal weer aan te naaien. Ik had een hekel aan de geestdodende herhaling van de taakjes in de wetenschap dat wat je ook deed – knopen eraf halen of eraan zetten – geen blijvende waarde had. Maar behalve het risico dat ik gek zou worden, waren er gelukkig geen gevaren aan het werk verbonden, zoals bij Tommy en Bert wel het geval was.

Ik leerde bakken (een beetje), vloeren schrobben en de haard schoonvegen, maar ik moest er hard mijn best voor doen en zelfs dan bleef ma zeggen dat ik twee linkerhanden had.

Ik had juffrouw Embry graag willen vragen wat zij van Tommy's plotselinge verdwijning uit mijn leven vond, maar de eerste weken dat ze in Arden was, durfde ik haar niet lastig te vallen, dus ging ik alleen naar de winkel als ik een goede reden had. Ik bewonderde en adoreerde haar en kon niet wachten tot haar voorspelling dat we vrienden zouden worden uit zou komen.

Toen ik op een dag met een pond meel in mijn handen de winkel wilde verlaten, ving ik voor het eerst een glimp van de adel op. Dat het niet aan mijn verwachtingen voldeed, is nog te zwak uitgedrukt. Aanvankelijk had ik geen idee wie de twee mannen waren die langs me heen de winkel binnendrongen. Ik vond het wél bijzonder om hier twee vreemdelingen te zien, die bovendien heel anders gekleed waren dan de dorpelingen. Dankzij mijn aangeboren nieuwsgierigheid bleef ik in de hoek staan en staarde naar hun ruggen terwijl ze naar de toonbank liepen.

'Kan ik u ergens mee helpen, heren?' vroeg juffrouw Embry. Wat bewonderde ik haar zelfverzekerdheid en de manier waarop ze iedereen aansprak.

'We komen niet om iets te kopen,' zei de een. 'We willen alleen even rondkijken.'

'Ga uw gang. Bent u naar iets speciaals op zoek?'

'Ja, naar u,' zei de ander. 'We hoorden dat er een nieuwe winkelier in Arden was, een vrouw nog wel en nog aantrekkelijk ook. Dus dat wilden we natuurlijk met eigen ogen zien.'

Het was de enige keer dat ik juffrouw Embry met de mond vol tanden heb zien staan. Niet alleen mijn nieuwsgierigheid, maar ook mijn instinct zorgde ervoor dat ik bleef. Ze mocht niet alleen zijn met deze mannen.

'Wat het eerste betreft kloppen de verhalen,' zei een van de mannen. 'Zoals je ziet, is het overduidelijk een vrouw. En wat het tweede punt betreft... Wat vind jij, Willard?'

'Hm,' zei Willard. 'Ik vind haar aantrekkelijk. Donkere ogen, donkere haren, heel Baudelaire-achtig. Maar wat vind jíj, Jocelyn?'

'Nou, ik ben er niet zo van onder de indruk. Niet mijn smaak.'

De andere man gniffelde. 'We weten allemaal dat jouw smaak een heel andere richting uit gaat, Joss. Nou, heb je genoeg gezien? Zullen we dan maar gaan?'

'Ja hoor. Over het geheel genomen was het een vrij teleurstellende expeditie. Hoewel... Voor jou misschien niet.'

'Ik ben blij dat ik haar met eigen ogen heb gezien. Een innemend gezicht, zonder meer. Maar niet de moeite waard om voor terug te komen.'

'Zeker niet. Goedendag, juffrouw.'

Juffrouw Embry had nog steeds niets gezegd.

Toen ze zich omdraaiden en naar de deur liepen, zagen ze mij staan, met mijn pond meel in mijn handen geklemd. Ze waren allebei lang en slank en hadden uitstekende jukbeenderen en scherpe neuzen. Instinctief voelde ik een diepe haat jegens hen. Hun donkerbruine haren waren vanaf hun hoge voorhoofd achterovergekamd en hun donkerbruine snorren waren zorgvuldig geknipt en geolied. Het was een identieke tweeling en nu wist ik ook wie ze waren: de oudste twee nog levende zonen van de familie Barridge.

'Lieve help,' zei Jocelyn Barridge. 'Moet je dát zien, Willard.'

Ik huiverde. Als hij al zo onbeleefd over juffrouw Embry sprak, wat zou hij dan wel niet over mij zeggen? Ik herinnerde me de verhalen over adellijke heren die voor de afwisseling weleens achter de dorpsvrouwen aan zaten en ik was bang. Als ze me al aantrekkelijk zouden vinden, voelde ik me niet gevleid. Ik had nooit eerder iemand ontmoet die zo veel kwaadaardigheid uitstraalde als deze tweeling.

Willard bekeek me van top tot teen, maar zijn ogen verraadden niets.

'Zie je het?' drong zijn broer aan.

'Jaha,' zei Willard ten slotte. 'Ik zie het. Dat is nog eens wat. Wat vind jij ervan, Joss?'

Jocelyn haalde lachend zijn schouders op. 'Laat maar,' zei hij. 'Laat maar.'

Ze gingen weg. Ik was zo opgelucht dat mijn ledematen slap werden en de pond meel uit mijn handen viel. De zak scheurde en het meel stoof in witte wolken omhoog en bedekte de winkelvloer.

'O, het spijt me,' riep ik uit. 'Het spijt me zo, juffrouw Embry. Ik zal het voor u opruimen. Geeft u me maar een bezem.'

'Onzin,' wierp ze tegen terwijl ze zich naar me toe haastte. Met haar schoenen maakte ze de rommel nog veel erger. Tot mijn verrassing sloeg ze haar armen om me heen. 'Gaat het wel, meisje?'

Ik gaf me over aan haar omhelzing. Het was zo fijn om vastgehouden te worden. Dat overkwam me nooit. 'O,' zei ik met bevende stem. 'Wat een vreselijke kerels waren dat.'

'Zo vader, zo zoon, luidt het gezegde.' Juffrouw Embry draaide het bordje op de deur om naar GESLOTEN. 'Ik wil dit eerst even opruimen voordat ik klanten binnenlaat, want die zullen niet blij zijn met meel aan hun schoenen en zomen.' Ze haalde een stoffer en blik en een dweil. En terwijl ik het meeste met mijn handen opschepte en in de vuilnisemmer deed, kwam zij er met een natte dweil achteraan.

'Ik ben nog nooit zo blij geweest om niet in de smaak te vallen,' zei ze lachend. 'Wat een walgelijke schepsels.'

'Nou en of. Ongelooflijk zoals ze over u spraken, juffrouw. U bent zo knap. Mooi zelfs.'

'Dank je, Josie. Dat is aardig van je. Ik ben blij dat jíj er zo over denkt en niet zij. Ik denk dat ik eerder kippenvel zou krijgen van hun waardering dan van hun minachting. Als je ze ooit nog eens ziet, zorg dan dat je uit hun buurt blijft. Begrepen?'

'O ja. Natuurlijk. Dat zal ik doen.'

Nadat de vloer was schoongemaakt, gaf ze me een nieuwe zak meel, zonder dat ik ervoor hoefde te betalen. Dat was erg aardig van haar en het bespaarde mij een pak slaag van ma. Na nog een omhelzing ging ik naar huis. Als ik terugdacht aan die koele, onpersoonlijke gezichten van de tweeling, liepen de rillingen over mijn rug.

Lieve help… Moet je dát zien.

Zie je het?

Dat is nog eens wat.

Alsof ik een of andere rariteit was in plaats van een mens. Hoewel ik hun bewondering absoluut niet wilde, vroeg ik me toch iets af: als ze juffrouw Embry al niet knap vonden, dan was ik het helemaal niet, en daardoor bedacht ik dat dat misschien de reden kon zijn dat Tommy op zondagmiddag niet meer naar Arden wandelde.

13

TOMMY

September 1899

Op een zondag in september had ik zin in een wandeling langs de beek. Ik liep westwaarts tot waar de beek geleidelijk een rivier werd en de graspaden zich aan weerszijden verbreedden. De bomen drapeerden hun takken boven het water en ik bedacht dat dit wel een van de mooiste plekjes van Zuid-Yorkshire moest zijn. Terwijl ik daar liep, probeerde ik me ervan te overtuigen dat deze schaarse uurtjes vrijetijd en schoonheid genoeg zouden kunnen zijn om het leven de moeite waard te maken.

Ik werd opgeschrikt door een klein iel stemmetje. 'Hé, Tommy. Een mooie dag om te wandelen, nietwaar?'

Het was Benny Larkin, die met zijn broek opgerold tot halverwege zijn dunne benen in het water stond met een net en een emmer.

'Hé, Ben! Ga je vis eten vanavond?'

'Nee, ik zoek insecten en zo...' Hij zweeg even, vermoedelijk omdat hij eraan gewend was uitgelachen te worden, maar toen ging hij verder. Waarschijnlijk herinnerde hij zich dat ik ook een rare snuiter was. 'Ik vind het leuk om te zien wat voor wezens God allemaal op de wereld heeft gezet.'

Ik liep omlaag, naar de oever, en Benny haalde het gaas van de emmer. Ik zag een felblauwe libel, glinsterend en bibberend op de bodem van de emmer, ernaast een kleine kikker en een hommel, die er slap uitzagen door hun gevangenschap. Ik wist hoe ze zich voelden.

'Libel, kikker, hommel,' zei kleine Benny vrolijk. 'Zie je die libel, Tommy? Zo hé, die kleur!'

Ik knikte. Na een week in de mijn deed het blauw van de libel bijna pijn aan mijn ogen. Ik keek naar het magere, opgewonden gezicht van Benny en ineens drong er iets tot me door. 'Jij bent nog geen veertien, hè?' mompelde ik.

Families stuurden hun zonen vaak een jaar of twee eerder de mijn in zodat ze eerder extra loon binnenkregen. In de mijnen van Sedgewick lukte dat wel, want de directie kende de families niet goed genoeg. Bij Barridge lukte het eveneens, omdat Winthrop Barridge het niets kon schelen. Er werd beweerd dat hij zelfs baby's in dienst zou hebben genomen als daardoor de steenkolen sneller naar boven zouden komen.

Ben schudde zijn hoofd. 'Elf,' gaf hij toe.

'Arme knul,' zei ik zonder nadenken. Het was niet mijn bedoeling om neerbuigend te doen, maar ik vroeg me af in wat voor wereld we leefden, waarin een elfjarige jongen door volwassen mannen werd uitgelachen. 'Trek je maar niets aan van wat ze in de mijn zeggen,' zei ik ineens. 'Je bent een dappere jongen, Ben Larkin, en ik weet zeker dat er ook mensen zijn die heel anders denken dan de mensen hier. Onthou dat maar. Met jou is helemaal niks mis.'

Ik wenste Ben succes met zijn zoektocht naar insecten en andere beestjes en vervolgde mijn weg. Het brak mijn hart om hem daar achter te laten, met zijn liefde voor de natuur en een leven vol wreedheid voor de boeg. Ik liep verder totdat ik een eindje van me vandaan luid geschreeuw en gelach hoorde.

Achter een dikke eikenboom bleef ik staan. Vlak voor me was een stenen brug, waar een paar jongens vanaf sprongen. Ik herkende de jonge heer Walter Sedgewick, tenger en blond. Er waren nog drie oudere jongens bij, die hem aanspoorden tot nog meer waaghalzerij. Hij liet zich niet kennen. Behendig als een vis schoot hij door het water.

Een van de jongens was veel ouder, misschien wel twintig. Hij leek de leiding te hebben en hoewel hij de anderen plaagde en uitdaagde, liet hij ze geen onverstandige dingen doen. Toen hij de brug op rende, keken ze allemaal toe, want hij kon geweldig goed duiken. 'Hoera! Bravo, Cedric!' riepen ze.

Ik moest glimlachen bij het idee dat ik 'Bravo, pa' of 'Bravo, Georgie' zou roepen wanneer mijn vader of broer een klusje in het dorp had geklaard. Cedric Honeycroft moest de oudere neef van heer Walter zijn, uit York. Samen met zijn zus, Walters nicht, kwam hij vaak bij de Sedgewicks op bezoek. Zijn zus heette Clarissa of Camelia of zoiets, in elk geval een naam met een c. Toen ik dit detail over het leven op Silvermoor aan Josie vertelde, had ze een zucht geslaakt en waren haar ogen gaan stralen.

'Ik zou wel willen trouwen met iemand die Cedric heet,' had ze gemompeld. 'Ik weet zeker dat een Cedric zijn vrouw niet zou slaan of zou klagen over het eten. En als ik Camelia zou heten… tja, dan zou ik niets meer te wensen hebben.' Typisch Josie, altijd onder de indruk van een mooie naam.

Het hele tafereel zag er zo zonnig en vrolijk uit dat ik mijn ogen er niet van af kon houden. De jongens, slechts gekleed in hun onderbroek, sprongen met een salto achterover van de brug. Hun lichamen waren bleek in het zonlicht en zagen eruit zoals het mijne er ooit uit had gezien: slank en onopvallend gespierd. Het lichaam van een mijnwerker was anders. Door de bijzondere werkzaamheden die we uitvoerden, ontwikkelden wij op ongebruikelijke plekken pezen en vreemde spierbundels. Terwijl de jongens van de brug doken, spatte het water in kristalheldere en goudkleurige druppels op. Het contrast tussen hun leven en het mijne kon niet groter zijn.

14

TOMMY

Oktober 1899

In de weken die volgden, moest ik nog vaak aan dat contrast denken. In Grindley hoorden we van predikant Tawney dat er heel ver weg in de republiek Transvaal oorlog was uitgebroken. Af en toe vingen we een flard nieuws op over een heet, droog land. Afrika. Terecht of onterecht stelde ik me een landschap voor met hoge gele bergen, uitgestrekte dalen en donkere vogels met brede vleugels die in cirkels door een stralend blauwe lucht vlogen.

Intussen sleepte ik me door de mist of aanhoudende motregen, die zo typisch is voor Yorkshire, van en naar de mijn.

Het begon herfst te worden. De bramen vielen uit de struiken, althans degenen die er nog over waren nadat de gulzige jongens uit het dorp handenvol in hun paarse monden hadden gepropt en de meisjes emmertjes vol voor hun moeders hadden geplukt om taarten van te maken.

Op een avond kwam Georgie langs. Hij was die zomer met Agnes Storr getrouwd en woonde verderop in de straat. Hij, pa, John en Jimmy spraken over Wyard Pit aan de overkant van Maltby Way, een kleine mijn waar de eigenaars hadden besloten om iedere werknemer per dienst twee pence extra te betalen. Niemand begreep waarom en waarvan ze dat deden, want het enige wat wij van onze meesters te horen kregen was hoe krap de marges waren. Ze bleven er een hele tijd over doorpraten.

‘Wat maakt het uit?’ vroeg ik me hardop af. ‘Alsof een van ons naar Maltby zal verhuizen. Niemand van ons zal hier ooit weggaan. Zelfs niet voor het enorme bedrag van twee pence.’

Mijn vader hield niet van sarcasme. ‘Spot er maar mee,’ snauwde hij. ‘Jij hoeft geen huishouden te runnen. Jij hoeft niet elke dag je leven te wagen omdat je verantwoordelijk bent voor de hele familie. Twee pence per dag is heel wat. Het is twaalf pence in de week extra. Wat je moeder daar allemaal niet mee zou kunnen doen.’

‘Ja, pa, ik weet het. Maar… Ach, laat ook maar.’

‘Wat, “maar”?’

Ik had niets moeten zeggen. Als geen ander wist ik dat met pa niet te praten viel. En toch kon ik het niet laten. Sinds die dag bij de rivier was ik er nog meer van overtuigd geraakt dat het werk in de mijnen een belediging voor de mensheid was. Bovendien had ik me al te lang ingehouden.

‘Maar vindt u het dan geen armzalig bedrag? Twee pence? Daar moet een mijnwerker een hele dag voor zwoegen. Bovendien loopt hij het risico zijn nek of rug te breken…’

‘Tja, jij voelt je natuurlijk veel te goed voor eerlijke arbeid,’ tierde mijn vader. ‘Maar de rest van ons heeft geleerd om trots te zijn op ons werk. Het is geschoolde arbeid, eerlijk werk. We zijn de pijlers waarop het hele land rust.’ Dat laatste was een zin die de graaf vaak gebruikte als hij de dorpelingen toesprak.

‘Ja, dat is precies wat ik bedoel. Als het dan zo noodzakelijk en eervol werk is, waarom wordt het dan niet beter betaald? Niet alleen ik ben te goed om me af te beulen voor een hongerloontje, we zijn er allemáál te goed voor.’

‘Hoor je wat je zoon zegt?’ zei pa vol afgrijzen tegen ma.

'Het is ook jouw zoon, hoor,' reageerde ze zachtaardig en ze concentreerde zich weer op haar bijbel.

'We geven alles op om de mijn in te gaan,' hield ik vol. 'Al onze door God gegeven rechten. Daglicht, frisse lucht, de kans om iets van de wereld...'

'Dus jij wilt iets van de wereld zien? Wat is er mis met Grindley, als ik vragen mag? Voor ons is het altijd prima geweest, al jarenlang, maar jij wilt dus iets van de wereld zien. Dit soort praatjes wil ik niet meer van je horen. Straks ga je ons nog tot opruiing aanzetten. Als jij onze familie in de problemen brengt, Tommy Green, sla ik je morsdood, reken daar maar op, en het kan me niks schelen wat je moeder zegt.'

Ma stopte met lezen en keek op.

'Het is geen opruiing. Ik wil gewoon iets te kiezen hebben!' brulde ik. 'Jezus, waarom snapt u dat niet?'

Het werd een knetterende ruzie. De meisjes slopen de kamer uit en daarna vertrokken de jongens. Alleen ma bleef zitten. Hoewel ze zich er niet mee bemoeide, liet ze ons nooit in de steek, geen van ons.

Pa kwam overeind en trok me omhoog. Toen hij vlak voor me stond, zag ik dat hij een fractie van een seconde aarzelde. Hij zag natuurlijk dat ik inmiddels ruim zeven centimeter groter was dan hij, en even breed. Maar mijn vader liet zich niet intimideren door fysieke overmacht, niet van andere mijnwerkers en al helemaal niet van zijn eigen zoon.

'Het leven loopt nu eenmaal volgens een patroon. Dit is onze traditie, onze cultuur. Van ons staan er geen dure grafstenen en urnen op het kerkhof en wanneer we sterven, worden er geen standbeelden van ons gemaakt, maar wij horen hier net zo goed als zij. De steenkool moet gewonnen worden. De meesters moeten het verkopen ten behoeve van ons land. Alles hangt ervan af.'

'Laat ze dan zelf die steenkool winnen,' zei ik.

Hij schudde me door elkaar totdat mijn tanden begonnen te rammelen en alleen omdat hij mijn vader was, deed ik niets terug. Sommige dingen zaten bij hem net zo diep als bij mij. Toch kon ik niet stoppen met praten.

'Onze Dan is er verdomme verongelukt, pa! Wij kunnen er allemaal doodgaan, elke dag weer. Vraagt u zich dan nooit iets af?'

'Ik wil niet dat je de naam van je broer ijdel gebruikt,' gromde pa. Zijn stem klonk dreigend. 'Je broer klaagde nooit, hij heeft nooit vragen gesteld. Hij was een beste jongen en je zou er beter aan doen om zijn voorbeeld te volgen.'

'Dan was de beste van ons allemaal, dat weet ik net zo goed als u. Maar dat mijnwerkers hun leven ondergronds slijten zonder dat er moeite wordt gedaan om het werk veiliger te maken, dat is gewoon verkeerd. Zo denk ik erover.'

Pa's vuist kwam zo hard aan dat het leek of mijn kaak in tweeën brak. Ik strompelde door de kamer, struikelde over een stoel en viel op de grond. Ma gilde: 'Jim! Niet doen!'

Daarna brak een donkere periode aan. Pa sprak niet meer tegen me en ma klaagde er dagelijks over. Ik had al mijn wanhoop naar boven gehaald en nu lag het voor iedereen zichtbaar uitgespreid, als steenkool in een kolenwagen. Ik kon het niet meer terugstoppen. Wat kon ik anders doen dan mijn inzet verdubbelen? Op het werk lette ik goed op wat ik zei en waar ik mijn voeten zette en ik richtte al mijn aandacht op de glinsterende zwarte laag in het gesteente.

Op een dag kwam er groot nieuws. De Barridges hadden een van hun mijnschachten verpacht aan Tysen's, een steenkolenmaatschappij. Zulke syndicaten stonden al tientallen jaren in Zuid-Yorkshire – ondernemers die wilden profiteren van de enorme steenkolenkoorts waar geen einde aan leek te komen. Maar nog nooit was er zo dicht bij huis een syndicaat opgericht, en al helemaal niet tussen een adellijke familie van mijneigenaren en een ondernemer.

Voor een corporatie werken was nog erger dan voor de adel. De adel voelde zich tenminste verantwoordelijk en had respect voor het land dat ze bezaten en dat van generatie op generatie werd doorgegeven. Natuurlijk waren er ook families, zoals de Barridges, die daar lak aan hadden. Maar andere, zoals de Sedgewicks, beschouwden hun taak als een soort rentmeesterschap. Dit veranderde niets aan het feit dat wij degenen waren die ondergronds al het werk moesten doen, maar het betekende wel dat onze werkomstandigheden veel erger hadden kunnen zijn.

De directie van de steenkoolmaatschappij had geen enkel historisch besef, laat staan enig idee van wederzijdse afhankelijkheid. Het waren gewoon opportunisten, die zich vanaf nu overal mee gingen bemoeien en de beslissingen gingen nemen. Het gerucht ging dat ze een loonsverlaging zouden doorvoeren en dat er binnen een straal van tien kilometer twee nieuwe schachten gegraven zouden worden waar tegen hetzelfde lage loon gewerkt moest worden. We waren opnieuw dankbaar dat we bij de Sedgewicks hoorden. De mijn die verpacht zou worden, was Drammel Depth, waar Josies vader en broer werkten.

15

JOSIE

November 1899

Sinds het nieuws over Tysen's ons had bereikt, leek er in ons huis een deken van somberte te zijn neergedaald. Ik kon het er nauwelijks meer uithouden. Als pa van zijn werk thuiskwam, plofte hij meteen neer in een stoel bij de haard en bleef tot bedtijd roerloos in de vlammen staren. Hij at zelfs in die stoel, gebogen boven zijn kom, zijn lepel haastig op en neer bewegend alsof zelfs eten een handeling was die hem stoorde bij zijn overpeinzingen. Ma was voortdurend bezig om de velletjes rond haar nagels met haar tanden los te trekken. Ze legde er zelfs het brood dat ze aan het kneden was voor neer en het kon haar niet schelen dat er korreltjes deeg op haar gezicht bleven plakken. Ik had haar nog nooit zo afwezig gezien.

Het enige voordeel was dat ze mij wat minder in de gaten hield. Nu we vermoedelijk zware tijden tegemoet gingen, maakte ze zich minder zorgen over mijn tekortkomingen. Ik ging twee, soms wel drie keer in de week na het eten langs bij de winkel. Ma had geen idee hoeveel tijd ik daar doorbracht. Het zou niet in haar opkomen dat iemand als juffrouw Embry mij gewoon voor de gezelligheid thuis wilde ontvangen. Sinds die dag met die nare tweeling waren we inderdaad bevriend geraakt. Regelmatig zaten juffrouw Embry en ik 's avonds of op een zondag een paar uurtjes thee te drinken en te kletsen.

Naarmate de weken verstreken smeekte ze me of ik haar bij haar voornaam wilde noemen. Ze heette Dulcie, wat ik een heel mooie naam vond. Alles leek interessant als Dulcie erover sprak, zelfs de mijnbouw. Ze had dezelfde gave als Tommy. In tegenstelling tot iedereen die ik ooit had ontmoet, leek zij er niet van overtuigd dat werken in de mijnen onontkoombaar was, iets wat nooit zou veranderen. De industrie ging achteruit, peinsde ze weleens hardop. De beste kwaliteit Britse steenkool was al opgegraven en verkocht en de export leed al tientallen jaren onder de concurrentie met Duitsland, Amerika en Frankrijk...

'Maar hoe moeten we dan verder?' vroeg ik.

'Onze positie is vrij stabiel, we hebben veel ervaring en leveren een hoogstaand product, maar dit leven kan niet altijd voortduren.'

Ik dacht dat mijn hoofd zou ontploffen. Als er geen steenkolenmijnen meer waren, wat zouden de Barridges en Sedgewicks dan moeten doen? Als de kolenindustrie er niet meer was, waar moesten Arden of Grindley dan van bestaan? Wat moest er van ons worden? Er flitste een beeld door mijn hoofd van verlaten mijnwerkershuisjes, van zinken teilen die leeg door de tuinen rolden, en van een lange stoet mannen, vrouwen en kinderen die hun huizen hadden achtergelaten. Dat kón natuurlijk niet. Een andere toekomst kon ik me voor mijn dorp onmogelijk voorstellen.

Veel fijner was het om te luisteren naar Dulcies beschrijving van de wereld buiten Arden, en dan bedoel ik de delen van Yorkshire die buiten de invloed van de Barridges vielen. Leeds uiteraard, waar ze zelf vandaan kwam, met zijn enorme kunstgalerij, de gapende monding van de zilveren Humber, en Hoyland Lowe, een oude jagershut van waaruit je op een heldere dag helemaal tot de kathedraal van York kon kijken.

'De kathedraal moet je écht een keer gaan zien,' riep ze enthousiast uit. 'Die is ongelooflijk mooi en laat een prachtig klokgelui horen om de mensen op te roepen voor de avonddienst. Je zou York prachtig vinden, Josie. De hele stad is ommuurd en zo oud dat er allerlei geesten rondwaren, zoals van de Vikingen en de Romeinen, om maar eens wat te noemen.' Ik kon niet wachten om York te zien.

Het allerfijnste was dat ze me verhalen voorlas; niet de saaie parabels die we op school hoorden, waarin stoute kinderen naar de duivel gingen en lieve kinderen naar de engelen. Dulcie las me *De verhalen van duizend-en-een-nacht* voor, en de sprookjes van de gebroeders Grimm, zoals *Alice in Wonderland* (dat ik heel mooi vond, ook al had de heldin dezelfde naam als mijn onuitstaanbare zus) en *Onder moeders vleugels* (dat ik net zo mooi vond en zeker niet alleen omdat de heldin dezelfde naam had als ik).

Vaak las ik daarna Dulcie voor. Ze luisterde en hielp als ik hakkelde. Toen we op een avond zo bij elkaar zaten, klonk er ineens geritsel en gebonk in de tuin. Zuchtend liep Dulcie naar het raam. 'Zeker weer vossen,' mopperde ze terwijl ze de gordijnen openschoof. Plotseling slaakte ze een kreet. Mijn hart sloeg een slag over van schrik.

'Daar is iemand!' riep ze uit. 'Jeetje! Wat komt hij doen?'

Hoewel ik bang was, kon ik het niet laten om ook naar het raam te gaan. Ik had nog nooit eerder een boef gezien, tenzij je mijn moeder meetelde.

Er stond inderdaad een sjofele gestalte bij de muur. Toen hij zag hoeveel paniek hij had veroorzaakt, stapte hij vanuit de duisternis naar voren. Tot mijn verbijstering was het Tommy.

'Wees niet bang,' riep ik. 'Het is Tommy maar. Ik weet eerlijk gezegd niet wat hij komt doen, maar je hoeft niet bang voor hem te zijn.'

'Tommy?' vroeg Dulcie, die zich inmiddels had herpakt. 'Ik zal hem maar binnenlaten. Misschien zit hij in de problemen.' Ze opende het raam om hem binnen te vragen. Toen haastte ze zich naar de winkeldeur terwijl hij langs de zijkant van het pand glipte en ik nerveus heen en weer door de kamer liep. Even later stond hij voor me, in Dulcies mooie zitkamer.

Ik kon mijn ogen nauwelijks geloven. Het was zo lang geleden dat ik hem had gezien. Zijn gezicht was smaller geworden, maar verder leek hij dikker dan voorheen. Zijn krullen waren kort afgeknipt. Hij zag eruit als een man, hoewel hij nog steeds veertien was en pas een paar maanden geleden aan zijn nieuwe leven was begonnen. De grootste verandering echter was de uitdrukking in zijn groene ogen. Voorheen waren zijn ogen heldere luchten, met af en toe een wolk wanneer hij geplaagd werd door een sombere gedachte. Nu waren ze somber en donker, alsof er noodweer dreigde.

'O, Tommy,' zei ik. 'Wat ben ik blij om je weer te zien. Is er iets aan de hand?'

'Nee hoor. Ik kom alleen maar... Ik vond het tijd worden om je weer te zien.'

'De hóógste tijd, zou ik zeggen. Of eigenlijk redelijk laat.' Ik was verontwaardigd, maar niet heel erg. Ik kon aan hem zien dat hij er, nog voor hij het had uitgelegd, goede redenen voor had.

'Ik weet het,' zuchtte hij. 'Heus, Josie.'

'Ga zitten, Tommy,' zei Dulcie. 'Wil je misschien iets eten of drinken?'

Zijn mond viel open van verbazing. Hij wist niet wat hij hoorde. Het ene moment was hij buiten aan het rondsluipen, wachtend totdat ik naar buiten zou komen, het volgende moment kreeg hij iets te drinken aangeboden.

'Doe geen moeite voor mij, juffrouw. Het spijt me heel erg dat ik zo kom binnenvallen, maar ik wilde Josie graag zien en ik wilde liever niet naar haar huis toe gaan. Dat zouden haar ouders niet zo prettig vinden. En toen zag ik haar hier naar binnen gaan, dus ben ik buiten blijven wachten...'

'Dan had je nog lang kunnen wachten,' zei ze met haar dansende stem, 'want Josie en ik zijn dikke vrienden en we kunnen uren met elkaar kletsen. Hopelijk kunnen wij dat ook, Tommy. Ik zal even een kopje thee en wat toast voor je halen.'

Zijn grote ogen werden nog groter. Eten. Terwijl Dulcie zich naar de keuken haastte, ging hij zitten en keek ongemakkelijk om zich heen. 'Er valt een heleboel te vertellen,' verzuchtte hij.

'En dat is puur je eigen schuld,' zei ik schalks. 'Maar je hebt gelijk. Ik weet echt niet waar ik moet beginnen.'

'Kan dit eigenlijk wel?' Hij gebaarde onwennig om zich heen.

'Ja hoor. Juffrouw Embry, ík mag haar Dulcie noemen, is heel aardig. Ma vindt het maar niks dat ik bij haar kom, maar ze zijn nu allemaal zo in beslag genomen door de veranderingen in de mijnen dat ze het niet eens zouden merken wanneer ik getrouwd en wel het huis zou verlaten. Jij hebt het ook gehoord, neem ik aan?'

Hij knikte. 'Dat is een van de redenen waarom ik ben gekomen. En... eh... Ik heb nog een heel spannend nieuwtje voor je. Ik had het je veel eerder willen vertellen, maar...'

'Dat was lastig,' vulde ik aan.

'Ja. Ondergronds gaan is net als onderwater gaan. Je haalt heel diep adem en gaat omlaag. Pas als je weer bovenkomt, kun je opnieuw naar lucht happen. Ik kan je er heel veel over vertellen, maar ik wil die last niet op jouw tengere schouders leggen. Het is precies zo erg als ik dacht, Josie, nog erger eigenlijk.'

'Dat snap ik. En het spijt me heel erg voor je, Tommy Green. Maar je kunt me niet blijven ontlopen. We hoeven er niet over te praten als je dat niet wilt. En als je dat wel wilt, zul je merken dat mijn schouders steviger zijn dan ze eruitzien. Maar als we geen vrienden meer kunnen zijn alleen omdat jij in de mijn werkt, zou dat wel heel jammer zijn.'

'Ik weet het. We gaan weer afspreken, Josie. Als het kan, gaan we elkaar weer zien op de zondagen.' Toen hij grijnsde, zag ik een flits van de oude Tommy. 'Tenminste, als je het niet te druk hebt met leukere vrienden.'

'Doe niet zo gek. Een meisje kan echt wel meer dan één vriend hebben, hoor.'

Het idee dat ik weer tijd zou doorbrengen met Tommy bracht meer licht in mijn leven dan juffrouw Embry's gaslampen met hun mooie kappen met kwastjes eraan. Dankzij het gezelschap van juffrouw Embry had ik de afgelopen maanden mijn verstand niet verloren, en ik hechtte meer waarde aan haar vriendschap dan ik haar ooit zou kunnen uitleggen, maar Tommy was een deel van mij. Van hem gescheiden te zijn voelde alsof ik rondliep met een schaduw binnen in me, die mijn hele ribbenkast vulde. Alleen al door hem te zien scheen er licht in die holte en kon ik makkelijker ademhalen.

Het duurde even voordat juffrouw Embry de toast klaar had. Ik denk dat ze ons wat tijd samen wilde geven voordat ze zich weer bij ons voegde. Tommy en ik deelden echter alleen feiten, geen gevoelens. Voorlopig was het voldoende dat we elkaar weer zagen.

Dulcie kwam terug de kamer in en Tommy schrokte de toast op alsof hij nog nooit een stuk brood had gezien. Algauw was hij over zijn verlegenheid heen en besprak hij met Dulcie de toestand in de mijnen en de veranderingen die dat voor Arden zou brengen, en spoedig hoorde ik hem net zo geanimeerd praten als voorheen.

Veel te vroeg moesten we afscheid nemen. Ik moest rekening houden met mijn moeder en Tommy moest nog een heel eind lopen en had bovendien een lange werkdag voor de boeg. We gaven Dulcie een hand, bedankten haar en zeiden dat we het jammer vonden dat we moesten gaan. Toen liepen we samen terug door het stille dorp. Aan het eind van mijn straat bleven we staan.

'O, ik moest je nog iets zeggen,' fluisterde hij. 'Ik was het bijna vergeten.'

'O ja. Iets heel spannends, zei je. Vertel dan.'

'De Sedgewicks geven een oudejaarsfeest in Silvermoor voor de inwoners van Grindley. Ik heb je weleens over hun vorige feest verteld, geloof ik. Dat doopfeest.'

'Zo vaak.'

'Nou ja, ik weet er het fijne nog niet van, maar ik denk dat het...' Even zweeg hij om te zoeken naar een woord dat we niet vaak gebruikten. '... fantastisch zal zijn.' Hij knikte. 'Ik dacht... Als je zin hebt...' begon hij terloops. 'Ik kan misschien wel een klein iemand meesmokkelen. De familie kent ons echt niet allemaal van gezicht, dus het zal niet opvallen.'

Mijn gezicht brak open in een grijns die zich uitstrekte van de bovenkant van mijn linker- tot mijn rechtervlecht. Een feest om de nieuwe eeuw in te luiden. Samen met Tommy. In een chic huis met alle edelen in hun prachtige jurken. Ik kon mijn opwinding nauwelijks bedwingen.

'Moet ik dan doorgaan voor een meisje uit Grindley?' vroeg ik plagend. 'Hm, ik weet niet of ik dat kan. Misschien zien de Sedgewicks meteen dat ik van hogere komaf ben.'

'Vast wel,' zei hij lachend, 'maar als jij je kunt verlagen om voor één avond met ons om te gaan, wil ik dat risico wel nemen.'

'Oké dan,' giechelde ik en ik sloeg mijn armen om hem heen. We hielden elkaar lange tijd vast om de voorbije maanden te vergeten, maar op een gegeven moment duwde ik hem van me af. 'Dank je, Tommy.' Ik keek hem ernstig aan en zei: 'Ik ben blij dat je gekomen bent.'

16

TOMMY

Voor de oudejaarsviering in Silvermoor troffen Josie en ik elkaar nog een paar keer op een zondag op de veldweg. Als het slecht weer was, gingen we weleens naar juffrouw Embry en zaten we in de zitkamer achter haar winkel.

Josie kwam ook een keer naar Grindley om mij op te zoeken. Ze was er nooit eerder geweest en de kans dat ze me zou tegenkomen, stond niet in verhouding tot de moeite, want mijn diensten wisselden nogal en het was een hele wandeling van Arden naar Grindley, hoewel ze dat zelf nooit zou toegeven. 'Nog geen vijf kilometer als je buiten de paden gaat,' zei ze altijd. Niettemin was het een stevige wandeling en ze had niet veel vrije tijd dankzij de karweitjes die ze voor haar moeder moest doen.

Maar die ochtend had ze ruzie met haar moeder gehad. Ze had haar over mij verteld, want ertussenuit piepen op een zondagmiddag was één ding, maar als ze op oudejaarsavond tot na middernacht weg wilde blijven, was ze haar moeder toch een soort van verklaring schuldig. Mevrouw Westgate was woedend geweest toen ze hoorde dat Josie met een jongen omging. Nota bene uit Grindley. Ze verbood haar naar het feest te gaan. Josie weigerde te gehoorzamen, waarop mevrouw Westgate haar het huis uit had gestuurd.

'De rest van de dag wil ik je niet meer zien,' had ze gewaarschuwd.

'Dat kan me niks schelen,' had Josie geantwoord en ze was helemaal naar Grindley gerend. Daar hoorde ze na een beetje rondvragen dat ik nog ondergronds was maar spoedig boven zou komen. En boven kwam ik, zoals altijd gulzig naar frisse lucht happend, uitgeput en verlangend naar mijn bad. Op de muur bij ons huis zag ik ineens een roodharig meisje en twee heen en weer zwaaiende laarsjes en de verrassing zou niet groter zijn geweest als koningin Victoria daar had gezeten.

'Josie, wat is er aan de hand?'

'Niks aan de hand, Tommy Green, behalve dat ma een heks is en ik vandaag niet meer thuis mag komen. Dus ben ik maar hierheen gelopen.'

Daar kwam onze John aan. 'Zo, Tommy... Is dat je vriendinnetje?' plaagde hij en hij gaf me een duw. 'Daar heb je ons nooit iets over verteld, stiekemerd.'

'Doe niet zo gek, John. Ze is gewoon een vriendin van me. Josie Westgate uit Arden. Josie, deze lomperik is mijn broer John.'

Ze gaven elkaar een hand. 'Zal ik haar even bezighouden, zodat jij in bad kunt?' bood John aan. 'Zo kun je niet met haar rondlopen.'

Het beviel me eigenlijk helemaal niet om haar met John achter te laten, want hij begon zich de laatste tijd steeds meer als een charmeur te gedragen. Niet dat Josie zich daar iets van zou aantrekken natuurlijk. Maar hij had gelijk. Ik was vies. Terwijl ik het snelste bad van mijn leven nam, slenterden zij samen over straat. Het was niet makkelijk om het kolenstof van me af te wassen. Ik snapte niet eens hoe het op sommige plekken terecht kon komen. Toen ik klaar was, goot ik al het zwarte water weg en vulde de teil opnieuw.

'Schiet op, John,' riep ik toen ik de straat op rende. 'Het water staat voor je klaar.'

Hij knipoogde naar Josie. 'Zie je hoe graag hij jou voor zichzelf wil hebben? Ik zou maar een beetje voor hem uitkijken, als ik jou was, juffrouw Westgate.'

Juffrouw Westgate!

Josie grinnikte. 'Nou, Tommy, ga je me de pracht en praal van Grindley laten zien?'

'Elke baksteen en alle hoeken en gaten,' beloofde ik.

In de hoofdstraat stond een menigte, waardoor we niet verder konden. Iedere inwoner die op dat moment niet ondergronds was, leek zich rondom Goldsworthy's te hebben verzameld.

'Wat is er aan de hand?' vroeg ik aan Aggie Bradstock, een vriendin van mijn moeder.

'Ze zijn allemaal daar binnen,' legde ze uit, opgewonden als een schoolmeisje. 'De hele familie. Plus de neef en nicht uit York. Ze zeggen dat de jonge meneer Honeycroft grote belangstelling heeft voor de mijnen.'

Josies mond viel open van verbazing. De onaangename confrontatie met de Barridge-tweeling telde voor haar niet als een echte ontmoeting met de adel en nu zou ze iedereen van onze adellijke familie in één keer te zien krijgen. Precies op dat moment ging de winkeldeur open en kwamen heer en vrouwe Sedgewick naar buiten, gevolgd door een rij kinderen die als eendenkuikens achter elkaar aan liepen. 'Dat is de jonge heer,' zei ik tegen Josie, wijzend op de goudgelokte Walter, die vooropliep. 'En dat zijn vrouwe Flora en vrouwe Elizabeth en de jongste, Humphrey.'

'Heer Sedgewick schijnt nogal een rokkenjager te zijn,' mompelde Aggie. 'Voelt zich niet te goed voor een flirt met een dorpsmeid. Nou, als een vrouw als zij haar man al niet bij zich in de buurt kan houden, wie dan wel?'

En inderdaad, vrouwe Amelia was nog even blond en beeldig als ik me haar herinnerde. Haar grijze ogen stonden ernstig en ze droeg een bordeauxrood gewaad. Haar houding had de elegantie van een standbeeld. Zou het echt waar zijn dat de graaf zijn pleziertjes elders zocht?

Josies ogen waren zo groot als schoteltjes en ik wist dat ze elk detail van hun kledij in zich opnam. Ik kon alleen maar medelijden hebben met de jongens, die stijf ingepakt waren in vesten, jasjes en wat al niet, maar ik kon zien dat Josie helemaal in de ban was van de donkerroze jurk en het chique bruine jasje van vrouwe Flora. Wat een beeldschoon meisje was Flora, even mooi als haar moeder. Elizabeth deed me enigszins aan Connie denken, met haar steile bruine haar en parmantige neusje. Alleen zou Connie er nooit zo stijf en beschroomd hebben uitgezien. De beentjes van de kleine Humphrey waren zo kort dat hij alleen maar kon waggelen, maar ook hij ging gekleed als een grote jongen. Uiteraard was ik het meest gefascineerd door Walter.

Voor een negenjarige liep hij met een buitengewoon statige tred. De kinderen in ons dorp renden op die leeftijd nog schreeuwend in het rond, zo veel mogelijk genietend van de beperkte tijd die hun restte voordat ze aan het werk moesten. En als het zover was, werden ze van de ene op de andere dag volwassen. De kleine heer was heel anders, iets tussen een kind en een man in, iets waarvoor wij de kans niet kregen om het te worden. Hij was er duidelijk aan gewend om aangegaapt te worden, in tegenstelling tot zijn broertje, dat bijna in tranen was door de starende ogen in de met roet bedekte gezichten. Ondanks zijn waardigheid had Walter nog steeds de lichte, onbevangen tred van een jongen. Hij was blond en tenger, in elk opzicht de tegenpool van mij.

Toen de graaf stopte, bleef zijn gevolg achter hem staan. 'Goedemiddag,' zei hij terwijl hij zijn hoed afnam. Zacht mompelend beantwoordden we zijn groet, onze pet aantikkend en hem met grote ogen aanstarend. De vrouwen maakten een reverence. 'Het is fijn om weer in Grindley te zijn,' vervolgde hij. 'Ik ben heel blij u allen weer te zien. Goedemiddag.' Weer mompelden we een groet, tikten onze pet aan of maakten een kleine buiging.

De familie vervolgde haar weg. Even later ging de winkeldeur opnieuw open en kwamen de neven naar buiten. Cedric, die ik die dag bij de rivier had gezien, en zijn zus, wier naam met een c begint. Josie kon haar ogen niet van hen afhouden, want juffrouw Honeycroft had net zulk rood haar als zij. Het was vuurrood en ze droeg het niet in twee zedige vlechten, maar gewoon los, met wijd uitstaande krullen en met een piepklein hoedje schuin boven op haar hoofd. Ook haar jurk was knalrood. Hij vloekte enorm met haar haren, maar het effect was onbetwistbaar mooi. Ze was brutaal en levendig, en Josie kwijlde bijna van aanbidding. Juffrouw Honeycroft liep arm in arm met haar broer, tegen hem aan leunend alsof er oprechte genegenheid tussen hen was.

Meneer Honeycroft begroette ons niet op de formele manier, zoals de graaf. Hij stapte op de voorste rij mensen af, zijn bijzondere zus achter zich aan slepend, en begon te praten. Wij probeerden naar voren te dringen, maar dat deed iedereen, dus uiteindelijk konden we alleen maar toekijken en proberen op te vangen wat hij zei.

'Hoe vinden jullie het écht om in Crooked Ash te werken?' meende ik hem te horen vragen. 'Zijn jullie tevreden over jullie werk?' Ik kon niet zien tegen wie hij sprak, laat staan wat diegene antwoordde. Toen ze weggingen, hief juffrouw Honeycroft glimlachend haar gehandschoende hand op.

We keken hen na. Ze waren een droombeeld van kleur, licht en goede manieren. Grindley leek nog grauwer toen ze weg waren. Maar het normale leven diende zich algauw weer aan en toen de rust was weergekeerd, pakte iedereen zijn bezigheden weer op.

Even later vonden Josie en ik een plekje aan de rand van het dorp waar we rustig konden praten, hoewel het die laatste dagen van de eeuw al best koud was.

'Dat ik ze in het echt heb gezien,' verzuchtte ze. 'En dat ze tegen ons hebben gepráát. Waren ze niet geweldig, Tommy? Ik ben meteen aan het dromen geslagen. Wat zou ik graag juffrouw Honeycroft willen zijn. Of vrouwe Flora. Stel je voor...'

Ze bleef nog een tijdje lyrisch doorratelen totdat me ineens iets te binnen schoot: ik had haar nog niets verteld over het spookachtige visioen dat ik had gezien bij mijn laatste bezoek aan Heston Manor, en dat terwijl we de afgelopen weken al een heleboel hadden bijgepraat.

'Zweefde hij? Echt waar? Boven de grond? Hoe bedoel je? Bedoel je dansen?' wilde ze weten. Ik vertelde haar dat ik in het bos door de honden was achtervolgd en toen ze mijn verhaal uiteindelijk in zijn geheel had verwerkt, bleef ze lange tijd stil.

Ten slotte zei ze: 'Weet je wat dat betekent, Tommy Green? Het betekent dat jij niet in de mijn zult blijven.'

Was dat maar waar. 'Waarom denk je dat?'

'Omdat ik niemand ken die spoken of engelen ziet. Niemand is ooit zo dicht bij Paulsons honden geweest en er zonder kleerscheuren van afgekomen. Jij hebt iets bijzonders, Tommy. Ik heb het altijd gezien. Je had gelijk, al die jaren op school. Er is voor jou iets anders weggelegd in dit leven, maar ik zou niet weten wat of waar. Je komt er wel achter. Ooit.'

17

TOMMY

31 december 1899

Het was het einde van het jaar, het einde van een eeuw, en op de vooravond van de twintigste eeuw liepen Josie en ik als twee betoverde kinderen over de lange oprijlaan naar Silvermoor. Niet alleen mijn recent verworven levensmoeheid maar ook mijn mijnwerkerskracht leken me ergens onderweg te zijn ontglipt, waardoor ik met knikkende knieën en vol ontzag bij Silvermoor aankwam.

Het grote landhuis was gebouwd van portlandsteen, dat in het schemerlicht een parelwitte glans had. Daarachter vormden de bomen een donkere massa tegen de grijze hemel. Er viel natte sneeuw, meer regen dan kristal. Een uil gleed voor onze ogen voorbij en verdween in het bos.

Alle mijnwerkers van Grindley met hun gezinnen waren er. Het hele dorp. Ergens in de menigte bevond zich mijn familie, maar Josie en ik hadden ons wijselijk van hen afgezonderd. Mijn zussen hadden verbaasd opgekeken toen ze Josie zagen, en mijn moeder had mijn broodmagere, roodharige vriendinnetje met een zekere argwaan bestudeerd. Ik wist dat ze haar als eventuele schoondochter taxeerde. Het had geen zin om uit te leggen dat we gewoon vrienden waren. Wat Josies ouders betrof, zij waren nog steeds niet blij dat ze met mij op pad ging, en dan ook nog naar Silvermoor. Maar juffrouw Embry had zich ermee bemoeid en hen ervan verzekerd dat onze vriendschap onschuldig was en dat het absoluut geen kwaad kon. Maar vanavond dachten we geen van beiden aan de Westgates.

Ondanks de noordenwind en de striemende ijsregen die in spetters tegen onze gezichten sloeg, stonden de deuren van Silvermoor wijd open. Het enige wat we van de binnenkant konden zien, was een zee van licht. Een dienstmeisje en een butler, allebei keurig in uniform, stonden klaar om ons te verwelkomen. Ze moesten het behoorlijk koud hebben gehad. Misschien keken ze daarom zo chagrijnig. Terwijl we over de drempel stapten, bekeken ze ons kritisch van top tot teen, op hun hoede voor diefstal en vernieling.

'Het is nog mooier dan de vorige keer,' mompelde ik tegen Josie toen we de enorme hal betraden. 'Toen mochten we niet naar binnen.'

De plafonds waren gigantisch hoog. Ik was gewend om in een ruimte te werken die nog kleiner was dan ikzelf. Maar hier was zo veel lucht tussen mijn kruin en de enorme kroonluchter dat ik er duizelig van werd. Kleurrijke schilderingen van bloemen, vruchten en engelen sierden de vierkante, met kroonlijsten omrande panelen van het plafond. Ik had nog nooit eerder zulke schilderingen gezien. Toen Josie me een por gaf, besefte ik dat ik al zo lang omhoogstaarde dat mijn nek er pijn van deed.

En toen zag ik iets. Behalve het dansende paard bij Heston Manor had ik nog nooit iets mooiers gezien. In de hal stond een kerstboom van minstens tien meter hoog, waarvan praktisch elke naald versierd was met glinsterende glazen ballen, glitter en kaarsen. Een engel, compleet met vleugels en trompet, sierde de top. Alle kinderen die aanwezig waren, werden er als door een magneet naartoe getrokken en algauw was het onmogelijk om dicht bij de boom te komen, want alle kinderen hadden zich er zittend en knielend omheen verzameld.

'Pff, wat een enorme geldverspilling,' bromde Neil Smisby, onze buurman. 'Waarom moeten wij dit zien, terwijl wij niks hebben? Van de helft van wat dat ding kost kunnen wij een heel gezin voeden. Belachelijk dat iemand zo veel geld heeft en dat uitgeeft aan zo'n nutteloos ding. Weet je wat? In plaats van ons dit te laten zien kunnen ze ons beter eten geven.'

Maar daar was ik het niet mee eens. Enerzijds viel er weinig aan te merken op zijn argument. Aan voedsel had je inderdaad meer dan aan een versierde boom. En toch wilde ik de aanblik van deze boom niet ruilen tegen al het brood van de wereld. Nu al wist ik dat het beeld in mijn hoofd zou worden opgeslagen bij de beelden van het spookpaard, de dag van de doop, de rijke jongens in de zonovergoten rivier en Josies rode haar. Alweer iets waarmee ik me kon kwellen en wat me naar een andere wereld zou doen verlangen als ik ondergronds was. Maar die prijs betaalde ik graag, want ik vond het fijn om te weten dat er meer in het leven was, ook al was dat niet voor mij weggelegd.

Een paar dienstmeisjes stonden klaar om onze jassen aan te nemen en ze op schragentafels te leggen, die langs een van de muren stonden opgesteld. Het zou nog een duivelse klus worden om ze straks in de grote hoop terug te vinden, maar het was warm binnen en omdat we ons niet helemaal op ons gemak voelden, kregen we het nog warmer. Het meisje dat onze jassen aannam, was vriendelijk.

'Wat een mooi haar heb je,' zei ze toen Josie haar hoed afzette, een raar gebreid ding dat een paar maten te groot was. Josie keek haar argwanend aan, maar het meisje vervolgde: 'Precies het haar van juffrouw Coralie.'

'Juffrouw wie?' vroeg Josie.

'Juffrouw Coralie Honeycroft, zij is een nicht van de familie.'

Josie keek me sprakeloos aan. Ik wist wat ze dacht. *Wat een prachtige naam.* Ik grijnsde.

'Ga maar verder,' zei het meisje. Ze vond ons waarschijnlijk een beetje vreemd. 'Jullie kunnen daarginds een drankje pakken en de heer des huizes zal jullie welkom heten als iedereen er is.'

De festiviteiten vonden plaats in de grote hal en drie ruime vertrekken – of hoe ze ook mochten heten – die erop uitkwamen. Ik was niet bekend met ontvangkamers of eetkamers, laat staan met het verschil ertussen, maar in de ene kamer was bier te krijgen, in de andere eten en in de derde lagen de cadeautjes voor alle kinderen. Er werd veel onderhandeld en ten slotte geruild: haarlinten voor ballen en zakdoekjes voor hoepels. Vrouwe Flora was er ook en keek geamuseerd toe. Walter, die ik op een kinderlijke, irrationele manier nog steeds als mijn verloren gewaande broer beschouwde, was nergens te bekennen.

Halverwege de trap heette de graaf ons welkom en algauw werd er gedanst, ook door Elizabeth en Humphrey. Elizabeth kon het behoorlijk goed en waagde met menige dorpsjongen een dansje. Hoewel Humphrey nog te klein was en alleen maar wat tussen de benen door kon waggelen en op tenen staan, droeg hij met zijn ronde, stralende gezicht en aanstekelijke lach bij aan de pret. In de menigte ontwaarde ik mijn zussen, die straalden van de nieuwe indrukken. Josie en ik waren helemaal geen dansers, maar tot onze grote verbazing bleken we de stappen goed te kunnen volgen en staken we menig ervaren danspaar op de prachtig glanzende vloer naar de kroon.

De uren verstreken. Ik had afwisselend bier en limonade weggeklokt, waardoor ik heel nodig naar de latrine moest – een gênante situatie in een huis als dit. Josie was boos toen ik niet langer wilde dansen, maar met een volle blaas was dat allesbehalve een pretje.

'Nou, vráág het dan aan iemand,' zei ze met het pragmatisme van een vrouw.

Vrouwen, dacht ik terwijl ik Josie van me afschudde en me naar buiten haastte. Er vielen nu heuse sneeuwvlokken. Hier en daar stonden groepjes mensen die aan de hitte en het lawaai van het feest waren ontsnapt om naar de maan en de sneeuwvlokken te kijken.

Grommend liep ik langs de zijkant van het huis. Dat duurde even, want het huis was behoorlijk diep. Ten slotte ging ik de hoek om, maar het voelde niet goed om daar mijn behoefte te doen. Ik glipte door een poort die naar een ommuurde tuin leidde. Het was een moestuin en ik wilde natuurlijk niet op die manier hun groente besproeien. Klappertandend van de kou en frustratie liep ik verder. Toen ik door een volgende poort gluurde, zag ik een composthoop. Ik slaakte een zucht van verlichting. Dat was de juiste plek.

Toen ik even later door de moestuin terugrende, botste ik opeens tegen een blonde, tengere jongen op. Het was de jonge heer Walter.

'Lieve help!' riep hij uit, achteruitstrompelend. Hij had twee honden bij zich, hoewel ik er aanvankelijk maar één zag: een enorm harig, wit en leverkleurig beest. De andere hoorde ik eerst alleen. Het was een klein, nerveus, schel keffend ding dat je makkelijk over het hoofd zag. Ik zag hem pas toen hij zich met zijn kaken aan mijn enkel vastklemde.

Ik slaakte een kreet, geschokt door de doodsbeet van het kleine dier. Toen ik mijn voet optilde, bleef hij aan mijn dikke leren laars hangen, grabbelend met zijn poten en kwispelend voor wat het waard was. Kennelijk was hij geboren om zijn tegenstander uit te schakelen. Toen hij besefte dat mijn laars niet zou meegeven, begon hij in kleine rondjes om me heen te rennen, luid keffend en vastbesloten om me mijn gerechte straf te doen ondergaan. De grotere hond liet intussen een laag maar constant gegrom horen.

Ik bleef onnozel staan, ontsteld dat ik tegen een lid van de familie was aangelopen, beschaamd dat hij me een tuin had zien verlaten waar ik niets te zoeken had. 'Het spijt me, heer,' stamelde ik ten slotte. 'Ik wilde even een frisse neus halen. Ik had u niet gezien. Het spijt me dat ik tegen u aan botste.'

'Teacup!' schreeuwde hij tot mijn verbazing. 'Teacup, stil nu. Hou op, zeg ik. Hij zal ons geen kwaad doen. Hou op met blaffen! Teacup!'

Ik glimlachte onwillekeurig. Bedreigd worden door iets wat Teacup heette, vond ik behoorlijk grappig.

'Empress, jij ook,' commandeerde hij. 'Ik kan die jongen amper verstaan. Teacup, kom hier.' Hij tilde het kleine hondje op. Teacup beperkte zich tot het tonen van zijn kleine witte tandjes, terwijl Empress stilviel en me uitgebreid begon te besnuffelen.

'Geeft niets,' zei de jongen tegen mij. 'Tenminste, als je maar niet iets kapot hebt gemaakt in de moestuin, of een pompoen hebt gestolen.'

‘O nee, heer, nee. Ik wilde alleen maar even kijken. Ik had niet de tuin in moeten gaan, dat weet ik, maar ik heb niets verkeerds gedaan, eerlijk waar niet…’

‘Nee, nee,’ zei hij. ‘Het was maar een grapje. Natuurlijk heb je geen pompoen gestolen. Wie doet zoiets? Het is een walgelijke groente. Van mij mag je hier best een beetje rondkijken, maar ik weet niet of mijn vader er ook zo over denkt. Je komt zeker uit het dorp, of niet?’

‘Ja, heer. Dat klopt. Dank u, heer.’ Ik wilde weglopen, maar hij riep me na.

‘Hoe heet je?’

‘Tommy Green, heer.’

‘En werk je in de mijnen, Tommy?’

‘Ja. In Crooked Ash.’

Hij knikte en bleef me glimlachend aankijken.

‘Kan ik nog iets voor u doen, heer?’

‘Nee. Ja. Wil je een eindje met me meelopen, Tommy? Of heb je het te koud?’

‘Met u meelopen, heer?’ Ik was niet verbaasder geweest als hij me had gevraagd om een radslag te maken.

‘Als je dat wilt. Ik heb nog nooit eerder een dorpsjongen ontmoet.’

‘Toch wel, heer,’ flapte ik eruit. Toen ik zijn verbazing zag, wenste ik dat ik mijn mond had gehouden. ‘Neem me niet kwalijk, maar een paar jaar geleden, heer, bij de prijsuitreiking. Maar toen was u zo klein dat u het zich waarschijnlijk niet meer kunt herinneren.’

‘Nee, dat weet ik niet meer. Tenminste… ik herinner me die gelegenheid wel. Ik weet nog dat ik met mijn vader naar het schoolgebouw ging en door iedereen werd aangestaard. Was jij een van de prijswinnaars?’

‘Ja, heer. Drie jaar achter elkaar.’

‘Mooi. En studeer je nu? Kom, loop een eindje mee.’

Terwijl ik naast hem ging lopen, drong tot me door hoe vreemd en onwezenlijk het was. Het was alsof ik altijd had gewild dat dit zou gebeuren, alsof dit de uitkomst was van een levenslange wens.

'Nu niet meer. Op ons twaalfde gaan we van school af, heer, om aan het werk te gaan. Dan is de kans op studeren verkeken. Maar we zijn natuurlijk blij dat we werk hebben,' voegde ik eraan toe omdat we dat altijd zeiden als ernaar werd gevraagd.

'Allicht. En je was zeker blij om verlost te zijn van de saaie lessen? In de mijn werken lijkt me heel spannend. Ik heb vreselijk veel bewondering voor jullie allemaal.'

Heel even was ik met stomheid geslagen. 'Ach nee, heer, eerlijk gezegd was ik helemaal niet blij om van school af te gaan. Ik hield van leren. Ik wil niet graag onwetend zijn. Ik praat toch niet te veel, hoop ik?'

'Nee hoor.' Hij keek een beetje beduusd, dus ik zei niets meer. 'Dit zijn Empress en Teacup,' zei hij. Hij hield het beestje omhoog dat aldoor knarsetandend in zijn armen had liggen kronkelen, terwijl Empress als een statige schildwacht achter ons aan liep.

'U hebt echt de juiste namen voor ze gekozen. Ik had na een jaar prakkiseren geen betere namen verzonnen kunnen hebben.'

'Ik hou van honden. Jij ook, Tommy?'

'Ik ken eigenlijk geen honden van dichtbij, heer.'

'Heb je thuis geen huisdieren?'

'Nee, heer. Er zijn sowieso al dertien monden die gevoed moeten worden.'

'Ach ja,' knikte hij wijs. 'Mijn vader zegt altijd dat mijn zussen zo veel eten dat hij er failliet aan gaat.'

Ik durfde niets te zeggen. Ik vroeg me af of hij wel in staat was zich een juiste voorstelling van mijn leven te maken, al was het maar van één aspect.

De jonge heer Walter zette Teacup op de grond. 'Pas op, hoor!' Hij bewoog zijn vinger dreigend heen en weer. Het hondje keek met heldere ogen naar hem op. 'Als ik je neerzet, moet je je wel gedragen. Snap je dat? Dus niet de mijnwerker bijten.'

Weer schoot ik in de lach. 'Dank u, heer,' zei ik. Ik kon me voorstellen wat Neil Smisby zou zeggen, of de andere mannen in het dorp, als ze een jonge knul, een melkmuil nog, zo over hen hadden horen spreken.

Maar het was niet Walters bedoeling om neerbuigend te zijn. Dat wist ik zeker. Hij kwam gewoon uit een heel andere wereld.

'Waarom bent u niet op het feest, heer?' wilde ik weten. 'Uw broer en zussen zijn er wel. Ik zag ze vrolijk dansen.'

'Ik had geen behoefte aan gezelschap vanavond, Tommy,' legde hij uit. Hij klonk uitgeput. 'Ik heb wel iets anders aan mijn hoofd.'

'O.' Ik durfde niet door te vragen. Van dichtbij leek hij veel jonger, en ik kon zien dat hij ondanks zijn vroegwijze en welbespraakte manier van doen ook nog heel onschuldig was.

'Ja,' vervolgde hij. 'Ik mag van mijn vader geen nieuwe pony, maar Merrylegs is al heel oud en inmiddels erg langzaam. Ik wil leren springen, maar papa vindt dat ik moet wachten tot ik ouder ben en dus moet ik het voorlopig met Merrylegs doen. Snap jij dat nou?' Hij boog zich naar me toe alsof ik me moeiteloos in zijn zorgen kon inleven. 'Is papa niet de grootste conservatieveling van de hele wereld?'

'Misschien hoeft u niet zo lang te wachten,' mompelde ik. 'Misschien duurt het nog maar een jaar.'

'Een jaar? Denk je dat echt, Tommy? Dan ben ik tien. Vind je dat een goede leeftijd om met springen te beginnen?'

'Ik ben geen ruiter, heer.'

Walter keek peinzend voor zich uit.

'U wordt tien in juni,' zei ik voorzichtig. 'Die datum zal ik altijd onthouden, heer, want u bent gedoopt op mijn verjaardag. Dus dat staat in mijn geheugen gegrift.'

'Dat zal wel. Ik hoop niet dat mijn doop je verjaardagsfeest heeft bedorven.'

Weer lachte ik. 'O nee! Verjaardagen vieren wij nooit. Uw doop was de mooiste dag van mijn leven. Ik heb van elke minuut genoten.'

'Daar ben ik blij om, Tommy. Vergeef me als ik brutaal ben, maar het komt me voor dat je niet helemaal geschikt bent voor de mijn. Ik bedoel... Je doet je werk natuurlijk goed, maar je houdt ook van school en van feesten en van het struinen door moestuinen bij maneschijn. Ik wist niet dat mijnwerkers plezier beleven aan dat soort dingen. Zelf hou ik niet zo van school, hoewel ik er minstens tot mijn achttiende nog volop mee te maken heb. Mijn zus Flora is de bolleboos in de familie, en dat is eigenlijk zonde, want ze is een meisje. Houden mijnwerkers over het algemeen van school?'

'Sommige niet, sommige wel, heer. Hoewel... Ik ben meestal anders dan de anderen.'

'Zou je niet iets anders kunnen doen met je leven?'

'Nee, daar heb ik de middelen niet voor. Geen geld en ik heb alleen de lagere school afgemaakt. En m'n pa zou me vermoorden. Mijn loon is onmisbaar voor het huishouden.'

'Dus je... je bent niet gelukkig, Tommy?'

'Nee, heer. Dat klopt.'

'Dat spijt me, echt waar. Maar wat kan ík eraan doen? Ik ben pas negen,' verzuchtte hij ernstig. 'Zullen we nu maar teruggaan? Papa zal niet blij zijn als ik zijn speech en het klokgelui om twaalf uur mis.'

'Josie evenmin.'

'Is Josie je liefje?'

'Nee, daar doen we niet aan. Ze is een goede vriendin, meer niet.'

'Is ze mooi?'

'Ik vind van wel.'

'Dan zal ze ooit heus wel je liefje worden,' zei hij grijnzend. Op dat moment gedroeg hij zich overduidelijk weer als een kleine jongen. 'Tommy, ik vond het leuk om met je te praten.'

'Ik ook, heer.'

'Zou je nog eens langs willen komen?'

Dat was wat ik altijd had gewild: een band tussen mij en de jonge heer. Maar ik was ouder nu en ik wist inmiddels dat de dingen niet altijd liepen zoals je graag wilde, ook al was dat onterecht.

'Dat zou ik heel graag willen, heer. Ik zou het zelfs heel erg leuk vinden. Maar ik moet helaas nee zeggen. Uw familie zou het niet op prijs stellen, dat weet ik zeker. Vanavond is het anders omdat het feest is vanwege de eeuwwisseling. Maar meestal ben ik aan het werk. Alleen 's avonds ben ik vrij, maar dan ligt u waarschijnlijk al in bed. En op zondag, maar dan zie ik Josie en moet ik karweitjes doen.'

'Karweitjes op zondag?' Hij trok zijn neus op. 'Zo te horen heb jij geen leuk leven, Tommy.'

'Ik denk niet dat u het leuk zou vinden, nee.'

'Maar misschien op een zondag? Dan kun je Josie meenemen. Ik zou haar graag willen ontmoeten.'

'Het zou me een genoegen zijn, echt waar, maar ik denk dat u het eerst aan uw vader moet vragen. Wij zien er misschien geen kwaad in, maar dat betekent niet dat anderen er ook zo over denken. Vraag het hem maar en als hij ja zegt, kom ik graag.'

Hij zuchtte. 'Dan hoop ik maar dat vader ja zegt. Mijn vrienden, de jongens van Craymill, zijn naar Londen verhuisd en sinds Cedric – mijn neef, zoals je weet – volwassen is, beleef ik aan hem geen plezier meer. Ik bedoel, hij is nog steeds een heel geschikte kerel, maar hij wordt tegenwoordig opgeslokt door zijn werk. Altijd maar zorgen om de mijnen en brieven schrijven om ze te veranderen.'

'O ja? Hoe dan?'

'Dat weet ik niet. En vroeger was hij een ware kei in boompje klimmen.' De hele weg terug naar het huis bleef hij zwaarmoedig peinzen over deze jammerlijke ontwikkeling in het karakter van Cedric.

Bij de voordeur hield ik me afzijdig en zag hoe hij werd opgeslokt door de vrolijke menigte. Ik ving een glimp op van Josie, haar gezicht straalde van opwinding. Ze stond te praten met mijn zusje Connie. Misschien had de jonge Walter Sedgewick gelijk over ons twee. Maar meteen verdrong ik die gedachte. Ik was nog te jong om over dat soort dingen na te denken.

Maar toen de speech van de graaf ten einde was en iedere dorpeling een glas champagne in zijn hand had en de klokken het begin van een nieuw tijdperk inluidden, vol hoop en goede voornemens, gaf ik Josie toch een kus. Een heel vluchtige.

18

JOSIE

Januari 1901

Het leven in de nieuwe eeuw bleek een jammerlijke anticlimax. Tommy had gelijk met zijn waarschuwing dat we op de eerste dag van 1900 heus niet wonderbaarlijk bevrijd wakker zouden worden. Inmiddels was er al weer een jaar verstreken, dus de nieuwe eeuw was niet meer zo spiksplinternieuw. De koningin was overleden en Edward VII was op de troon gekomen, maar ook dat maakte voor ons geen enkel verschil. Ik begon te betwijfelen of het wel waar was wat ik Tommy had gezegd. Misschien wás er niets anders voor hem weggelegd in het leven. Voor ons allemaal niet.

In Arden hing nog steeds een sombere stemming. De eerste van de nieuwe mijnen was geboord en er waren haastig nieuwe huizen uit de grond gestampt voor het personeel. Die huizen werden min of meer aan Arden toegevoegd, de wijk kreeg niet eens een nieuwe naam. Dus de nieuwkomers zeiden dat ze in Arden woonden, ook al maakten de huizen die ze bewoonden geen deel uit van het dorp zoals het al meer dan honderd jaar bestond. Maar ja, wat moesten ze anders zeggen?

Van de ene op de andere dag was het inwonersaantal meer dan verdubbeld, zo leek het. We waren allemaal te moe om er iets tegen te doen en evenmin waren we in staat tot een hartelijk welkom. We konden niet anders dan stekelig reageren op hun aanwezigheid, waarmee ze alles wat ons vertrouwd was verstoorden, en op hun beurt konden zij niet anders dan voorzichtig zijn in ons bijzijn, omdat ze wel voelden dat ze niet welkom waren. Hoewel we vlak bij elkaar woonden, leefden we als twee afzonderlijke gemeenschappen. Ik was echter blij voor Dulcie. In haar winkel was het drukker dan ooit en ze was blij met de extra inkomsten.

Bert was inmiddels getrouwd met Franny May. Eerlijk gezegd leek Franny in het geheel niet op Patricia Lamar. Alice had een tweeling gekregen, twee meisjes – een zware klap. Ik moest bekennen dat ik stiekem blij was dat ze ten minste één keer iets niet goed had gedaan. De mooie Martha had verkering en de blonde, tengere Tansy was nog steeds het zonnetje in huis. Als de pluizen van een paardenbloem blies zij de somberheid uit ons leven. Als ik al werd begroet na thuiskomst van een wandeling of een boodschap, was het door Tansy. Als iemand me al ooit een kus gaf, dan was het Tansy, die haar engelachtige getuite lippen op mijn wang drukte. Ik hoopte dat het leven milder voor haar zou zijn dan voor de rest van ons. Ik moest er niet aan denken dat ze net zo zou worden als ma.

In februari werd ik vijftien en ik had geen idee wat het leven voor me in petto had. Geen enkele jongen uit Arden toonde enige belangstelling voor me, dus het was vrij onwaarschijnlijk dat ik zou trouwen om hetzelfde leven als mijn ouders in een soortgelijk huis verderop in de straat te gaan leiden. Waarschijnlijk zou ik voor altijd bij mijn moeder blijven wonen.

Op een zondag in april ging ik na de lunch op weg naar Grindley, maar ik kwam Tommy die dag niet tegen. Ik zag wel iets heel onverwachts. Een deel van de veldweg ging geleidelijk omhoog en daalde vervolgens steil af. Het was leuk om op de heenweg naar beneden te rennen, iets minder leuk om op de terugweg naar boven te ploeteren. Toen ik boven op de top stond, zag ik een bontgekleurde vlek beneden bij de beek: hij was roze en zo fel dat het pijn aan je ogen deed. Het was een jurk. En toen zag ik iets waarvan mijn bloed ging koken. Twee lompe jongens die achter niemand minder dan juffrouw Honeycroft aan zaten. Het moest haar wel zijn. Wie anders droeg een dergelijk gewaad?

Ik begon te rennen. Ik rende zo hard als mijn korte beentjes, zoals Tommy ze nog steeds noemde, me konden dragen. Het waren vast en zeker nieuwe jongens. Niet dat de jongens uit Arden zich nooit misdroegen, maar zij kenden de plaatselijke adel van zien en wisten wat de gevolgen van wangedrag konden zijn. Toen ik bij de beek aankwam, zag ik ze nergens meer. Iets verderop langs een grassig paadje was een stenen brug, verstopt onder de heuvel. Het was van grijze steen gemaakt, niets bijzonders, maar vanwege de ligging was hij mooi in zijn soort. In die richting zouden ze weleens verdwenen kunnen zijn.

Inderdaad. Ik hoorde stemmen: het geschreeuw van juffrouw Honeycroft. 'Nee, nee, alsjeblieft!' En smalende jongensstemmen. Maar toen ik dichterbij kwam, was het gelukkig niet zo erg als ik had gevreesd. Ze scholden haar uit en wilden haar kennelijk beroven.

'Wat een mooi kippetje hebben we hier,' zei de ene jongen. 'Waarom zit jij niet in het kippenhok?' En de andere maakte kippengeluiden. 'Tok, tok, tok...' Ik rolde met mijn ogen. Niet te geloven.

De eerste jongen had haar hoedje bij de linten vast en zwaaide ermee. De kukelende jongen had haar tas afgepakt. In haar angst deed ze met trillende handen haar oorbellen af, kennelijk bereid om alles aan hen te geven als ze haar maar niets aandeden. Ik kende wel een paar ruige jongens uit Nieuw-Arden en volgens mij waren ze niet echt uit op geweld. Ze kenden alleen de gewoontes hier niet. Voor zover ik verstand had van accenten zouden ze afkomstig kunnen zijn uit Ierland of Northumberland of zelfs van de andere kant van de Noordzee.

'Wat ga je nog meer voor ons uittrekken?' wilden ze weten. Ze barstten in lachen uit. Volgens mij hadden ze geen idee wat ze zeiden, de onnozelaars. Ik moest ze weg zien te krijgen, het liefst zonder zelf gezien te worden, want ik hield ervan om in mijn eentje rond te zwerven en had geen zin om voortaan bang te moeten zijn voor twee wraakzuchtige jongens uit Nieuw-Arden. Hoewel ik op dat moment het gevoel had dat ik een leger in de pan kon hakken, bleef ik natuurlijk een vijftienjarig meisje en was ik allesbehalve groot.

Ik pakte een steen, richtte mijn blik op de schaduwen onder de brug en gooide. Ik kon goed mikken, een handige eigenschap voor een roodharige die opgroeit in Arden. Hoe vaak was ik niet uitgejouwd en had ik me moeten verweren? Ik raakte de ene jongen vol op zijn voorhoofd, waarna hij als een dode fazant omviel. Zijn vriend draaide zich geschrokken om en omdat hij tegen de zon in keek, sloot hij zijn ogen tegen het felle licht. Op dat moment bekogelde ik hem met vier of vijf stenen, de een na de ander, waarop hij op de vlucht sloeg. Hij gooide het hoedje op de grond en liet zijn vriend voor dood achter, hoewel ik voor mijn gemoedsrust niet hoopte dat hij ook echt dood wás.

Ik haastte me naar juffrouw Coralie. Ze zat tegen de vochtige muur aan gedrukt. Het was hartverscheurend om de anders zo levendige jonge vrouw daar ineengedoken van angst te zien zitten. 'Rustig maar, juffrouw,' zei ik. 'Ze zijn weg. U bent veilig.'

'O!' snikte ze. 'Dank je, dank je. Ik dacht... Ik was zo bang dat...'

'Niet aan denken,' raadde ik haar aan. 'Wacht maar tot u thuis bent bij uw familie. Kunt u lopen? We moeten hier uit zien te komen en zorgen dat u thuiskomt. Ik wil wel met u meegaan, als u dat wilt.'

'O, dat zou fijn zijn. Heel aardig van je. En wat ben je dapper geweest. Jij was het toch die met stenen gooide?'

'Ja, juffrouw. Kijk, hier is uw tas...' De kukelende boerenpummel had hem kennelijk laten vallen toen ik hem neerhaalde.

'Is hij...' vroeg ze.

Toen ik me over hem heen boog, ebde mijn gerechtvaardigde woede plotseling weg en was ik bang dat ik hem iets onherstelbaars had aangedaan. Maar hij ademde nog, de akelige bruut. Op zijn slaap was een grote bult verschenen en toen ik hem een por gaf, kreunde hij en trilden zijn oogleden.

'Hij haalt het wel,' oordeelde ik.

Ik gaf haar haar hoedje terug en we haastten ons terug naar het landweggetje, de belangrijkste verbinding tussen Arden en Grindley. Daar zou ons waarschijnlijk niets overkomen.

'O, wacht,' riep ze. 'Mijn pony loopt daar nog. Ik zou 'm van schrik bijna vergeten.'

Ik had weinig verstand van paarden, maar dit was best een mooi beestje. Hij was donkerbruin met witte sokken, had een vrolijke blik en een toefje gras tussen zijn rubberachtige lippen.

'O, Maverick!' riep ze uit en ze sloeg haar armen om zijn nek. 'Ik heb iets vreselijks meegemaakt. Ik dacht dat ik je nooit meer zou zien. Mijn lieve, lieve jongen.' En ineens begon ze hartgrondig te snikken.

'Alstublieft…' Ik tikte zachtjes op haar arm. 'We moeten echt gaan. U in elk geval.'

'En jou hier achterlaten?' vroeg ze en ze hief haar gezicht vanuit de paardenvacht naar me op. Haar ogen waren rood en haar gezicht was grauw en gevlekt. Gek genoeg gaf het me troost dat ze er precies zo uitzag als ik wanneer ik gehuild had. 'Dat zou ik nooit doen. Kom maar achter me zitten, dan gaan we samen naar huis.'

'Hm, dat weet ik niet, juffrouw.' Ik zette een stap naar achteren. Ik had paarden altijd iets te groot en te wispelturig gevonden. 'Ik heb nog nooit paardgereden.'

'Dat hoeft ook niet. Je hoeft alleen maar achter me te zitten. Kom dan. Je had beloofd dat je me naar huis zou brengen.' Ze klom op het zadel en leek meteen een stuk kalmer, alsof ze zich op een paardenrug het meest op haar gemak voelde. Ze wees naar de stijgbeugel. 'Je moet je rokken even optillen, vrees ik, en schrijlings gaan zitten. Zet je voet daar maar in… Nee, nee, je linkervoet. Zo ja. Nu een paar keer op en neer springen en dan je been over zijn rug zwaaien.'

Tegen de tijd dat Maverick over de met statige eiken omzoomde oprijlaan naar Silvermoor draafde, genoot ik volop van de rit op zijn achterhand. Wat een avontuur om aan Tommy te vertellen.

Een stalknecht nam de pony mee en een bediende kwam uit het huis gesneld. 'Juffrouw, waar bent u al die tijd geweest? Uw oom maakte zich al zorgen en ik moest het meteen aan hem zeggen wanneer u terug was. En wie is dit?'

'Dank je, Dorcas. Zeg maar tegen mijn oom dat ik terug ben en dat ik iemand heb meegenomen met wie hij moet kennismaken. Dit is Josie. Ik ben aangevallen door een stel schurken en zij heeft mijn leven gered.'

Wel, heb je ooit, zei de uitdrukking op Dorcas' gezicht. 'Zal ik u een kopje thee in de bibliotheek brengen?'

'Heel graag. En een paar van die heerlijke scones van de kokkin. Josie heeft wel een traktatie verdiend en kennelijk heb ik ook trek gekregen van het avontuur.'

Ik volgde juffrouw Honeycroft het huis in en dacht aan de oudejaarsavond, toen ik hier met Tommy was. Was hij er vandaag maar bij geweest. Dan had hij dit allemaal ook mee kunnen maken. Deze heerlijke ervaring, dacht ik, het woord van mijn idool gebruikend. Of toch maar niet, want jongens konden vaak ook heel vervelend zijn.

Ze leidde me door de grote hal die ik me nog goed kon herinneren, en vervolgens gingen we een kamer in die ik nog nooit eerder had gezien. De muren waren bruin en er stonden veel houten meubels: boekenkasten, glanzende tafels, gewichtig uitziende stoelen en een groot bureau bij het raam. Juffrouw Honeycroft liep meteen naar een kleine ronde tafel, beladen met kristallen glazen en karaffen.

'Thee en scones, prima hoor,' zei ze, 'maar we hebben angst uitgestaan en dit zie ik als een medicijn.' Ze gaf me een glas met een goudkleurige vloeistof waar ik vertwijfeld aan rook. Ik had nog nooit alcohol gedronken, behalve bier tijdens het oudejaarsfeest, en daar had ik geen goede herinneringen aan. Maar juffrouw Honeycroft tikte met haar glas tegen het mijne en sloeg vervolgens haar drankje in één teug achterover. Haar wangen werden roze. Ik nam een klein slokje, dat in een lange hoestbui eindigde, en ik was nog steeds aan het naproesten toen de graaf binnenkwam.

'Lieve help, Coralie, waar heb je uitgehangen? Je zei dat je voor de lunch terug zou zijn. We hebben ons zorgen gemaakt.' Hij pakte haar vast in een warme omhelzing en toen hij haar losliet, bleef hij haar hand vasthouden. Als ík te laat thuiskwam, kon ik een oorvijg van ma krijgen.

'Dorcas zei dat je lastig bent gevallen...' Hij wendde zich tot mij en ik vervloekte mijn waterige ogen en loopneus. Ik maakte een reverence en keek omlaag, meer uit ijdelheid dan uit onderdanigheid.

Coralie vertelde hem in grote lijnen wat er was gebeurd en zei dat ze haar leven aan mij te danken had.

'Lieve hemel... Juffrouw... Westgate, zei u? Wat bent u een buitengewoon dapper meisje. Ga alsjeblieft zitten. Aha, daar heb je Dorcas.'

Dorcas zette een dienblad neer, met daarop zilveren potten, porseleinen kopjes, gebloemde schalen, een bord vol scones, kleine zilveren schaaltjes met room en jam en kleine toefjes boter. Er lagen piepkleine lepeltjes en mesjes bij, zoiets schattigs had ik nog nooit gezien. Huishoudelijke zaken hadden me nooit geïnteresseerd – niets kon me zo vervelen als wanneer ma en Alice het over beddengoed hadden of onderzettertjes knipten uit een krant – maar als ik dit soort mooie spulletjes had, zou ik er wel belangstelling voor kunnen opbrengen.

Juffrouw Honeycroft schonk thee voor me in en besmeerde mijn scones met een dikke laag boter, jam en room. Waarschijnlijk vermoedde ze al dat ik niet wist wat ik moest doen met de voor me uitgestalde spulletjes. Bovendien vroeg de graaf me naar mijn versie van het verhaal. Ik voelde me intens verlegen. Een gesprek met juffrouw Coralie nadat de angstige situatie de verschillen tussen ons had weggevaagd, was één ding. Maar een betoog houden voor de graaf was van een heel andere orde. In zijn huis nog wel, omringd door pracht en praal. Voor het eerst was ik me bewust van de gebrekkige manier waarop ik vergeleken met hen praatte.

'Ik was aan het wandelen,' begon ik voorzichtig, 'in de hoop dat ik een vriend van me zou tegenkomen. Meestal zien we elkaar op zondag, als hij tenminste tijd heeft.'

'O!' riep Coralie uit. 'Door mij heb je je liefje dus niet kunnen zien. Zeg hem maar dat het me spijt. Hij zal zich wel ongerust hebben gemaakt.'

'Nee, juffrouw. Het is geen vaste afspraak. Als het kan, gaan we allebei een stuk wandelen, dat is alles. En hij is mijn liefje niet, maar gewoon een vriend.'

'Hoe dan ook, door mij is je hele dag op zijn kop gezet.'

'Dat geeft niet,' mompelde ik. 'Ik was blij dat ik iets kon doen. Ik was dus op weg naar Arden en kwam net de heuvel af toen ik juffrouw Honeycroft zag. Ik wist meteen dat zij het was vanwege haar felgekleurde jurk en haar haar... Ik heb haar ooit eerder gezien en ik heb altijd onthouden dat... nou ja...' Ik pakte een lok van mijn eigen haar beet en ze glimlachten allebei.

'Ik zag dat ze achterna werd gezeten en ben toen als een gek naar haar toe gesjeesd, excuses voor mijn taalgebruik. Ik rende zo hard als ik kon...' Ik vertelde dat ik weinig damesachtig met stenen had gegooid en dat we in mijn haast om haar in veiligheid te brengen bijna haar pony waren vergeten.

'Wie waren die jongens?' wilde de graaf weten. 'Ze kwamen toch niet uit Grindley?'

'Nee, heer. En ook niet uit Arden, maar uit Nieuw-Arden, zoals wij het noemen. Dat is tegen ons dorp aan gebouwd voor de nieuwe mijn.'

'O ja. Een slimme zet van Barridge. Echt iets voor hem. Dus u komt uit Arden?'

'Ja, meneer.'

'En die nieuwe huizen, die nieuwe mijn... Vinden jullie dat een positieve ontwikkeling?'

'Nee, heer. Integendeel. De lonen zijn verlaagd en ons dorp is tweemaal zo groot geworden. We wonen hutjemutje met allerlei nieuwe mensen die onze manier van leven niet kennen. Het zijn vast geen slechte lui, maar... eh... het is niet makkelijk om samen te leven.'

'Barridge?' zei juffrouw Honeycroft. 'Is dat niet die man van wie Cedric zegt dat hij een hart van steenkool heeft? Ja toch, oom?'

Hij knikte bedachtzaam. 'Dat vinden veel mensen, hoewel we in Josies bijzijn misschien niet zo over haar meester moeten praten.'

'Inderdaad. Het spijt me, Josie.'

'Dat geeft niet, juffrouw. Ik ken hem niet. Ik heb de man nog nooit gezien. Om die reden wil ik geen kwaad over hem spreken, maar over het algemeen vindt niemand hem echt sympathiek, meester of geen meester. En sinds afgelopen jaar nog minder. Maar ik weet zeker dat hij zijn best doet.'

'Een intelligente jongedame. Een verstandige jongedame,' zei de graaf. Hij klonk verrast, maar of dat was omdat ik uit een dorp kwam, een meisje was of jong, ik weet het niet.

'Maar, eerlijk gezegd, heer... Juffrouw Honeycroft zegt dat ik haar leven heb gered, maar volgens mij heb ik er alleen maar voor gezorgd dat ze niet beroofd en mishandeld is.'

'Ik wil er niets van weten,' zei Coralie vastberaden. 'Ook al is het waar wat ze zegt, oom, dan nog was haar hulp belangrijk genoeg om eeuwig bij haar in het krijt te staan. Bovendien heeft ze geen gelijk, vind ik. Zíj heeft niet oog in oog met hen gestaan, laat staan dat ze hun onbehouwen koppen of de kwaadaardigheid in hun ogen heeft gezien. Ik zal je eeuwig dankbaar blijven, Josie.'

Opnieuw keek ik naar de grond. Niemand had me ooit gewaardeerd, op wat voor manier dan ook, dus voor mij was dit zo'n geweldige nieuwe ervaring dat ik me opgelaten voelde.

'Ik ben het helemaal met je eens,' zei de graaf. 'U hebt een beloning verdiend.' Hij liep naar een bureau om iets te pakken en overhandigde me een biljet. 'Tien pond is natuurlijk onvoldoende compensatie voor het leven van mijn nicht, of haar welzijn, zoals u het liever ziet, maar misschien kan het uw familie helpen in deze moeilijke tijden. Want ik denk dat ze van Barridge geen cent hulp ontvangen,' mompelde hij. Dat was inderdaad waar. Maar ik wilde het niet aannemen.

'Nee, nee.' Ik duwde het biljet terug. 'Ik hoef niks, meneer. Ik heb niets bijzonders gedaan. We moeten elkaar toch helpen, of niet soms? Ik weet zeker dat u mij ook geholpen zou hebben als ik aangevallen werd.'

'Ja, natuurlijk. Maar ik ben een man, ik heb macht. Door mijn nicht te helpen hebt u een groot risico genomen, juffrouw Westgate.'

'Maar het was geen enkele moeite, meneer. Ik wilde juffrouw Co... Honeycroft alleen maar veilig thuisbrengen. Maar toen vroeg ze me binnen voor scones en ik dacht dat ze me op die manier wilde bedanken. En ik wilde heel graag eens zo'n scone proeven...'

'Goeie genade, kindje,' zei juffrouw Honeycroft, hoewel ze maar drie of vier jaar ouder was dan ik. 'Een scone als beloning? Je moet het geld van mijn oom aannemen. Heus. De mensen in Arden hebben het zwaar, ik heb het mijn broer vaak horen zeggen. En we kunnen jullie daar niet helpen, want het is ons land niet, laat staan onze mijn...'

'Waar Barridge me graag aan herinnert,' voegde de graaf eraan toe.

'Ik sta erop dat je het geld aanneemt. Anders ga ik direct weer naar buiten om het gevaar op te zoeken. En bovendien heb ik een plan. Oom, kan ik u even onder vier ogen spreken? Josie, excuseer ons even.'

Ze trokken zich terug en lieten mij alleen achter in de weelderige kamer. Ik keek om me heen. Ik sloeg alles op om het aan Tommy te kunnen vertellen en voor altijd te onthouden. Er begon me een gek gevoel te bekruipen. Ik hield mezelf voor dat het door de opwinding kwam, maar het was meer dan dat. Er voltrok zich opnieuw een verandering in mij. Ik besefte dat ik niet de dochter van een graaf hoefde te zijn, ik hoefde geen land of bedienden of een overdaad aan juwelen. Voor het eerst realiseerde ik me wat ik wél nodig had: ik wilde me gewaardeerd en geborgen voelen en af en toe een beetje verwend worden.

Ik keek naar het biljet van tien pond voor me op tafel en slaakte een zucht. Ik moest het aannemen. Ik kon er mijn familie mee helpen. Maar ik had het gemeend toen ik zei dat ik geen geld wilde voor mijn hulp aan juffrouw Honeycroft. En bij het idee dat het geld naar mijn familie zou gaan, zuchtte ik inwendig. Niet dat ik het niet wilde delen, maar het zou allemaal opgaan aan eten en andere saaie dingen. Het was een bijzondere beloning voor een bijzondere gebeurtenis en als ik het in mijn eigen zak had kunnen steken, zou ik een deel ervan aan iets speciaals willen besteden.

De graaf en juffrouw Honeycroft kwamen terug en gingen weer zitten. Ze keek hem aan en hij keek haar aan. 'Het is jouw idee, lieve. Het is jouw aanbod.'

Ze knikte. 'Oké, Josie... Ik heb een voorstel. Mijn kamermeisje, Sheila, vertrekt. Ze gaat trouwen en ik ben heel blij voor haar, maar niet voor mezelf. Ik weet niet hoe ik zonder haar verder moet. Ik heb nog niet geadverteerd voor de baan, want ik ben er nog niet voor in de stemming geweest. Ik weet zeker dat ik allemaal mooie reacties zal krijgen van uitstekende meisjes, maar dat zullen allemaal vreemdelingen zijn en dat vind ik niet fijn. Zou jij willen overwegen om met me mee te gaan naar York om voor mij te werken? Ik heb nu al het gevoel dat we vriendinnen zijn. De meeste mensen willen niet bevriend zijn met hun personeel, maar daar denk ik anders over. Lijkt het je wat, Josie? Zou je het willen?'

Ik was sprakeloos en kon haar alleen maar met open mond aankijken.

'Het zal voor jou een grote verandering betekenen,' vervolgde ze haastig, 'en natuurlijk hoef je me nu nog geen antwoord te geven. Maar je weet natuurlijk ook nog niets over de baan. Wat stom van me. Nou, het huis in York is lang niet zo groot en weelderig als Silvermoor. Het is een bescheiden optrekje, op twintig minuten lopen van de kathedraal. Het is vlak bij de renbaan... Hoewel, dat zegt jou natuurlijk niets, want je kent de stad nog niet. Nou ja, het is in elk geval een goede positie...

De familie bestaat op dit moment uit mijn vader, mijn broer en mijn tante Catherine. Mijn moeder is jaren geleden al overleden. We hebben vier bedienden, inclusief Sheila. Nou, zoals je hebt gehoord, is het een bescheiden huishouden, maar als ik Sheila mag geloven, ben ik een voorbeeldige werkgever, en je zult een behoorlijk loon verdienen. Over gebrek aan ervaring hoef je je geen zorgen te maken. Onze andere hulp kan je alles leren en ik zal heel geduldig zijn. Cedric en ik gaan vaak naar Silvermoor, dus je zult je tijd moeten verdelen tussen de twee huishoudens... Misschien kunnen we een regeling treffen zodat jij je familie kunt bezoeken als we hier zijn...'

En zo ging ze maar door. Alsof ze me moest overtuigen. Alsof ik het geen geweldig idee zou vinden. Het leven dat ze me voorspiegelde, was voor mij een droom die uitkwam. En uitgerekend in York, de stad waarover ik al fantaseerde sinds Dulcie Embry hem voor me had beschreven. Ik wilde niets liever. Ik wilde het zo graag dat het pijn deed. Toch liet ik de woorden langs me heen glijden. Ik liet ze niet tot me doordringen, want ik wist meteen dat ik haar aanbod moest afslaan. En dus begon ik te huilen.

'Lieve hemel. Arm kind.' De graaf stond op. 'Nou, dames, ik ga, dan kunnen jullie verder overleggen.' Alsof er honden achter hem aan zaten, vloog hij de kamer uit.

'Goeie genade, Josie, wat is er aan de hand?' Juffrouw Coralie beboterde nog een scone voor me. 'Heb ik je van streek gemaakt? Dat spijt me dan. Misschien wil je helemaal niet thuis weg. Het hoeft niet, hoor. Als je niet wilt, begrijp ik dat volkomen.'

'O, juffrouw,' jammerde ik terwijl ik mijn handen voor mijn gezicht weghaalde en haar angstig aankeek. 'Als u eens wist hoe graag ik met u mee wilde.'

'Echt waar? Dat is toch geweldig. Ga mee, zou ik zeggen.'

'Maar het kan niet. Het aanbod dat u me gedaan hebt... Ik kan het niet eens uitleggen. Ik vind het niet erg om Arden te verlaten, juffrouw, of mijn familie. Sterker nog, niets liever dan dat. En dat ik York zou kunnen zien, daar heb ik altijd al van gedroomd. En de kans om iets te léren, juffrouw! Nieuwe vaardigheden, nieuwe mensen...'

'Als je daar graag verder wilt leren, kan ik je daar wel bij helpen,' stelde ze enthousiast voor. 'Je kunt boeken lenen, naar concerten in de stad gaan, want er is op het gebied van muziek veel te doen in York en de inwoners kunnen tegen redelijke prijzen voorstellingen bijwonen...'

'O, hou op, juffrouw, alstublieft!' riep ik. 'Het is te veel, het is te mooi om waar te zijn, maar ik kan Tommy hier niet achterlaten. Dus mijn antwoord is nee, juffrouw Honeycroft, hoewel ik u van harte wil bedanken voor het aanbod. U zult nooit weten hoe belangrijk dat voor me is.'

'Is Tommy die vriend waar je het eerder over had? Maar hij verwacht toch niet van je dat je iets opgeeft wat zo veel voor je betekent?'

'Nee, dat zou hij niet willen, maar als iemand een kans verdient, als iemand hier zou moeten weggaan om nieuwe dingen te leren, dan is hij het wel. Weet u, hij is hier weleens geweest toen hij vijf jaar was, voor het doopfeest van de jonge heer Walter. Sindsdien heeft hij er altijd van gedroomd om... om zich te verbeteren. Maar hij heeft te horen gekregen dat er niets anders in zit voor hem. Hij werkt nu al bijna twee jaar in de mijn en het sloopt hem. Hij doet zijn plicht, juffrouw, hij is een harde werker, maar zijn geest hoort daar niet. Eerst moet hij hier weg, dan pas ik. Hij droomt er al veel langer van dan ik.' Ik knikte vastbesloten en nam een woeste hap van de scone, als troost voor het verlies van een droomleven nog voor het begonnen was.

Ineens schoot me iets te binnen. 'O, juffrouw Honeycroft! Kan Tommy niet mee? Het spijt me dat ik u hiermee overval, maar u zult er geen spijt van krijgen. Hij heeft een goed karakter, juffrouw, en hij is heel slim. Hij heeft alle prijzen op school gewonnen, en ik niet. Hij is sterk en eerlijk en u zult hem o zo aardig vinden. Hij zal u zeer dankbaar zijn. Hij kan allerlei klusjes in en om het huis doen,' beloofde ik namens Tommy.

'O, Josie, ik zou je dolgraag willen helpen,' zei ze, 'maar zoals ik al zei, zijn we een bescheiden huishouden. Het weinige personeel dat we hebben, heeft specifieke taken. We hebben geen vacature voor een knecht. Ik kan mijn vader moeilijk vragen om zomaar iemand aan te nemen zonder dat hij werk voor hem heeft.'

'Nee, juffrouw,' beaamde ik berustend. 'En dat zou Tommy ook niet willen.'

Juffrouw Honeycroft beet op haar lip. 'Maar weet je zeker dat je de juiste beslissing neemt, Josie? Ik vind het nogal een buitensporig offer. Wat heeft Tommy eraan als jij je dit ontzegt?'

'Niets. Het punt is dat ik het niet kan. Hij heeft al zijn dromen moeten opgeven. Voordat ik hem kende, had ik niet eens een droom. Ik kan hem niet achterlaten in zijn verkeerde leven. Eerst moet zíjn droom uitkomen, dan pas ben ik aan de beurt.'

Juffrouw Honeycroft zuchtte en stond op. Ze liep naar een van de bureaus en schreef iets op. Ik keek toe en bewonderde haar elegantie en de manier waarop haar roze jurk viel. Toen overhandigde ze me een stuk papier. 'Dit is mijn adres in York, Josie,' zei ze. Ze klonk als iemand die een nederlaag had geleden en daar helemaal niet blij mee was. 'Ik zal nooit vergeten wat je voor me hebt gedaan. Als je ooit hulp nodig hebt, verzoek ik je dringend om bij me langs te komen. Je kunt natuurlijk ook een bericht sturen via Silvermoor.'

'Dank u, juffrouw Honeycroft,' zei ik met een klein stemmetje. Ik stopte het papiertje in mijn lijfje, vlak bij mijn hart. Een symbool. Een reddingsboei.

19

JOSIE

De graaf stond erop me te laten thuisbrengen in een koets. De koetsier heette Matthias. Ik vroeg hem om me iets buiten het dorp af te zetten. Ik had nog geen zin in de confrontatie met het leven waartoe ik mezelf had veroordeeld. In plaats daarvan beklom ik de heuvel en ging zitten op de plek waar ik zo vaak met Tommy had gezeten. Ik keek uit over het landschap, de glooiende hellingen en het grijs en groen van de dalen. De lucht was bleek en waterig, met hier en daar smalle repen citroengeel zonlicht. Het zou mooi zijn geweest als het plaatje niet werd ontsierd door de onnatuurlijke, donkere mijnschachten, opdringerig als een voet tussen de deur.

Ik sloeg mijn armen om mijn knieën en liet mijn hoofd erop rusten. Hoe vaak hadden we hier niet gezeten en gesprekken gevoerd over het feit dat mensen als wij niets te kiezen hadden in het leven. Vandaag had ik een keus gekregen en ik had hem voorbij laten gaan. Ik wist dat ik een fout had gemaakt. Maar als ik het aanbod had aangenomen, zou ik hetzelfde gevoel hebben gehad. Vanwege Tommy. Dat was mijn enige troost. De opwinding over de reis naar York en het begin van een nieuw leven zou overschaduwd worden door de wetenschap dat Tommy vastzat in de mijnen van Grindley. Hoewel ik niet in staat was zijn dagelijkse leven te verzachten, was ik wel de enige persoon die begreep hoe hij zich voelde. Hoe kon ik dat van hem afnemen? En stel je voor dat hij een ongeluk kreeg? In Arden zou ik daar snel genoeg van op de hoogte zijn – alle mijnwerkers en hun familie hielden hun oren gespitst voor rampspoed. Niets zou me tegenhouden om de deur uit te stormen en naar Grindley te rennen om bij hem te zijn. Maar hoe zou ik daar ooit achter komen als ik in York woonde? Hoe kon ik daar weggaan als ik voor juffrouw Coralie moest zorgen?

Er blies een kille wind om mijn schouders en ik huiverde. Ik was inmiddels al veel later dat ik had gepland. Ik kon alleen maar hopen dat mijn onwaarschijnlijke verklaring en de tien pond van de graaf mijn familie gunstig zou stemmen.

Ik had me in mijn hele leven nog nooit zo benauwd gevoeld als toen ik over de drempel van ons huisje stapte. Alleen Martha en Tansy waren opgelucht om me te zien. De gezichten van mijn ouders verstrakten. Ik dacht aan de graaf die naar Coralie toe was gerend om haar te omhelzen.

'Het spijt me,' zei ik nog voor ze iets konden zeggen. Ma's mond stond al open. 'Er is vandaag heel veel gebeurd. Ik heb iemands leven gered en ik ben daarvoor beloond...' Ik liet me op een stoel zakken en nu pas drongen de dramatische gebeurtenissen tot me door. 'Hier,' zei ik. Ik stak hun het biljet toe. 'Mijn beloning. Voor jullie. Om te helpen.'

Nog voordat mijn lippen de laatste lettergreep hadden gevormd, had pa het geld al uit mijn hand gegrist. Hij bekeek het biljet, draaide het om en om en controleerde of het echt was. Hij was de wanhoop nabij, dat kon ik duidelijk zien, en dat alleen al had me moeten sterken in de gedachte dat ik het juiste had gedaan. Maar dat was niet zo. Ten eerste had de manier waarop hij het geld bestudeerde iets onaangenaams. En het gaf me een akelig gevoel zoals hij ernaar staarde. Op dat moment begreep ik dat iemand die zo wanhopig was, niet meer volledig te vertrouwen was.

Maar de reactie van mijn moeder, die even op zich had laten wachten, was nog weerzinwekkender. Ze sprong op uit haar stoel en gaf me een klap in mijn gezicht. 'Wat ben je toch een slechte meid!' riep ze.

'Vieze kleine slet die je bent. Iemands leven gered? Je hebt jezelf verkocht, zul je bedoelen. Een of andere gladde kerel had zeker zin om onder een mijnwerkersrokje te gluren, en hup, daar had jij wel oren naar. Je deugt niet. Dat heb ik altijd geweten.'

Ze hief haar hand op om me opnieuw te slaan, maar ik dook weg. Martha, God zegene haar, ving ma's arm op en hield haar tegen. Pa staarde nog steeds verrukt en argwanend tegelijk naar het geld.

'Hou op, ma,' zei Martha met haar rustige, krachtige stem. 'U hebt het helemaal mis. Josie zou zoiets nooit doen en dat weet u net zo goed als ik. Dus hou op en luister naar haar.'

'Ik vertel niks meer.' Trillend op mijn benen van woede staarde ik mijn ouders aan. Ik was nog nooit zo ongelukkig geweest. 'Niet nu zij me zo heeft beschuldigd. Mijn eigen moeder. Jullie kennen me helemaal niet.' Vergezeld door het geluid van Tansy's snikken stormde ik het huis uit.

Martha kwam achter me aan. Ik rende natuurlijk meteen naar het huis van juffrouw Embry. Ze liet ons allebei binnen en aan hen vertelde ik mijn verhaal.

Een week later vertelde ik het aan Tommy. Ik kon niet wachten op zijn reactie.

Hij greep me vast aan beide armen en even dacht ik dat hij me door elkaar zou schudden, hoewel ik beter had moeten weten. De pijn en verwarring die ik in zijn ogen zag, zorgden ervoor dat ik opnieuw spijt had van mijn beslissing.

'O, Josie,' verzuchtte hij. 'Je bent de grootste schat van de wereld, weet je dat wel? Ik heb er alles voor over om jou gelukkig te zien. En nu heb je de kans van je leven voor mij voorbij laten gaan. Maar omdat ík hier vastzit, hoef jíj hier nog niet te blijven.'

'Maar ik bén gelukkig,' protesteerde ik en ik vervolgde op iets rustigere toon: 'Ik heb inderdaad een mooie kans voorbij laten gaan, maar ik heb een keuze gemaakt, Tommy. Ik heb voor jou gekozen. Er zal een moment komen dat jij hier weg kunt gaan en dan ga ik ook.' Maar diep in mijn hart was ik daar niet meer zo zeker van.

'Maar Josie! Je zou nieuwe mensen hebben ontmoet, er zou misschien zelfs een kans voor mij voorbijkomen. Via vrienden van de Honeycrofts bijvoorbeeld, of buren. Je zou mijn ogen en oren zijn geweest in een nieuwe wereld. We hadden elkaar kunnen blijven zien als de Honeycrofts naar Silvermoor kwamen. O, Josie, schrijf haar een brief. Zeg haar dat je van gedachten bent veranderd. Alsjeblieft. Ik ben bang dat je me dit anders je hele leven kwalijk zult blijven nemen.'

Ik begon te huilen en hij bleef smeken en terwijl de emoties hoog opliepen, vergat hij zichzelf en boog zijn lippen naar me toe. Het was de liefste kus die ik ooit had gehad. Zacht en warm en op de een of andere manier vol van alles wat we in ons leven wilden, maar niet konden krijgen.

Voor mij leek het of de tijd stilstond en de enige reden waarom ik me terugtrok, was omdat we midden op straat stonden, op klaarlichte dag. Als ma dit te horen kreeg, zou dat voor haar het bewijs zijn dat ik precies zo was zoals zij altijd had gedacht. En waarom ze dat dacht, begreep ik niet. Ik had nooit jongens achter me aan gehad, zoals Alice. En ik had zelfs nog nooit een jongen leuk gevonden. Hoe dan ook, dit was niet het moment om aan ma te denken, dit was het moment om met een idiote grijns naar mijn lieve, geweldige Tommy te kijken. Maar ik ging geen brief schrijven aan juffrouw Coralie. Met die kus had Tommy juist het tegenovergestelde bereikt van wat hij wilde. De kans dat ik nu nog bij hem weg zou gaan, was alleen maar kleiner geworden.

20

TOMMY

Het duurde wel twee maanden voordat ik bekomen was van Josies nieuwtje. Een kans uit duizenden die ze zomaar had afgeslagen. Vanwege mij. Ik piekerde erover tijdens mijn lange dagen ondergronds. In gedachten zag ik het helemaal voor me. Josie die allerlei nieuwe werkzaamheden onder de knie probeerde te krijgen, ronddwalend over de keienstraatjes van York terwijl ze de naar chocolade geurende lucht inademde en de klokken van de kathedraal hoorde. Ze verdiende het zo. Het zou haar leven hebben veranderd. Ik was een molensteen om haar nek, alleen maar omdat ík nog geen uitweg had gevonden. Meer dan eens voelde ik de verleiding om juffrouw Honeycroft zelf een brief te schrijven, om haar te smeken Josie aan te nemen, of ze het ermee eens was of niet – haar zo nodig te kidnappen. Maar er was geen enkele reden om te denken dat een brief van mij op de welwillendheid van de nicht van de graaf kon rekenen.

Vorig jaar, precies een week na het oudejaarsfeest op Silvermoor, werd er een pakje voor mij afgeleverd, afkomstig van het landgoed. Ik had nog nooit een pakje gehad. Toen ik de stempel van het familiewapen op het papier zag, maakte mijn hart een sprongetje van vreugde. In het pakje zaten drie boeken die zo te zien gingen over een jongen, genaamd Gerard Appleby, die aan het hof van koning Arthur leefde.

De boeken zagen er een beetje kinderachtig uit voor iemand van mijn leeftijd, maar desondanks was ik er heel blij mee. Er zat ook een brief bij, die ik gretig openvouwde.

Beste Tommy (als ik zo vrij mag zijn),

Deze boeken zijn een geschenk van mij aan jou. Ik hoop dat je ze wilt aannemen. Het zijn mijn lievelingsboeken en ik weet zeker dat jij ze ook leuk zult vinden. Ik heb gedaan wat je zei en aan mijn vader gevraagd of je bij me op bezoek mag komen, maar hij zei dat hij jou geen geschikte vriend voor me vond. Eerlijk gezegd heeft me dat zeer teleurgesteld en ik zou willen dat je me niet had aangemoedigd om het te vragen. En ik moet van hem nog steeds op Merrylegs rijden. Maar misschien ben ik te jong om met jou bevriend te willen zijn en vind jij het veel minder erg. Ik schrijf je deze brief om het uit te leggen. Ik hoop dat je plezier hebt van de boeken.

Met geërgerde groeten,
Walter Sedgewick

Ik wist wel dat de graaf er zo over zou denken. Toch was het vreselijk om het zo zwart-op-wit in een brief van een kind te lezen. Mijn wangen begonnen te gloeien en ik werd opstandig. Ik ongeschikt? Hoe kon de graaf dat weten? Hij kende me helemaal niet. Ik schaamde me en voelde me beledigd. Even had ik begrip voor de haat die de mensen jegens de adel koesterden en begreep ik waarom ze niets van hun extravagante levenswijze wilden weten. Ik overwoog de mooie boeken in het haardvuur te gooien, maar dat paste niet bij me. Per slot van rekening had die jongen de moeite genomen om me te schrijven en een geschenk te sturen. Dat betekende dat hoewel onze maatschappij gebrekkig was, wat ik allang wist, Walter oprechte vriendschap voor me had gevoeld, ook al kon zijn vader dat niet.

Een tijdje later gebeurde er iets vreemds. Toen ik op een dag van de mijn onderweg naar huis was, kwam ik de schoolmeester tegen. Ik had hem al heel lang niet meer gezien en ik verwachtte niet dat hij een praatje met me aan zou knopen, maar tot mijn verbazing groette hij me. Mijn gezicht was met een dikke laag kolenstof bedekt, het zijne nog steeds met een grijze krijtlaag. Ik knipperde met mijn ogen. 'Goeienavond, meester Latimer. Hoe gaat het met u?'

'Prima. En met jou? Ga je nog vaak op bezoek bij Silvermoor?'

'Hoezo?'

'Ik hoorde dat je vriendschap hebt gesloten met de jonge heer Walter.'

Ik fronste mijn voorhoofd. 'Ik kom nooit op Silvermoor. Helaas niet. U bent niet goed ingelicht.'

Hij trok een verbaasd gezicht, maar het was gespeeld, net zoals wanneer onze Alfie verbaasd keek als hij iets lekkers had gepikt en dat niet wilde toegeven. 'O ja? Wat vreemd. Nou, dan heb ik me vergist. Goeienavond, Tommy.'

Ik vroeg me af hoe hij aan die informatie was gekomen. Maar inmiddels was er al weer een jaar voorbij en ik was het al bijna vergeten toen Josies nieuwtje me eraan herinnerde. Ik had niet de illusie dat ik Josie een dienst zou bewijzen door een goed woordje voor haar te doen bij de adel. Zij had haar besluit genomen, hoewel ik het er niet mee eens was. Helemaal niet zelfs.

DEEL 2

21

JOSIE

Maart 1902

Na het aanbod van juffrouw Honeycroft en mijn grootmoedige weigering werd ik, zoals gezegd, geplaagd door gewetenswroeging. Maar een jaar later, in het voorjaar van 1902, had ik nog veel meer reden tot spijt.

Het was een zondag in maart. Ik ging niet op zoek naar Tommy, want zijn grootvader was er slecht aan toe. De dokter was er zelfs bij geroepen, dus hij had wel iets anders aan zijn hoofd. Dus bracht ik na de kerkdienst en de gebruikelijke zondagse karweitjes een aangename middag door bij Dulcie. We kletsten heel wat af en ik hielp bij het uitzoeken van fournituren uit een dikke catalogus. Ik had graag langer willen blijven, maar ze kreeg familie uit Leeds op visite die op doorreis was, en ik wilde niet in de weg lopen.

Bij thuiskomst zaten pa en ma op luide toon te praten voor het haardvuur. Ze schrokken toen ik binnenkwam. Niet dat ik een romantisch intermezzo had verstoord. Voor dat soort zaken hadden we in Arden geen tijd. Ze keken me met een rare blik aan, alsof ze bang voor me waren, en dat was vreemd.

het waar is! Laat me morgen naar Silvermoor gaan en dan zal ik haar verwittigen. Ik zal bij haar meer verdienen dan in de mijn, dus we worden er alleen maar beter van.'

'Alsof je daar nee tegen gezegd zou hebben,' zei mijn moeder smalend. 'Vertel eens, jongedame... Als die juffrouw Honeycroft van jou je zo'n mooie kans heeft geboden, waarom heb je die dan niet aangenomen? Er is niets wat je hier houdt, dat weet je. Ik vlei mezelf niet door te denken dat je zo veel van ons houdt dat je hier wilt blijven.'

'Nou, dat is dan wederzijds!' riep ik. 'Als het aan jullie ligt, kan ik ondergronds creperen. Hoe dan ook, het is waar en het is een veel betere oplossing. Laat me haar een brief schrijven.'

'O, ga je haar schrijven? Ga je haar verwittigen?' Haar stem klonk spottend. 'Tjonge, wat heb jij het hoog in je bol gekregen. Als je weggaat, zul je niet één keer omkijken, denk ik. En ik weet zeker dat we geen cent van je te zien krijgen.'

Het was allemaal zo onrechtvaardig dat ik naar adem hapte. 'Ma! Ik heb u die tien pond gegeven. En ik beloof dat ik u de helft van mijn loon zal sturen. Mag ik het alstublieft proberen?'

'Elke week telt, Josie, kindje,' zei pa. 'Ook al klopt het wat je zegt, tegen de tijd dat je haar hebt geschreven en zij je heeft geantwoord, is er al een week voorbij en nu Bert is getrouwd moet er nodig een tweede loonzakje binnenkomen. Richardson verwacht je morgen in de mijn.'

'Wat?' Ik deinsde terug en zonder te beseffen wat ik deed, liep ik langzaam naar de deur. 'Zijn jullie gek geworden?' Er was geen tijd om me voor te bereiden. Geen tijd om Tommy of Dulcie in te lichten. Richardson was de opzichter. Als hij me morgen verwachtte, was pa hier al dagenlang mee bezig geweest zonder mij iets te zeggen.

'En Dulcie dan? Zij wil me vast wel een baan in de winkel geven. Ik kan het haar meteen gaan vragen. Dan kan ik morgen beginnen, zeker weten. Ze zou nooit willen dat ik in de mijn moest werken. Ze zou er alles aan doen om dat te voorkomen.'

'O ja? Zou ze er alles aan doen om dat te voorkomen? Dus zij weet wat het beste is voor onze dochter en wij zijn wreed en harteloos, of bedoel je dat niet?'

'Daar lijkt het wel op.'

'Nou, mijn hart huilt voor die arme kleine Josie. Al die goede mensen die het beste voor haar willen terwijl haar wrede ouders haar als een vod behandelen.'

'Wie de schoen past, ma,' mompelde ik.

Meteen had ik een pets te pakken. Hij brandde op mijn wang. Ze rukte me weg van de deuropening, waar ik voorzichtig naartoe was geschuifeld. Ik begon te schoppen en te schreeuwen, maar ma was sterk, heel sterk. Ze duwde me in een stoel bij de haard en ging op me zitten om me in bedwang te houden. Ze klemde mijn armen tegen mijn zij en knikte naar pa.

Vermoeid stond hij op uit zijn stoel om in de keuken een schaar te pakken. Ik begreep niet wat er ging gebeuren.

'Pa!' krijste ik. 'Waarom willen jullie dit erdoor drukken? Er zijn toch ook andere mogelijkheden? Die zíjn er, echt!'

'Josie, kindje,' zei hij. 'Als juffrouw Embry zich een winkelhulpje kon veroorloven, had ze er allang een gehad. Het is een dorpswinkel. Ze kan net haar hoofd boven water houden. Dat weten we allemaal. En we willen geen liefdadigheid aannemen.'

'En juffrouw Honeycroft dan? Als u me nu laat...'

'Dat was een jaar geleden. Ze zal inmiddels wel een kamermeisje hebben.'

'Jij gaat niet voor die familie werken en daarmee basta,' zei ma. Haar stem klonk onwrikbaar. 'Ik wil het niet hebben. Je krijgt er alleen maar kapsones van. Kamermeisje, kom nou! Je zult haar wel niet verteld hebben dat je de twee grootste linkerhanden hebt aan deze kant van Sheffield. Binnen een week zou je al haar jurken hebben verknipt, haar haar hebben verbrand en haar sieraden hebben kwijtgemaakt. Je bent gewoon niet handig, meid. De mijn is goed genoeg voor jou. Kom op, Sam. Stel het niet langer uit.'

Toen tilde mijn vader mijn vlechten op en knipte ze resoluut af. Ma stond op, pakte de schaar en knipte mijn haar nog wat bij. Ik was verlamd van schrik. Ze keek me aan en knikte. 'Voor het geval Barridge je ziet,' zei ze. 'Niet dat het hem ook maar iets kan schelen...'

Ik sprong op en rende snikkend het huis uit.

22

TOMMY

Maart 1902

Op een zondag in maart kwam tegelijk met de schemering het verdriet ons huis binnengeslopen. Opa lag op sterven. We hadden ons allemaal verzameld, niet rond zijn sterfbed, zover was het nog niet, maar samen zijn als familie was op dit moment voor ons allemaal heel belangrijk. We deden niets anders dan anders, gewoon genieten van onze avond, terwijl pa af en toe naar buiten sloop om zijn pijp te roken en de meisjes met een of ander naaiwerkje bezig waren. Ma speelde op het harmonium en Connie zong zachtjes mee.

Ineens werd deze harmonieuze rust verstoord. Op de voordeur, die we nooit gebruikten, werd hard geklopt. Mopperend wrikte pa hem open.

Toen ik opkeek, zag ik juffrouw Embry. Ze droeg geen jas en geen hoed en zag eruit alsof ze het ene moment nog visite had gehad in haar zitkamer en het volgende bij ons voor de deur stond. Later hoorde ik dat het precies zo was gegaan.

Ik haastte me naar buiten. Zelfs onder de gunstigste omstandigheden was de kans klein dat mijn familie haar hartelijk zou verwelkomen, en dit was geen gunstig moment. 'Wat is er gebeurd?' vroeg ik toen de deur achter ons dichtviel.

'O, Tommy, je moet meekomen. Ze hebben haar haren afgeknipt. Ze sturen haar morgenochtend naar Drammel Depth, verkleed als jongen.'

'Ik stormde naar binnen, pakte mijn jas en pet en na een kus op het voorhoofd van opa en een kort 'Ik ben zo terug' verliet ik het huis.

Juffrouw Embry had de tweewielige paardenkar van de opzichter van Hepzibah geleend. Terwijl ze me meer over het drama vertelde, reden we ratelend door de schemerige straatjes.

'Wacht!' riep ik toen we de afslag naar Silvermoor passeerden. Ze spande de teugels aan en even later stopten we voor de brede stenen zuilen die de grens van het terrein van de Sedgewicks markeerden. De pony snoof en stampte.

'Is ze voorlopig veilig?' wilde ik weten. 'Ze kan morgen pas de mijn in, maar denk je dat ze het komende half uur tot een domme streek in staat is?'

'Daar krijgt ze de kans niet voor. Ze was nog maar twee minuten bij me of haar vader sleepte haar terug naar huis, zwerend dat hij haar zou opsluiten. Ik smeekte hem om haar bij mij te laten, maar hij was onvermurwbaar. Josie was in alle staten. Ze bleef maar schreeuwen: "Zeg het tegen Tommy! Zeg het tegen Tommy!" Telkens weer. Het was hartverscheurend, Tommy. Ik had geen idee wat jij voor haar kon doen, maar ze vroeg het me, vandaar.'

'Daar hebt u goed aan gedaan, juffrouw. Ik ben u zeer dankbaar. Ik denk dat het verstandig is om juffrouw Honeycroft in te lichten. Ze heeft tegen Josie gezegd dat ze in geval van nood naar haar toe moest komen. Nou, dit is een noodgeval.'

'Zeker.'

'Laten we naar het grote huis gaan. Misschien is ze daar. Zo niet, dan kunnen we een bericht achterlaten en zo snel mogelijk naar Arden rijden.'

Ze keerde de kar om en we reden over de brede laan naar het landhuis. Het was een slecht moment voor bezoek, zelfs onder gelijken.

Voor een dorpsjongen die op dit uur onuitgenodigd bij een meester langsgaat, gold het als het toppunt van onbeleefdheid. Ik was blij dat juffrouw Embry erbij was, in de veronderstelling dat zij het bezoek wat meer aanzien zou geven.

Nadat we hadden aangebeld, bleven we wachten op de grote stenen trap. De butler die opendeed, keek ons verbijsterd aan. Haastig verontschuldigde juffrouw Embry zich en legde uit dat we juffrouw Honeycroft heel dringend moesten spreken.

'Juffrouw en meneer Honeycroft zijn er niet,' zei hij. 'Ze zijn momenteel in York. Goedenavond.'

'Wacht, alstublieft. Weet u of ze binnenkort komen?'

'Komende maand niet, mevrouw,' zei hij. Bijna had hij de deur in ons gezicht dichtgegooid.

'Zouden we een bericht mogen achterlaten? Alstublieft? Het gaat om een vriendin van de juffrouw... een zaak van leven of dood.'

'O ja?' Het ongeloof droop van hem af. Ik zei niets, wetend dat ik met mijn dorpse dialect en mijnwerkersmanieren onze zaak geen goed zou doen.

'Ja, zo is het,' beaamde juffrouw Embry op stekelige toon, die ik niet van haar kende. 'Wilt u pen en papier voor ons pakken, meneer Portis? Dan kunnen we een bericht schrijven dat u meteen morgenochtend naar York moet sturen.'

De butler trok zijn wenkbrauwen op. 'Het spijt me, juffrouw, maar als de eigenaresse van de dorpswinkel inderdaad bekend is met een goede vriendin van juffrouw Honeycroft, zou je toch denken dat ze haar adres heeft en zelf op de gewone manier gebruik kan maken van de post.'

Op dat moment hoorde ik een stem in de hal achter Portis. Een paar honden, de een groot, de ander klein, drong zich wantrouwig grommend langs de butler naar voren.

Portis keek over zijn schouder en legde de situatie uit, waarbij hij zijn ongeloof overduidelijk liet doorsijpelen en ons in een zo kwaad mogelijk daglicht probeerde te stellen. Terwijl juffrouw Embry klaarstond om opnieuw uitleg te geven, herkende Teacup mij en stormde het huis uit. Ze wierp zich tegen me aan en ik ving haar op, waarna ze me uitvoerig in mijn gezicht begon te likken, even enthousiast als ze me even daarvoor nog het vlees van mijn botten wilde scheuren. Een pittig hondje, dat was Teacup.

De jonge heer Walter kwam naar de deur, benieuwd om te zien wat de aandacht van zijn hondje had getrokken. 'Hé, is dat niet… Jij bent toch…' zei hij, vanuit de lichte hal de duisternis in turend.

Ik zette een stap naar voren en lichtte mijn pet, waar Teacup onmiddellijk zijn tanden in zette. 'Goeienavond, heer. Het spijt ons zeer dat we u zo laat nog storen, maar zoals juffrouw Embry al heeft uitgelegd, is het voor een dierbare vriendin van juffrouw Honeycroft een zaak van leven of dood. Het enige wat we willen is een bericht voor haar achterlaten, dan zijn we weg.'

'Jij bent toch Tommy Green?'

'Ja, meneer.'

'Wat leuk je weer te zien.' Hij stapte naar buiten en gaf me een hand. Mijn verbazing was niets vergeleken met die van de butler. De jonge heer Walter was inmiddels elf jaar en hard op weg een volwassen man te worden, tenminste wat betreft gedrag en uitstraling. Hij had nog steeds een open, blijmoedig gezicht en ik wist dat we in een andere wereld vast en zeker vrienden waren geworden.

'Portis, hoe laat verwacht je mijn vader thuis?'

'Niet voor middernacht, jongeheer Walter.'

'Dan zal ik me zelf met de vragen van deze mensen bezighouden. Dank je, Portis. Ik zal ze naar de bibliotheek brengen. Ze blijven niet lang.'

Met een gezicht als een verregende zondag verdween Portis uit het zicht. Een ogenblik later had juffrouw Embry een briefje geschreven dat ze in een envelop schoof. De jonge heer beloofde dat de brief de volgende ochtend op de post zou gaan. Daarna bracht hij ons naar onze koets, geflankeerd door Teacup en Empress.

'Tommy, de vriendin in nood… Is dat toevallig Josie?'

'Ja, heer.'

'Nou, wat er ook aan de hand is, ik hoop dat Coralie kan helpen. Goedenavond, Tommy, juffrouw Embry.'

Het was echt donker toen we in Arden aankwamen. De straten waren leeg. Net als in Grindley was ook hier de zondagavond een moment van rust rond het haardvuur.

'En nu?' vroeg ik.

'Ik moet deze koets terug naar de mijn brengen, anders ben ik het vertrouwen van Hawkins voor altijd kwijt,' zei juffrouw Embry. 'Ga je mee? Dan kunnen we onderweg samen een plannetje bedenken.'

'Dank u, juffrouw, maar u hebt genoeg gedaan. Ik zal zelf wel zien wat ik kan doen.'

'Nou, als je me nodig hebt, weet je me te vinden. Eerlijk gezegd heb ik weinig zin om me er vanavond nog mee te bemoeien. Haar vader knapte bijna uit elkaar van woede en haar moeder is sowieso altijd boos. Het is een duivelse kwestie, Tommy. Ik zei dat ze bij mij kon komen werken, dat ze bij mij kon wonen en dat haar loon naar haar familie zou gaan, maar ze wilden er niets van horen. Ik zal het nooit begrijpen, ook al word ik honderd jaar.'

Maar ík begreep het wel. Ik was met die manier van denken opgegroeid. 'Ze zien het als een belediging om hulp van een vreemde aan te nemen, alsof u beter voor hun dochter kunt zorgen dan haar eigen ouders.'

'Maar dat is ook zo.'

'Ja, en daar schamen ze zich voor, hoewel ze dat nooit zullen toegeven, want mijnwerkers zijn een trots volkje. Ze hebben niets anders, snapt u?'

'Kortzichtig en egoïstisch.' Ze schudde vastbesloten haar hoofd. 'Maar Tommy, wat ga jij doen? Als jij vanavond met haar ouders gaat praten, ben ik bang dat je niets zult bereiken.'

'Ze zijn niet echt dol op me, dat klopt,' gaf ik meesmuilend toe. 'Maar maakt u zich geen zorgen om mij, juffrouw. Ik bedenk wel iets.'

'Lieve hemel! Ik heb bezoek thuis! Helemaal vergeten. Wat een avond, wat een avond...' riep ze ineens toen ik uit de koets stapte, en nog steeds in zichzelf mompelend reed ze weg.

Ik liep in het rustige deel van Josies straat. Hier en daar zaten mannen buiten een pijp te roken. Ze bekeken me argwanend. Ik liep door tot het einde van de straat en sloeg de hoek om. Ik kon moeilijk gaan lanterfanten voor het huis van Josie en durfde nog niet aan te kloppen. Terugdenkend aan het advies van juffrouw Embry was ik er eigenlijk niet meer zo zeker van dat dit een goed idee was. Leunend tegen een muur wachtte ik tot iedereen binnen was.

En inderdaad was de straat na tien minuten verlaten. Ik sloop naar het huis toe. Door het raam kon ik Josie en haar ouders zien. Ze voerden een verhit gesprek. Josie stond, haar moeder zat in een stoel en deed alsof ze breide, maar de naalden lagen werkeloos in haar handen. Nu en dan sprong ze op om haar dochter een flinke klap te geven. Josie gaf geen krimp. Haar vader ijsbeerde door de kamer en probeerde af en toe iets in te brengen tegen Josies tirade. De andere meisjes waren nergens te bekennen. Waarschijnlijk waren ze naar boven verbannen.

Het was moeilijk om Josie gekwetst en in tranen te zien. Met haar haren kortgeknipt zag ze eruit als een schriele roodharige jongen. Het was ook moeilijk om het gebrek aan liefde op de gezichten van haar ouders te zien. Mijn vader mocht dan een man van graniet zijn, mijn familie was een stuk gelukkiger dan die van Josie. Het kostte me de grootste moeite om niet naar binnen te stormen en haar los te rukken van het geweld en de liefdeloosheid, maar ik wist dat een overhaaste actie haar meer kwaad dan goed zou doen. Ik was een mijnwerker. Ik wist wanneer een situatie kritiek was en er gevaar dreigde.

Zij was van hen – dat was de mentaliteit van iedereen hier. En die zat heel diep, ook bij mij. Iedere familie bracht haar eigen arbeidskrachten voort en de Westgates hadden de pech dat ze meer meisjes dan jongens op de wereld hadden gezet. Vaak had dat nadelige gevolgen voor de dochters. Ik had het recht niet om hun te zeggen dat ze haar anders moesten behandelen, laat staan om haar weg te halen, ook al wilde ik niets liever.

Ten slotte kwam Martha naar beneden, de enige van de familie die kalm bleef. Ik kon niet verstaan wat ze zei, maar ik wist dat ze een pleidooi voor Josie hield. De moeder sleurde de beide meisjes naar boven en toen ze terugkwam, zag ze eruit als een vrouw die door een krachtige wind was aangevallen. Even later ging er een raam boven me open en toen ik omhoogkeek, zag ik er een bekende laars en een mager wit been uit steken.

Nog niet, Josie, dacht ik. Het is nog te vroeg. Kon ze mijn gedachten maar horen, maar natuurlijk was de drang om te ontsnappen sterker dan haar gezonde verstand. Toen een tweede been naar buiten kwam en ze met haar laarzen tegen de muur schraapte, haastte haar vader zich naar buiten. Ik dook weg achter de kolenschuur, een benauwd, donker plekje vol spinnen. Omdat al zijn aandacht op zijn onhandelbare dochter was gericht, zag hij me gelukkig niet.

'Ik zie je wel, domme meid!' riep hij. Enkele ramen verderop in de straat gingen open. 'Kom onmiddellijk naar binnen of je kunt een pak slaag van me krijgen!'

Hoewel ik het niet kon zien, nam ik aan dat de laarzen weer naar binnen verdwenen, want ik hoorde de voordeur dichtslaan. Even later ging hij weer open. 'Zo,' zei Sam Westgate, 'jij gaat het kolenhok in en voorlopig kom je er niet meer uit, rotmeid.'

Ik hoorde een kreet, gevolgd door het vage geluid van rollende kolen en struikelende ledematen. Ik hoorde hoe grendels werden dichtgeschoven, een, twee, drie. Ik hoorde hoe iets zwaars door de tuin werd gesleept en tegen de deur werd gezet. En ten slotte hoorde ik hem naar binnen gaan en Josie schreeuwen.

Boven me zag ik dat de ramen in de straat nog steeds geopend waren en kon ik de buren op gedempte toon horen praten.

'Een grof schandaal om je dochter naar Drammel Depth te sturen.'

'Weet je wat nog erger is? Een dochter die ongehoorzaam is. Lieve help, als ik ooit zo'n grote mond van onze Nancy krijg, kan ze zich beter uit de voeten maken. Geen wonder dat Maggie Westgate altijd boos op haar is.'

'Hoho, dat meen je toch niet, Mary? Josie is juist een leuke, vrolijke meid. Altijd opgewekt. Het vooruitzicht om jaren ondergronds te moeten werken... Geen wonder dat het kind het op een schreeuwen en schoppen zet.'

'Je bent veel te zacht, jij. Ook Josie moet een bijdrage leveren. Vrolijk of niet, ze heeft wat mij betreft veel te veel kapsones. Ze verdient niet beter.'

'Goeienavond, Mary.'

Ik hoorde één raam dichtgaan en toen het andere. Ik strekte mijn verkrampte benen en liep naar de deur van het kolenhok. Het was nog veel te vroeg om er ook maar aan te denken om de deur open te doen, maar ik wilde Josie laten weten dat ik er was. Ze was opgehouden met schoppen en haar geschreeuw was geleidelijk afgezwakt tot een gestaag hoorbaar gesnik. Sst, suste ik in gedachten, en ik begon zachtjes te fluiten.

Aanvankelijk hield het gesnik aan, dus stopte ik met fluiten. Ze moest eerst maar eens helemaal uithuilen. Maar toen het snikken op een laag gejank begon te lijken, floot ik weer een deuntje. 'Hey Bonnie May' was een wijsje dat ze me honderden keren had horen fluiten. Meteen stopte het gejammer. Ze wist dat ik er was. Mooi. Nog twee uur bleef ik in het donker wachten. En al die tijd gaf Josie geen kik meer.

Behalve dat ik zo snel mogelijk een einde wilde maken aan Josies ellendige situatie, had ik eigenlijk nergens last van. Als ik mijn hand op vijftien centimeter afstand van mijn neus hield, kon ik hem nog zien. Er waaide een koele wind van de heuvel. Hoe donker of krap een ruimte ook was, erger dan mijn eerste dag in Crooked Ash kon het niet zijn. Soms vroeg ik me af of ik ooit over die ervaring heen zou komen.

Ik zag hoe de lamp in de meisjeskamer werd uitgeblazen en de gordijnen beneden werden dichtgetrokken. En ook nadat de streep geel licht die eronderdoor scheen, werd gedoofd, wachtte ik nog even. Ik hoorde iemand luid hoesten en spugen op straat. Voetstappen. Toen stilte. Eindelijk achtte ik de situatie veilig genoeg om de zinken teil ver genoeg van de deur weg te schuiven zodat er een tenger meisje doorheen zou kunnen. Telkens wanneer het ding over de keien schraapte, kromp ik ineen en om de paar seconden keek ik naar het huis, maar het bleef donker en stil. De grendels, die roestig waren omdat ze te weinig werden gebruikt, waren lastiger open te schuiven. Ze piepten en kreunden toen ik er zachtjes aan trok. In de stille nacht klonk het alsof het alarm in de mijn afging. Ik moest het heel langzaam doen, maar hoe meer tijd ik nodig had, hoe groter de kans dat de Westgates wakker zouden worden.

Bij de laatste grendel ging het wat sneller. Zodra de deur open was, hoefden we alleen maar weg te rennen. Nog één keer keek ik naar het huis en mijn hart stond bijna stil toen boven een gordijn openging en een gezicht achter het raam verscheen. Maar het was Martha maar. Ze zwaaide. Zou zij nu voor het derde loon moeten zorgen? Ik dacht van niet. Ze hielden meer van haar dan van Josie en bovendien was de kans groot dat ze binnen een jaar ging trouwen.

Toen de laatste grendel met een schurend geluid loskwam, had ik het rotding bijna op de grond gegooid, maar in plaats daarvan hing ik hem zachtjes terug, opende de deur een klein stukje en tuurde naar binnen.

'Tommy?' klonk het fluisterend.

'Ja.' Ik stak mijn hand uit en voelde dat ze hem aannam. Ze struikelde naar buiten en stond knipperend met haar ogen in de tuin. Haar gezicht was betraand, gekortwiekt en vuil. Het was een visioen van wat haar elke dag te wachten zou staan als ze niet wist te ontkomen. Alleen al daarom was deze actie de moeite waard, ongeacht de problemen die we nog zouden tegenkomen.

Ik wees naar Martha bij het raam. Josie blies haar een kusje toe en Martha legde haar hand op haar hart en maakte een wegjagend gebaar. We zetten het zwijgend op een lopen en minderden pas vaart toen we een heel eind de veldweg op waren. Ineens bleef Josie staan en sloeg haar armen om me heen.

'Dank je, Tommy, dank je, dank je, dank je, dank je, dank je,' fluisterde ze en ze barstte in tranen uit.

Ik had haar nog nooit zo zien huilen. Dit was oprecht, onbeheersbaar verdriet en ik hield haar dicht tegen me aan. Nog steeds wist ik niet waar ik haar naartoe moest brengen. Ze zouden haar het eerst bij juffrouw Embry gaan zoeken. Mijn ouders zouden haar nooit binnenlaten, enerzijds omdat ze geen extra mond konden voeden, anderzijds vanwege de problemen die dat zou veroorzaken. Het enige wat ik kon bedenken, was haar naar Silvermoor te brengen en morgenochtend te vragen of ze daar mocht blijven totdat Coralie kwam. Maar ook dat leek me een onwaarschijnlijk plan.

Terwijl ik haar vasthield en hoopte dat me iets beters te binnen schoot, hoorde ik een bekend geluid. Er liep een hond rond, niet al te ver weg, en ik wist maar al te goed welke hond het was, of althans, ik wist dat het een van de drie honden moest zijn, een van Paulsons forse, wraakgierige beschermengelen.

Ik legde mijn vinger op Josies lippen. 'Paulson,' mimede ik. Vol afgrijzen staarde ze me aan. Als Paulson op dit uur van de nacht twee dorpelingen tegenkwam, zou hij denken dat we op het terrein van Barridge aan het stropen waren, iets anders zou niet in hem opkomen. Er werd gezegd dat hij heel goed gezichten kon onthouden, en hoewel Josies haar was geknipt, was het nog net zo rood als altijd. Het was een hopeloze situatie. Hoeveel pech kon een mens hebben?

Weer klonk er geblaf. Ze kwamen dichterbij. Misschien kwamen ze bij de volgende bocht al tevoorschijn. Als we gingen rennen, zouden de honden ons horen. Tegelijk slopen we dichter naar de heg toe en doken erin. De takken gaven gelukkig een beetje mee. Een seconde later was Josie erdoorheen. Voor mij was het iets lastiger, met mijn bredere schouders en langere benen, maar het lukte. We keken elkaar met opengesperde ogen aan. In onze haast om uit de handen van Paulson te blijven waren we nu op het terrein van Barridge beland. We waren in overtreding.

Ineens hoorden we hem. 'Is daar wat, Fang?' Het geratel van een ketting betekende dat hij de hond aan de lijn had. Het beest gromde en jankte. Hij voelde dat er iets was. We durfden niet te bewegen, laat staan ademhalen.

'Nou, wat is er dan? Is daar iemand? Waar dan? Het is vast een konijn. Kom mee, lummel, we gaan verder.'

We hoorden zijn voetstappen wegsterven op het landweggetje. Ik stond op en pakte Josies hand. 'Stil zijn en achter me blijven lopen,' fluisterde ik. We waren op slechts vijfhonderd meter van pa's oude ingang. Als we ons door de nieuwe planken konden wurmen, waren we al bijna halverwege Silvermoor. Mijn grootste zorg waren de valstrikken waar Heston berucht om was. Als we langs de rand bleven lopen, zou het goed kunnen gaan. Maar ook dan liet ik Josie niet naast me lopen. Ik vond een stok waarmee ik bij elke stap als een blinde in de grond voor me prikte.

Het ging langzaam, maar uiteindelijk kwamen we er. De nieuwe planken bleken echter heel stevig en terwijl ik bekeek of we erdoorheen konden komen, staarde Josie het bos in.

'Tommy, zullen we naar het huis gaan kijken?' vroeg ze.

'Ben je gek geworden.'

'Ik wil het graag zien en nu we hier toch zijn... Ik wil het dansende paard zien waarover je me hebt verteld.'

'Hebben we voor één avond niet genoeg problemen gehad?'

Ze haalde haar schouders op. 'Wie a zegt...'

Ik zuchtte. Het was onmogelijk om door de planken heen te komen. Het enige wat ik nog kon bedenken, was teruglopen zoals we waren gekomen en dan over het landweggetje naar Silvermoor lopen... Als het zo doorging, hadden we verdorie heel Zuid-Yorkshire doorkruist, dus een omweg maakte nu ook niet meer zo veel uit. En eigenlijk was ik ook wel nieuwsgierig. Ik kon me niet voorstellen dat de zilverkleurige ruiter er weer zou zijn. Het was dan ook niet zo'n magische maanverlichte nacht als die laatste keer. Maar wie weet...

Ik wilde iets zeggen, maar Josie was me voor. 'Ik weet het, ik weet het. Ik blijf achter je lopen.'

Toen we bij de struikeldraad kwamen, wees ik haar er herhaaldelijk op zodat ik zeker wist dat ze het had gezien. Ik stapte er op een overdreven manier overheen en zij volgde mijn voorbeeld. We baanden ons een weg door het bos. De bomen fluisterden, een haas bleef staan om ons te bekijken en sprong toen weg. Ik dacht aan pa. Ten slotte bereikten we de top van de helling, vanwaar ik het huis en het paard had gezien. Het huis was er uiteraard nog steeds. Het was donkerder nu, maar zijn massieve omvang en de zorgvuldig afgewerkte puntdaken waren goed zichtbaar. Ik keek Josie aan. Haar gezicht was grijs van de modder, maar haar ogen keken verwonderd. Vergeefs probeerden we geesten en engelen te ontwaren, maar de zacht ritselende nacht hield zijn geheimen bij zich.

Ineens, in het gruwelijkste déjà vu dat ik ooit had gehad, weerklonk het geblaf en gegrom van honden. Deze keer kwam het diep vanuit het bos, maar toch van vrij dichtbij. Een man, twee honden, ze staarden ons aan. De man bukte en maakte de honden los. Het was niet Paulson.

We zetten het op een lopen, maar de weg werd geblokkeerd door Paulson en Fang. Blindelings zigzagden we tussen de bomen. Ik dacht aan de valstrikken, maar we moesten het erop wagen. Het ene moment schoten we tussen de bomen door de grassige helling op, dan weer waren we terug in het bos. Ik kon me niet meer oriënteren. Het was onmogelijk om niet gezien te worden of de jagers te slim af te zijn. Takken striemden langs onze benen, onze harten bonsden… We renden als gekken. Nu holden we richting het huis, en dat was natuurlijk niet gunstig. Het terrein was nog niet volgroeid, de jonge boompjes deinden heen en weer in de wind en het bladerdak was dun. Josie rende vlak voor me… en ineens niet meer. Ze was spoorloos verdwenen.

23

JOSIE

Net als Alice in het boek van Lewis Carroll zakte ik door de grond. Was het een reusachtig konijnenhol? Alles leek mogelijk in dit vreemde fabelachtige oord. Ik belandde met een plof op een aarden vloer en voelde een scherpe pijn in mijn enkel. Boven me ritselde en kraakte iets en het volgende moment plofte Tommy naast me.

Meteen krabbelde hij overeind. 'Josie, ben je gewond?'

Ik schudde mijn hoofd, hoewel mijn enkel schroeide van de pijn. 'Waar zijn we?' Allebei keken we op. Boven ons hoofd hoorde we de stampende voeten van de terreinknechten. Ik was ervan overtuigd dat ze de honden achter ons aan zouden sturen, maar misschien kenden ze deze verborgen plek helemaal niet, want na een kort moment van verwarring, waarin we de honden hoorden blaffen en met hun dikke poten rondjes hoorden draaien, waren ze weer verdwenen en werd alles stil. Tommy trok zijn wenkbrauwen op en ik haalde mijn schouders op. Wat wist ik nou? Heston was een nog vreemdere plek dan ze zeiden.

Onwillig kwam ik overeind en meteen kromp ik ineen van de pijn. 'Mijn enkel,' legde ik uit en ik wankelde tegen hem aan. Ik wist wat hij dacht: dit wordt een lange nacht. Ik had nog nooit zo veel van Tommy gehouden als op dat moment. Mijn enkel deed vreselijk veel pijn en we zaten in een hopeloze situatie, maar desondanks knikte hij, stak zijn hand uit en daar gingen we weer, deze keer mijn tempo aanhoudend. Ik besefte op dat moment dat hij me nooit in de steek zou laten en dat maar weinig mensen op deze wereld zo iemand hebben. In het jaar na onze eerste kus was er op romantisch gebied weinig gebeurd en ik vroeg me regelmatig af of hij net zo vaak aan die kus terugdacht als ik.

Het lopen ging – letterlijk – pijnlijk langzaam en daar voelde ik me vreselijk over, maar mijn enkel was behoorlijk verstuikt. De tunnel voerde verder naar beneden. Op de een of andere manier leek het lot ons onder de grond te willen krijgen.

Waren we in een spleet tussen twee werelden gevallen? Waarom waren Paulson en zijn mannen ons niet gevolgd? De grond onder onze voeten was zacht en het plafond werd soms hoger en dan weer lager. Ineens ging de tunnel weer steil omhoog.

'We lopen van het huis vandaan, ben ik bang,' mompelde Tommy. 'Als het pad blijft stijgen, komen we zo meteen boven de grond. Waarschijnlijk zijn we nog steeds op het landgoed, of misschien ergens op het landweggetje, in de buurt van Skelton Way. Dat hoop ik maar...'

Boven ons glinsterde een ovaalvormig, zacht licht. Het einde van de tunnel. Het was niet moeilijk om ons door de opening naar boven te hijsen. We kwamen terecht in een ruimte met een rij stenen hokken met vergrendelde houten deuren. Er lagen bergen stro, dat net als in het sprookje van Repelsteeltje goudkleurig glinsterde in het licht van de stoof. We hoorden het onmiskenbare geluid van een hinnikend paard en gestamp van hoeven op steen. We waren in een stal.

Toen we buiten geschreeuw hoorden, keken we elkaar wanhopig aan. Toch niet weer?

Tommy ontgrendelde een deur en trok me naar binnen. Een groot zwart paard keek ons verrast aan en wij waren niet minder verbaasd. Waarom stond zo'n prachtig dier op stal bij een verlaten landhuis? Zouden de Barridges stiekem toch nog gebruikmaken van deze plek? Stel je voor dat we werden gevonden en ons voor de Barridges moesten verantwoorden. Erger dan dat kon het niet worden. Ik huiverde bij de gedachte aan de hardvochtige gezichten van de tweeling met hun koude glimlach en kritische blik. We doken in het stro dat in een hoek lag opgetast. Ineens hoorden we voetstappen die tussen de hokken heen en weer gingen, en stemmen.

'Nou, hij vroeg ons om hier te zoeken en dat hebben we nu gedaan. Ik wil naar huis. Er is hier niemand.'

Een tweede stem zei iets instemmends. De voetstappen stierven weg en een deur werd gesloten. Stilte omringde ons, maar we wachtten nog een tijdje voordat we het stro van ons af klopten en de stal durfden te verlaten. Met bonzend hart liepen we op onze tenen de box uit, hand in hand. En ineens stonden we oog in oog met een man die net uit een tegenovergelegen box kwam.

24

TOMMY

'Zeg alsjeblieft tegen niemand dat ik hier ben,' fluisterde hij.

Ik keek hem verbaasd aan. Was dat niet precies wat wij tegen hém hadden moeten zeggen? Even daarvoor meende ik een edelman te hebben gezien, een meester, en ik was ervan overtuigd dat het iemand van de familie Barridge was en dat wij de klos waren. Maar nu kon ik de persoon die voor ons stond nog eens goed bekijken. Hij was broodmager en zijn gezicht was lijkbleek. Hij had ouderwets lang haar en was gekleed in een wit overhemd met bretels en wijde mouwen. Maar het eigenaardigste aan hem was de treurige en timide uitdrukking op zijn gezicht. Ik had nog nooit een edelman op die manier naar ons zien kijken.

Door de staldeur achter hem verscheen een groot wit hoofd dat tegen zijn schouder duwde. Een prachtig paard, een tweelingbroer of -zus van het dier achter ons, behalve dat die zo zwart als roet was en deze zo wit als de sterren.

'Ze zitten achter óns aan, meneer,' zei Josie. 'Niet achter u.'

'Nee, ik bedoel dat jullie het tegen niemand buiten Heston mogen zeggen. Beloven jullie dat?' Hij vlocht zijn vingers in elkaar, liet ze weer los en herhaalde dat nog een paar keer.

We beloofden het hem meteen en hij keek opgelucht. 'Mooi. Ik had de terreinknechten vannacht ook liever niet gezien. Ze weten niets van die tunnel af.'

'We hadden al zo'n vermoeden,' zei Josie. 'Wij zijn erin gevallen en ze leken niet te weten waar we waren gebleven.'

Zijn ogen schoten van mij naar Josie en weer terug. Hij zag eruit als een trillende mus die zich afvroeg of hij de kruimels wel durfde te pakken. 'Zijn jullie stropers?' Het klonk niet beschuldigend, eerder nieuwsgierig.

'Nee, meneer. Het is een lang verhaal, maar we zijn op weg naar Silvermoor. Toen hoorden we Paulson en zijn honden op het landweggetje en we weten dat hij geen geduld heeft met ons soort mensen. We zijn weggedoken in de heg om aan hem te ontsnappen en zo zijn we op uw terrein, in elk geval het terrein van Heston, terechtgekomen... Het spijt ons zeer. Is dit uw grond, meneer?'

Inmiddels begon ik me af te vragen of hij wel een Barridge was. Misschien was hij gewoon op bezoek of een ver familielid dat een paar nachten bleef logeren. Naar mijn idee gedroeg hij zich meer als een gevangene dan als een meester.

Hij streek met zijn handen over zijn gezicht alsof hij er alle angst en verwarring vanaf wilde wrijven. Drie bange muisjes waren we die avond. Als aan de grond genageld probeerden we een oordeel over elkaar te vormen. 'Ik zal het nooit bezitten,' zei hij, maar ik wist niet zeker of dat een antwoord op mijn vraag was. Toen voegde hij eraan toe: 'Dit is een slechte plek, dat weten jullie toch wel, of niet?'

Ik dacht aan de valstrikken en de struikeldraad. Ik dacht aan Paulson die de hyacinten van Josie had vertrapt. Ik dacht aan het fortuin dat Barridge had opgestreken over de ruggen van zo veel mijnwerkers en de mannen die lang geleden bij dat ongeluk waren omgekomen. Ik knikte.

'Het spijt me dat jullie hier verzeild zijn geraakt,' zei hij. 'Kan ik iets voor jullie doen?'

Verbaasd keken we elkaar aan. De nacht was al zo bizar verlopen, maar dit sloeg alles.

'Dat is heel aardig van u, meneer,' begon ik voorzichtig. 'We willen zo snel mogelijk van het terrein van Heston af. Ik wil u niet verder in de problemen brengen, maar mijn vriendin hier heeft haar enkel lelijk verzwikt en tijdens de achtervolging zijn we de weg kwijtgeraakt...'

'Worden jullie verwacht op Silvermoor?'

'Nee. Maar... Nou, weet u, meneer, ik moet Josie in veiligheid brengen en ik weet niet waar ik anders met haar naartoe zou moeten gaan.'

'Hoezo? Ben je in gevaar, jongedame?'

Josie sloeg haar ogen neer en verplaatste haar gewicht van haar pijnlijke naar haar gezonde enkel. 'Ja, meneer. Ik geloof het wel.'

De situatie werd steeds vreemder. Het leek of hij een vriend was die ons wilde helpen met onze problemen zonder te weten wat er precies aan de hand was. Wie was deze vreemde snuiter die midden in de nacht de stallen bezocht?

Ineens drong tot me door wie hij was. Mijn hart bonsde in mijn keel. Het lange witte haar, de lijkbleke huid, het witte paard. Hij was mijn geest! Dit was de man die ik drie jaar geleden in het maanlicht op het dansende paard had gezien. Natuurlijk was het geen echte geest, want hij was van vlees en bloed en stond voor me. Hij moest wel een Barridge zijn, maar... zijn verhaal maakte die theorie onwaarschijnlijk. Ik wilde hem van alles vragen, maar hij zag er nog steeds heel trillerig uit en ik wilde hem niet afschrikken.

'Meneer, het spijt me, maar...' barstte ik uit, niet in staat me te beheersen. 'Wie bent u eigenlijk?'

Zijn ogen vulden zich met tranen, alsof zijn identiteit zijn grootste probleem was. Hij keek naar de paarden en leek van hen een verklaring te verwachten. 'Het is het toppunt van ongemanierdheid om je niet voor te stellen, ik weet het,' fluisterde hij, 'maar...'

'U hoeft ons niets te vertellen,' zei Josie. Dat beviel me niet, maar vrouwen konden zich nu eenmaal in een ander inleven. 'Alstublieft, meneer, u kent ons niet, u hebt ons uw hulp aangeboden. Dat is genoeg.'

'Ik kan jullie naar de rand van het terrein brengen,' zei hij. 'Daar is een uitgang. Je bent dan nog een eind van Silvermoor vandaan, maar als ik jullie dichterbij afzet, zouden jullie langs het huisje van Paulson moeten. Dat lijkt me niet zo verstandig.'

'Ons ook niet,' mompelde ik. Hoe dan ook, ik zag nu al op tegen de volgende ochtend in de mijn. Vanavond zou er van slapen niets meer komen en een dag onuitgerust in de mijn doorbrengen was niet alleen een kwelling, maar ook gevaarlijk. 'We zijn al blij als u ons veilig van het landgoed krijgt, meneer. De rest is uw probleem niet.'

Hij raadpleegde een zilveren zakhorloge. 'Pas elf uur,' zei hij. 'Er wordt op dit uur nog regelmatig gepatrouilleerd. Als we nog een uurtje wachten, maken we meer kans. Is dat aanvaardbaar voor jullie?'

Bij het vooruitzicht van nog meer oponthoud zakte de moed me in de schoenen. 'Wat u wilt, meneer.'

'Zou je bereid zijn mij naar je enkel te laten kijken?' vroeg hij aan Josie. 'Ik zal me niet vrijpostig gedragen, maar ik heb wat ervaring met medische aangelegenheden. Als je later vanavond nog moet lopen, is het misschien beter om hem te verbinden.'

'Ja, meneer, graag,' zei ze.

Misschien was hij wel een arts die was ontboden om iemand van het personeel te behandelen. Misschien was hij zo vrij geweest om de stallen te bekijken en was hij bang geweest om betrapt te worden. Hij pakte een rol paardenverband van een plank. 'Ach, wat onbeleefd van me,' zei hij. 'Willen jullie misschien iets drinken? Port?' Alsof we op het borreluur in een salon zaten.

Ik keek hem alleen maar aan. Het leek op een bizarre kindertheevisite

'Dank u, meneer,' zei Josie. Ze leek veel beter dan ik in staat om de dingen te nemen zoals ze waren. Misschien had zij, na door haar ouders te zijn opgesloten, meer reden om op een beter leven te hopen.

Onze ongebruikelijke gastheer stak gek genoeg zijn hand in de voederbak van de paarden en haalde een kristallen fles tevoorschijn, gevuld met een donkerrode vloeistof, en een kristallen glas. Waarschijnlijk was hij toch geen arts die op bezoek was. 'Ik heb maar één glas,' verontschuldigde hij zich. 'Ik ontvang nooit gasten, vandaar. Willen jullie er samen mee doen? Dan neem ik dit wel...' Hij keek om zich heen en pakte een houten beker die normaal werd gebruikt om de portie paardenvoer in af te meten. Hij veegde hem met zijn volumineuze mouw schoon en schonk de niet bij elkaar passende kommetjes royaal in.

'Dit is Ebony,' zei hij terwijl hij Josie het glas overhandigde. Hij streelde de fluweelzachte neus van het zwarte paard. Ebony hinnikte blij. 'En dit is Equinox.' Hij liep naar de box van het witte paard. 'Laten we hier even gaan zitten, dan kan ik je blessure bekijken.' We dromden met zijn drieën in de box van het witte paard. 'Zij zal het ons laten weten als er iemand aan komt,' voegde hij eraan toe.

Hij gebaarde dat we op de grond konden gaan zitten, dus dat deden we. Josie stak haar been voor zich uit en hij betastte de pijnlijke plek respectvol door haar rokken heen. Allebei namen ze een flinke slok van hun port, waarna hij haar begon te verbinden. Zijn handen trilden nu niet meer, maar gingen behendig en voorzichtig te werk. Ze beet op haar lip, maar zei niets totdat hij klaar was.

Daarna keken we toe hoe de wijzers van de stalklok naar middernacht kropen. De port deed ons goed, denk ik. We hadden die avond niet één schok te verwerken gekregen, maar een hele reeks achter elkaar. Hoe hachelijk dit rustmoment ook was, we hadden het nodig. De reusachtige hoeven van Equinox – althans in vergelijking met de hoeven van de behendige, kleine mijnpony's die ik gewend was – schraapten zachtjes over de keien terwijl ze zich tussen de staldeur en haar hooiruif bewoog. Een grijze straal maanlicht viel door het kleine raam naar binnen en in het bos weerklonk de roep van een uil.

'Ik heb natuurlijk niet het recht om jullie vragen te stellen terwijl ik zelf zo ontwijkend ben,' zei de man, 'maar we hebben de tijd, dus als jullie je verhaal willen vertellen, ga dan vooral jullie gang. Ik luister graag.'

Josie vertelde hem alles. De pacht van Drammel Depth, de toenemende armoede van haar familie, hun besluit om haar naar de mijn te sturen. Ze vertelde hem over de stevige ruzie met haar ouders en over juffrouw Honeycroft en juffrouw Embry. Ze vertelde dat ze was opgesloten in het kolenhok en door mij was gered, waarop hij mij de hand schudde.

Volgens mij was dit de eerste keer dat Josie de gelegenheid had om alles wat haar was overkomen op een rijtje te zetten. Het had een helende werking om haar verhaal te vertellen, hoewel ze na afloop uitgeput leek. Ze zakte tegen de muur aan en sloot haar ogen. Algauw viel ze in slaap en ze gaf zelfs geen krimp toen Equinox haar mooie witte hoofd boog om haar te besnuffelen.

Terwijl Josie sliep, spraken de bleke vreemdeling en ik over van alles en nog wat; over de misstanden in de mijnbouw en de moed van paarden, over de plekken waar we graag nog eens naartoe zouden willen gaan en het genoegen van een goed boek, waarvan hij er talloze had gelezen en ik negen.

Middernacht verstreek. Ik was zelf inmiddels ook moe en had geen enkele haast om dit dromerige toevluchtsoord te verlaten en ik kon zien dat onze gastheer van het gezelschap genoot, maar ten slotte kwam hij in beweging.

'We moeten gaan,' zei hij spijtig. 'Ik heb zeer genoten van ons gesprek, maar jullie zijn hier niet veilig. Het zou egoïstisch van me zijn om jullie te laten blijven.'

Terwijl ik Josie wakker maakte, deed hij het zwarte paard een hoofdstel om en leidde hem naar een opstapje. 'Ebony zal ons wegbrengen,' legde hij uit. Op slaperige toon namen we afscheid van Equinox. 'Hij zal opgaan in de duisternis. Zonder zadel kunnen we er met z'n drieën gemakkelijk op.' Dat bleek te kloppen. Ebony was enorm. Tenminste achttien handbreedtes, schatte ik.

Hij besteeg het paard en samen zetten we Josie voor hem op de paardenrug. Toen ik achter hem had plaatsgenomen, reden we de stal uit. Even spande hij de teugels aan om goed om zich heen te kijken. Het was doodstil. Hij draaide Ebony's hoofd naar het noorden en het dier zette het op een stevige draf. Eindelijk verliep iets zonder problemen.

Het duurde niet lang voordat we aan het einde van het terrein waren. Een smal ijzeren hek, behangen met kettingen en hangsloten, versperde ons de weg, maar hij boog zich naar voren, trok de kettingen los en het hek zwaaide open.

'Paulson weet dit niet,' zei hij. 'Hij denkt dat het driedubbel op slot zit.'

Ik stond op het punt af te stijgen toen hij me tegenhield. 'Ik breng jullie helemaal,' zei hij zeer gehaast, alsof hij binnen een seconde van gedachten zou kunnen veranderen. 'Ik mag hier niet weg... en als ze me zouden vinden... maar zij kan niet lopen. Paulson is misschien al bezig aan zijn ochtendpatrouille en als jullie hem tegenkomen zijn jullie terug bij af. Ebony is snel. Ik breng jullie naar Silvermoor.'

Hoe vaak had ik niet over dit landweggetje gelopen, in elke stemming en in elk seizoen, op elk uur van de dag of nacht, maar ik was er nog nooit zo snel overheen gegaan. Onze vriend spoorde Ebony aan tot een soepele handgalop, wat in de verste verte niet leek op het geschommel en gehobbel van een pony. Het leek meer of we op een rivier meestroomden. De lange paardenbenen vraten de kilometers op.

Bij de oprijlaan naar Silvermoor keek onze redder in de nood omhoog tussen de rijen eikenbomen en trok zijn schouders op. 'Ik kan het niet, het spijt me,' fluisterde hij en ik zag dat zijn handen, die zo zelfverzekerd de teugels hadden gehanteerd, weer begonnen te trillen.

'Het geeft niet,' zei Josie terwijl ze haar benen resoluut over Ebony's hals zwaaide. 'U hebt al zo veel gedaan. Heel hartelijk bedankt.' Toen zag ze de grote afstand tot de grond.

'Wacht maar.' Ik gleed van het paard en hielp haar omlaag. Het was geen elegante landing, maar gelukkig kwam haar enkel niet met een dreun neer. Toen keek ik op en gaf onze redder een hand. 'Ik sluit me bij haar woorden aan, meneer. U hebt heel veel voor ons gedaan. Ik ben u zeer dankbaar. Als we ooit iets voor u kunnen doen, laat het me weten. Ik weet dat de kans daarop klein is, maar ik sta bij u in het krijt.'

'Zeg alleen maar dat je mijn vriend bent,' antwoordde hij ernstig. 'In abstracte zin weliswaar, want ik denk niet dat we elkaar nog eens zullen ontmoeten, maar ik zou het fijn vinden om te weten dat ik ergens op de wereld een vriend heb. Twee vrienden.'

'We schenken u onze vriendschap en dankbaarheid, meneer. Ik ben Tommy Green uit Grindley.'

'En ik ben Josie,' zei Josie terwijl ze hem ook een hand gaf. 'Josie Westgate uit Arden.'

Hij bleef nog lange tijd aarzelen voordat hij Ebony langzaam richting Heston keerde. Toen keek hij over zijn schouder. 'Manus,' zei hij. 'Maar zeg het tegen niemand. Nooit.'

25

TOMMY

Die nacht sliepen we onder de eikenbomen op het gazon aan de voorzijde van Silvermoor. Het voelde als een goddelijke plek. Geen duivelse honden of geesten of dodelijke valstrikken. Maar het was wel steenkoud. Ik wikkelde mijn jas om Josie heen en we sliepen in elkaars armen. Het was niet erg comfortabel, maar we voelden ons redelijk veilig. De zon kwam op, een witte schijf achter een grijs waas dat onze hemel nu eenmaal altijd bedekte, en weer besefte ik hoe machtig de mijnindustrie was, dat ze zelfs in staat was de zon te verduisteren. De graaf kwam met zijn twee honden naar buiten en ik strompelde van achter de bomen naar hem toe.

Hij was uiteraard verbaasd om op dit uur een vreemdeling in zijn tuin te zien, maar ik liet zo snel mogelijk de naam van juffrouw Honeycroft vallen en vertelde over haar belofte aan Josie. Ik verontschuldigde me wel vijftien keer in drie minuten. Hij stond perplex, niet in het minst door het feit dat zijn honden me als een oude vriend begroetten. Opgeschrikt door onze stemmen kwam Josie naar ons toe gehinkt. Met haar kortgeknipte haar en vuile gezicht zag ze er erbarmelijk uit. Dat leek de graaf niet te deren, maar hij keek evenmin blij.

'Komen jullie maar naar binnen, dan kunnen jullie de zaak uitleggen,' verzuchtte hij. 'Nee, niet aan mij, aan mijn huishoudster. Zij zal zich om het meisje bekommeren.'

Ik slaakte een zucht van opluchting. 'Dank u. Maar ik zou Josie hier willen achterlaten. Tenminste… als u kunt garanderen dat ze veilig is. Mijn dienst begint om acht uur.'

'Werk je voor mij? Hoe heet je?'

Dit zou pa niet fijn vinden. 'Tommy Green, heer.'

Tot mijn verbazing zei de naam hem iets, maar hij leek niet blij om hem te horen. 'Tommy Green, Tommy Green,' mompelde hij en hij keek me onderzoekend aan.

Was ik maar niet de hele nacht op pad geweest. Dan waren mijn ogen niet zo klein en opgezwollen geweest en had mijn haar niet vol bladeren gezeten. Ik keek naar de grond en zag een rupsje over mijn linkermouw omhoogkruipen. Ik pakte hem voorzichtig op en zette hem in het gras, alsof dat kleine gebaar mij presentabel zou maken.

'Volgens mij heb ik die naam weleens horen vallen. Meer dan die van andere dorpelingen in elk geval,' merkte de graaf op. 'Wat is er toch aan de hand met Tommy Green? Dat zou ik weleens willen weten. Dus ga me dat maar eens rustig vertellen. Kom mee.'

'Maar heer… Ik bedoel… ik voel me vereerd, maar meneer Bulford zal me ongenadig op mijn lazer geven als ik een dienst mis, en pa ook omdat ik het loon misloop… Het spijt me, heer, dat ik het zo ronduit zeg.'

'Ik zal Bulford een bericht sturen dat hij voor deze keer je loon doorbetaalt. Dat je afwezig bent, komt ten slotte door mij. Kom.' Hij ging ons voor naar het huis en wij volgden, hand in hand, als twee vermoeide kinderen, hoewel we inmiddels zestien waren en onder andere omstandigheden nooit in elkaars armen de nacht zouden hebben doorgebracht. Maar dat soort dingen kwamen nu niet in mijn hoofd op. Ik was zelfs te moe om me af te vragen of de beslissingen die ik had genomen wel juist waren geweest, of ik door hier zo te verschijnen de zaak wel goed had gedaan. Het enige wat ik belangrijk vond, was dat ik Josie had weggehaald bij haar dwaze ouders, maar ik kon nog niet rustig achteroverleunen, want als ik de dingen verkeerd beoordeeld had, zou ze misschien worden teruggestuurd en was de strijd nog niet gestreden.

De graaf leidde ons naar de bibliotheek, waar Walter juffrouw Embry de vorige avond een briefje had laten schrijven. Ik wist dat Josie hier ook al een keer was geweest. Als hij haar al herkende, liet hij dat niet blijken. Maar Josie zag er zonder haar opvallende, heen en weer zwaaiende vlechten natuurlijk heel anders uit. Telkens legde ze haar handen op haar hoofd alsof ze een onzichtbare pet wilde gladstrijken en zag ik hoe haar ogen zich met tranen vulden. Ze was nooit ijdel geweest, maar ze had wel haar trots.

'Zo,' zei de graaf toen we allemaal zaten. Er werden ons geen drankjes aangeboden. 'Vertel het me maar.'

We wisselden een blik en ik stak van wal. Ik vertelde het verhaal vanaf het begin, precies zoals Josie het in de stal aan Manus had verteld. Toen juffrouw Honeycroft ter sprake kwam, staarde hij Josie ineens aan.

'Ik heb jou eerder gezien!' riep hij uit. 'Ben jij dat meisje dat mijn nicht heeft gered?'

'Ja, heer.'

'Goeie genade. Ik had geen idee. O, kind toch... je haar.'

'Ze hebben het afgeknipt, meneer,' zei ze uitdagend. 'Zoals Tommy net al zei. Om me voor een jongen te laten doorgaan.'

'Ja, natuurlijk. Ga door, Tommy Green.'

Het deel van het verhaal waarin we over het terrein van Barridge hadden gedoold, sloeg ik in zijn geheel over. Dat hadden we Manus per slot van rekening beloofd. Voor zover de graaf wist, waren we uit Arden weggelopen en meteen naar Silvermoor gerend, waar we de nacht op het gazon hadden doorgebracht. Ik benadrukte dat juffrouw Honeycroft niets liever zou willen dan Josie van Drammel Depth te verlossen, hoewel ik de enige van ons drieën was die haar nog nooit had ontmoet. Ik was ongelooflijk opgelucht toen de graaf instemde.

'Mijn nicht zal pas volgende maand weer hier komen,' zei hij, 'maar nu Walter haar een bericht heeft gestuurd, zal dat vast eerder gebeuren. Ik weet precies hoe zij zich om Josie zal bekommeren, dus om te voorkomen dat ik me haar woede op de hals haal, kan ik beter hetzelfde doen. Meisje, zou je voorlopig in een van de bediendenkamers willen verblijven? Dan kun je je enkel daar wat rust geven en misschien wil je ook wat lichte karweitjes doen voor mevrouw Roundsby. Ik betaal je er niet voor, maar je krijgt wel kost en inwoning en bovendien ben je in veiligheid. Als mijn nicht komt, moet je met haar maar een oplossing voor de lange termijn bedenken. Hoe lijkt je dat?'

'U bent té aardig,' zei ze zacht. Haar ogen hadden weer glans gekregen. 'Dank u, heer. Ik kom niet eens uit Grindley, dus u bent niet verplicht me te helpen...'

'Behalve voor de dienst die je mijn nicht hebt verleend,' hielp hij haar herinneren.

'Dat is waar ook. Hoe dan ook, ik wilde per se niet de mijn in. Het voelde als een groot zwart gat van angst dat me helemaal opslokte, nog voordat ik er was.'

'Denk er maar niet meer aan. Coralie zou het niet willen. Als ik dat goed had gevonden, zou ze me flink op mijn lazer hebben gegeven. Zeg je dat zo? Ik zal even bellen voor mevrouw Roundsby.'

De huishoudster was een vriendelijker type dan de butler, maar ze stak haar argwaan niet onder stoelen of banken. Maar toen de graaf de situatie had uitgelegd, kreeg haar gezicht een zachtere uitdrukking. Juffrouw Coralie was erg geliefd in het huishouden en iedereen op Silvermoor kende het verhaal over het meisje uit Arden dat haar had gered. We konden het beste beginnen met een bad en een stevige maaltijd, zei ze, en daarna had ze nog wel wat zilver dat gepoetst moest worden.

Josie stond op om met haar mee te gaan. 'Dank u, mevrouw,' zei ze. 'Ik ben u zeer dankbaar.' Mevrouw Roundsby keek haar vertederd aan. Toen draaide Josie zich om naar de graaf. 'Ik had u al bedankt, heer, maar dat is nog niet genoeg. Nogmaals duizendmaal dank. Ik sta de rest van mijn leven bij u in het krijt.' Ze liep naar mij toe, knielde voor me neer, pakte mijn handen en kuste ze. 'En jou ben ik het meest dankbaar, Tommy,' zei ze met verstikte stem. 'Als jij er niet was geweest, weet ik wel waar ik was geëindigd. Dankzij jou, Tommy, ben ik veilig.'

Ik legde mijn hoofd op haar gekortwiekte rode lokken. Ik kuste haar haren en besefte dat ik niet wist wanneer ik haar weer zou zien. De graaf had ons heel wat gunsten verleend, maar ik had niet de illusie dat hij tegen me zou zeggen dat zijn huis mijn huis was en dat ik Josie zo vaak zou mogen bezoeken als ik maar wilde zolang ze daar verbleef.

'Kom, kind, ik heb niet de hele dag de tijd,' zei mevrouw Roundsby, en Josie stond op. De schok van de voorbije gebeurtenissen sluimerde nog steeds in haar ogen, en ik wist dat ze een kans op een beter leven nu niet meer alleen voor mij voorbij zou laten gaan. En daar was ik blij om. Ze moest haar leven in eigen hand nemen, zodat noch de mijnen, noch Arden haar ooit nog konden opeisen. Mijn kans moest nog komen, dacht ik terwijl ik haar zag weghinken. Althans, dat hoopte ik.

Even later liet de graaf me uit, waarna hij nog even op de oprijlaan met me bleef praten. Hij vroeg of ik dezelfde Tommy Green was die op het oudejaarsfeest met zijn zoon Walter had gesproken en aan wie Walter boeken had gestuurd. Dat bevestigde ik. Hij zei dat ik hem bekend voorkwam en vroeg of we elkaar eerder hadden ontmoet. Ik vertelde hem over de prijsuitreikingen van school, alle drie.

'O ja?' zei hij peinzend. Ik vroeg me af waarom hij daarover na moest denken. Hij wist toch dat dorpsjongens prijzen wonnen?

Toen vroeg hij wat Bulford over mij zou zeggen als hem gevraagd zou worden een beschrijving van mijn karakter en werkhouding te geven.

Overwoog hij me een andere baan aan te bieden? Ik durfde het amper te hopen. 'Ik wil niet opscheppen, meneer, maar hij zou zeer over me te spreken zijn. Het zit er dik in dat hij zal zeggen dat ik een harde werker ben. Ik ben niet brutaal en ik weet wat er gedaan moet worden. Ik ben sterk en de anderen weten dat ze op me kunnen rekenen, meneer.'

'O ja?' zei hij weer, duidelijk verbaasd. Hij was fatsoenlijk, voor een edelman, maar misschien vond hij het moeilijk om een te gunstig oordeel te koppelen aan een mijnwerkersjongen. 'Nounou, dat is interessant. Je snapt natuurlijk wel dat ik Bulford gewoon kan vragen of het klopt, wat je zegt.'

Ik fronste mijn wenkbrauwen. 'Ik heb niets gezegd waar ik niet achter sta, heer.'

'Nou, jongen, zo te zien kun je nauwelijks nog op je benen staan. Ik zal Matthias vragen of hij je naar huis brengt. Zorg dat je de rest van de dag uitrust. Je moet je weer helemaal opladen voor je volgende dienst, anders ben je een gevaar voor de anderen.'

Ik voelde me beledigd. Ik kende de gevaren van de mijnen veel beter dan hij. En hij had me niet eens een baan aangeboden, maar alleen zijn nieuwsgierigheid bevredigd. Niettemin bedankte ik hem en toen we uit elkaar gingen, kon ik het niet laten om hem nog iets te vragen wat me de hele nacht had dwarsgezeten. Een vermoeden dat binnen in me was gaan groeien, hoewel het nergens op sloeg. Manus.

'Meneer, mag ik u iets vragen? De oudste zoon van de familie Barridge is toch overleden, nietwaar? Wat was zijn naam ook alweer? Weet u dat?'

Hij keek me argwanend aan. 'Hoezo? Je bent toch niet van plan om rottigheid uit te halen, of wel soms, Tommy Green? Je moet je niet bemoeien met zaken die jou niets aangaan.' Nu klonk hij net als mijn vader.

'Nee, meneer. Alleen hadden Josie en ik het vannacht over die trieste gebeurtenis, gewoon om de tijd te doden, en toen konden we niet op zijn naam komen.'

Hij knikte. 'Het is inderdaad een triest verhaal. Ik zal het je vertellen, maar dan moet je echt naar huis. Zijn naam was James.'

'O.' Ik had het dus mis. Vreemd genoeg was ik teleurgesteld.

'James Manus Barridge,' voegde de graaf eraan toe. 'De arme jongen.'

26

JOSIE

April 1902

Drie weken later begon mijn nieuwe leven in York. In het begin kon ik het bijna niet geloven. Elke ochtend verwachtte ik wakker te worden in het mijnwerkershuisje van mijn familie, met Martha en Tansy bij me in bed, elkaar met onze haren smorend, terwijl ma beneden aan het schreeuwen was over iets wat haar niet beviel. Maar in plaats daarvan werd ik elke ochtend gewekt door het klokgelui van de kathedraal, dat door de straten en steegjes van de stad naar ons huis op The Mount dreef.

Elke ochtend ging ik, voordat ik me aankleedde, even voor het raam staan. Heel even maar. Ik was nu ten slotte een kamermeisje en dat was geen luizenleventje. Maar het was wel een beter leven, in vele opzichten. In een ander huishouden zou het misschien niet zo zijn geweest, maar de Honeycrofts waren prettige mensen om voor te werken en de huishoudster, mevrouw Crane, was een aardige vrouw. Ik had enorm geboft met deze baan.

Natuurlijk had juffrouw Coralie Sheila al een hele tijd geleden vervangen door een nieuw kamermeisje. Zij heette Sarah en had vissenogen. Maar ze had haar laten gaan en haar door mij vervangen. Dat klinkt misschien harteloos, maar zo was het niet gegaan. De werkrelatie was vanaf het begin niet soepel geweest. Juffrouw Coralie had het meisje nooit gemogen. Ze had een gesloten en somber karakter, hoewel ze wel bekwaam was. Waar ze ook bekwaam in was, was in het wegmaken van de zilveren lepels uit de keukenkast, had mevrouw Crane me toevertrouwd, en de Honeycrofts zouden haar op staande voet hebben ontslagen als Sarah nadat ze was betrapt niet zo hartverscheurend had gehuild.

Ze bleek een zus met een misvormd been te hebben. Ze woonde in Ripon, zo legde ze uit. Er was een dokter die haar kon helpen, maar dat kostte veel geld en dat was de reden dat ze stal. Toen juffrouw Coralie mij op Silvermoor aantrof met mijn verstuikte enkel en mijn koperkleurige piekhaar, was ze meteen aan de slag gegaan om een nieuwe betrekking voor Sarah te vinden. Binnen veertien dagen was het meisje naar Ripon vetrokken, waar ze in een groter huishouden ging werken, wat ook een hoger loon betekende. Bovendien kon ze op zondag haar zus bezoeken. Als er iets geregeld moest worden, liet juffrouw Coralie er meestal geen gras over groeien.

En zo vond ik mijn plekje in Gravenagh House, op The Mount in York. Het was lente, de perfecte tijd voor zo'n belangrijke nieuwe start. Die korte momenten bij het raam aan het begin van de dag werden belangrijk voor mij. Ik keek uit over de rechthoekige tuin met donkerbladige fruitbomen die, hoorde ik later, over een aantal maanden pruimen zouden dragen. Er was een keurig gazon en een heleboel grillig figuursnoeiwerk. De tuin was omgeven door muren, waarachter zich fragmenten van andere tuinen en daken aftekenden. Die eerste weken schitterden overal waar ik keek paarse en goudkleurige krokussen. Het was het uitzicht van een herenhuis en eigenlijk niets bijzonders, maar toch had ik nog nooit zoiets gezien. Ik verwonderde me over de eenvoudige schoonheid ervan en voelde me dankbaar. Dankbaar en schuldig.

Wat zijn wij mensen toch merkwaardige wezens. Eindelijk leidde ik het leven waarvan ik had gedroomd en toch werd ik elke dag geplaagd door schuldgevoelens. Ik voelde me schuldig omdat ik me hier veel meer thuis voelde dan in Arden, ik voelde me veiliger en gelukkiger bij juffrouw Coralie dan bij mijn eigen moeder, maar vooral ook omdat ík een uitweg had gevonden en Tommy niet. Dat gevoel probeerde ik te onderdrukken door Tommy elke avond na het werk een brief te schrijven, en door mijn hele salaris naar mijn familie in Arden te sturen. Juffrouw Coralie was niet blij toen ze ervan hoorde.

'Nee, Josie,' berispte ze me. 'Dit is het begin van je nieuwe leven. Een leven voor jou. Je bent hier niet te gast, je bent een werknemer. Je krijgt een bepaald bedrag dat evenredig is aan het werk dat je verricht. Nu ben je nog jong, maar op een dag ga je met pensioen. Waar wil je dan van leven als je al je geld hebt weggegeven?'

Ik had het gevoel dat mijn hoofd uit elkaar barstte. Onafhankelijk en zelf een toekomst kunnen kiezen? Geld verdienen zonder eisen of verplichtingen? Het was voor mij nog te vroeg om te beseffen dat dit werkelijk tot de mogelijkheden behoorde. Juffrouw Coralie en ik kwamen uit twee verschillende werelden. Ik probeerde haar uit te leggen waar ik vandaan kwam. Ik behoorde mijn ouders toe en daarom was het geld dat ik verdiende ook van hen. Thuis zou ik mijn loonzakje direct aan hen hebben overhandigd, als mijn bijdrage aan het huishouden. Maar zij schudde alleen haar mooie hoofd.

'Maar je bent nu niet meer in Arden. Je woont niet meer bij hen in huis en ze geven jou geen kost en inwoning meer. Dat doe ík nu. Vind je daarom dat je je loon aan mij terug zou moeten geven? Je maakt geen deel meer uit van de mijnwerkersgemeenschap. Je bent in huishoudelijke dienst en daar worden dit soort zaken heel anders geregeld.'

Toen ze dat zei, ging er een rilling door me heen. Een rilling van blijdschap en angst. Geen deel meer van de mijnwerkersgemeenschap? Was ik echt ontsnapt? Was me dat echt gegund?

Ik leerde allerlei nieuwe dingen: haren opsteken, kleren verstellen die mooier waren dan ik me ooit had kunnen voorstellen, onderkledingstukken strijken die zo wit waren dat ze van rozen gemaakt hadden kunnen zijn. Ik leerde de mensen om me heen kennen, hun temperament en persoonlijkheid, juffrouw Honeycroft en haar broer, hun vader en tante, en het overige personeel: de aardige, slimme mevrouw Crane, het timide dienstmeisje May en de vriendelijke livreiknecht, Norman, die voor beide heren werkte.

Daarnaast leerde ik de stad kennen. In het begin was ik huiverig om er alleen op uit te gaan. Arden had ik altijd op mijn duimpje gekend en ik wist dus niet hoe ik een plattegrond moest lezen of de weg moest vragen, laat staan hoe ik mijn eigen weg moest vinden. Niets in mijn nieuwe leven voelde vertrouwd, maar ik moest wel boodschappen doen voor juffrouw Coralie, ik moest het postkantoor zien te vinden, de boekhandel, de fourniturenzaak en de snoepwinkel. (De snoepwinkel was heel belangrijk voor juffrouw Coralie.) Spoedig was ik niet meer bang voor de geplaveide straatjes, de voorbijflitsende koetsen en de vele mensen. Terwijl ik de route van Gravenagh House naar de dokterspraktijk of van de bakker naar de juwelier uitpuzzelde, leerde ik gaandeweg ook waar andere bezienswaardigheden zich bevonden: de kathedraal, de racebaan, het concertgebouw. En ze waren allemaal nog mooier dan ik ze in mijn brieven aan Tommy kon beschrijven.

Maar terwijl ik mijn nieuwe omgeving en werkkring verkende, was ik met de helft van mijn gedachten in Arden. Ik miste Tommy, elke minuut van de dag, en ik maakte me zorgen om hem. Ik twijfelde er niet aan dat ik van hem hield en daar maakte ik me ook zorgen om, want ik had niet de illusie dat hij hetzelfde voor mij voelde. Ik wist ook niet wanneer ik hem weer zou zien. En het voelde nog steeds uitermate onrechtvaardig dat het lot mij eerder dan Tommy uit de mijnstreek had weggehaald.

Een andere bron van zorgen was de reeks gebeurtenissen die me naar York had gebracht. Mijn ouders. Mijn moeder.

Ze waren vastbesloten geweest om mij naar Drammel Depth te sturen. Ook al had ik andere opties aangedragen, ze waren bij hun besluit gebleven. De mijn was goed genoeg voor mij. Dat alles speelde door mijn hoofd als ik door de straten van York wandelde of laat in de avond voordat ik in slaap viel een brief aan Tommy schreef. Soms besefte ik dat ik mijn pen halverwege in de lucht hield en fronsend de duisternis in staarde.

Ik had nooit het gevoel gehad dat ik uit een slechte familie kwam. Hoewel ik niet goed met ma had kunnen opschieten, had ik niet het idee dat dat heel ongebruikelijk of treurig was. Maar inmiddels had ik gehoord hoe heer Sedgewick tegen Coralie en Cedric sprak en gezien hoe hun vader en tante zich hier in Gravenagh House jegens hen gedroegen. En hoewel Tommy een moeizame relatie met zijn vader had, klonk zijn moeder als een veel zachtaardiger, warmer persoon dan de mijne. Nou ja, mensen verschillen nu eenmaal van elkaar. Maar toch...

Het ging me om de manier waarop ze me hadden gezegd dat ik in de mijn moest gaan werken. Uit niets was gebleken dat ze me dat wilden besparen. Wij waren geen sentimenteel volkje. Ik had niet verwacht dat ze zouden huilen of me met kussen zouden overstelpen. Maar dit was het andere uiterste. Ik herinnerde me het gezicht van mijn moeder toen ze me vertelde wat ze hadden geregeld. Wat ik die avond in haar ogen had gezien, was geen wanhopige verbetenheid omdat ze mij het pijnlijke nieuws moest vertellen. In plaats daarvan zag ik voldoening, of misschien wel verrukking. Ik huiverde bij de herinnering en mijn pen lekte drie grote inktvlekken op Tommy's brief. Wat zou ze blij zijn geweest om mij ondergronds te zien gaan. Maar waarom?

27

TOMMY

Zomer 1902

In mei hoorden we dat de Boerenoorlog voorbij was. Transvaal was nu onderdeel van het Britse Rijk. Ik droomde nog steeds van Afrika, over de kuddes zwart-wit gestreepte zebra's die over de vlakte flitsten, de donkere mensen wier leven... tja, niemand wist er het fijne van, maar dat het totaal anders was dan ons leven hier, dat wist ik zeker. En dat wilde ik dolgraag leren kennen. De Zambezi, zo herinnerde ik me van school, was de op vier na langste rivier in Afrika. De Nijl was de langste. Ik droomde ook nog steeds van Egypte, van Mozes in een biezen mandje, van kamelen met hun zachte voeten en hun rubberachtige lippen, van groene palmen, blauw water en een gouden woestijn...

De Zambezi mondde uit in de Indische Oceaan. Meer dan naar welk land ook verlangde ik naar India, puur en alleen omdat ik me er amper een voorstelling van kon maken. Ik had het gevoel dat ik als ik heel goed luisterde het lied van India kon horen, hoe dat dan ook mocht klinken, of als ik heel diep inademde de geur van India kon opvangen. Maar intussen zat ik nog steeds vast in Grindley...

Josie woonde nu in York, en hoewel we onze vriendschap middels brieven in stand hielden, had ik op zondag tijd over. Ik miste haar vreselijk. Frisse lucht en daglicht waren mijn redding, dus als het even kon, ging ik nog steeds uit wandelen. Dan klom ik de heuvel op en dacht terug aan onze gesprekken en het plezier dat we hadden. Zonder haar was het landschap liefdeloos geworden.

Ik richtte mijn blik wanhopig op de vaalbleke lucht en rondcirkelende zwarte contouren van vogels, op de rotsen die hier en daar uit het gras opdoken en zo kenmerkend waren voor de heide. Ik verdroeg de glinsterende stormen, die als een grote kracht over het land rolden en raasden om ons omver te werpen. Als God zo was zoals de predikant beweerde, veeleisend en scherp in Zijn oordeel, dan waren wij hier waarschijnlijk dichter bij God dan mensen die ergens anders woonden. Maar als God was zoals ik me Hem graag voorstelde, als een leidsman van groei en licht, dan was dit misschien wel de meest godverlaten plek op aarde.

Meestal ging ik op zondag naar de kerk, waar ik troost bij God hoopte te vinden. Maar ik vond Hem niet, althans niet de god zoals ik hem heimelijk had voorgesteld. De preken van predikant Tawney gingen alleen maar over plicht en toewijding. De godsdienst van de arbeider, zo noemde men het methodisme. Wat betekende dat? Niemand anders dan ik leek zich af te vragen waarom een arbeider een ander geloof zou moeten aanhangen.

Ik luisterde goed en dacht na over alles wat Tawney zei. Dit geloofssysteem zorgde ervoor dat wij ons verzoenden met een leven in slavernij en allerlei andere ellende. Mijn hele leven had ik gehoord dat God een volmaakte orde had geschapen, waarin iedereen zijn of haar rol speelde, dat Hij ons soort mensen had gemaakt om precies dát te doen wat we deden.

Het viel me nu op dat deze theorie voor een graaf of een mijndirecteur heel bruikbaar en gemakkelijk te geloven was. Ook was het heel handig voor een predikant, die vanwege zijn inkomen weer afhankelijk was van de graven. Maar voor de mijnwerkers was het niet zo gunstig. Sterker nog, het was volkomen ongunstig.

Ik besloot bij juffrouw Embry langs te gaan. Zij was een ontwikkelde vrouw. Ze had Josie geholpen om haar lees- en schrijfvaardigheid te verbeteren. Ik was er zeker van dat ze mij ook zou kunnen helpen. Ik had mijn dromen te lang verwaarloosd.

Sinds het vertrek van Josie was ik niet meer in Arden geweest. Die avontuurlijke nacht was inmiddels ongeveer een maand geleden, maar het voelde als een eeuwigheid. Twee dagen later had Sam Westgate bij ons op de deur gebonsd. Hij was op zoek naar zijn dochter, maar wij konden hem naar waarheid vertellen dat ze niet bij ons was. Het kostte niet veel tijd om hem in ons bescheiden onderkomen rond te leiden en te bewijzen dat Josie er niet was. Wat de rest betrof, logen we dat het gedrukt stond.

Sam had ergens opgevangen dat ik de dag na Josies vlucht een dienst had gemist en had daaruit de logische (en terechte) conclusie getrokken. Maar uitgerekend mijn vader steunde mijn verhaal dat ik door koorts was geveld.

'Geen enkele zoon van mij loopt 's nachts voor een of andere meid door de velden te sjouwen,' verklaarde hij. 'Je dochter is mijn zoon altijd al tot last geweest, dus ik vind het niet erg dat ze weg is. En nu ik weet dat jullie haar de mijn in wilden sturen, verbaast het me niet. Dat is geen plek voor een meisje. Maar dat zijn jouw zaken. En dit huis is van mij.'

Mijn vader, het type man dat de ruggengraat vormde van onze gemeenschap, straalde zo veel aanzien en gezag uit dat Sam Westgate zich verslagen uit de voeten maakte.

Toen pa hoorde dat ik een dienst had gemist, stond hij klaar om me te villen. Er waren mijnwerkers die om minder hun baan waren kwijtgeraakt. Maar de graaf had woord gehouden en de rekening met Bulford vereffend, die het op zijn beurt met mijn vader had opgelost. Volgens mij stond pa ervan te kijken dat de graaf zelf zich voor mijn handel en wandel leek te interesseren. Het feit dat Josie was vertrokken, maakte veel goed; hij had altijd gevonden dat ze mij te veel afleidde. Hij had niet gelogen toen hij zei dat hij blij was dat ze weg was.

En zo verdween het incident naar de achtergrond. Althans in Grindley. Maar niet in Arden.

Vlak na mijn zeventiende verjaardag bracht ik mijn kerkbezoek terug tot het oude, onregelmatige patroon. In plaats daarvan ging ik af en toe bij juffrouw Embry op bezoek. Ze had meteen ingestemd om me wat bijles te geven. Ze wilde mijn spreekvaardigheid aanpakken en mijn kennis van de wereld vergroten. Het waren maar een paar uurtjes op zondagmiddag, maar voor mij was het een welkome onderbreking van de week, een mentale schatkist om mee de mijn in te nemen.

Maar na mijn vijfde bezoek aan juffrouw Embry werd ik in het veld aangevallen door Sam Westgate en drie van zijn vrienden.

'Hoe durf je mijn dochter van me af te pakken! Dit zal je leren!' hijgde hij terwijl hij zijn laars in mijn ribben drukte. 'Hoe durf je mijn loon af te pakken! Nu kan ik mijn gezin niet te eten geven. Dankzij jou.'

Toevallig wist ik dat dat niet waar was. Josie stuurde nog steeds elke maand een deel van haar loon naar huis en dat was meer dan ze ooit zou hebben verdiend in de mijnen. Martha werkte tegenwoordig bovengronds bij Hepzibah – oudere meisjes en vrouwen werkten daar vaak en daar was niets mis mee – dus zij bracht ook wat extra geld binnen. En bovendien had hij een mond minder om te voeden. Maar een ingebeeld verwijt kan iemand evenzeer beheersen als een echt verwijt, en Sam was nu eenmaal geen heldhaftige man. Hij had de neiging om de wereld verantwoordelijk te houden voor zijn ellende, en ik had gehoord dat hij het extra geld tegenwoordig uitgaf in The White Rose in Steepley. Wat een doel om Josies zuurverdiende geld aan uit te geven.

Niet alleen de aanval op zichzelf verraste me, ook de kwaadaardigheid ervan. Ik wist dat Sam nog veel meer frustraties op mij afreageerde. Loonsverlaging, onmenselijke arbeidsomstandigheden en een algemeen gevoel van machteloosheid, al deze frustraties kletterden op mijn lichaam neer onder het mom van een gerechtvaardigde straf.

'En wat heb je haar aangedaan toen je haar meenam?' brulde hij. Door de kracht van zijn schoppen verloor hij bijna zijn evenwicht. 'Ik heb altijd geweten dat ze een vuile slet was, net als haar moeder. Ik heb altijd geweten dat het slecht met haar zou aflopen. Weet je wat wij in Arden doen met een vent die een meisje slecht behandelt? Nou, dat zal ik je eens laten zien.'

Alsof hij wraak nam voor haar. Alsof haar eer, waardigheid of welzijn hem ook maar iets interesseerde. Ik begon hevig terug te vechten, maar vier tegen een is niet eerlijk. Zoals ik al zei, was het een verrassingsaanval en de mannen waren razend.

'En zorg dat je je niet meer in Arden laat zien!' spuwden ze me nog in mijn gezicht voordat ze wegrenden. 'Anders maken we je helemaal af.'

Het was zachtjes gaan regenen. Ik lag op de grond, bloedend en beurs. Typerend voor mijn situatie was het feit dat ik me op dat moment niet eens afvroeg of ik het er levend vanaf zou brengen, maar wel hoe ik in deze staat in godsnaam kon werken, en wat pa ervan zou zeggen.

28

TOMMY

Ik kon een hele week niet werken en kreeg natuurlijk ook geen loon. Mijn vader had me zelf ook nog een pak rammel willen geven, dat kon ik aan hem zien, maar dan zou ik nog langer uit de roulatie zijn en zou hij zijn doel voorbijschieten.

Terwijl ik in bed lag, dacht ik na over de aanval van Sam Westgate. Het was niet moeilijk om zijn motieven te begrijpen: door zijn dochter mee te nemen had ik zijn bezit afgepakt, en voor mensen die zo weinig hadden als wij, was dat een ernstige overtreding. Ik had zijn geschiktheid als vader, familieman en ouderling in een kwaad daglicht gesteld. Wat ik gedaan had, was in feite een openlijke verklaring dat ik het beter wist dan hij, dus natuurlijk moest ik daarvoor op mijn nummer worden gezet. Toch had ik het gevoel dat er nog een stukje van de puzzel ontbrak. Niet zijn daden riepen vragen op, maar zijn woorden. *Ik heb altijd geweten dat het slecht met haar zou aflopen.*

Waarom zou het in hemelsnaam slecht moeten aflopen met Josie? Ik kende geen eerlijker en opgewekter iemand dan zij. Ze had nog nooit verkering gehad, ze liep niet achter de jongens aan en er was werkelijk niets onbetrouwbaars aan haar. Ineens begreep ik het:

Ik heb altijd geweten dat ze een vuile slet was, net als haar moeder.

Hoe kon iemand zoiets zeggen tegen zijn vijand, nota bene in het bijzijn van dorpsgenoten? Ik had nog nooit iets gezien of gehoord wat een dergelijke uitspraak over Maggie Westgate rechtvaardigde. Maar zelfs al had ze een affaire gehad of was ze niet als maagd het huwelijk ingegaan, in een gemeenschap als de onze werden dat soort zaken op een bepaalde manier opgelost. Zelfs al wist iedereen het, de benadeelde man of vrouw liet dat nooit in het openbaar blijken. Sam was die avond woest geweest. En nu hadden een paar van zijn collega's hem zijn eigen vrouw een vuile slet horen noemen. Dat zou Sam nooit overleven, nog afgezien van de vernedering die het voor zijn vrouw zou zijn. Wat had hem er in godsnaam toe gedreven om dat te zeggen?

Ik had Maggie altijd een harde vrouw gevonden. Ze hield niet genoeg van mijn dierbare Josie, ze was fantasieloos en onsympathiek. Maar wellustig? Grillig? Gepassioneerd? Nee. Los daarvan had Josie in haar verhalen haar moeder altijd afgeschilderd bij het fornuis of de mangel, met een naaiwerkje in de hand en omringd door haar drie dochters. Het zou knap lastig voor haar zijn geweest tijd te vinden voor een scharrel.

Ik heb altijd geweten dat ze een vuile slet was, net als haar moeder. Allerlei vermoedens schoten door mijn hoofd. Ik huiverde. Zou ze... Was Josie niet Sams dochter? Ik had Maggies antipathie jegens haar altijd extreem gevonden. Een tweede gedachte kwam in me op en deed mijn adem stokken. Josies rode haar. Precies dezelfde kleur als dat van juffrouw Honeycroft. De graaf van Silvermoor en zijn vele veroveringen. Hoe vaak hadden we het niet gehad over mijn eventuele verwantschap met hem, terwijl Josie misschien familie van hem was?

Misschien waren we het geen van beiden. Dat kon natuurlijk ook. Misschien zat er geen enkele betekenis achter Sams woorden en had Maggie nooit iets dergelijks gedaan. Als dat wel zo was, hoefde dat niet per se iemand van de adel te zijn geweest. Er waren zo veel mannen die uit waren op een pleziertje. Alleen dat haar... Ik hield mezelf voor dat er behalve Josie en juffrouw Honeycroft nog meer mensen waren die rood haar hadden. En die waren heus niet allemaal familie van elkaar.

Ik besefte dat ik mijn vermoedens niet met haar kon delen. Allereerst waren ze nergens op gebaseerd. En ten tweede, hoe kon ik haar vertellen wat haar vader had gezegd? Ze hadden haar al genoeg pijn gedaan. Ze had een beter leven nu, ze was eindelijk gelukkig. Ik zou het hele voorval vergeten. We waren geen kinderen meer die spelletjes speelden met geheime identiteiten en een mysterieuze afkomst.

Op een avond begaf een groepje mannen uit Grindley zich naar Arden om Sam te vertellen wat er zou gebeuren als hij mij ooit nog met één vinger zou aanraken. Er werd geen geweld gebruikt – de meeste mijnwerkers hadden te veel respect voor elkaars moeilijke situatie om iemand arbeidsongeschikt te maken – maar de boodschap was duidelijk.

Het is overbodig om te zeggen dat het voor mij vanaf dat moment ten strengste verboden was om naar juffrouw Embry te gaan. Ik had niets te zoeken bij een winkeljuffrouw die hoog boven mij verheven was, vond pa. Waarom wilde ik altijd uitgerekend ergens heen gaan waar ik niet thuishoorde? Waarom zorgde ik altijd voor problemen, wilde hij weten. Daarna zei hij helemaal niets meer tegen me. Die ijzige periode duurde bijna een maand.

Ik lag er als een zak aardappelen bij, maar vanbinnen ziedde ik van woede. Waarom werd mij álles ontzegd wat ik voor mezelf wilde? Ik probeerde te slapen en aan mijn herstel te werken, maar intussen fulmineerde ik en zwolg ik in zelfmedelijden. Langzaam werd ik beter.

In die periode werden we opgeschrikt door een vreselijk bericht. Arnold Moore, een jongen uit ons dorp, was na een explosie omgekomen door koolmonoxidevergiftiging. De kleine Benny Larkin moest terug de tunnel in om hem eruit te slepen, maar Arnold was al dood en Benny overleed eveneens. Twee jongemannen uit ons midden weggerukt. Twee families getroffen door een groot verlies. En in de kerk beweerde predikant Tawney dat ze voor een goede zaak waren gestorven. Was dat zo? Was dat écht zo?

Benny had ongetwijfeld een heldendaad verricht, en ik vroeg me af wat de mannen die hem zo veel ellende hadden bezorgd nu nog over hem durfden te zeggen. Toen ik over Benny's leven nadacht, brak mijn hart. Ik dacht aan de mannen die lachend zijn broek omlaag hadden getrokken, en aan zijn magere gezicht, oplichtend in het zonlicht dat door de rivier werd weerspiegeld terwijl hij me zijn emmertje liet zien.

Zie je die libel, Tommy? Zo hé, die kleur!

Ik wist dat Benny van een ander leven had gedroomd. En daar verdacht ik Arnold ook van. Maar zij hadden die mogelijkheid niet gekregen. Doodgaan terwijl je iets deed wat iemand anders je opdroeg, was dat een nobele zaak? Het was het toppunt van ironie dat Benny was uitgemaakt voor zwakkeling, was gekleineerd en gekweld terwijl hij juist een held was.

De twee dingen waar ik in die periode troost uit putte, waren mijn zusje Connie en de brieven van Josie. We begrepen elkaar, Con en ik. Ze zocht vreugde en schoonheid in een wereld die op dat vlak maar weinig te bieden had. Uiteindelijk was er, een paar jaar na het eerste, nog een tweede concert gekomen, en we waren allemaal aangenaam verrast toen pa deze keer geen enkel bezwaar had tegen Connies deelname. Connie mocht solo zingen. Mevrouw Tawney had haar zangtalent de hemel in geprezen en gezegd dat ze een opmerkelijke stem had voor iemand van haar leeftijd. Toen Connie dat aan ons vertelde, had pa haar toegesnauwd dat het allemaal flauwekul was en dat ze ijdel begon te worden. Dat was natuurlijk niet waar. Zelfs toen ze na het concert nog meer complimentjes kreeg, steeg de roem niet naar haar hoofd. Maar ze maakte wel de fout door thuis te zeggen dat ze als het kon graag zangeres wilde worden. Toen er sprake was van een derde concert, verbood pa haar mee te doen.

'Allemaal aanstellerij, ik wist het,' gromde hij.

In de week dat ik rust moest houden, schreef ik juffrouw Embry een brief waarin ik uitlegde waarom ik niet langer op bezoek kon komen. Ik kreeg een aardig briefje terug, dat pa uit mijn handen griste voordat ik het helemaal had gelezen, en in het vuur gooide. Hetzelfde deed hij met mijn briefpapier, waar ik hard voor gespaard had en dat ik in onze plaatselijke winkel had gekocht. Toen kon ik Josie dus een tijdje niet schrijven, en ik wist dat ze zich ongerust maakte.

Het was pijnlijk om te worden afgesneden van elk communicatiemiddel met de buitenwereld. Pa bedoelde het niet kwaad. Hij wist zich gewoonweg geen raad met me. Mijn onvoorspelbare acties en onverklaarbare liefhebberijen bleven maar de kop opsteken, als scheuten aan een reusachtige bonenstaak, en hij bleef ze maar wegmaaien met een figuurlijke bijl, om te voorkomen dat ze zijn leven binnendrongen en chaos blootlegden. De takken waren één ding. Die kon hij nog wel snoeien, een voor een, zodra ze zich lieten zien. Hij kon zelfs de stam omzagen. Maar de wortels waren een heel ander verhaal. Die zaten diep.

Alles wat met uitsterving wordt bedreigd, slaat terug. Dat is de natuur. Dus hoewel ik het oppervlakkig gezien allemaal slikte, nam mijn woede toe. De schoolmeester wilde me niet lesgeven, de predikant wilde niet discussiëren, Walter mocht me niet zien en nu mocht ik juffrouw Embry ook niet meer bezoeken. Iedereen die meer wist dan ik, die mij iets had kunnen leren, was buiten mijn bereik. Op geen enkele manier was het mogelijk om iets van goedertierenheid te ontvangen. Ik had geen alternatieven meer. Totdat het tot me doordrong dat er misschien toch nog iets was.

Op de laatste dag van mijn herstel maakte ik een wandeling. Alles deed nog pijn, maar ik wilde mijn lichaam weer laten wennen aan beweging. In de mijn kon ik geen stramme, stijve spieren gebruiken. Dat zei ik tegen mijn ouders toen ik mijn laarzen aantrok.

'Zorg dat je niet in de problemen komt,' riep mijn vader me na. Dat was het enige wat hij die zomer tegen me had gezegd. 'Je gaat nergens heen waar je niets te zoeken hebt. Je praat niet met mensen met wie je niks te maken hebt. Begrepen?'

'Ja, pa,' zei ik en vervolgens liep ik naar Heston Manor.

Onderweg stopte ik één keer, en dat was bij de school van Grindley, die op dit uur van de dag leeg was. Ik opende de kastdeur naar de 'bibliotheek' en pakte er een willekeurig boek uit. Ik scheurde het schutblad eruit en zette het boek terug. Op het blad krabbelde ik een kort bericht, waarna ik het opvouwde. Op de achterkant schreef ik alleen 'Manus.'

Vervolgens liep ik naar de ijzeren poort van Heston, waar een kluwen van kettingen en hangsloten aan hing, de poort waardoor Manus ons in veiligheid had gebracht. Ik stak mijn handen omhoog en ontwarde de kluwen kettingen. Wat bezielde me? Het leek misschien op berusting, alsof ik geen waarde meer aan het leven hechtte, maar zo was het niet. Er brandde een ijskoud vuur in me, dat me opriep om Paulson, Barridge, pa, Sam Westgate en iedereen uit te dagen. Kom maar op. Als jullie mijn ziel willen, vecht er dan maar voor. Ik legde de kettingen terug op hun plaats en liep op klaarlichte dag de bossen in.

Gek genoeg was het de minst gedenkwaardige wandeling die ik ooit op dat terrein had gemaakt. Overdag hoefden de mannen van Barridge niet op stropers te jagen, en het landgoed was groot. Natuurlijk zou ik iemand tegen het lijf kunnen lopen, maar de kans dat dat niet gebeurde, was even groot. Zonder noemenswaardige incidenten kwam ik aan bij de stallen. Ebony en Equinox waren allebei aanwezig. Hun nieuwsgierige hoofden doemden als reusachtige schaakstukken op boven hun staldeuren. Ik aaide ze over hun neus en trakteerde ze op een handvol haver.

Ik zocht vergeefs naar de ingang van de tunnel waardoor Josie en ik in de stal waren gekomen en begon me af te vragen of ik het hele verhaal had gedroomd. Ineens zag ik een valluik, verstopt onder een dikke laag hooi in een lege box. Ik wachtte in de hoop dat Manus zou komen, maar dat gebeurde niet.

Na een tijdje gaf ik het op. Ik stak het briefje op Ebony's ruif en liep met de zorgeloosheid van een vaste bezoeker terug door het bos.

'Waar heb jíj uitgehangen?' vroeg mijn moeder toen ik thuiskwam. 'Je bent zo lang weggeweest.'

'O, ik ben langs Crowhill Farm naar de rivier gelopen,' zei ik en ik gaf haar een kus. 'Niets om je zorgen over te maken.' Vervolgens at ik mijn avondeten en ging naar bed.

29

JOSIE

Juli 1902

Ik woonde nu drie maanden in Gravenagh House. Mijn haar was nog steeds kort, maar ik zag er niet meer uit als een geplukte kip. Het groeide snel aan, deze keer met lichte krullen die ik eerder niet had en die ineens keurig om mijn gezicht golfden. Toch wilde ik het heel graag weer lang hebben. Ik begon ook uit te dijen. Hoewel ik lange dagen maakte en nooit stilzat, was het eten goed en in ruime mate aanwezig en het beetje geld dat ik voor mezelf had, gaf ik graag uit in de chocoladewinkels van York. Dat soort dingen waren altijd onbereikbaar voor mij geweest, en nu kon ik ze ineens betalen. De eerste keer dat ik de chocolade-citroenparfait van mevrouw Hendrix proefde, was ik uitzinnig van vreugde. Terwijl juffrouw Coralie gelijk had en ik geld opzij moest leggen voor de toekomst, was ik nu vrolijk mijn pensioenfonds aan het opeten.

Telkens wanneer ik langs een spiegel liep, herkende ik mezelf nauwelijks. Welvingen en krullen, een lichte blos op mijn wangen, die voorheen altijd lijkbleek waren geweest, en de mooie, schone jurk van een respectabel kamermeisje. Het magere, in een schort gestoken mijnwerkersgrietje met vlechten in haar haar en klompen aan haar voeten bestond niet meer. Althans aan de buitenkant.

Elke dag dat ik geen brief van Tommy ontving, voelde ik een diepe pijn vanbinnen en was ik bang dat er iets vreselijks met hem was gebeurd. En als ik wel een brief kreeg, straalde ik van blijdschap, maar was ik algauw weer in de greep van de angst. Want het feit dat hij twee dagen geleden nog gezond en wel was, wilde niet zeggen dat hij nu nog leefde. In Arden had ik me nooit zo veel zorgen gemaakt, en zeker niet dagelijks.

Toen volgde er een periode waarin ik wekenlang niets van hem hoorde. Ik was in alle staten. Het voelde als een bloedende wond in mijn zij. Ik probeerde niet aan het ergste te denken. Tommy had weinig geld, hield ik mezelf voor, en papier en postzegels waren luxeartikelen die hij zich niet altijd kon veroorloven. Hoewel… dat had hem voorheen ook niet tegengehouden en ik begon me af te vragen of hij een ander meisje had ontmoet, een gedachte die me een vreemde steek vlak onder mijn ribben bezorgde. Maar dat kon ik me niet voorstellen. Onze vriendschap was te speciaal voor hem om me zomaar in de steek te laten. Als hij iemand anders had ontmoet, zou hij het me verteld hebben. Dus er moest een ramp zijn gebeurd – of iets anders.

Ik sleepte me door de dagelijkse karweitjes heen, die ik voorheen met zo veel plezier had gedaan. Vergeleken met de eentonige huishoudelijke klusjes die ik thuis had moeten doen, was mijn werk in York heel anders, veel interessanter. Ja, ik moest ook verstelwerk doen, maar geen knopen verwijderen alleen maar omdat ze anders in de mangel kapotgingen, waarna ik ze weer moest aannaaien. In York leerde ik borduren en versieringen op hoeden naaien, en zijden rozen op handschoenen. Het had allemaal een doel, namelijk de wereld een beetje mooier maken, of althans juffrouw Coralie mooier maken, en dat had hetzelfde effect. En ja, ik moest ook schoonmaken, maar alleen om haar kamer netjes te houden. Mijn ogen wenden snel aan de marmeren schoorsteenmantels, de porseleinen kandelaars en de schitterende aquarellen. Zo hoort de wereld eruit te zien, dacht ik, en meteen dacht ik vol weemoed aan Tommy, die altijd naar een mooier leven had verlangd.

De dag brak aan dat ik het niet langer verdroeg in onwetendheid te leven. Ik stond op de gebruikelijke tijd op en bleef even voor het raam staan om uit te kijken op de tuin, die vandaag kletsnat was van de dauw en bedekt met spinnenwebben, die op kleine paarlen halskettingen leken. Over drie weken zouden we naar Silvermoor gaan om daar twee weken te logeren, Coralie, ik, haar broer en Norman, de vrolijke bediende, met wie ik bevriend was geraakt. Normaal zou ik me daar ongelooflijk op hebben verheugd, maar nu ging mijn blijdschap gepaard met een gevoel van pijnlijke onzekerheid. Ik moest de Honeycrofts vragen om op onderzoek uit te gaan.

Mijn verzoek verbaasde Coralie niet. Ze kon het altijd aan me zien wanneer ik verdrietig was als ik geen brief van Tommy had gekregen. Kennelijk trok ik dan een lang gezicht en liet ik mijn schouders hangen. Ze stuurde een brief naar Silvermoor, waarna een van de bedienden naar Grindley werd gestuurd om navraag te doen. Toen er antwoord kwam, riep ze me naar de salon, waar zij en meneer Cedric al klaarzaten.

'Hij is gezond en wel, meisje,' zei ze toen ik, op het ergste voorbereid, binnenkwam. 'Je hoeft je nergens zorgen om te maken.'

'O, juffrouw, dank u wel!' Ik liet me helemaal gaan en plofte in de dichtstbijzijnde stoel neer, een lichtblauwe brokaten chaise longue, om het volgende moment verschrikt op te springen.

Coralie en Cedric schoten in de lach. 'Ga maar zitten, hoor. Wij zijn het maar,' zei Cedric op zijn trage toon die altijd heel prettig klonk, maar ook bedrieglijk kon zijn. Hij zag er misschien uit als een rijkeluisjongen die behalve feestjes en jongedames weinig aan zijn hoofd had, maar hij was heel intelligent. Hij was van plan zich kandidaat te stellen voor het parlement. Zijn bezoeken aan de mijnwerkersdorpen kwamen niet voort uit zinloze nieuwsgierigheid, maar uit een oprecht verlangen om de omstandigheden te verbeteren. Hij zei dat er zo veel fout was in de mijnbouw dat hij niet wist waar hij moest beginnen.

'Dank u.' Ik ging weer zitten. 'Ik ben zo opgelucht dat ik geen gevoel meer heb in mijn benen. Bedankt dat u het hebt uitgezocht. Waarom schrijft hij niet meer?'

'We hebben begrepen dat er een of ander... incident heeft plaatsgevonden en dat hij daarna een week niet kon werken. Zijn vader was... vreselijk boos en heeft vermoedelijk zijn schrijfspullen in beslag genomen, dus... hij had simpelweg geen middelen om te schrijven. Ik heb Walter geschreven dat hij pen en papier naar Tommy moet laten brengen, maar misschien wordt ook dat weer door zijn vader onderschept, dus als je niets van hem hoort, hoef je je geen zorgen te maken.'

'Wat voor incident was dat?'

Ze wisselden een blik van verstandhouding. 'Hij schijnt een flink pak slaag te hebben gekregen van een paar mannen uit het dorp,' zei Cedric. 'Ze hadden ergens ruzie over. Maar alles is weer in orde, dus geen reden tot ongerustheid.'

'Waren dat mannen uit Grindley?' wilde ik weten.

'Nee, uit Arden. Tommy was bij de winkeljuffrouw geweest, begreep ik, en... daar waren ze het niet mee eens.'

Nu begreep ik het ineens. 'Vanwege mij. Ze vinden dat hij een van hen heeft afgepakt,' zei ik. 'Het was mijn vader zeker? Met zijn gemene vrienden. Ze hebben Tommy aangevallen omdat hij me geholpen heeft. Ja toch?'

'Ik vrees van wel,' zei Cedric, 'maar het zal niet meer gebeuren. Tommy blijft voortaan uit de buurt van Arden, zodat hij niet meer in de problemen komt. Ze hebben hun punt gemaakt. Het is nu klaar.'

Dat hoopte ik maar. Tegelijkertijd wist ik dat de dorpelingen een heel goed geheugen hadden. 'Ach, kon hij maar hiernaartoe komen,' verzuchtte ik.

'Ik weet het, Josie, maar hier in huis kunnen we er niemand meer bij hebben. Dat begrijp je toch wel?'

'Jazeker. Ik bedoelde niet dat... U hebt al zo veel voor mij gedaan. Ik zou zo graag willen dat hij die kans ook krijgt. Als u van uw vrienden iets hoort over een baan... wilt u het me dan alstublieft laten weten? Dan geef ik het aan hem door.'

'Op basis van wat we dankzij jou over hem hebben gehoord, zou ik hem dolgraag zelf in dienst willen nemen,' zei Cedric. 'Als ik in het parlement zit, zal ik een secretaris nodig hebben en misschien is Tommy daar wel heel geschikt voor. Maar ik heb nog een lange weg te gaan, Josie, ik ben nog zo verdomd jong. Ik moet meer ervaring hebben. En meer geld. Maar ik zal mijn oren openhouden. En misschien kan ik de volgende keer dat we op Silvermoor zijn zelf met hem gaan praten, zodat ik in mijn referenties uit persoonlijke ervaring kan spreken.'

Ik voelde hoe mijn ogen glommen. Secretaris. Wat zou Tommy dat geweldig vinden. 'Dank u, meneer. Dat is heel aardig van u. Tommy zal u heel graag willen ontmoeten.' Zijn kansen keerden. Ik voelde het. Intussen moest hij zorgen dat hij in leven bleef.

30

TOMMY

Juli 1902

Na het pak slaag van Sam ging het werk moeizamer. Hoewel ik grotendeels hersteld was, had ik nog overal pijn. Bij het zwaaien met de bijl, het tillen van gereedschap, het bukken en kilometers ver lopen op verkrampte benen voelde ik allerlei nieuwe pijntjes. Ik deed alles heel voorzichtig, maar in de mijn hoef je niet op een zachte aanpak te rekenen.

'Hij houdt niet van hard werken,' hoorde ik meer dan eens een collega plagend zeggen, en dat was niet helemaal als plagerijtje bedoeld. Erger kon je een mijnwerker niet beledigen. Het betekende dat je geen man was, geen deel meer uitmaakte van de groep. Iedereen wist dat ik gewond was geraakt, maar dat maakte niet uit; hier beneden moest iedereen zijn steentje hoe dan ook bijdragen. Dat wist ik en ik probeerde het ook. Maar soms verkrampte mijn schouder onwillekeurig of zakte ik zomaar door mijn enkel. Ik had er geen controle over. Ik was niet meer zo sterk als voorheen. Met mijn kracht had ik de verschillen tussen mij en de rest kunnen compenseren, waardoor ik altijd op goede voet met iedereen had gestaan. Hoe dan ook, ik hoefde maar aan Josies gezicht te denken op de avond dat ik haar had gered, en ik wist dat ik het, als het moest, opnieuw zou doen.

Op een dag kwam Bulford naar me toe. In het flikkerende licht van zijn lamp keek hij toe hoe ik werkte. Ik zwaaide met mijn bijl en dook weg voor het puin dat omlaagstortte. Ik verwachtte een standje, maar hij vertrok zonder iets te zeggen. De volgende dag werd ik naar de stallen gestuurd. In de veronderstelling dat hij me een gunst verleende, had Bulford me voor een tijdje terug op de pony's gezet. Tay Chandler was net begonnen met hakken, dus zijn pony, Flinty, had een menner nodig. Flinty was een lief beestje. Ik had hem zelf getraind. Ik was blij om terug te zijn, maar ik was vergeten dat al het werk in de mijn zwaar was.

De tunnels met hun steile hellingen en scherpe afdalingen konden fataal zijn voor een onervaren of onoplettende menner. Ik had ervaring, maar was in gedachten ergens anders, op Silvermoor, in York, op Heston. Ik bleef maar aan James Manus Barridge denken.

Het was idioot en aan de andere kant volkomen logisch. Ik rangschikte alles wat ik over de overleden Barridge wist. Er werd beweerd dat hij een uitmuntende ruiter was, maar hij was omgekomen bij een val van een paard. Ik had Manus over het gazon zien zweven op Equinox, waarbij het paard onmogelijke kunststukjes had laten zien. Ook zou hij een fantastische wetenschapper zijn, met een uitzonderlijk talent voor geneeskunde. Ik herinnerde me zijn nerveuze handen die ineens zo trefzeker werden toen hij Josies blessure onderzocht en haar enkel had verbonden. Toen wist ik het. De overleden Barridge was helemaal niet dood, hij leefde in het geheim op Heston.

Maar waarom? Waarom zouden de Barridges de dood van hun oudste zoon hebben geveinsd? Dat was toch onvoorstelbaar.

Meer dan eens gaf Flinty me een duwtje met zijn kop om aan te geven dat ik niet snel genoeg ging, of hij bleef stokstijf staan als ik hem afwezig de verkeerde kant op stuurde. Hij toonde zich verdraagzamer dan de mannen. Het was gevaarlijk, levensgevaarlijk zelfs, om hier niet bij de les te blijven.

De pony's trokken vaak meer dan vijf volgeladen wagens, die bij elkaar misschien wel vijftienhonderd kilo wogen. Als die lading ging schuiven, was je er geweest. Dan werd de pony verpletterd, brak zijn rug en werd de menner door de scherpe ijzeren wielen aan mootjes gehakt. Toch kon ik mijn onwillige benen niet dwingen hun oude behendigheid te hervinden. Terwijl ik stuntelde en strompelde, vervloekte ik Sam Westgate omdat hij me zo kwetsbaar had gemaakt terwijl hij donders goed wist wat kwetsbaarheid betekende hier beneden.

Opa overleed. De afgelopen maanden was hij iets vooruitgegaan en hadden we allemaal opgelucht ademgehaald. Maar uiteindelijk was hij er toch tussenuit geknepen. Weer huilde ik, het begon een gewoonte te worden. Pa gaf me een klap, maar zijn eigen gezicht straalde zo veel verdriet uit dat ik me bijna verbonden met hem voelde. Opa was een zestiger, een mooie leeftijd voor onze streek, en de avond voordat hij overleed, hadden we nog een goed gesprek gehad, over zijn leven en alles waar hij dankbaar voor was.

'Ik ben heel blij met al mijn kleinkinderen,' had hij gezegd, 'en vooral met jou, Tommy, ook al ben je een rare snuiter. Voor mij ben je als het lied van een merel. Ik ben natuurlijk dankbaar voor oma en dat ik zo'n goede zoon heb. Ja, ik weet dat jullie vaak botsen, maar je vader is een goede zoon voor me geweest. Hij is een goed mens. Zo veel kinderen en toch hebben hij en je moeder ruimte voor ons gemaakt in dit huis. Ze wilden absoluut niet dat ik het dorp uit moest toen ik stopte met werken. Ik heb een lang leven gehad, Tommy, hard gewerkt en veel liefde gekregen. Dat wens ik jou ook toe, Tommy, hoewel ik een eenvoudiger mens ben dan jij, dus ik denk dat jij meer nodig hebt om tevreden te zijn.'

Ik legde mijn gezicht tegen zijn wang. Zijn gezicht had inderdaad een tevreden uitdrukking, dus daar konden we troost uit putten. Ik wist dat oma het na zijn dood ook niet lang meer zou maken. Zonder hem zou er nog maar een schim van haar overblijven. Die twee konden niet zonder elkaar.

Opa werd begraven op het kerkhof in het dorp en we waren er allemaal bij. Na de begrafenis maakte ik een wandeling. Mijn stappen markeerden een nieuwe fase in mijn leven, een leven zonder een van mijn dierbaren. Ik volgde de rivier langs de plek waar Benny me zijn libel had laten zien, tot helemaal bij de brug waar ik Walter en zijn vrienden had zien spelen. Vandaag waren er geen jonge edellieden aan het rondspetteren, er was geen Benny die op zijn hurken in het ondiepe water zat. Benny was dood. Opa was dood. Met een zwaar gemoed slenterde ik terug naar huis. Ondanks het grote verdriet gingen we de volgende dag gewoon weer ondergronds.

31

TOMMY

Zoals stenen die van een helling rollen steeds meer vaart krijgen, had het pak slaag van Sam en zijn makkers onaangename gevolgen. Ik was alleen met Flinty in de tunnel, dus niemand kon mijn geklungel zien. Maar de houwers en wrikkers die op mijn wagens wachtten, wisten dat er iets aan de hand was. Ze werden per ton betaald, dus hun loon hing af van de snelheid waarmee ik de wagens van en naar het kolenfront kreeg. In dit deel van de mijn was mijn traject iets minder dan anderhalve kilometer en het was er tweeëndertig graden. Ik was allesbehalve snel.

Het was niet ongebruikelijk dat een jongen die de kolen niet snel genoeg bracht, klappen kreeg. Ik voelde dat de handen van Al Crace en Ed Stoneley jeukten, maar ik was geen kind meer. Ik was nu niet in topvorm, maar dat zou niet lang meer duren en dan was ik groter en sterker dan hen beiden. Bovendien was ik de zoon van pa en iedereen was bang voor hem. Zo gingen de dagen voorbij, maar ik voelde de spanning stijgen.

Op een dag ontving ik een verbijsterende brief. Op de adreszijde stond slechts geschreven: *Tommy Green, Grindley*.

Beste Tommy (als ik zo vrij mag zijn),

Dank voor je aardige briefje. Zou je mij volgende week op een avond die jou schikt om middernacht willen bezoeken? Misschien kan ik je een lichte versnapering aanbieden in de stal. Ebony en ik wachten elke nacht een half uur bij het hek zodat we je veilig verder kunnen begeleiden.

Bij voorbaat dank,
Manus

Ik glimlachte. De overleden erfgenaam van de rijkste familie in het graafschap nodigde me uit op een verboden landgoed om in de stal een glas port te komen drinken. Een ongelooflijk bizarre situatie in formele taal en tegelijkertijd een heel gewone uitnodiging, afgezien van de details. Ik verbrandde het briefje. Het idee dat ík met een Barridge omging. Dat zou pa leuk vinden.

De dagen sleepten zich voort tot de nieuwe week aanbrak. Ik deed mijn uiterste best me sterker voor te doen dan ik was, maar Al en Ed raakten steeds geïrriteerder.

Op zondag bleef ik tot opluchting van mijn ouders thuis om uit te rusten. Op maandag gleed ik om elf uur 's avonds mijn bed uit. Ik had met mezelf afgesproken dat ik om twee uur weer thuis zou zijn.

Om kwart over twaalf arriveerde ik bij het hoge, smalle hek. Ik greep de spijlen vast en tuurde door de opening, er niet zeker van of ik de kettingen moest losmaken of alleen blijven wachten. Even later doemde er tussen de bomen een grote gestalte op. Het was Ebony. Manus liet me door het hek en zonder iets te zeggen hees hij me achter zich op het paard. Haastig reden we terug naar de stallen. Zorgvuldig sloot hij de hoofddeur achter ons en inspecteerde – heel overdreven – elke hoek van de stal om er zeker van te zijn dat we alleen waren. Vervolgens leidde hij me met evenveel zwier naar de box van Equinox als waarmee de graaf van Silvermoor zijn gasten naar de bibliotheek leidde. Er stonden twee omgedraaide emmers op ons te wachten. Hij schudde me de hand en bedankte me voor mijn komst. Toen ik me had geïnstalleerd op de emmer, ging hij weg om niet alleen port te halen, maar ook een koud hammetje en twee plakken cake. Er waren porseleinen borden en zilveren bestek. Ik moest denken aan een verhaal dat juffrouw Embry ooit aan mij en Josie had verteld, over jongens op een kostschool die 's nachts een feestmaal organiseerden.

Ik deed mijn best om me aan zijn gekunstelde hoffelijkheid aan te passen, maar inwendig brandde ik van nieuwsgierigheid. Toen we allebei iets gegeten en gedronken hadden, vertelde hij me hoe blij hij was om een brief van mij te ontvangen, maar hij drukte me op het hart om niet meer in de buurt van de stallen te komen. 'Als je met me wilt communiceren, steek je brief dan tussen de kettingen aan het hek,' opperde hij. 'Ik zal het regelmatig controleren. En dat moet jij ook doen, want ik zal jou op dezelfde manier antwoorden. Deze keer had ik de kans om mijn brief op een stapel post van de bedienden te leggen, die klaarlag om verzonden te worden. Ik wist niet of hij wel zou aankomen. Als Paulson je hier aantreft, zal hij meedogenloos zijn. Dat kan ik niet genoeg benadrukken.'

Ik knikte. 'Ik weet het. Ik had het niet moeten doen, maar het was een heel vreemde dag. Ik had problemen en ik kon niet helder nadenken.'

Nu knikte híj. 'Ik zie dat je een paar akelige verwondingen hebt, Tommy. Heb je een ongeluk gehad?'

'Nee, meneer. Geen ongeluk.'

'Een pak slaag soms? Dat heb ik zelf ook weleens gehad. Als ik dat had geweten, had ik wat arnica meegenomen. Denk je dat je binnenkort nog eens langs kunt komen, Tommy? Dan neem ik wat voor je mee. Het is een oud volksmiddeltje, afkomstig uit Duitsland. Het helpt goed, vind ik. Ik gebruik het bij kneuzingen, blauwe plekken en wonden...'

'Bent u soms arts, meneer?'

'Niet van beroep, maar ik ben wel aan de opleiding begonnen en heb nog steeds veel belangstelling voor de materie. Ik heb redelijk succes gehad bij de behandeling van vogels en andere dieren… Maar ik heb nog geen gelegenheid gehad om op mensen te oefenen.'

De overleden erfgenaam van de Barridges, talentvol op velerlei gebied, waaronder paardrijkunst en geneeskunde…

'U zei dat u hier niet weg kunt, meneer, dus u wóónt hier?'

Hij haalde heel diep adem en ging nog rechter op zijn emmer zitten. 'Ja, Tommy. Ik heb besloten dat jij te vertrouwen bent en dat we vrienden kunnen zijn. Klopt dat?'

'Ja, meneer. Zeker wel. Ik zal uw vertrouwen niet beschamen. Hoewel ik niet snap waarom u met iemand zoals ik bevriend zou willen zijn.' Ik dacht aan het briefje van Walter, waarin hij schreef dat zijn vader mij geen geschikte vriend voor hem vond.

'Ah, maar ik wil niet iemand zoals jij, ik wil jóú als vriend. Volgens mij ben je een heel geschikte, maar ook een bijzondere vent. Dat zijn eigenschappen die ik kan waarderen. Ik neem aan dat je doelt op het standsverschil tussen ons?'

Dat beaamde ik.

'Nou, in de eerste plaats is mijn stand zo eigenaardig, uniek in feite, dat daarbij vergeleken andere factoren vervallen. En ten tweede heb ik dat verschil nooit begrepen, laat staan dat ik het ermee eens was. Ik ben een van die subversieve, gevaarlijke types die mensen beoordelen op wie ze zijn, op hun karakter en persoonlijkheid, in plaats van op externe factoren zoals afkomst, geslacht, rijkdom, huidskleur…' Zijn stem stierf weg en hij zuchtte. 'Schrik je daarvan of beschouw je me als een zielsverwant?'

'Het laatste, meneer. Zonder meer. Vertel me uw verhaal, alstublieft.'

En dat deed hij. Zoals ik zelf al had vermoed, was hij de oudste zoon van Winthrop Barridge, die zich op een zogenaamd verlaten landgoed had verstopt. Het was een hoogst eigenaardige situatie.

'Mijn vader heeft nooit van me gehouden,' zei hij. 'In mijn jeugd heeft hij heel lang gedacht dat ik het kind van een andere man was. Mijn moeder was hem ontrouw geweest en hij dacht dat ik daar het resultaat van was. Toen ik zes jaar oud was, bleek dat niet zo te zijn. Hoewel we in alle andere opzichten heel verschillend zijn, lijken we qua uiterlijk sterk op elkaar. Gek genoeg heeft hij donkere haren en ogen en ik niet, maar we hebben wel allebei dezelfde diepe kuiltjes in onze wangen, waardoor het lijkt of we door een piraat met een mes zijn bewerkt. We hebben dezelfde wijd uitstaande neusvleugels en dezelfde fiere kin. Maar hoewel deze kenmerken mijn vader iets arrogants en wreeds geven, ben ik van mening dat ze bij mij niet dat effect hebben.'

Dat was inderdaad zo. Wreed was wel het meest ongeschikte woord om Manus' gezicht te beschrijven. Het beste woord voor hem was 'wispelturig', dat ik van juffrouw Embry had geleerd. Het enige wat ik op dat moment kon zeggen, was dat hij er zachtaardig en een beetje vreemd uitzag, alsof de wereld net een beetje te echt en te vol voor hem was.

'Maar tegen de tijd dat die twijfel uit zijn geest was gewist, had de gewoonte om een hekel aan me te hebben zich al te diep geworteld. Hij kon er niets aan veranderen en toen mijn broers werden geboren, je weet wel, de tweeling, was hij pas in staat om de ongecompliceerde blijdschap en trots van het vaderschap te ervaren, die hij bij mij nooit had gehad. Twee zonen die qua temperament evenveel op hem leken als ik qua uiterlijk. Een stel erfgenamen. Ik was volstrekt overbodig geworden.

Vanaf zeer jonge leeftijd was de tweeling dol op jagen, schieten en sport. Ik hield van lezen, schilderen en paardrijden, maar niet van jagen. Ik vond het heerlijk om door de bossen te dwalen en een te zijn met de natuur. Ik tekende de bomen, de mossen en alle levende wezens die ik zag. Mijn vader en broertjes wilden er alleen maar op schieten. Heston staat vol met hun jachttrofeeën. Nee, geen tientallen, Tommy, maar honderden. Ik probeer er niet naar te kijken. Als ik hier kom, ren ik meteen van mijn kamer via de tunnel naar de stal en weer terug. De rest van het huis hangt als een veel te grote schelp om me heen, gevuld met onaangename zaken. Ik heb een kamer en een badkamer, waaraan een studeerkamer grenst. En soms ga ik naar de keuken om met de bedienden te praten, maar dat verloopt niet altijd goed. Volgens mij vinden ze me een beetje vreemd.'

Even zweeg hij en keek hij treurig voor zich uit. Ik zat nog vol met vragen, maar nu al had ik ontzag voor zijn merkwaardig verlopen leven. Het was geen sensationeel verhaal, het waren de uren en dagen van een mensenleven. Toch kon ik één vraag niet voor me houden. 'Die tunnel, meneer, wat is dat eigenlijk? Hij ziet er niet uit als een oude mijntunnel.'

'Nee, dat klopt. Lang geleden heb ik hem toevallig ontdekt. Ik heb me door stapels boeken over de familiegeschiedenis geworsteld en daaruit bleek dat een van mijn voorvaderen opdracht heeft gegeven voor het graven van de tunnel. Hij schijnt een nogal excentrieke man te zijn geweest, die de voorkeur gaf aan dieren boven mensen en een rechtstreekse route wilde van zijn kennel naar zijn stallen. Ik had denk ik goed kunnen opschieten met de oude Ansell Barridge,' zei hij peinzend. 'Er is nu geen kennel meer, maar de ingang ligt dicht bij het huis, verstopt in een doornstruik, en ik kan er ongezien komen. Ik kan 's nachts vaak de slaap niet vatten en dan zoek ik graag troost bij de paarden.'

'En dat gat waar wij in zijn gevallen, was dat een soort valluik?'

'Ik denk het wel, hoewel ik het nooit eerder heb gezien. Nadat jullie die nacht hier waren, heb ik de tunnel over de hele lengte gecontroleerd en het lijkt de enige te zijn. Ik hoop maar dat de terreinknechten er niet in vallen, want dat zou het einde van mijn geheim betekenen.'

Na een korte stilte vervolgde hij: 'Willard en Joss waren de zonen waar mijn vader trots op kon zijn. Zo'n zoon was ik niet.'

Ik wachtte verwonderd af. Het zou toch niet zo zijn dat een vader zijn zoon onterfde en deed alsof hij dood was alleen maar omdat de jongen graag planten tekende?

'Naarmate de jaren verstreken werd het steeds erger. Ik ben de erfgenaam, of liever, ik wás de erfgenaam. Dat was iets wat mijn vader dagelijks irriteerde. Het was helemaal verkeerd, zei hij vaak, het had andersom moeten zijn. Ik begreep niets, ik kon niets goed doen. De erfgenaam van de Barridges moest aan verwachtingen voldoen die ik niet kon inlossen. Hij schaamde zich voor mijn sportprestaties. Het is niet zo dat ik niet sterk ben, Tommy, dat ben ik wel. Maar ik ben slecht in teamsporten. Ik heb het nooit leuk gevonden om grote kerels op me af te zien komen met de bedoeling me een bal af te pakken. Ik wil geen onnodige pijn ervaren en ik wil zelf niemand onnodig pijn doen. Ach, ik zou je ontelbare verhalen kunnen vertellen om je te laten inzien hoe diep de kloof is tussen ons, maar vanavond hebben we daar geen tijd voor. Het volstaat te zeggen dat een erfgenaam en zijn vader het op een aantal belangrijke punten eens moeten zijn, willen ze gelukkig verder kunnen leven. En ik was het op geen enkel punt met Winthrop Barridge eens.'

Ik knikte vol begrip. Verschillen tussen vader en zoon, daar wist ik het een en ander van af.

'We waren het niet eens over wie mijn bruid moest worden, althans de vrouw die ik als mijn bruid wilde. De volgende keer zal ik je wat meer over haar vertellen, Tommy. We waren het niet eens over wie mijn vrienden moesten zijn, over hoe we dieren en personeel moesten behandelen en – als klap op de vuurpijl – over de mijnen en de mensen die daar voor ons werkten. O, Tommy, wees maar blij dat je in Grindley woont. Wees blij dat je onder de hoede van de Sedgewicks bent, als het dan toch moet, want Hepzibah en Drammel Depth zijn...' Hij huiverde en legde zijn hoofd in zijn handen.

Ik at nog wat van de heerlijke ham, die gekruid was op een manier die ik nog nooit had geproefd. Dankzij het simpele feit dat ik voedzaam eten tot me nam, bleef ik min of meer verankerd in iets wat op de werkelijkheid leek zoals ik die kende, want in elk ander opzicht voelde het alsof ik in een sprookjesboek verzeild was geraakt.

'Bent u er geweest?' vroeg ik. 'Hebt u gezien hoe het daar is?'

'Ja, en ook de dorpen eromheen: Arden, Steepley, Craddon. Het is niet goed, Tommy. Maar in het leven van mijn vader is maar één ding belangrijk en dat zijn de mijnen, oftewel het winnen en verkopen van steenkool. Hij is altijd bezig met het uitbouwen van zijn imperium.

Elke bedreiging van zijn manier van leven, zijn manier van geld verdienen is een aanval op zijn persoon. Natuurlijk was het nooit mijn plan om hem te bedreigen, maar vanwege de standpunten die ik in het verkeerde gezelschap heb geuit, ging hij me vanzelf als een bedreiging zien. Hij stelde zich voor hoe ik de mijnen na zijn tijd zou leiden, en dat was niet wat hij voor zijn imperium in gedachten had. Ik was het probleem. En dat heeft hij op een heel creatieve manier opgelost. Sindsdien ben ik hier.'

'Maar kunt u dat niet veranderen? Hij kan u toch niet beroven van alles wat eigenlijk van u is? Hoe kan hij u hier gevangenhouden? Dit kán toch niet. U hebt recht op dat fortuin, die positie. Het staat in de wet.'

'Mijn vader heeft zich nooit veel aangetrokken van de wet.'

Ik dacht aan de vallen in de bossen en aan Josie met haar afgeknipte haar en wist dat hij gelijk had.

'Het geld kan me eigenlijk niet eens zo veel schelen. Maar... Ik... eh... Maar dit leven wil ik ook niet. Er zijn natuurlijk tegemoetkomingen... de paarden, de rust en een zekere mate van comfort die jíj, mijn vriend, zeker zou kunnen waarderen. Maar ik ben niet vrij. Wat voor leven heb je als je niet vrij bent? Die vraag zul jij je toch ook vaak hebben gesteld?'

'Ja, heel vaak. Alleen... ik snap geen snars van uw leven, meneer. Ik deel mijn gebrek aan vrijheid met vele anderen. Niet dat dat het beter maakt, soms juist slechter, want ik voel me extra eenzaam omdat niemand er hetzelfde over denkt als ik, maar het maakt het wel...' Ik lachte. '... normaler. Een normaal soort gevangenis. Een die we allemaal kennen en waarvan we zeggen: "O ja, zo gaat het nu eenmaal." Maar die van u... dat is een heel ander verhaal. Als de erfenis u niets kan schelen, kunt u dan niet vertrekken? Kunt u niet heel ver weg gaan en een nieuw leven beginnen op uw eigen voorwaarden? Ook al hebt u geen geld, u bent wel goed opgevoed. U hebt de manieren van een edelman. U hebt onderwijs genoten en capaciteiten... Daar zou u heel goed een leven mee kunnen opbouwen.'

'Ik hoor zo veel verlangen in je stem, Tommy, dat het wel je eigen diepste wens moet zijn. Maar ik ben niet alleen de gevangene van mijn vaders eigenaardige neiging om alles naar zijn hand te zetten. Ik vind het moeilijk om te zeggen tegen iemand die dagelijks zijn leven in de waagschaal legt, maar... ik ben een lafaard.'

'Daar geloof ik niets van,' zei ik in een opwelling.

Hij keek verrast. 'Nou, ik kan je verzekeren van wel. Zolang ik op deze manier leef, ben ik veilig. Hier wordt niets van me gevraagd. Ik hoef me niet met anderen te meten om er misschien achter te komen dat ik tekortschiet. En ik hoef evenmin zelf te besluiten om definitief met mijn oude leven te breken door iemand anders te worden. Mijn oude leven was moeilijk en verre van volmaakt, maar het was vertrouwd. Je zou kunnen zeggen dat mijn oude leven met míj gebroken heeft. Het heeft me verstoten en me doodverklaard. Maar ík heb er nog niet mee gebroken. Door hier te blijven en zijn geheim in stand te houden leg ik me neer bij mijn vaders wensen. Ook al denkt iedereen dat ik dood en begraven ben, ook al ben ik het best bewaarde geheim van Yorkshire, ik ben desondanks nog steeds James Manus Barridge van Heston Manor.'

32

TOMMY

De volgende dag betaalde ik de prijs voor mijn nachtelijke bezoek. Mijn hoofd suisde en mijn gedachten werden beheerst door alles wat Manus me had verteld. Zijn ontboezemingen hadden me totaal uit het lood geslagen. Niet alleen vanwege het onthullende verhaal, maar ook door de manier waarop zijn ervaringen overeenkwamen met de mijne, alsof de contouren van een tekening waren overgetrokken, twee identieke vormen, hoewel ze qua kleur en detail totaal verschillend waren.

Er was geen tijd geweest om alles te vragen wat ik wilde weten en bovendien voelde ik wel aan dat dat te veel voor hem zou zijn geweest. Gedurende zijn verhaal had hij doorlopend gebeefd en zijn nerveuze handen in elkaar gevlochten. Als mandenvlechter zou hij geen slecht figuur hebben geslagen. Ik had willen weten wie de vrouw was met wie hij had willen trouwen en wat er van haar geworden was. Ik had willen weten wat hij in de mijnen van Barridge had gezien. Ik had willen weten wat zijn moeder vond van de opsluiting van een lastige zoon. Was zij eigenlijk wel medeplichtig aan het bedrog? Of geloofde ook zij dat hij dood was?

Ik had hem willen vragen over het visioen dat ik die nacht had. Het moest Manus zijn geweest die ik in het maanlicht op Equinox had zien rijden, maar hoe ging dat zweven en dansen in zijn werk? Ik kon nog steeds moeilijk geloven dat zijn vader dit op zijn geweten had. Manus had kennelijk ideeën die hij niet kon waarderen. Hun karakters botsten. Er waren ongetwijfeld talloze families in het land die hetzelfde dilemma hadden, maar niet iedereen liet vervolgens zijn zoon doodverklaren.

Terwijl ik met Flinty op en neer door de tunnel liep, gingen mijn gedachten regelmatig terug naar wat hij had gezegd over wat hem op het landgoed vasthield. Ik begreep hem volkomen. Dezelfde dingen zorgden ervoor dat ik voor een shilling per dag keer op keer de mijn in ging, ook al beweerde ik dat het geen leven was. De redenen voor mij waren mijn familie, de financiële noodzaak, de meesters en het gebrek aan kansen, en overal zat wel iets van waarheid in. Maar wat Manus had gezegd, sloeg evenzeer op mij. Er hoefde zelfs geen letter aan veranderd te worden.

Hier wordt niets van me gevraagd. Ik hoef me niet met anderen te meten om er misschien achter te komen dat ik tekortschiet. En ik hoef evenmin zelf te besluiten om definitief met mijn oude leven te breken door iemand anders te worden. Mijn oude leven was moeilijk en verre van volmaakt, maar het was vertrouwd... Maar ík heb er nog niet mee gebroken. Door hier te blijven leg ik me neer bij mijn vaders wensen. Ik ben desondanks nog steeds Tommy Green uit Grindley.

Ineens had ik een glasheldere herinnering aan mijn laatste schooldag. Ik zag mezelf weer staan, in dat klaslokaal, aan mijn pet frunnikend en toekijkend hoe meester Latimer zijn bureau opruimde. Ik herinnerde me de woorden waarvan ik dacht dat ik ze allang vergeten was, hoewel de betekenis ervan me altijd was bijgebleven.

Green, jongen, je moet begrijpen dat de wereld ingewikkelder en lastiger in elkaar zit dan je je ooit zult kunnen voorstellen, en dat hij niet is bedoeld voor mensen zoals jij. In de klas mag je dan uitblinken, daar buiten zul je niets voorstellen. Je zult er binnen de kortste keren verpletterd worden... Lieve help. Al die tijd had ik gekookt van woede, had ik blind gezworen dat ik elke kans op ontsnapping zou aangrijpen, maar al die tijd was ik bang geweest om te mislukken. Doodsbang.

Het echte leven zou niet hiernaartoe komen om me op te halen. Niets zou hiernaartoe komen, geen licht, geen hoop, geen kansen. Er waren geen paden hier, behalve de paden die we uithakten zodat we de steenkool eruit konden halen.

Ik had aldoor gewacht tot er iemand een hand naar me zou uitsteken en misschien was dat ook niet zo gek. Dat willen we allemaal wel. In het huishouden van Honeycroft was geen plaats voor mij. Walter was eigenlijk ook maar een gewone jongen die niet tegen zijn vader op kon. Juffrouw Embry was een alleenstaande vrouw in een wereld waarin het moeilijk was om als vrouw op eigen benen te staan. Predikant Tawney werd misschien nog wel meer dan wij beperkt door zijn overtuigingen; per slot van rekening moest hij er de kost mee verdienen. En Latimer... tja, ik had eigenlijk geen idee wat zíjn probleem was.

Ik had dat allemaal als een teken beschouwd dat het nog niet mijn tijd was om te vertrekken. Dat ik hier moest blijven en afwachten. Maar nu zag ik het allemaal heel anders. Ik was inmiddels even oud als mijn broer Dan toen hij in de mijn om het leven kwam. Waar wachtte ik eigenlijk op? Ik zou deze dienst afmaken en dan vertrekken. Ik zou mijn kans uit de steen hakken. Ik zou het gaan máken.

Het moest ongeveer halverwege mijn dienst zijn geweest toen het gebeurde. We waren op weg vanaf de schacht en bevonden ons op een steile helling. Ineens weigerde Flinty. De moed zonk me in de schoenen; de pony's wisten meestal eerder dan wij wanneer er iets aan de hand was. Bijna onmiddellijk begonnen de wagens te schuiven. Flinty's snerpende gehinnik sneed door de duisternis. Ik sprong van de rails en trok aan zijn hoofd om hem er ook overheen te laten stappen.

'Kom dan, kom dan!' schreeuwde ik.

In een fractie van een seconde zag ik alle bloederige rampen aan mijn geestesoog voorbijtrekken. De wagens die Flinty verpletterden en zijn rug braken. Ik onder de scherpe ijzeren wielen op een afgrijselijke manier in stukken gehakt. Het enige waaraan ik kon denken, was mijn pony van de baan van die wegglijdende wagens af te krijgen.

Flinty stapte over de rails. De wagens bleven schuiven, maar gelukkig waren ze leeg. Toen Flinty van de rails af was, trok hij de eerste wagen mee opzij, waarna de rest tegen de eerste aan botste. Ik hoorde een oorverdovend geknars en gepiep, en ik huiverde bij de gedachte aan de schade aan het materieel. Door het gewicht van de wagens werd de arme Flinty naar achter gedrukt. Hij struikelde en viel.

'O, Flinty, het komt wel goed, jongen,' riep ik. Mijn stem klonk eerder angstig dan geruststellend. 'Stil maar, Flinty. Blijf liggen, ik help je overeind.' Ik zette mijn lamp op veilige afstand neer, intens dankbaar dat hij de schok had overleefd, en haastte me naar de pony. Hij lag te kronkelen op de grond in een poging zichzelf overeind te krijgen, maar de ruimte was te krap en het gareel werkte tegen.

Toen ik bij hem kwam, bedaarde hij. Hij wist dat ik hem probeerde te helpen. Hoewel ik nauwelijks iets kon zien, durfde ik de lamp niet dichterbij te zetten. Door een plotselinge uithaal van Flinty zou hij kunnen omvallen en dat kon ik niet riskeren. Desondanks was het een helse klus. Flinty was donkerbruin, zijn gareel was donkerbruin, zijn gespen door gebruik verweerd, en het was bijna aardedonker. Op de tast maakte ik een gesp los en toen de andere, totdat hij vrij was. Vervolgens moest ik hem in die krappe ruimte in de lage tunnel overeind helpen. Aan de linkerkant lag een enorme berg tegen elkaar geknalde wagens en op de grond lagen verraderlijke rails. Eerst stootte Flinty zijn hoofd en toen ik, maar ploeterend en zwoegend kwam hij overeind. Ineens zag ik het staal van een wiel opflitsen in de berg wagens en ik zorgde ervoor dat hij zich er niet aan sneed. Flinty vertrouwde me en uiteindelijk lukte het ons om verder te komen.

Toch zat me iets dwars. Dit soort ongelukken gebeurde wanneer een menner de afsluiters was vergeten, de stukken metaal of hout die we in elk wiel staken om als glijdende rem te dienen. Ik wist dat ik de laatste tijd niet optimaal had gewerkt. Ik was er vaak met mijn gedachten niet bij geweest. Maar één ding wist ik honderd procent zeker: ik had de afsluiters wel degelijk gezien. Ik kon me herinneren dat ik ze vlak voor we afdaalden, meteen had geplaatst. Het was een tweede natuur geworden.

Maar voordat we vertrokken, had Ed Stoneley me bij zich geroepen. Hij vroeg of ik deze keer wat sneller kon zijn. Hij zei het met een akelige grijns op zijn gezicht en ik moest heel diep inademen om mijn kalmte te bewaren. Ik zei dat ik dat zou doen, dat mijn verwondingen inmiddels genezen waren en dat ik voor hij het wist weer op volle kracht zou kunnen werken. Ik zorgde ervoor dat er dreiging in mijn woorden doorklonk. Ik staarde hem aan en kon zien dat hij me met geen vinger durfde aan te raken. Toen ik terugliep naar Flinty, stond Eds maatje Al Crace zijn manen te aaien. Het was een vreemd gezicht, want Al was bepaald geen dierenvriend.

'Brave jongen,' zei Al terwijl hij plaats voor me maakte. Hij lachte me beminnelijk toe, iets wat ik niet van hem gewend was. Nu begreep ik dat Ed me had afgeleid om Al tijd te geven om de afsluiters weg te halen. Niet allemaal, vermoedde ik, gezien de tijd dat de wielen zich in bedwang hadden kunnen houden. Waarschijnlijk maar twee, maar dat was genoeg. Wat een wrede, vernielzuchtige, stompzinnige idioten. Ik wist niet wat me bozer maakte, de gedachte dat ze te laf waren om me rechtstreeks aan te vallen of het feit dat ze er geen probleem mee hadden om Flinty aan stukken te snijden, alleen maar om een ingebeelde rekening met mij te vereffenen. Ik wist nog niet wat ik hun zou aandoen zodra ik buiten was.

'Kom maar, jongen,' zei ik op vlakke toon. 'We gaan. Laten we hier weggaan. Eén ding is zeker, ik kom hier in elk geval nooit meer terug.'

We gingen op pad. Ik was vol van mijn nieuwe plan. Ik zou terug naar de schacht gaan, dan zou ik eerst Al en dan Ed een klap in zijn gezicht geven. O, mijn kracht was weer helemaal terug, ik voelde het gewoon. Dan zou ik Flinty naar de stal brengen, hem iets lekkers voeren en afscheid van hem nemen. Ik zou naar de kooi lopen en voor de laatste keer het daglicht tegemoet gaan. Ik zou naar huis gaan, een bad nemen, me omkleden, eten en dan met pa praten. Ik zou hem op de man af zeggen dat ik wegging. Ik zou zeggen dat ik hem, zodra ik ergens werk had gevonden, geldbedragen zou sturen waardoor hij zou beseffen wat een armzalig hongerloontje ik als mijnwerker had binnengebracht. Hij zou me uitlachen en zeggen dat ik geen beloftes moest doen die ik niet kon waarmaken.

Mijn gedachten schoten heen en weer als een libel, dan weer hier, dan weer daar, dan landend en dan weer de andere kant op vliegend. Ik zou naar Silvermoor gaan en de graaf om een lening vragen. Ik zou naar York gaan, waar Josie was. Leeds, waar juffrouw Embry familie had en mij misschien aan een adres kon helpen. Barnsley, de industriestad, daar zouden banen genoeg zijn. Na aldoor het gevoel te hebben gehad dat er geen mogelijkheden voor me waren, zag ik plotseling overal kansen, en dat allemaal omdat ik die vermeende barrière van kansloosheid in mijn geest eindelijk doorbroken had. Wat als mijn vader de komende twintig jaar niet meer met me zou willen spreken? Wat als iedereen in mijn dorp zou zeggen dat het me niet zou lukken? Maar vrijheid was met geen goud te betalen en...

Weer weigerde Flinty. Wat was dat nu? Hij begon te hinniken, hoog en dringend. Mijn maag trok zich samen.

'Wat is er, jongen?' vroeg ik angstig.

Het gebeurde allemaal ineens: een grote scheur als een donderslag en toen, alsof er ineens een stortbui uit de hemel kwam vallen, zakte de tunnel voor me in elkaar. Flinty draaide zich om en sloeg op de vlucht. Ik was zo geschokt dat ik me niet kon bewegen. Roerloos staarde ik naar de blokkade voor me, die de hele tunnel vulde, van de vloer tot het plafond. Ik zag hoe de verzakking zich in mijn richting uitbreidde, heel langzaam en niet meer zo dramatisch, maar toch... de mijn zakte boven mijn hoofd in elkaar, precies zoals ik altijd had verwacht. Ik was zeventien, even oud als Dan toen hij verongelukte. De geschiedenis van de familie Green herhaalde zich.

33

JOSIE

Ik voelde hoe ik schitterde. Als een kerstboom. Het huis op The Mount stond op z'n kop, juffrouw Coralie was aan het inpakken. We zouden teruggaan naar Silvermoor.

Ik rende honderd keer lichtvoetig de trap op en af om haar laarzen uit de schoenenkamer te halen, haar jurken te persen en de lekkernijen uit de keuken in te pakken die haar onderweg op de been zouden moeten houden. De reis per koets duurde nog geen halve dag, maar juffrouw Coralie hield evenveel van zoetigheid als ik.

Het was nog vroeg. Een zomernevel dreef boven de tuin en de zon begon er al doorheen te branden. Eksters kletsten, lijsters zongen en er hing blijdschap in de lucht. Ik popelde van ongeduld. Het leek of er geen einde kwam aan de karweitjes, of we nooit klaar zouden zijn, of de reiskisten telkens weer 'voor nog één dingetje' geopend moesten worden. Maar uiteindelijk was de koets ingepakt en hadden we ons geïnstalleerd. Mevrouw Crane zwaaide ons uit.

We passeerden de lange rij georgiaanse huizen waarvan het onze er een was, met hun gladde zuilen en geplaveide toegangspaden. We reden langs Knavesmire, lichtgroen in het zonlicht en spiegelglad. En toen hadden we York achter ons gelaten en reden we dwars door het platteland naar Silvermoor, naar Tommy.

Onderweg werd er gezellig gebabbeld. Als juffrouw Coralie en meneer Cedric samen waren, voerden ze altijd plezierige gesprekken en hoewel Norman en ik erbij waren, hechtten ze niet aan formaliteiten. Andere families zouden ons afzonderlijk hebben laten reizen, maar zo waren de Honeycrofts niet.

Norman en ik konden het verbazend goed met elkaar vinden. Hij was overal van op de hoogte en we waren al twee keer samen naar een concert geweest. Ik was dol op concerten. Norman had een liefje dat in Acomb woonde en ze waren van plan om volgend jaar te trouwen. Toen hij me dat vertelde, wenste ik dat Tommy en ik ook zulke plannen hadden. Maar wij hadden nog een lange weg te gaan voordat dat zou gebeuren – als het al gebeurde. Tommy was nog niet eens de mijn uit.

Toen we onze bestemming naderden, werd ik zwijgzaam. We passeerden Arden, Heston Manor en de landweggetjes waar Tommy en ik hadden gewandeld en gekletst en waar onze mooie vriendschap was ontstaan. Ik strekte mijn nek uit om een glimp van hem op te vangen. Hij was natuurlijk nergens te zien, want er was geen enkele reden dat hij hier op dit uur van de dag zou rondlopen. Maar de herinneringen waren zo sterk en dierbaar dat het onmogelijk leek dat een jongen met krullen en kikkerogen en een meisje met rode vlechten daar niet voor altijd zouden rondzwerven.

Toen we de voorname oprijlaan van Silvermoor op reden, kwamen er nog meer herinneringen boven. Hand in hand lopend met Tommy aan de vooravond van de nieuwe eeuw, naast hem strompelend op die noodlottige avond toen hij me uit Arden had weggehaald, weg van de jachtopzieners van Heston en veilig naar Silvermoor. Ik herinnerde me zelfs hoe dat huis eruitgezien moest hebben in de ogen van de vijfjarige Tommy bij de doopplechtigheid van de jonge heer Walter, hoewel ik daar zelf niet bij was geweest. Hij had het me zo gedetailleerd en levendig beschreven dat het een herinnering van mezelf was geworden. Zou Tommy dat ook zo ervaren? Zou hij mij ook bij elke bocht menen te zien? Was de herinnering aan onze dierbare uren samen ook voor hem het mooiste op deze wereld? Werd het verschil tussen ons ook voor hem steeds kleiner zodat zijn herinneringen de mijne werden en mijn geluk het zijne?

34

TOMMY

Er hing een doodse stilte, slechts af en toe onderbroken door mysterieus gegrom of gekraak vanuit het diepst van de aarde. En toch meende ik het geluid te horen van honderden mijnwerkerslaarzen, dwars door de decennia heen marcherend tot deze onvermijdelijke dag.

De stenenregen had me tegen de grond geslagen, ik kon geen kant op. Ik wist niet wat er gebroken of verbrijzeld was, maar wel dat ik pijn had en opgesloten zat. Achter me kon ik met de vingertoppen van mijn rechterhand nog net een ander warm lijf voelen. Flinty zou me niet in de steek laten. Hij was teruggekomen om samen met mij te sterven.

Mijn lamp bleef op wonderbaarlijke wijze nog enige tijd branden. Ik zag hem nog enigszins rechtop staan op de vloer van de tunnel. Er stonden drie dingen te gebeuren, die onvermijdelijk waren daar in die ingestorte tunnel diep in Crooked Ash: de lamp zou uitgaan, Flinty zou sterven en ik zou sterven. Ik vroeg me af in welke volgorde ze zouden plaatsvinden. Zoals ik al verwachtte, ging eerst de lamp uit. Daar lag ik dan, in de totale duisternis, die me sinds de eerste keer dat ik hem ervaarde, altijd had achtervolgd.

Mijn borst deed pijn, zowel fysiek door een of andere verwonding waar ik geen idee van had, als geestelijk, omdat ik mijn leven had verspild. De inzichten van vanochtend waren te laat tot me gekomen. Was de mist voor mijn ogen maar één dag eerder opgetrokken. Had ik maar eerder beseft dat ik niet hoefde te wachten tot iemand anders me een kans bood. Had ik maar eerder begrepen dat mislukken niet iets was om bang voor te zijn. Die gedachten schoten door me heen terwijl ik daar in de duisternis opgesloten zat.

Ik dacht natuurlijk ook aan Dan en vroeg me af of het bij hem ook zo was gegaan, een langzaam wachten op het einde. Ik dacht aan mijn levende broers en deed ontelbaar veel schietgebedjes voor hun veiligheid.

Ik zag Josie kristalhelder voor me. Ik vroeg me af hoe en wanneer ze te horen zou krijgen dat ik er niet meer was. Ik dacht aan de wereld daar buiten, de wereld boven die diepe, ruwe schacht in de aarde. Dat prachtige landschap in een waas van zwart. De nalatenschap van afgestompte mijnwerkers...

En ik dacht aan pa. Aan de ruzies die we in de loop der jaren hadden gehad en hoe we altijd met elkaar overhoop hadden gelegen. Hij kon gewoonweg niet begrijpen waarom ik was wie ik was, waarom ik me niet kon neerleggen bij de onderdrukking, zoals alle anderen. Ik begreep het zelf ook niet. Alle dingen die me fascineerden, hoorden bij de buitenwereld. Als ik mezelf voorhield dat ik híér thuishoorde, dat dit voldoende moest zijn, kostte me dat zo veel moeite dat het leek of ik mijn been in zijn kom omdraaide zodat mijn voet de andere kant op wees. Maar als er iemand was voor wie ik in Grindley was gebleven, was het pa. Het was een ingewikkeld soort liefde, maar ik hield van hem, besefte ik nu. Ondanks alles bewonderde ik de man die hij was, zijn rechtschapenheid, zijn natuurlijke gezag, gerespecteerd en gevreesd, volkomen integer en voor niets en niemand bang. Mijn vader was een indrukwekkende man en ik wilde dat ik hem dat kon zeggen. Hij begreep mijn ambitie niet, maar ik begreep zijn trots.

35

JOSIE

Binnen een uur hadden we ons op Silvermoor gesetteld. De Honeycrofts dronken thee met hun tante en neefjes en nichtjes. De graaf hield zich buitenshuis bezig met dingen waar graven zich nu eenmaal mee bezighielden. Ik had een paar uur vrij gekregen. Allereerst ging ik naar de keuken om te lunchen. De meeste bedienden van Silvermoor, onder wie Dorcas en mevrouw Roundsby, waren blij me te zien. Anderen, zoals Portis, bepaald niet. Kennelijk zagen zij me nog steeds als die vervelende mijnwerkersdochter zonder enige discretie, die het niet verdiende om voor de Honeycrofts te werken. Ik trok me er weinig van aan. Ik was me ervan bewust dat veel mensen vonden dat ik ergens anders thuishoorde, maar de Honeycrofts hadden me laten zien dat je ook op een andere manier kon denken en daar gaf ik de voorkeur aan. Dus keek ik Portis stralend aan en begon te eten.

Ik was dolblij met het vooruitzicht dat meneer Cedric binnenkort met Tommy zou gaan praten. Dat ging ik op de een of andere manier op touw zetten. Ook al had hij gezegd dat hij niets kon beloven, ik was ervan overtuigd dat hij zeer te spreken over Tommy zou zijn en alles in het werk zou stellen om hem de mijn uit te krijgen. Dat wíst ik gewoon. Van opwinding stokte mijn adem bijna.

Net toen ik van plan was naar buiten te gaan en wat verse bloemen te plukken voor op het nachtkastje van juffrouw Coralie, kwam een klein dienstmeisje, genaamd Sylvia, binnen. Ze was op zoek naar me. Juffrouw Coralie wilde me spreken in de salon.

Tommy. Dat moest Tommy zijn. Terwijl ik naar de salon rende, trok ik mijn jurk recht en streek ik mijn haren glad, me afvragend wat hij nu van me zou vinden.

Maar Tommy was er niet. Cedric was er wel. Juffrouw Coralie wilde met me bespreken wanneer ik Tommy wilde zien en wanneer ze me kon missen, enzovoorts. En terwijl we daar gezellig met z'n drieën plannetjes zaten te maken, werden we gestoord door de plotselinge komst van de graaf.

'Oom!' riep Coralie. Ze omhelsde hem in een golf van groene zijde.

'Daar zijn we weer. We komen je weer lekker voor de voeten lopen en je goeie cognac opdrinken,' merkte Cedric op vanaf de sofa, de daad bij het woord voegend.

Maar de graaf begroette hen zonder de diepe genegenheid die ik voorheen bij hem had gezien, en hij leek mij al helemaal niet op te merken. Zijn gezicht zag grauw en zijn haren zaten ongewoon in de war. Was hij ziek? Afwezig gaf hij Coralie een kus en liep naar de dranktafel. Misschien was hij bang dat Cedric inderdaad al zijn goede cognac opdronk.

'Coralie, liefje, Cedric, welkom. Het spijt me dat ik niet wat enthousiaster kan zijn, maar er is een tunnel ingestort in de mijn. Jarenlang gebeurt er niets, dus je vergeet hoe verschrikkelijk zo'n ongeluk kan zijn. Er schijnt een jongen vast te zitten.'

'Tommy!' gilde ik meteen. Ik sprong op uit mijn stoel zodat de graaf cognac morste op zijn sneeuwwitte manchet.

'Wat heeft dit... O, ben jij het, Josie.'

'Het is Tommy, hè, meneer? Ik weet het. Ik weet het gewoon.'

Coralie sloeg een arm om mijn schouders. 'Sst, Josie, stil maar. Ik weet zeker dat het niet zo is. Nee toch, oom? Is het Tommy?'

'Ik ben bang dat ik het antwoord niet weet. Ik heb geen naam gehoord. Ik ben naar Bulford gegaan, maar hij was er niet. Het was een chaos in de mijn. Een vreselijke toestand. Ik bood aan te helpen, maar daar wilde men niet van horen. Ze lossen de dingen graag zelf op. Er wordt nu een klein reddingsteam gevormd, maar natuurlijk weet nog niemand wat de schade is tot ze op de plek des onheils zijn. Vooralsnog schijnt er een man vast te zitten, en een pony.'

De kamer begon voor mijn ogen te draaien en alles werd vaag. Ik deed mijn uiterste best om bij bewustzijn te blijven. Flauwvallen zou Tommy niet helpen. 'O, juffrouw,' fluisterde ik. 'Tommy werkt deze week met de pony's. Dat schreef hij in zijn laatste brief.' Ik stond te wankelen op mijn benen, maar haar stevige arm om mijn schouders hield me overeind.

'Sst, Josie,' gebood ze terwijl ze me terug naar mijn stoel sleepte. 'Cedric, geef haar wat cognac. Oom, we moeten zekerheid hebben. Hoe komen we aan meer informatie?'

'Ik ga zelf direct weer terug en ik kom niet naar huis voordat ik meer weet. Ik neem Beauty mee en probeer zo snel mogelijk daar te zijn.'

'Ik ga ook,' zei ik, nadat ik de cognac achterover had geslagen en zodanig hersteld was dat ik weer rechtop kon zitten.

'Nee,' zei Coralie. Haar gezicht stond vastbesloten. 'Wij gaan samen. Maverick kan ons allebei dragen.'

'En ik ga ook mee,' verklaarde Cedric. 'Als het moet, graaf ik hem eigenhandig uit.'

36

TOMMY

Telkens wanneer de aarde een merkwaardige kreun uitstootte, bereidde ik me voor op de volgende verzakking, die me in één klap zou verpletteren. Ik leefde tussen hoop en vrees. Toen ik net in de mijn begon, was ik doodsbang voor de geluiden. Als ik ze hoorde, was ik ervan overtuigd dat de hele wereld op instorten stond. Maar uiteindelijk raakte ik eraan gewend, zoals we aan bijna alles wennen als we er maar lang genoeg aan blootgesteld worden. Terwijl ik op de dood lag te wachten, vroeg ik me af of ze misschien afkomstig waren van een onderaardse duivel, die door een grote stenen gang heen en weer liep. Misschien was dit het moment dat hij me kwam halen.

Ik had lang troost geput uit de – weliswaar zwakke – ademstootjes van Flinty die ik achter in mijn nek voelde, maar die voelde ik nu al een tijdje niet meer. Het kon niet anders of hij was dood. Ik barstte in huilen uit, met gierende uithalen. Ik huilde om die dappere kleine pony die zijn hele leven lang wagens vol kolen van beneden naar boven had getrokken en nu plichtshalve was overleden. Het deed me beseffen hoe nietig we allemaal zijn.

Ik vroeg me af of het dak was ingestort door de tegen elkaar botsende wagens of dat het anders ook zou zijn gebeurd. Met andere woorden, waren Crace en Stoneley hier verantwoordelijk voor? Ik kon mijn hoofd niet optillen, alle kracht leek uit me weggesijpeld. Ook in mijn benen kreeg ik geen beweging, maar ik wist niet of dat door een verwonding kwam of doordat ze vastzaten. Hoewel het pijn deed, kon ik mijn armen wel naar links en rechts bewegen. Als ik mijn rechterarm naar achter strekte, voelde ik de ruwe vacht van Flinty. En aan de linkerkant vond ik mijn lunchblik, leeg. Mijn boterhammen moesten ergens onder het puin liggen.

Ineens had ik een idee. Ik vond op de tast een hard stuk steen. Met de steen in mijn ene en het blik in mijn andere hand probeerde ik letters op het blik te krassen. Doordat ik achterovergeleund lag, met mijn armen in een ongemakkelijke hoek, en niets kon zien, wist ik niet of de tekens die ik schreef ook maar enigszins leken op wat ik voor ogen had. Maar het gaf me een bezigheid waarmee ik de tijd kon doorkomen.

Het waren lange uren. Het was zo heet dat ik ging ijlen, of misschien kwam het door honger of dorst of door de nabijheid van de dood. Ik kon de spookmijnwerkers heen en weer horen stampen en de duivels krijsen en de aarde huilen.

Achter me begon Flinty ineens te hinniken. Ik probeerde zijn naam te zeggen, maar er kwam geen geluid. Ik was ervan overtuigd geweest dat hij dood was. Hij begon te spartelen en te schoppen en maakte telkens weer dat hoge, snerpende geluid dat de duisternis doorsneed. Toen hoorde ik hoe zijn hoofd met een bons op de grond viel en wist ik dat hij echt dood was. Ik voelde de tranen dwars door het vuil over mijn gezicht stromen. En toen hoorde ik een nieuw geluid, het vreemdste tot nu toe. *Klop, klop, klop.*

Ik snapte er niets van. Je zou toch denken dat een duivel een veel onheilspellender geluid maakte, een soort geschraap of gekrab. Zouden er, net als in een sprookje, dwergen naar me toe komen? Ik was te zwak om er te veel over na te denken, dus ging ik gewoon door met het bekrassen van mijn lunchblik. Misschien viel ik al doende in slaap en hoefde ik mijn laatste momenten niet bewust mee te maken.

Klop, klop, klop. Het geluid hield aan zonder verandering in volume of ritme. Het klonk voorzichtig, alsof een heel verlegen kind op een deur klopte. Het begon ook een beetje irritant te worden. Werd ik in de laatste ogenblikken van mijn leven nog geplaagd door een onopgelost mysterie? Toen hoorde ik stemmen.

Meteen realiseerde ik me dat ik niet dood was en dat het geen engelen waren, het waren mensen en ik herkende hun stemmen.

'Rustig aan, Stan. Bukken. Niet te hard.'

'Oké, Jim. Zie je al wat?'

'Nog niet. Maar ik hoorde een pony. Zeker te weten.'

Plotseling was ik klaarwakker. In dit late, wanhopige stadium durfde ik nauwelijks nog hoop te koesteren, maar het kon niet anders dan dat er een reddingsteam aan kwam. Mijn vader en Stan Baldwin. Een paar tellen later hoorde ik Bulford: 'Hou je bek, Adam Slater. Het maakt niet uit of het een zinloze actie is. We blijven hier tot we hem vinden, levend of dood.'

Kennelijk was Adam Slater van mening dat het laatste het geval was, want nu hoorde ik mijn vader zeggen: 'Als je er zo over denkt, kun je net zo goed weggaan, Slater. Ga maar, we hebben je niet nodig hier. Ga thuis maar de afwas doen met je vrouw.'

'Pa.' Flinty's naam had ik niet hardop kunnen zeggen, maar mijn vader kon ik wel roepen. 'Pa? Ik ben hier,' klonk het zwakjes.

Stilte. Toen hoorde ik een stem die ik niet herkende, een stem die hier beneden niet thuishoorde. 'Waar wacht u op, meneer Green? Elke seconde telt, we moeten doorgaan.'

'Ik weet het, meneer, maar ik dacht dat ik iets… Nou ja, laat maar.'
Klop, klop, klop.

Mijn keel voelde rauw aan en misschien was ik nog maar in staat tot een paar woorden. Die zou ik bewaren tot ze meer nut hadden. Het kloppen hield aan en af en toe zweefde er een opmerking dwars door de steen. Ik bleef mijn oren gespitst houden, in de hoop variatie in het geluid te horen ten teken dat ze dichterbij kwamen, maar het bleef constant. Het was enerzijds frustrerend, maar ook geruststellend, want de zachte, behoedzame aanpak overtuigde me ervan dat het echt was en niet een product van mijn wanhopige verbeelding. Natuurlijk moesten ze voorzichtig te werk gaan, niets was zo gevaarlijk als een mijntunnel na een instorting. Een zuchtje wind in de verkeerde richting kon de hele zaak in laten zakken en hen allemaal verpletteren. Dat was een jaar geleden in Horizon Drift gebeurd. Drie mannen waren omgekomen bij een instorting, twaalf bij de reddingsactie.

'Ik hoorde een pony. Ik weet het zeker,' zei pa. Hij was witheet. Ik kende die toon maar al te goed.

'Hier misschien?' opperde de stem die zo veel verschilde van de andere, de man die mijn vader 'meneer' noemde. 'Hier zit het puin wat minder dicht op elkaar.'

Ik kreeg een idee. Ik begon met mijn steen tegen het blik te tikken. Meteen stopte het geklop aan de andere kant. 'Hoorde u dat, meneer?'

'Ja!'

'Stan, jij ook?'

'Jazeker. Tommy? Ben jij dat, jongen?'

'Tommy?' De stem van mijn vader klonk zo dichtbij dat het leek of hij in mijn oor sprak. Plotseling was er weer hoop. Misschien zou ik mijn vader weer zien en mijn moeder weer kunnen omhelzen. Misschien zou ik mijn broers en zussen en Josie en Manus weer zien... Nu pas besefte ik hoeveel dierbare mensen ik in mijn leven had.

'Pa! Ik ben hier!' riep ik. Mijn stem piepte en kraakte alsof ik net de baard in de keel had. Maar hij hoorde me.

'Hou vol, jongen, hou vol. We komen eraan. Rustig aan, Stan, hij zit hier vlak achter. We moeten heel voorzichtig zijn. Licht me 's bij, zo ja, goed zo.'

De toren van steen en schalie begon te rollen en te schuiven. Met bonzend hart dook ik ineen. Als dat allemaal op mij terechtkwam... Maar dat gebeurde niet. Een voor een werden de stenen weggehaald en naar achter doorgegeven totdat er een zodanig groot gat was ontstaan dat ik het licht van de lamp kon zien. Ik zag handen die heel voorzichtig de stenen betastten en langzaam een doorgang vonden. Nog meer stenen werden opgetild en uiteindelijk zag ik het gezicht van mijn vader, nors als altijd, door het gat. Hij klauterde de ruimte in waar ik lag.

'Tommy.'

'Voorzichtig, Jim,' zei Stan overbodig. Mijn vader was voorzichtig geboren. Heel behoedzaam stak hij zijn arm door het gat en pakte zijn lamp. Toen keek hij om zich heen. Ik zag hoe zijn priemende ogen naar de dode pony keken en naar de contouren van de stenen om me heen. Toen keek hij op me neer.

'Tommy,' zei hij zacht, alsof de woorden me zouden kunnen breken. 'Waar ben je gewond?'

'Ik weet het niet, pa.'

Hij knikte en kroop naar me toe. Vervolgens begon hij dingen op te rapen en te verplaatsen, net zo geruisloos als hij zich vroeger tijdens de nachtelijke strooptochten door de bossen bewoog. Op dat moment besefte ik dat ik er levend uit zou komen. Dankzij deze man, die een hert kon overrompelen en als een geest door de valstrikken van de oude Paulson kon glippen. Als hij wilde, kon hij onzichtbaar zijn en geen indruk achterlaten op de materiële wereld. Plotseling was het gewicht op mijn benen verdwenen. Pa kwam naast me zitten en legde zijn ruwe hand op mijn wang. 'Tommy,' zei hij weer. 'Mijn zoon.'

'Ja, pa,' zei ik. 'Dat ben ik.'

'Kun je rechtop zitten? Voorzichtig, hoor.'

Ik probeerde het, maar ik was te zwak. Hij ondersteunde mijn hoofd en tilde mijn rug op en toen lukte het. Ik zat. Maar staan was nog een brug te ver.

'Stan, kom eens hier,' beval hij. Stans linkerbeen verscheen over de lage muur, gevolgd door de rest van zijn lichaam. 'We moeten hem eruit tillen,' zei mijn vader. 'Is Bulford klaar?'

'We zijn klaar, Jim,' klonk de stem van de opzichter aan de andere kant. Pa pakte me bij de schouders en Stan greep mijn benen vast. Zo schoven ze me door de opening, waarna ik werd opgevangen door Bulford en iemand anders en zo werd ik langzaam en voorzichtig door de tunnel gedragen. Verderop stonden twee andere mannen die me overnamen, en al die tijd verloor ik om de haverklap mijn bewustzijn.

Ten slotte bereikten we de onderkant van de schacht. Ik kon mijn

nog één voet in de mijn te zetten, maar ik kon het niet. Ik wilde niet profiteren van de korte, heldere scheur in zijn emotionele pantser door zijn toestemming of zegen te vragen. Ik wilde niet gebruikmaken van het feit dat hij niet in zijn normale doen was. Of misschien wilde ik de simpele waarachtigheid van het moment niet bederven. Mijn vader hield van me. Hij had me gered. Voor nu was dat voldoende.

Terwijl ik enige tijd alleen in de koets lag, werden er om me heen plannen gemaakt en beslissingen genomen. Uiteindelijk werd ik door twee mensen vergezeld naar Silvermoor: Josie en mijn moeder. Mijn vader nam de rest van de familie mee naar huis, waar ze het goede nieuws aan Alfie en oma zouden overbrengen. En de andere mannen hadden zich in twee teams gegroepeerd, waarvan het ene de dienst zou afmaken en het andere de schade zou opruimen.

In mijn ogen leek mijn moeder een engel. Haar gezicht, dat al vroeg was getekend en altijd een frons had – geen norse frons, zoals bij mijn vader, maar een bezorgde – was nu helemaal glad van opluchting. Ze zag er mooi uit. En ze hield Josies hand vast, als ik dat tenminste niet heb gedroomd. Josie zag er stralender uit dan ooit. Ik had vreselijk veel pijn en zo veel dorst dat ik nauwelijks adem kon halen. Ik was ongetwijfeld in shock. Desondanks zag ik hoe haar haren in rossige golven tot onder haar kin vielen en met een wit lint bijeengebonden waren. Ze was langer en voller geworden sinds haar vertrek. Haar wangen gloeiden en haar ogen schitterden. Ze had zelfs een kuiltje in haar linkerwang. Ze was een vrouw nu, een beeldschone vrouw, zelfs in haar grijs met wit gestreepte jurk en zelfs nu haar gezicht bedekt was met de door haar gehate rode vlekken van het huilen.

De graaf en zijn nicht en neef moesten de hele weg gegaloppeerd hebben, want ze waren al op Silvermoor voordat wij aankwamen. Terwijl Cedric zijn bediende opdracht gaf om een bad te laten vollopen, maakte Coralie, samen met Josie en ma, een bad voor mij klaar. Daarna legden ze me in bed voordat de dokter kwam. Het was een vreemde dag, zo veel gebeurtenissen en mensen om me heen terwijl ik het passieve middelpunt vormde. Plotseling was ik dankbaar voor elk moment, want ik was uiteindelijk niet doodgegaan. Maar nu verlangde ik hevig naar rust.

39

JOSIE

Ik had altijd geweten dat Tommy's moeder een goede vrouw was, vooral vanwege de enthousiaste manier waarop hij over haar sprak. Maar die paar keer dat we elkaar hadden ontmoet, had ze haar bijzondere eigenschappen verborgen gehouden achter een muur van argwaan en onvoorwaardelijke terughoudendheid. Ik had dat nooit persoonlijk opgevat. Ik was een buitenstaander en zo gingen die dingen hier nu eenmaal. Maar gedurende de dagen dat ik met de Honeycrofts op Silvermoor was terwijl Tommy in een van de logeerkamers herstelde, brokkelde die muur af.

Aanvankelijk sliep hij alleen maar en zaten wij samen bij zijn bed. In het begin verontschuldigde ik me nog als ik binnenkwam en haar zag zitten. Ik gunde haar tijd met hem alleen en wilde niet dat ze mij respectloos of aanmatigend zou vinden. Het mijnwerkersvolk was nu eenmaal heel snel op zijn teentjes getrapt. Maar ze gebaarde me telkens binnen te komen en algauw voelde het heel natuurlijk om naast haar aan het bed te zitten, alsof ik een van haar dochters was.

Misschien kwam het door wat hij op dat deksel van zijn lunchblik had geschreven. Of misschien doordat ze gezien had hoeveel ik om hem gaf. Of misschien doordat Tommy, nu hij zo diep in slaap was, allesbehalve een gezellige gesprekspartner was.

We spraken zachtjes over aangename zaken: onze dorpen en families, hoe mijn baan in York me beviel, kleine herinneringen aan Tommy. Ondertussen keken we naar hem, naar zijn snijwonden en bloeduitstortingen, zijn witte huid en de lange wimpers die als hij sliep op zijn jukbeenderen lagen. Ik kon niet wachten totdat hij zijn bosgroene ogen zou openen en ik ze eindelijk weer kon zien schitteren.

Al een tijdje wist ik dat ik meer dan alleen vriendschappelijke gevoelens voor hem koesterde. Dit was de eerste gelegenheid die ik had om eindeloos naar hem te kijken, en ik schrok van de reacties die dat in mijn lichaam teweegbracht. Als ik naar zijn arm keek die boven de deken lag, kon ik niet anders dan de spiermassa bewonderen en ernaar verlangen dat die arm om me heen lag. Als ik naar zijn donkerbruine krullen keek, wilde ik niets liever dan ze aanraken. Ik wilde met mijn vingertoppen over de stoppels op zijn wang strijken. Kijkend naar zijn gezicht werd ik overspoeld door herinneringen aan onze talloze gesprekken en avontuurlijke tochten. Ik voelde me daardoor zo met hem verbonden dat ik ook lichamelijk dicht bij hem wilde zijn. Ik zat op een stoel op een halve meter van hem vandaan, maar het voelde als honderd kilometer.

Toen ik naar zijn lippen staarde, kwam onvermijdelijk de herinnering boven aan die keer dat hij me had gekust. Hij had me om precies te zijn twee keer gekust, maar ik telde die van oudejaarsavond niet mee, want dan gaf iedereen elkaar een kus. Maar de kus die hij me gegeven had nadat ik hem had verteld dat ik Coralies aanbod had afgeslagen... Van die herinnering kreeg ik het warm en voelde ik mijn knieën slap worden terwijl ik intussen zedig met zijn moeder zat te babbelen. Zijn mond was perfect, zag ik. Michelangelo had geen volmaaktere lippen kunnen tekenen. Ik verlangde ernaar mijn lippen tegen de zijne te drukken... Deze lichamelijke gevoelens waren nieuw voor mij en ik schrok ervan. Ik wist niet of het normaal was. Kon ik maar even bij Dulcie langsgaan. Ze was de enige met wie ik hierover kon praten. Hoewel ik dol was op Coralie, was een dergelijk gesprek met mijn werkgever ondenkbaar.

Het kwam vast en zeker door de schok, hield ik mezelf voor naarmate de dagen verstreken. Ik was hem immers bijna kwijtgeraakt. Mijn opluchting uitte zich kennelijk op een heel vreemde manier en ik ging ervan uit dat die rare gevoelens langzaam zouden verdwijnen, samen met mijn nachtmerries en de angst waarmee ik elke dag wakker werd voordat ik me het aangename mantra herinnerde dat me de rest van de dag vergezelde. *Tommy is veilig, Tommy is veilig.*

40

TOMMY

Ik had nog nooit zo heerlijk en diep geslapen. Geen benen van broertjes over de mijne, geen voeten onder mijn neus. Een groot bed, helemaal voor mezelf, opgemaakt met naar lavendel geurend, zijdezacht beddengoed. Ononderbroken stilte en duisternis, niet de beklemmende duisternis van de mijnen, maar de zachte duisternis van veiligheid. Ik werd wakker, knipperde met mijn ogen en keek verwonderd om me heen. Toen ik overeind probeerde te komen, kwam ik erachter dat mijn pols en ribben verbonden waren, waardoor Josie en ma, die aan weerszijden van mijn bed zaten, meteen opsprongen om me te helpen.

Uiteindelijk bleef ik twee maanden op Silvermoor. Ik had twee gebroken ribben en een gebroken pols, maar geen van beide deed zo veel pijn als de schok van de gebeurtenis. Het duurde lang voor mijn eetlust terug was en de meeste nachtmerries waren weggeëbd. Mijn benen waren wonderbaarlijk genoeg ongedeerd. De enige reden dat ik me in de tunnel niet had kunnen bewegen was omdat ze onder een balk vast hadden gezeten, maar behalve vleeswonden, die het snelst van allemaal genazen, was er niets mee aan de hand.

De graaf stond erop dat ik aan de zorgen van zijn arts toevertrouwd bleef, zodat de pijn in mijn borst goed onder controle werd gehouden en niet tot een complicatie zou leiden. Hij stond er tevens op dat ik tijdens mijn herstel de helft van mijn loon kreeg, dat ik onmiddellijk aan pa gaf. Maar van mijn grootse plannen om elders werk te vinden en mijn ouders meer geld dan ooit te kunnen toesturen, was niets terechtgekomen. Het voelde niet fijn om afhankelijk van anderen te zijn.

In het enige langdurige gesprek dat ik in die periode met de graaf voerde, vertelde ik hem openlijk over mijn plannen. 'Ik heb geen recht meer op loon, heer.' Het kostte me de grootste moeite, maar het zou niet goed hebben gevoeld als ik het níét had gezegd. 'Ik ga nooit meer terug. U bent niet meer verantwoordelijk voor mij.'

Hij keek me peinzend aan. 'Prima, Tommy. Namens meneer Bulford aanvaard ik je ontslag,' zei hij ten slotte. 'Maar je contract blijft nog even geldig. Je hebt drie jaar lang uitstekend werk geleverd in Crooked Ash, plus nog twee jaar daarvoor bovengronds. Je hebt letsel opgelopen tijdens de uitoefening van je werk en vanwege het ongeluk zul je de komende tijd weinig kans maken op ander werk. Dus we laten het contract nog even doorlopen.'

'Waarom, meneer? Ik bedoel... Dank u wel, zeer bedankt, maar doet u dit voor iedereen?'

'Nee. Ik geef leiding aan een imperfect systeem, zoals mijn neef me telkens onder de neus wrijft. Maar ik doe mijn best. Bovendien is je vader al jaren een van onze beste arbeiders. Ik ben het evenzeer aan je familie als aan jou verschuldigd. En daar komt bij dat ik jou al die jaren verkeerd heb beoordeeld. In plaats van geruchten te geloven had ik op mijn eigen oordeel af moeten gaan, dus beschouw dit maar als een soort excuus of een vergoeding. Bovendien werkt je boezemvriendin als kamermeisje voor mijn nicht, heeft mijn neef belangstelling voor jouw toekomst en koestert mijn zoon genegenheid voor je. Tja, Tommy, ook al zou ik het willen, ik kan je onmogelijk de rug toekeren. Het onvermijdelijke accepteren kan ook een vorm van wijsheid zijn.'

Ik lachte een beetje en bedankte hem weer. 'Wat bedoelde u met geruchten, meneer? Heeft iemand kwaad over me gesproken?'

Hij zuchtte. 'Herinner je je nog dat mijn zoon Walter jaren geleden vrienden met je wilde worden?'

Natuurlijk wist ik dat nog. Het had enorm veel voor me betekend.

'Eigenlijk was ik er helemaal niet tegen dat hij bevriend was met een dorpsjongen. Walter is een levendige jongen en het is lastig voor hem dat hij behalve zijn zussen geen leeftijdsgenoten om zich heen heeft. Toevallig kwam ik die dag Latimer in het dorp tegen, dus vroeg ik hem hoe hij over jou dacht. Hij zei dat jij een moeilijke jongen was, arrogant en onbetrouwbaar. Daarom leek je me geen geschikte vriend voor mijn zoon. Hoewel ik inmiddels beter weet, had ik op dat moment geen enkele reden om aan zijn woorden te twijfelen. Natuurlijk heeft iedereen recht op zijn eigen mening, maar toch blijf ik het vreemd vinden.'

Anders ik wel.

En zo slaagde ik erin, al was het maar tijdelijk, mijn jongensdroom uit te laten komen. Hoewel de aanleiding niet mijn keuze was, mocht ik wel een paar maanden op Silvermoor wonen. Mijn maaltijden werden me gebracht, ik kreeg de beste zorg en verbleef in een luxueuze omgeving. Door de hoge ramen, omlijst door blauwe gordijnen, zag ik het weer veranderen en voor het eerst van mijn leven had ik de tijd om urenlang na te denken. Ik dacht aan wat belangrijk voor me was, waar ik niet meer en wél in geloofde. Ik herzag de meningen die ik me als boze, teleurgestelde jongen had gevormd. Mijn bijna-doodervaring, de liefde van mijn vader en een hoopvol toekomstperspectief haalden de scherpe kantjes ervanaf. Mijn dromen en plannen bleven onveranderd. Het was een wonder dat ik een tweede kans had gekregen om ze te verwezenlijken. Ik was dankbaar voor elke dag.

Ma bezocht me wekelijks. De eerste keren dat ze door de gangen van Silvermoor liep, was ze even verbijsterd als wanneer ze ineens op de maan zou zijn geland. Maar geleidelijk aan raakte ze eraan gewend en ontstond er zelfs een soort vriendschap tussen haar en mevrouw Roundsby. Het was natuurlijk ondoenlijk om alle acht broers en zussen mee op visite te nemen, maar twee keer had ze mijn dierbare kleine Connie bij zich, die een mooi liedje voor me zong, en een keer Alfie en Ernest, en ook nam ze Mercy een keer mee. Pa kwam geen enkele keer.

Meneer Cedric en juffrouw Coralie kwamen allebei kennis met me maken. Ik had het gevoel dat ik ze al kende van Josies brieven en ik bedankte hen voor het feit dat ze zo aardig voor Josie waren geweest. Coralie bleef maar even. Toen ze wegging, kneep ze in mijn hand en zei dat ze me nog vaker hoopte te zien. Cedric bleef zitten en we spraken over de mijnbouw, mijn ambities en dromen, en over de zijne.

'Je had voor mij je ribben niet hoeven breken,' merkte hij op. 'Ik had gehoopt je op een dag op Silvermoor te kunnen uitnodigen, maar als je het per se zo wilt... geen probleem.' Hij was erg geestig en ik moest een paar keer om hem lachen, totdat hij besefte dat dat heel pijnlijk voor me was. Op dat moment zag ik dat er onder zijn levendige charme een slim en gewetensvol persoon schuilging. Hij was zelf nog erg jong, dus ik had niet het idee dat hij me kon helpen, maar wel dat het altijd handig was om iemand als hij te kennen. Ik bedankte hem uit de grond van mijn hart dat hij ondergronds was gegaan om mijn leven te redden.

Maar het fijnste vond ik het als Josie bij me was. Soms had ze het te druk met allerlei karweitjes en kon ze maar een uurtje aan mijn bed zitten. Maar op de rustige dagen, die de Honeycrofts in familiekring doorbrachten, bleef ze uren bij me.

Hoewel Josie op allerlei kleine punten was veranderd, was ze op de punten die ertoe deden nog steeds de dierbare vriendin uit mijn jeugd. Ze liet zich minder leiden door haar woedebuien en haar enthousiasme. Ze was rustiger en gracieuzer geworden. Ze sprak over allerlei nieuwe dingen: klassieke concerten en citroenparfaits, een lekkernij waarvan ik me geen enkele voorstelling kon maken, en over sparen voor de toekomst. Maar haar levendigheid en lef, haar nieuwsgierigheid en humor waren nog steeds hetzelfde. Net als haar genegenheid voor mij. Ik had me heel even afgevraagd of haar liefde misschien was weggeëbd nu haar levensomstandigheden veranderd waren, maar dat was absoluut niet het geval en eigenlijk had ik dat moeten weten.

In die vreemde periode van mijn herstel had ik haar meer dan eens willen kussen, maar om twee redenen deed ik dat niet. Ten eerste, door haar te kussen zou ik naar adem snakken en dat was te pijnlijk met mijn gebroken ribben. Ten tweede, onze vriendschap was me te veel waard om dat risico te nemen. Ik had haar ooit gekust, lang geleden, en daar had ze nooit meer over gesproken. Volgens mij beschouwde ze dat als iets wat in een vluchtige opwelling was gebeurd.

Praten was zo veel fijner dan brieven schrijven. Ik kon me helemaal voorstellen hoe ze elke ochtend voor het raam ging staan en diep inademde voor ze aan haar dag begon. Ik zag haar door de naar chocolade geurende straten van York slenteren terwijl het klokgelui als een lint door de lucht rolde. Ik zag met eigen ogen hoe gelukkig ze was. Niets maakte me blijer. Mijn Josie was mooi, haar leven was mooi en dat was precies zoals het hoorde te zijn.

Op mijn beurt vertelde ik haar alles wat ik niet had kunnen vertellen nadat mijn briefpapier in beslag was genomen – althans, bijna alles. Ik vertelde niet dat haar vader me had geslagen en niet wat hij daarbij had gezegd. Ik had niet het gevoel dat het haar zou kunnen helpen. Maar al het andere vertelde ik wel. Het was een luxe om elke dag zo lang met elkaar te kunnen praten.

Ik vertelde haar over het overlijden van mijn grootvader en hoezeer mijn grootmoeder sindsdien achteruit was gegaan. Ik vertelde haar over mijn nachtelijke bezoek aan Manus en wie hij was. Ik genoot van de verbijstering op haar gezicht. Ik vertelde haar zijn bijzondere verhaal en ze had precies dezelfde vragen als ik, vragen waarop ik nog steeds geen antwoord had. En ook vertelde ik dat ik door zijn woorden heel anders naar dingen was gaan kijken, met als gevolg mijn plotselinge en onwankelbare besluit dat ik uit Grindley weg moest om mijn geluk elders te zoeken. 'Dat vind ik nog steeds, Josie,' vertrouwde ik haar toe. 'Ik kan niet langer meer wachten. Hoe moeilijk het ook is.'

Toen ze mijn hand pakte, trok er een gevoel van opwinding door mijn lichaam. Ik probeerde het te negeren. 'Daar ben ik blij om,' zei ze. 'Er zitten natuurlijk risico's aan en je zult problemen tegenkomen, maar voor iemand als jij, iemand die een leven als het jouwe achter de rug heeft, moet dat geen punt zijn. Nu kun je al je kracht en lef inzetten om iets te doen wat jij graag wilt doen.' Ze boog haar hoofd en liet het op mijn hand rusten. Hoewel het me moeite kostte, strekte ik mijn andere hand naar haar uit en legde die op haar glanzende, koperkleurige haar. 'O, Tommy, je weet niet half hoe ik me voelde toen je vastzat. Beloof me dat je nooit meer op je besluit terugkomt. Beloof me dat je nooit teruggaat, zelfs niet voor je vader.'

Het was niet moeilijk om haar dat te beloven.

41

TOMMY

Oktober 1902

De daaropvolgende week bracht Josie me een oud plakboek dat Coralie in de bibliotheek had gevonden. Het was een zwaar, log ding. Terwijl Josie de bladzijden omsloeg, vielen er gedroogde bladeren en concertkaartjes van vijftig jaar geleden uit, als schimmen uit barmachtiger tijden. Ze liet me een oud krantenartikel zien uit 1891, dat er netjes in was geplakt. Het was een verslag van Manus' begrafenis. Op de bijbehorende foto zag ik een glazen lijkkoets bekleed met sabelbont, die werd getrokken door vier zwarte paarden met elk een zwarte struisvogelveer in de hoofdband. Aan weerszijden van de lijkkoets stonden griezelige figuren met hoge hoeden en sluiers van crêpe, gevolgd door een lange stoet mensen.

Ik huiverde. Een begrafenis. Als ik erover had nagedacht, had ik natuurlijk kunnen weten dat er een geweest moest zijn. Maar toen ik het bewijs zag dat Winthrop Barridge al die moeite had gedaan om een openbare plechtigheid vol pracht en praal te organiseren terwijl hij wist dat zijn zoon helemaal niet dood was, vroeg ik me in alle ernst af of die man wel helemaal spoorde. Het was een gruwelijk idee dat de hele wereld dacht dat het levenloze lichaam van mijn vriend in die glazen koets had gelegen. Ik kon zien dat het Josie ook aangreep.

De Honeycrofts bleven langer dan gepland, maar uiteindelijk keerden ze, samen met Josie, terug naar York. De laatste maand van mijn herstel zou heel saai zijn verlopen als Walter er niet was geweest. Geestelijk voelde ik me een heel stuk beter, maar mijn lichaam bleef achter. De dokter benadrukte het belang van rust, wat betekende dat ik me zo min mogelijk mocht inspannen en moest wachten tot ik helemaal genezen was. Ongeduld kon ik me dus niet permitteren, maar ik was gewend aan een actief leven. Luiheid was heerlijk voor een tijdje, maar ging snel vervelen. Ik had plannen en wilde ze uitvoeren. Ik had een tweede kans gekregen en wilde die pakken. Bovendien had ik er genoeg van om in bed te liggen.

Walter kwam inmiddels elke avond bij me langs en liet me zien wat hij op school had geleerd. Hij was een jongen van twaalf nu en nog even aardig als toen. In de jaren na ons gesprek op oudejaarsavond was zijn weerzin tegen school alleen maar toegenomen. Speciaal voor mij bracht hij zijn boeken mee naar mijn ziekbed. Hij begon me dingen uit te leggen en vond het leuk om leraartje te spelen. Het was nieuw voor hem en vermoedelijk had hij er zelf ook baat bij. Naarmate de dagen verstreken kwam het steeds vaker voor dat ik hém kon helpen met de dingen die hij moeilijk vond. Ik baseerde mijn kennis op de nieuwe inzichten die hij me had geleerd. Kortom, ik haalde hem algauw in.

Op een zeker moment vroeg hij of ik hem wilde vergezellen naar de lessen van zijn privéleraar. Zijn ouders vonden alles goed wat hem tot leren aanzette. Ik weet niet of zijn leraar er erg gelukkig mee was, want de lessen moesten plaatsvinden in mijn slaapkamer, waar ik als een meisje op een sneeuwwit kussen lag te kwijnen. Maar mijn gebruikelijke truc om alles wat in me opkwam te vragen had succes en meneer Farthing gaf algauw zijn weerstand op toen hij ineens met mij in discussies verwikkeld raakte, waar ook Walter zich mee ging bemoeien en die zijn kennis vergrootten.

Walter was een levendige, opgewekte klasgenoot. De leraar stelde hoge eisen en daar gedijde ik bij. In die maand las ik meer dan in al die jaren daarvoor; filosofie, geschiedenis, economie, religie. Toen de graaf voor de tweede keer bij me op bezoek kwam, zei hij dat hij uitstekende berichten van meneer Farthing kreeg over mijn prestaties. Hij vroeg me hoe ik over een beurs dacht. Ik zei dat ik niet wist wat dat was.

Toen hij me uitlegde dat een beurs een geldbedrag was waarmee iemand met bijzondere capaciteiten maar weinig middelen gratis onderwijs kon genieten, en leek te suggereren dat ik die iemand zou kunnen zijn, had ik wel kunnen huilen. Dit was precies wat ik had gehoopt dat meester Latimer zou zeggen toen ik op twaalfjarige leeftijd voor hem had gestaan, zoekend naar woorden om te vragen naar concepten waarvan ik het bestaan niet kende. Hij moest van dat soort regelingen op de hoogte zijn geweest, maar hij had er niets over gezegd. In plaats daarvan waren jaren van mijn leven in de duisternis verdwenen. Maar het verleden was voorbij. Het enige waar ik me nu mee bezig moest houden was de toekomst.

Nu het zaadje was geplant, moest ik er wel met meneer Farthing over spreken. Hij bromde en zuchtte en waarschuwde me dat ik, als ik kans wilde maken om aan de eisen te voldoen, een enorme berg werk te doen had. Misschien een ander jaar, zei hij. Maar het was oktober. De examens zouden pas in mei plaatsvinden. Ik zou heel hard werken, beloofde ik, als ik in mei maar een poging kon doen. Ik had al zo veel tijd verspild. Uiteindelijk gaf hij toe en begon zelfs schoorvoetend wat opwinding te vertonen.

Natuurlijk kon ik al die tijd niet in de logeerkamer op Silvermoor blijven. Ik had lang genoeg op de welwillendheid van de graaf geleund. Dus op een nevelige ochtend, waarin oranje bladeren door de grijze lucht dwarrelden, kleedde ik me aan en vertrok. Maar ik ging niet ver weg. Ik trok bij mevrouw Murphy in, een weduwe die een kleine cottage op het landgoed bewoonde. Gedurende de herfst en winter van dat jaar en de daaropvolgende zes maanden werkte ik op het land en in de stallen in ruil voor kost en inwoning.

Na twee maanden rust viel het werk me zwaar, maar dat was niets vergeleken met de uitputting die ik na een dag werken in de mijnen had ervaren. Het was lichamelijk werk en ik maakte zelfs langere dagen, maar ik was de hele dag buiten. Ik ademde frisse lucht in, verzorgde de dieren, hoorde de vogels zingen en zag de seizoenen veranderen. Daardoor voelde ik me getroost en had ik geen moeite met de eisen die het werk aan me stelde. Dat was misschien wel het belangrijkste, dat je werk deed dat bij je paste, dat je je ware aard geen geweld aan hoefde te doen. We zijn wie we zijn, met het temperament dat we bij onze geboorte hebben meegekregen, dacht ik terwijl ik het hooi bij elkaar harkte en de stallen uitmestte. Daarom is vrije keuze zo belangrijk.

Toen ik mijn familie bezocht, vertelde ik dat ze me de komende tijd niet zouden zien omdat ik elk vrij moment aan mijn studie wilde besteden.

'Een beurs?' vroeg ma niet-begrijpend.

'Wat is dat?' vroeg Ernest.

'Goeie God,' gromde mijn vader en hij keek alsof mijn trouweloosheid geen grenzen kende.

Elke avond, elke zaterdagmiddag en elke zondag daagde ik mijn hersenen als nooit tevoren uit. Urenlang zat ik te lezen of problemen op te lossen. Ik kreeg les van meneer Farthing terwijl Walter buiten op Merrylegs reed. Ik beloofde dat ik de tijd met hem zou inhalen zodra dat mogelijk was. Hij snoof alleen maar. Ik maakte proefwerken die Farthing voor mij samenstelde, en ik bakte er niets van. Daarna ging het iets beter, vervolgens zakte ik op een haar na, maar er kwam een dag dat ik een voldoende haalde.

'Nou, misschien maak je toch een kans,' zei Farthing. 'Ik had niet gedacht dat je in zo'n korte tijd zo ver zou komen.'

Maar ik schudde mijn hoofd. 'Het is nog niet goed genoeg,' zei ik.

Ik at de ene appel na de andere om mijn energie aan te wakkeren, en de geur van appels hing om me heen zoals ooit de geur van mijngas en steenkool om me heen had gehangen. Als de zon scheen, studeerde ik in een hoek van het weiland waar de paarden graasden. Als het regende of de wind door mijn papieren blies, studeerde ik in de stallen en als de avond viel, zat ik in mijn kamer in de cottage van mevrouw Murphy, bij de kleine lichtcirkel van mijn lamp. Soms bekroop me de angst dat de lamp uit zou gaan.

42

TOMMY

Maart 1903

De maanden verstreken. Een nieuw jaar brak aan. De examens voor de beurs kwamen steeds dichterbij en mijn lichaam was volledig hersteld. Steeds vaker gingen mijn gedachten naar Manus en ik wist dat ik hem moest opzoeken. Toen ik op een dag voor een boodschap naar Steepley moest, maakte ik van de gelegenheid gebruik om een briefje tussen de kettingen aan de poort te steken. Het had iets stiekems, wat me lichte rillingen bezorgde. Om hier weer terug te zijn, in de velden, op het terrein van Heston, gaf me het gevoel dat ik terug in mijn oude leven was, met mijn oude zorgen en gestolen pleziertjes. Maar dat was niet zo, stelde ik mezelf gerust. Die tijd was voorbij.

Niettemin was ik blij toen de tocht achter de rug was. Ik was me er pijnlijk van bewust dat ik een risico nam door een briefje achter te laten en me überhaupt op het terrein te wagen. Maar ik wilde hem per se zien. Ik brandde van nieuwsgierigheid en wilde hem vertellen hoeveel invloed ons laatste gesprek op me had gehad.

Dus hoewel ik niet meer de Tommy was die regelmatig door de velden zwierf en vol bravoure de valstrikken van Paulson had weten te ontlopen, schreef ik hem dat ik hem vijf dagen later om middernacht bij de poort zou opwachten.

Het werden vijf ongemakkelijke dagen vol twijfels die nieuw voor me waren. Ik leerde een belangrijke levensles: als je niets had, kon je je onvoorzichtigheid veroorloven, maar hoe meer je te verliezen had, hoe meer je dat wilde beschermen. Hoewel we elkaar slechts twee keer hadden ontmoet, beschouwde ik hem als een vriend. Bovendien bevond hij zich in een uitzonderlijke situatie.

Mijn tocht was niet voor niets geweest. Manus stond me in het donker op te wachten en na een korte, hartelijke handdruk hielp hij me met een zwaai op Ebony's rug en gingen we op een drafje naar de stallen. Ook deze keer had hij eten meegebracht: een paar sneeën beboterd brood, kaas en een plak vruchtencake. Hoewel ik bij mevrouw Murphy goed te eten kreeg, was mijn gebruikelijke eeuwige honger nog niet gestild, en een plak cake sloeg ik natuurlijk nooit af.

'Ik was zo blij toen ik je briefje vond,' zei Manus. 'Het is al weer maanden geleden en ik maakte me zorgen om je. Ik was bang dat Paulson je betrapt had toen je de laatste keer hier was, of dat er een ongeluk in de mijn was gebeurd.'

'Dat was ook zo.' Ik slikte het laatste blokje kaas door en veegde mijn mond af met de rug van mijn hand. Toen vertelde ik het verhaal over de instorting, de reddingsactie en de daaropvolgende herstelperiode. 'Ik had eerder bericht willen sturen om het uit te leggen, maar het is moeilijk om 's nachts op te staan...'

Dat was waar. Ik werd niet meer zo makkelijk wakker. Misschien kwam het doordat ik nu een bed voor mezelf had, of door de lange uren in de buitenlucht, of misschien doordat ik simpelweg uitgeput was van de afgelopen vijf jaar en er nog niet helemaal van was bijgekomen. Bovendien was een strooptocht met pa iets heel anders dan 's nachts uit het keurige huis van een hospita sluipen.

'Nou, dat was kantje boord,' zei Manus. 'Ik ben blij dat je het hebt overleefd. Bedankt, Tommy, dat je aan me hebt gedacht.'

'Aan u gedacht? Ach, meneer, als u eens wist...' Ik probeerde hem duidelijk te maken hoe ontroerd ik was door zijn vriendelijkheid terwijl hij zelf toch ook risico liep. En hoe dankbaar ik hem was omdat hij me heel anders naar mijn leven had leren kijken. 'Wat u de laatste keer tegen me zei, meneer, over de reden dat u hier blijft, heeft me geholpen om weer vooruit te kijken in het leven. Het was precies het zetje dat ik nodig had om de mijn te verlaten... En nogmaals... Als u ooit hulp nodig hebt, hoeft u alleen maar bij mij langs te komen.'

'Beste Tommy, ik ben blij dat mijn woorden betekenis voor je hebben gehad,' zei hij met een glimlach vol zelfspot.

'Ik snap niet waarom uw vader u op deze manier kan opsluiten. U bent anders, ja, maar om dan te doen alsof u dood bent? Hij moet wel een heel extreme man zijn.'

'Dat is hij zeker, Tommy. Zeer extreem. Maar behalve mijn interesses en politieke standpunten was er nog een reden waarom mijn familie de hoop opgaf. Ik had het je eerder willen vertellen, maar het is een nogal pijnlijk verhaal. En het kost me veel energie om het te vertellen. Ik ben het ontwend om iemand te hebben die ik kan vertrouwen. Ik leef al jaren in het geheim en in stilte.'

'Dat snap ik. Met geheimen kun je maar beter voorzichtig zijn.'

'Zo is het. Nou ja, ik werd verliefd, Tommy, op een meisje uit Arden, een dochter van een mijnwerker. Ze heette Helen. Een gewoon meisje uit een gewone familie, net als jouw Josie. Ze was het mooiste wezen dat ik ooit had gezien. Ik bedoel niet alleen dat ze mooi was, dat was ze zonder meer, maar ze was ook als een ster die de wereld oplichtte. Ze was lief en aardig en ze hield van me... Om een lang verhaal kort te maken, mijn moeder kwam erachter en vertelde het aan mijn vader. Ze waren zo ontsteld. Mijn verkeerde keuze, zoals zij dat zagen, was voor hen het bewijs dat ik geestelijk onvolwaardig was. Helen en ik mochten elkaar niet meer zien en ik werd extreem zwaarmoedig...'

De gekwelde uitdrukking die over zijn gezicht gleed, greep me zo aan dat ik zijn arm vastpakte. 'U bent nu hier, meneer, het is voorbij. Ik ben bij u.'

Hij schudde zichzelf kort door elkaar en aaide Equinox. Ik vermoedde dat dat zijn manier was om zijn verdriet te vergeten. 'Je hebt gelijk. Dank je, Tommy.' Hij haalde diep adem. 'Toen ik hoorde dat Helen was getrouwd en naar Suffolk was verhuisd, werd het alleen maar erger. Mijn vader heeft het allemaal zelf in gang gezet. Er kwam een arts die constateerde dat ik inderdaad geestelijk onvolwaardig was. Dergelijke symptomen komen vaker bij vrouwen voor, zei hij, maar die hebben van nature al een teer zenuwgestel. Bij mannen, zei hij, was het een teken van een zwak karakter en een labiele geest.

Plotseling had mijn vader een nieuw bezwaar tegen mij als erfgenaam. Ik was geestesziek, ik zou die kwaal kunnen doorgeven aan onze afstammelingen. Ik was een zwakke loot aan de machtige Barridge-tak, die mogelijk het hele geslacht ten val kon brengen.'

'O, meneer.'

'Alsjeblieft, Tommy, noem me Manus. Meneer is... Het is gewoon niet wie ik ben. Hoe dan ook, wat ze over me zeiden, is niet waar. Mijn belangstellig voor geneeskunde omvatte ook de geestelijke gezondheid. Mijn zwaarmoedigheid was niet alleen begrijpelijk, het was de enige gezonde reactie op de scheiding van de vrouw van wie ik hield en de wreedheid van mijn familie. Het bood mijn vader echter het broodnodige excuus om drastische maatregelen te nemen: de laatste druppel die de emmer deed overlopen. En sindsdien ben ik hier.'

Ik haalde diep adem en dacht na over zijn verbijsterende verhaal. Nu ik nog meer aspecten van zijn vaders wreedheid kende, was het misschien beter om deze gevaarlijke plek zo snel mogelijk te verlaten, maar nu ik er toch was, wilde ik hem nog een paar vragen stellen.

'Meneer, ik heb jaren geleden een keer gestroopt en volgens mij heb ik u toen voor het huis op Equinox zien rijden. Het leek of u in het maanlicht aan het dansen was. Ik begreep er niets van. Ik dacht dat u een geest was. Hoe kan dat? Wat...'

'Nee maar! Je hebt me dus al gezien voordat we elkaar ontmoetten. Ik had geen flauw benul dat er een vriend in de buurt was. Heb je wel eens van dressuur gehoord, Tommy? Dat is een vorm van ruiterkunst, de hoogste vorm wat mij betreft, omdat het opperste harmonie vereist van zowel ruiter als paard. Mijn vader geeft er uiteraard geen cent voor. Hij gebruikt paarden en pony's om steenkool naar boven te slepen, zijn koets te trekken of mee op vossen te jagen. Op zijn manier is hij een indrukwekkende ruiter, maar hij vertrouwt te veel op brute kracht en verbetenheid. Dressuur is een subtiele kunst, Tommy. Jij zou het wel kunnen waarderen, denk ik. Het zijn poëtische bewegingen die door eindeloos trainen worden gecreëerd. Vertrouwen, geduld en intuïtie zijn daarbij onontbeerlijk.'

'Zweeft u echt?' vroeg ik.

Hij glimlachte. 'Ik ben blij dat het er voor jou zo uitzag. Dat kan alleen als ruiter en paard het toppunt van harmonie bereiken. Wat jij gezien hebt, wordt ook wel "boven de grond zweven" genoemd. Het zijn eigenlijk gewoon sprongen, maar dat klinkt niet zo romantisch, toch?'

'Het klink magisch. Hoe hebt u dat ontdekt als uw vader er niets om gaf?'

'Mijn tante Pheeney, de zus van mijn vader, was een uitmuntende amazone. Ze heeft me als kleine jongen de beginselen van de dressuur geleerd. Ze woonde in Schotland, maar kwam vaak in de zomer bij ons logeren. Mijn vader was woedend toen hij in de gaten kreeg dat ze mij stimuleerde. "Maak hem niet nog verwijfder dan hij al is," zei hij tegen haar. Mijn tante kon erg scherp uit de hoek komen. Volgens mij was zij de enige die niet bang voor hem was. Ze overleed toen ik achttien was en liet me haar boeken na, geschreven door experts zoals Antoine de Pluvinel en De La Guérinière. Dus zo kon ik blijven studeren en oefenen. Ik train nog steeds vaak 's avonds, als niemand me kan zien of uitlachen.'

Het viel me op hoe ondraaglijk eenzaam hij was. Ik wist maar al te goed hoe het voelde om anders te zijn te midden van je eigen soort. Maar ik was tenminste nog in een druk, lawaaierig gezin opgegroeid. Naast de spanning en het opportunisme bij ons thuis was er ook ruimte voor genegenheid en kameraadschap. Mijn schooltijd had niet lang geduurd, maar ik had die wel doorgebracht in een klaslokaal met andere kinderen. Zelfs in de mijn maakte ik deel uit van een gemeenschap, hoewel ik daar genoeg op aan te merken had. Manus had in zijn eentje geneeskunde gestudeerd. Na het verlies van zijn tante had hij alleen dressuur geoefend. Hij maakte geen deel meer uit van zijn eigen familie. Hij leefde alleen en reed 's nachts paard. Hij moest verschrikkelijk eenzaam zijn.

'Meneer... Manus, ik hoop niet dat ik mijn mond voorbijpraat, maar ik maak me zorgen om je. Hoe lang wil je op deze manier blijven leven? Je leeft maar half. Je bent zo alleen.'

Hij keek me ongemakkelijk aan. 'Ik weet niet beter,' zei hij. 'En misschien is het zelfs beter zo. Mijn eigen familie kon me niet meer in hun buurt verdragen. En vergeet niet dat ik me pas sinds mijn tweeëntwintigste schuilhoud. Ik ken de wereld goed genoeg om te weten hoe weinig begrip er is voor mensen met eigenaardigheden. Ik heb mijn paarden, de bossen en de sterren. Dat zijn mijn vrienden, zij geven me troost. Misschien is dat wel genoeg voor mij.'

Hij overtuigde me. Bijna. 'Ik denk het niet,' zei ik fronsend. 'Geloof me, ik begrijp je beter dan je denkt. Omdat ik anders ben, is mijn vader ook nooit blij met me geweest. Hij begrijpt niet waar ik blij van word. Ik weet hoe het voelt om je anders te voelen dan de mensen in je eigen gemeenschap. Jarenlang heb ik gedacht dat ik diep vanbinnen altijd alleen zou blijven. Maar toen kwam ik Josie tegen. En daarna juffrouw Embry. En toen Walter. En toen ontmoette ik jou. En zo kan het ook voor jou zijn. De paarden, de bomen en de sterren, dat is allemaal heel mooi, maar het zijn geen ménsen. En mensen hebben mensen nodig.'

Tot mijn verbijstering boog hij zich naar voren, zette zijn ellebogen op zijn knieën en begroef zijn bleke, uitgemergelde gezicht in zijn witte, magere handen. Equinox besnuffelde hem en stampte op de grond. Ik kon mezelf wel iets doen. Ik had deze gevoelige, fragiele, verborgen man in de schijnwerpers gedwongen en het was hem te veel geworden. Wat was ik toch een lomperd, een echte mijnwerkerszoon. Josie zou hem met veel meer tact hebben benaderd.

'Het spijt me, het spijt me,' zei ik en omdat ik niet wist wat ik anders moest doen, vulde ik zijn glas nog eens bij.

Hij schudde zijn hoofd. 'Je hebt niets verkeerds gedaan, Tommy, maar je woorden hebben me wel geraakt. Je kunt in mijn ziel kijken. Zoals ik al eerder zei, ben ik een lafaard. Maar al was ik moedig, dan nog zou ik niet weten hoe ik het moest aanpakken. Nog los van het feit dat ik zogenaamd dood ben, waarom zou ik terug willen naar die wereld waar liefde wordt gedwarsboomd, waar mensen er een sport van maken om op andere soorten te jagen en zelfs zonder enige aanleiding hun eigen soort verraden? Tommy, alleen een idioot zou deel uit willen maken van een dergelijke wrede vertoning.'

'Er bestaat inderdaad veel wreedheid in de wereld, maar er bestaat ook schoonheid en vriendelijkheid... En het is niet erg om bang te zijn. Ik was bang in de mijnen. Ik was bang om vanavond hier te komen. Dat betekent nog niet dat we niets moeten doen.'

Hij keek me medelijdend aan. 'Ik weet het. Alleen... Ik ben vierendertig jaar oud. Hoe kan ik op deze leeftijd opnieuw beginnen? Hoe moet ik mezelf noemen? Waar zou ik heen moeten gaan? Wat voor soort leven zou geschikt voor me zijn terwijl ik eigenlijk helemaal niet hoor te leven?'

'Op al die vragen heb ik geen antwoord. Maar volgens mij moet je proberen met jezelf af te spreken dat je ze een voor een gaat beantwoorden. Zolang je ergens naartoe werkt... nou, dat is al iets. Vanavond zullen we het in elk geval niet oplossen,' voegde ik er zachtjes aan toe. 'Je hebt wat geld nodig en een plan. En je hebt vrienden nodig, en ik beloof je dat Josie en ik er voor je zullen zijn, voor wat het waard is. En ik weet zeker dat juffrouw Embry je ook zal willen helpen.'

Hij greep mijn handen vast. 'Tommy, hou op, het is te veel. Maar bedankt dat je me hebt wakker geschud uit mijn lethargische bestaan waartoe ik lang geleden ben veroordeeld. Bedankt dat je me hebt laten zien dat het zo niet langer kan.'

'Ik hou op. En het spijt me als mijn woorden ongepast zijn. Nu ik aan de mijnen ontsnapt ben, wil ik niets liever dan iedereen blij zien. Laten we van onderwerp veranderen. Ik heb nieuws voor je, Manus. Ik wil in aanmerking komen voor een beurs en daarom bereid ik me voor op het toelatingsexamen voor een school in Derbyshire. De Westonbury Academy, om precies te zijn.'

'Westonbury? Die ken ik. Mijn neef Aloysius heeft daar gezeten. O, Tommy, een beurs! Dat zou fijn voor je zijn.'

'Als ik 'm niet krijg, ligt het niet aan mijn gebrek aan inzet. En als het niet doorgaat, wil ik ook niet voor eeuwig op Silvermoor blijven werken. Dan wil ik naar York of Leeds gaan en daar bedenken wat ik verder wil doen met mijn leven. Ik zal dus niet altijd in de buurt zijn. Waar moet ik mijn brieven naartoe sturen? Ik kan er moeilijk alleen Manus Barridge op schrijven.'

'Nee, daar moeten we nog iets op bedenken voordat je weggaat.'

De onzekere toekomst maakte het afscheid moeilijk. Diep in gedachten lieten we ons door Ebony terug naar de poort brengen.

'Het schooljaar op Westonbury begint pas in september,' zei Manus, 'dus we hebben nog even. Tot die tijd moeten we het doen met briefjes op het hek.'

'Als het al doorgaat...' hielp ik hem herinneren terwijl ik de velden in liep. Nog een keer keek ik achterom door het hek en het leek of ik naar een gevangene achter tralies keek.

'O, dat gaat je wel lukken,' zei hij vol vertrouwen. 'Als ik érgens zeker van ben...'

43

TOMMY

Juni 1903

Manus had gelijk. Ik slaagde met vlag en wimpel voor mijn examen. Op de middag van mijn achttiende verjaardag werd de brief met het wapen van Westonbury bij de cottage van mevrouw Murphy bezorgd. De blijdschap steeg naar mijn hoofd als champagne. Nee, het was heftiger dan blijdschap. Het was trots. Oprechte trots. Het eerste wat ik deed, was een bericht aan Josie schrijven om haar het nieuws te vertellen. Ze zou over een week naar Silvermoor komen, maar dit kon niet wachten. Ik liep naar het grote huis om een van de bedienden te vragen of de brief mee kon met de post van de familie. Vervolgens vroeg ik of ik naar het leslokaal gebracht kon worden, waar ik het grote nieuws aan meneer Farthing en Walter vertelde.

Walter ontplofte bijna van opwinding. Volgens mij voelde hij zich verantwoordelijk voor het hele project, omdat ik – heel kort – zijn protegé was geweest. Meneer Farthing nam de brief van Westonbury met een effen gezicht van me aan en las hem nauwkeurig.

'Een indrukwekkend resultaat,' zei hij ten slotte. 'Zeer indrukwekkend. Eerlijk gezegd, Tommy, had ik er weinig vertrouwen in, maar het is je gelukt, en hoe! Goed gedaan.'

Later die avond riep de graaf me bij zich. Ik was niet gewend om 's avonds nog op bezoek te gaan. Maar de lange, eentonige studeeravonden waren voorlopig voorbij. Het was een nieuw en onvoorstelbaar gevoel om vrij te zijn. Hij ontving me in de bibliotheek. Walter en de honden waren er ook. Hij feliciteerde me hartelijk en stond erop dat we met een glas cognac op mijn succes zouden klinken, wat ik heel aardig van hem vond.

'Je moet ons wel schrijven, hè, Tommy? Laat ons weten hoe het je vergaat,' zei hij. 'Je bent nu een vriend van de familie.'

Dat verbaasde me wel een beetje. Ik besefte op dat moment nog niet hoe groot de ontwikkeling was die ik had doorgemaakt. Ik knikte en schudde zijn hand, maar Walter was een stuk uitbundiger.

'Vindt u hem nu wel een geschikte vriend voor mij, papa?' plaagde hij. 'Vroeger niet, hè?' Ik voelde mijn wangen rood worden.

'Ik weet het,' zei de graaf. 'Maar ik ben erachter gekomen dat Tommy geen gewone jongen is. Een van de kenmerken van een man, Walter, is dat hij in staat is om zijn fouten toe te geven en zijn koers bij te stellen. Ik hoop dat je dat zult onthouden.'

'Ja, papa, maar ík wist het meteen. Ja toch?'

'Grootmoedig zijn in de overwinning is ook een goede eigenschap...' zei de graaf. Ik glimlachte.

Er volgde een aantal bijzondere weken, de laatste weken voordat ik naar school zou gaan. En ze vlogen voorbij. Ik wist niet dat de tijd zo snel voorbij kon gaan. Een week voor mijn vertrek wandelde ik naar Grindley om bij mijn familie langs te gaan. Mevrouw Roundsby had me tot mijn verrassing een mand met lekkers meegegeven. Ze had dierbare herinneringen aan mijn moeder uit de tijd dat ze bij mij op ziekenbezoek kwam.

'Er zit pruimenjam en chocoladetaart in, en een *Victoria sponge cake*,' zei ze. 'Verder een gebraden kip, een zak aardappelen, een kool uit de moestuin, wortelen en een stuk goede kaas. Als je het allemaal kunt dragen, stop ik er ook nog een fles krentenwijn bij.'

'Dat lukt wel,' zei ik stralend en ik kuste haar op de wang. Wanneer kreeg mijn familie ooit zulke heerlijke dingen?

Ik ging al vroeg 's ochtends op pad en liep met een opgewekt gemoed naar Grindley. In al die jaren dat ik over deze landweggetjes had gewandeld, had ik nooit gedacht dat ik er ooit als beursstudent zou lopen, nota bene met een mand vol heerlijkheden voor ma en de rest, waarvan ze wekenlang plezier zouden hebben.

Toen ik thuis aankwam, was iedereen druk bezig met allerlei karweitjes. Pa was al naar zijn werk, Jimmy en John vertrokken net met hun lunchpakketjes en hun met kranten gevulde petten. Het deed me pijn hen te zien gaan, maar zelf waren ze vrolijk gestemd. 'We zien je straks wel,' zeiden ze terwijl ze me een stomp op mijn arm gaven en een snelle, gretige blik in de mand wierpen. 'Dan kun je ons al je deftige nieuwtjes vertellen.'

Ik ging bij het haardvuur zitten en pelde doperwten voor ma. Ik telde wasknijpers en wond garen tot een kluwen. Niets doen, daar kon ma niet tegen. Terwijl ik zo bezig was, spraken we over het verleden en de toekomst, en ze stelde me ontelbare vragen over school, die ik niet kon beantwoorden.

Oma was bleek en doorschijnend als een geest. Het leek of ze zich helemaal in zichzelf had teruggetrokken, alsof ze in de peilloze diepte van haar ziel op zoek was naar opa. Ik wist dat ik haar niet meer zou zien. Heel even overwoog ik niet weg te gaan. Maar alsof ze mijn gedachten kon lezen, boog ze zich naar me toe en pakte mijn hand. In haar hand zat geen kracht meer, maar in haar ogen wel.

'Tommy, jongen,' fluisterde ze. 'Je hebt me een fijne herinnering gegeven. Iets moois om aan opa te vertellen.'

Het was zinloos, respectloos zelfs, om haar sussend toe te spreken. Ik kon zien dat ze bij ons wegging en dat ze dat ook wilde. 'Als u hem ziet, zeg hem dan dat ik van hem hou,' zei ik. 'En ik hou ook van u, oma.'

Ze glimlachte en met haar hand, die op een muizenpootje leek, klopte ze op de mijne. 'Je bent een goeie jongen, Tommy.'

Connie stond erop dat ik haar als herinnering aan vroeger nog één keer meenam naar de beek. Ze was inmiddels een bedreven visser en ving regelmatig een stevig maaltje voor ons allemaal. Zingend zat ze op de oever en ik zweer dat ze de vissen naar zich toe zong. Ze was elf nu en kletste honderduit over haar vriendinnen, haar wensen en dromen. Ik gunde haar al het geluk van de wereld, maar de kans was groot dat dat haar niet ten deel zou vallen tenzij ik het voor haar regelde, dus dat was een extra reden om mijn best te doen op school en mijn grote ambities waar te maken.

We liepen terug naar huis, waar ik zittend op het vloerkleed een kaartspel speelde met Ernest en Alfred. Pa, Jimmy en John kwamen thuis van hun werk en namen beurtelings een bad voordat ze bij ons kwamen zitten. Ook Georgie kwam, samen met Agnes. Pa schrokte zijn maaltijd op alsof eten binnenkort uit de mode zou raken, zonder zelfs een blik op de mand te werpen die ma ingepakt had gelaten zodat iedereen de inhoud in volle glorie kon zien voordat hij overhoop gehaald zou worden. Al mijn broers en zussen waren door het dolle. Behalve pa. Direct na het eten zei hij: 'Ik heb een afspraak met Bulford.' En hij verdween.

Wanhopig keek ik hem na. 'Komt hij nog terug?' vroeg ik.

Ma keek geïrriteerd. 'Ik weet het niet,' zei ze. Net als ik had ze waarschijnlijk gedroomd van een avond met het hele gezin om het vuur. Maar pa bleef pa, ook al had hij het leven van zijn zoon gered en ging ik een avontuur tegemoet waarvan niemand in mijn familie ooit had kunnen dromen.

De rest van het gezin zat bij elkaar in de woonkamer totdat de schemer inviel en het voor mij tijd werd om terug te wandelen. Het was een van de mooiste avonden geweest die ik me kon herinneren. Mercy speelde op het harmonium, Connie zong erbij en Mary was zoals altijd chagrijnig. De jongere kinderen mochten extra lang opblijven en oma viel in slaap. Ik keek met een blik vol genegenheid om me heen in ons kleine huisje. Het was misschien belachelijk klein voor zo veel mensen, maar er was liefde, en zolang onze mannen in de mijnen werkten, was het van ons.

Ik was woedend op mijn vader omdat hij er op een avond als deze niet bij was. Was hij niet trots op me? Wilde hij niet nog iets tegen me zeggen voordat ik naar Derbyshire vertrok? Maar toen mijn blik naar de keuken dwaalde en naar de mand van mevrouw Roundsby, die op de tafel onder het raam stond, zag ik een rooksliert aan de andere kant van het raam zweven en begreep ik het.

Ik verontschuldigde me en liep onze kleine tuin in. Daar was pa. Hij zat op het muurtje aan zijn pijp te lurken, helemaal alleen. Ik schudde mijn hoofd. Het zou niet in me zijn opgekomen om de avond voordat mijn zoon zou vertrekken op deze manier door te brengen, maar mijn vader was nu eenmaal in veel opzichten anders dan ik.

'Pa,' zei ik. Hij keek op, de rookwalmen uit zijn pijp verzachtten zijn gezicht. 'Pa, wat doe je hier, koppige idioot?'

'Mag een man misschien even uitrusten en zijn pijp roken na een dag hard werken?'

'Ja, maar hoe lang ben je al aan het roken? Een uur? Twee? Ik moet al bijna gaan, hoor.' Ik ging naast hem op de muur zitten, maar met mijn benen naar de andere kant, zoals altijd met onze gezichten in tegenovergestelde richting.

'Tja, daar zitten we dan,' zei hij welbespraakt.

'Ja,' antwoordde ik op dezelfde manier. En daar zaten we dan.

Na een eeuwigheid, waarin ik bijna begon te denken dat er van een gesprek niets meer zou komen, verbrak hij de stilte. 'Wanneer vertrek je?'

'Overmorgen.' Ik was er haast zeker van dat hij dat al wist.

'Je moeder zegt dat je met de kerst thuiskomt. Ik zei dat ze zich maar beter niet rijk kon rekenen. Want ik denk dat je waarschijnlijk niet meer terug zult komen.'

'Ma heeft gelijk,' zei ik zacht. En je kent me helemaal niet, dacht ik er in stilte achteraan. Maar dat wisten we al.

'Die dag in de mijn... Ik wilde je niet verliezen,' zei hij. Zijn stem klonk zo zacht dat ik hem bijna niet kon verstaan. 'En nu raak ik je toch nog kwijt.'

Dus dat was het. Ik wist dat hij niet op een zelfzuchtige manier van me hield, per slot van rekening had hij zijn leven gewaagd om mij te redden. Maar het punt was dat het voor hem met zijn starre, bekrompen wereldbeeld, bijna weer leek of ik doodging.

'Dit is iets heel anders,' zei ik, nog steeds kalm. Ik betwijfelde of ik ooit nog boos op pa kon worden. Daarvoor was er te veel gebeurd. 'Ik verlaat het huis, het dorp, maar ik ga niet weg uit je leven. Ik kom nog op bezoek bij jullie. Ik zal Connie schrijven, dan kan zij de brieven aan jullie voorlezen. En na verloop van tijd zal ik zorgen dat het leven voor ons allemaal beter wordt. Nee, ik weet nog niet hoe. Ik heb niet alle antwoorden. En nee, ik loop niet naast mijn schoenen. En ja, ik vind mezelf bijzonder.'

'Nou, ik hoef verder niets meer te zeggen, denk ik.'

'Alsof u tot nu toe zo veel hebt gezegd, pa.'

Ik zag, voor het eerst van mijn leven, een glimp vrolijkheid in zijn ogen. 'Ik wou dat je niet ging, of tenminste dat je hier tevreden kon zijn, net als wij. Maar dat ben je niet en dat zal ook nooit gebeuren omdat je nu eenmaal anders bent en in dat geval.. tja...' Hij slaakte een diepe zucht.

'Is het beter zo,' maakte ik de zin voor hem af. 'Weet u, pa, vroeger beeldde ik me in dat u mijn vader niet was. Ik fantaseerde dat de graaf mijn...'

Pa grinnikte zowaar. 'Dan zou je moeder me wel iets uit te leggen hebben.'

Ik glimlachte. 'Jazeker. Maar nu ben ik oprecht blij dat u mijn vader bent. Ik zou niemand anders willen. Toen ik die dag vastzat in de mijn, dacht ik aan u. Ik zal mijn hele leven dankbaar zijn dat ik er levend uit ben gekomen, zodat ik de kans kreeg om u dit te zeggen. Maar u bent nooit bij me op bezoek geweest op Silvermoor en u hebt me sindsdien gemeden. We zullen altijd een mysterie voor elkaar blijven, pa. Maar u hebt me gevormd. De botsingen met u hebben me gemaakt tot wie ik ben. Ik ken geen enkele man die beter is dan u. U bent dapper en sterk en u hebt meer principes in uw pink dan de meeste mensen in hun hele lijf. Als ik maar de helft van uw eigenschappen zou hebben, zou ik apetrots zijn, ook al moet ik mijn leven op een andere manier leiden.'

Het was eruit. Alles wat ik sinds die laatste dag ondergronds op mijn hart had, was uitgesproken. Eindelijk had ik me verzoend met onze relatie, met zowel de goede als de slechte kanten ervan.

Pa trok een paar keer aan zijn pijp en keek links en rechts in onze troosteloze, verlaten straat, alsof het de meest fascinerende plek op aarde was. 'Kom, we gaan weer eens naar je moeder toe.'

44

TOMMY

In de laatste maanden voor mijn vertrek naar Westonbury hadden Manus en ik ons contact voortgezet met brieven, die we in de dikke kluwen kettingen aan de poort verstopten. Het was te gevaarlijk voor mij om telkens op het terrein van Barridge rond te lopen en gezien de unieke kans die ik had gekregen, zou het wel heel erg dom zijn om dat te blijven doen.

Ongeveer één keer per week stuurden we elkaar een brief. Ik moedigde hem aan om een toekomst voor zichzelf te regelen en hij feliciteerde me met mijn toelating tot Westonbury. We deelden alledaagse gebeurtenissen en geleidelijk wenden we aan het idee dat we elkaar tot steun konden zijn. Zo groeide onze vriendschap met kleine stapjes, hoewel aan de basis een aantal vrij heftige gebeurtenissen lagen: de vlucht van Josie en mij, Manus die zich jarenlang had moeten schuilhouden, de doodsangsten die we hadden uitgestaan en ten slotte zijn onzelfzuchtige redding...

Terwijl ik de dagen tot mijn vertrek aftelde, begon ik beter te begrijpen waarom hij het moeilijk vond om Heston te verlaten. Mijn hele leven had ik ervan gedroomd om naar een school als Westonbury te kunnen gaan en nu het zover was, besefte ik hoe angstaanjagend het kon zijn als je hartenwens in vervulling gaat. Ik had geen idee wat me te wachten stond, hoe het me zou vergaan... Mijn dagen zouden er op geen enkele manier uitzien zoals ze er tot nu toe hadden uitgezien en hoewel dat precies was waar ik naartoe gewerkt had, ontdekte ik tot mijn verbazing dat ik bijna net zo bang was als de eerste dag in de mijn. Dus alles in mijn omgeving – de dorpen, de stemmen om me heen, zelfs de mijnschachten – was me opeens dierbaar, alleen maar omdat het vertrouwd was.

De avond voor mijn vertrek uit Yorkshire ontmoette ik Manus nog één keer kort bij de poort. Op die manier konden we elkaar zien zonder dat ik een voet op het terrein van Heston zette en zonder dat Manus het hoefde te verlaten. We hielden ons slechts aan de letter van de wet, dat wisten we, maar de geest van de wet lapten we willens en wetens aan onze laars. We waren waakzaam zodat Manus, mocht er zich een probleem voordoen, tussen de bomen zou kunnen verdwijnen en ik snel het landweggetje in zou kunnen schieten. Toen er een uil laag overvloog, met zijn lichte ogen strak gericht op een of andere rondscharrelende prooi, schrokken we ons lam. Vooral Ebony. Volgens mij raakte de uil het topje van zijn oren.

Ik keek met ontzag toe hoe Manus het dier kalmeerde. Ebony ging woest tekeer, steigerde en rolde met zijn ogen, maar Manus was het toonbeeld van kalme deskundigheid. Geconfronteerd met een sterk, wispelturig dier toonde hij geen greintje angst. Maar als het ging om richting geven aan zijn eigen leven, verschrompelde hij tot een schim.

'Ik zal je missen, vriend,' fluisterde hij door de spijlen van de poort toen het weer rustig was.

'Ik kom met Kerstmis terug. En we gaan schrijven.'

'Ja, we gaan schrijven.'

We hadden namelijk een systeem bedacht. Manus had ermee ingestemd dat we juffrouw Embry bij ons geheim zouden betrekken. Ik zou mijn brieven voor Manus naar haar sturen. Als ze in staat was om uit wandelen te gaan, zou ze de brief in de dikke kluwen kettingen aan de poort bij Heston steken en ervoor zorgen dat er geen wit hoekje uitstak dat nat zou kunnen worden van de regen of een terreinknecht zou alarmeren. Ze zou elke brief die Manus op dezelfde manier voor mij achterliet, meenemen en naar me doorsturen. Het zou een sporadische correspondentie worden, maar het was beter dan niets.

Ik kon niemand anders bedenken dan juffrouw Embry, want er waren maar weinig mensen die ik vertrouwde. Josie was niet vaak genoeg op Silvermoor om onze boodschapper te zijn en bovendien wilde ik niet dat ze in de buurt van Paulson kwam. Walter was nog te jong om bij een dergelijk plan betrokken te worden. Maar juffrouw Embry had al genoeg levenservaring en was bereid om alles voor mij en Josie te doen. Het was misschien een krankzinnig idee, maar het gaf ons een soort troost.

'Ik heb iets voor je meegenomen,' mompelde Manus en hij haalde een in leer gebonden boek uit zijn zak. 'Je hebt de afgelopen maanden vast genoeg gekregen van studeren en ik wil je niet afleiden van je studie straks, maar ik wilde je graag iets van mezelf geven. Dit was in mijn kindertijd mijn lievelingsboek en het is eerlijk gezegd nu nog steeds heel speciaal voor me. Of je het nu leest of niet, neem het als aandenken mee naar Westonbury.'

Ik bedankte hem hartelijk en door de tralies heen schudden we elkaar de hand. Vervolgens rende ik terug naar Silvermoor. Terug in mijn kamer in de cottage van mevrouw Murphy stak ik de lamp aan en bekeek het geschenk. Het was *Het jungleboek* van Kipling. Even huiverde ik van opwinding. India! Jungles, panters, rivieren en wolven... Juffrouw Embry had ook een exemplaar, dat ik altijd had willen lenen, maar waar ik nooit de kans toe had gekregen. Nu had ik mijn eigen boek. Het leer was zacht en de bladzijden voelden satijnachtig aan door het vele gebruik. Ik sloeg het open en zag een met vulpen geschreven opdracht staan.

Voor Tommy Green

Dat je maar veel mooie avonturen mag beleven. In dankbaarheid en vriendschap,

JMB

DEEL 3

45

JOSIE

September 1903

Ik was nu al bijna anderhalf jaar in York toen het noodlot toesloeg in Arden. Tegen de verwachting in had de tragedie niets met de mijnen te maken. Ondergronds werd gewoon doorgegraven, de mijnwerkers ploeterden verder en de families probeerden nog steeds het hoofd boven water te houden. De dood kwam geruisloos en onopgemerkt binnengeslopen en nam mijn zusje Tansy van ons weg.

Ik ontving een brief van Martha waarin ze schreef dat Tansy ernstig ziek was. Coralie stuurde me ogenblikkelijk terug. Ik zeg 'terug' in plaats van 'naar huis', omdat het voor mij niet meer als thuis voelde. In al die tijd was ik er niet één keer geweest. Wel had ik een paar keer met Martha afgesproken toen ik met de Honeycrofts op Silvermoor was. De ene keer nodigde ik haar op Silvermoor uit, de andere keer ontmoetten we elkaar op Silvermoor Rise. Af en toe nam ze Tansy mee, een springerig, zomerblond elfje. Maar zelf had ik geen stap meer in het dorp gezet.

Toen de koets van de Honeycrofts Arden binnenrolde, bleven er enkele mensen die ik mijn hele leven had gekend staan om me aan te gapen alsof ik een Perzische prinses was. Ik schrok ervan hoe armoedig, benauwd en vuil het er was. Had ik dit ooit normaal gevonden? Ik passeerde de school, het landweggetje dat Bert en mijn vader elke ochtend namen als ze naar Drammel Depth liepen. Daar was het einde van mijn straat. Ik liet mijn blik over elk herkenningspunt glijden, in de hoop dat ik een soort nostalgie zou voelen, maar het enige wat ik voelde, was een vreemde angst die als een hamer spijkers in mijn borst leek te slaan. Als het niet voor Tansy was, had ik me ik allang omgedraaid.

Ik wilde hier in geen geval weer wonen, sprak ik mezelf vastberaden toe. Gelukkig verwachtte mijn werkgever me over een week al terug. Dat was een geruststellende gedachte. Het had geen zin om bijgelovig te zijn. Maar dan nog was de reden van mijn komst niet vrolijkstemmend, want ik was immers gekomen omdat mijn zusje op sterven lag. Uit Martha's brief had ik begrepen dat Tansy waarschijnlijk nog maar een paar dagen had.

De koets zette me aan het einde van de straat af. De laatste keer dat ik hier was geweest, was toen ik met Tommy in het holst van de nacht op de vlucht was geslagen. Mijn haar was afgeknipt, mijn hart was gebroken en niet lang daarna had ik mijn enkel verzwikt na de val door het valluik op het terrein van Heston. Sindsdien was er veel veranderd, maar nu ik door deze straat liep, was ik weer de jonge Josie uit Arden, die zich totaal misplaatst voelde en bang was om naar huis te gaan. Destijds had ik me niet gerealiseerd hoe bang ik altijd was geweest. Voor mij was dat nare, beklemmende gevoel normaal geweest.

Ik klopte op de deur, wat eigenlijk heel vreemd was. Mijn moeder deed open en staarde me enige tijd aan met een gezicht als geschifte melk. Ik vroeg me af of ze me wel binnen zou laten. Toen ze eindelijk opzijstapte, zag ik Bert en mijn vader rokend bij het haardvuur zitten. Mijn vader keek op en knikte. 'Hoe is 't, Josie?' zei hij met vlakke stem.

Bert stond op en omhelsde me. 'Fijn je te zien,' fluisterde hij in mijn haar. Hij was nu eenentwintig, een volwassen man. Op zijn voorhoofd en rond zijn ogen waren al zorgrimpels te zien. Ik legde mijn handen op zijn wangen.

'O, Bert,' mompelde ik en ik besefte dat ik hem had gemist.

Toen hoorde ik klepperende voetstappen. Martha kwam de trap af gerend en wierp zich in mijn armen. 'O, daar ben je, daar ben je eindelijk,' hijgde ze en aan haar stem was te horen hoezeer ze naar dit moment had verlangd. 'O, Josie!' Ze barstte in tranen uit.

Ik hield haar stevig tegen me aan. 'Ik ben er, Martha. Ach, dat arme kind... O, wat verschrikkelijk allemaal. Waar is ze?'

'In de slaapkamer. Ze kan haar bed niet meer uit. Wij slapen allemaal beneden, zodat zij rust heeft, en 's nachts zitten ma en ik om de beurt bij haar.'

'Mag ik haar zien?'

'Natuurlijk. Kom maar mee.'

Ik zette mijn tas op de grond en hing mijn jas over de leuning van een stoel. Noch pa, noch ma maakte aanstalten om ze van me aan te nemen. Ik liep achter Martha aan naar boven, gevolgd door Bert.

Tansy had tyfus. Niemand wist hoe ze het had opgelopen. Ze leek een geïsoleerd geval. Maar de dokter had uitgelegd dat het mogelijk was zonder symptomen drager te zijn van de bacterie. Tansy kwam nergens, behalve op school, dus werd er aangenomen dat er zich een asymptomatische drager onder de andere kinderen in het dorp bevond. Een kleine tijdbom, die elk moment dood en verderf kon zaaien.

Het mooie gezichtje van mijn jongste zusje gloeide en toen Martha de dekens opensloeg, zag ik dat haar witte borst bedekt was met roze vlekken, als een gordijn met een rozendessin. Ze sliep. Haar ademhaling klonk schor en ze bewoog zich rusteloos, maar toen ze mijn stem hoorde, opende ze haar ogen.

'Josie?' fluisterde ze. 'Wat ben ik blij dat je er bent. Ik heb je zo gemist.'

'Ik heb jou ook gemist, lieverd,' zei ik en ik nam haar een kort moment in mijn armen, zonder acht te slaan op de gezondheidsrisico's en voorzorgsmaatregelen. 'Ik heb je gemist, mijn kleine elfje.'

Ze giechelde, zoals altijd wanneer ik haar zo noemde, en vroeg me om over York te vertellen, dus ik vertelde haar over de schitterende etalages, de appelgroene renbaan en de chocoladefabrieken waardoor de hele stad naar suiker geurde totdat ze weer in slaap viel. We bleven met z'n drieën nog uren bij haar bed zitten tot het donker werd.

'Ik ben blij dat ik je nog even gezien heb, Josie,' zei Bert in de duisternis. 'Ik heb dagdienst morgen, dus ik zal je niet zien, tenzij je 's avonds nog hier bent.'

'Dan ben ik er nog,' beloofde ik. Toen het geroep van uilen in het dorp weerklonk en het maanlicht het kleine kamertje binnenscheen, was Martha op mijn schouder ingedommeld. Bert maakte haar wakker en wenkte ons naar de trap.

'Ze is heel moe,' zei hij zachtjes tegen mij terwijl Martha achter ons aan de trap af stommelde. 'Ze werkt nog steeds bovengronds en waakt bijna elke nacht bij Tansy.'

'Ik wil vannacht wel bij Tansy zitten,' zei ik toen we in het schijnsel van de lamp en het haardvuur de woonkamer binnenstapten. 'Dan kunnen ma en Martha een keer goed slapen.'

'Jij kunt hier niet blijven,' zei ma vanuit haar stoel in de hoek. Haar stem klonk laag maar vastberaden.

'Ma!' riep Bert verbijsterd uit.

'Nee, ik meen het. Ze is hier ooit weggegaan en dat was voor altijd. Dus ze moet nu niet denken dat ze naar eigen goeddunken kan terugkomen.'

'Maar ma! Ze is hier voor Tansy! Ze is helemaal uit York gekomen. Ze blijft hier wel. Dit is haar thuis.'

'Dat is het niet. Heeft ze ook maar een moment aan Tansy of een van ons gedacht toen ze midden in de nacht met die gast uit Grindley wegrende? En sindsdien hebben we taal noch teken van haar ontvangen. Nee, dat type komt er bij mij niet in.'

'Ma,' zei ik vermoeid. 'Ik ben geen type, ik ben gewoon ik. En ook al vind je het niet leuk of vind je mij niet leuk, laat me alsjeblieft hier blijven zodat ik jullie kan helpen. Tansy zal overlijden. Laat me helpen.'

'We hebben het tot nu toe prima zonder jou gered,' reageerde ze. 'Ik zal je niet verbieden om je zusje in haar laatste uren te zien, maar je kunt hier niet blijven, punt uit. Ga maar. Eruit!'

'Ma!' protesteerde Martha. 'Waar moet ze heen? Ik wil dat ze hier blijft. Ze is ook míjn zusje. En ik heb slaap nodig.'

Mijn moeders gezicht ging op slot, ze was onvermurwbaar. Haastig probeerde ik vrede te sluiten. 'Het geeft niet, Martha. Ik ga wel naar juffrouw Embry. Ik weet zeker dat ma jou vannacht zal laten slapen en dan kom ik morgen weer.'

'Maar dan moet ik werken. Dan zie ik je helemaal niet.'

'Ik zorg dat ik er al vroeg ben. Dan zie ik je voor je weggaat nog en als ik even weg kan, kom ik langs op je werk. Maak je maar geen zorgen en ga lekker slapen. Ik kom zo snel mogelijk terug.'

Ik pakte mijn tas, omhelsde Bert en Martha en liep terug door de koolzwarte straat. Eerlijk gezegd vond ik het niet erg om daar niet te hoeven slapen. Als ik alleen met Bert en Martha was geweest, met z'n drietjes als familie om Tansy's bed, had ik het fijn gevonden. Maar bij de eerste stap die ik weer in die kamer had gezet, waar mijn vader mijn haar had afgeknipt en ik onder het kritische toezicht van mijn moeder volstrekt vreugdeloos honderden broden had gebakken, voelde ik me onveilig en klein.

Ik klopte op de deur van de winkel en wachtte enige tijd totdat ik binnen kaarslicht zag flakkeren. 'Wie is daar?' klonk juffrouw Embry's voorzichtige stem aan de andere kant van de deur.

'Ik ben het. Josie!' riep ik.

Een schrille kreet en het gerinkel van grendels volgden. 'Nee maar, Josie!' riep ze uit. 'Kom binnen.' Ze strekte haar armen naar me uit, maar ik schudde mijn hoofd.

'Ik heb Tansy vastgehouden, Dulcie. Ik moet eerst in bad en mijn kleren wassen. Het spijt me dat ik zomaar kom binnenvallen, maar… eh… zou ik hier vannacht kunnen blijven slapen? De komende nachten, bedoel ik. Mijn moeder wil me niet in huis hebben.'

'Goeie genade,' zei ze terwijl ze de deur achter me sloot. 'Zelfs nú niet? Hoe kan iemand zo hard zijn? Natuurlijk kun je hier blijven slapen, Josie. Kom maar mee. Ik zal een paar handdoeken en badzout voor je pakken en wat water voor je koken. Heb je een nachthemd bij je? En een setje kleding voor morgen? Nou, dan komt het helemaal goed.'

Een uur later was ik helemaal gewassen en geschrobd en voor mijn gevoel schoon genoeg om me door mijn oude, dierbare vriendin te laten omhelzen. 'Je hébt al zo veel voor me gedaan, Dulcie,' mompelde ik toen ze me losliet. 'En nu ik problemen met mijn familie heb, help je me weer.'

Ze glimlachte treurig. 'O, Josie, wat zou het heerlijk zijn geweest als je hier onder andere omstandigheden was komen logeren. Je zult wel heel verdrietig zijn. Die arme kleine Tansy, dat mooie meisje. Ik moest huilen toen ik het nieuws hoorde.'

Ik zuchtte. 'Ja, ik kan het nauwelijks geloven. Ik wíl het natuurlijk niet geloven. O, Dulcie, waarom moest dit nou gebeuren? Ik was van plan om haar en Martha op een dag naar York te laten komen. Ik wilde dat ze een beter leven zouden krijgen. Nu zal Tansy sterven zonder ooit buiten Arden te zijn geweest, en ik ben bang dat Martha hier nu ook nooit meer zal weggaan. Je weet hoe goed en trouw ze is. Ik weet zeker dat ze medelijden met ma zal hebben en daarom zal denken dat ze niet weg kan en dus de rest van haar leven hier vast zal zitten.'

'Ze zat toch al vast, dacht ik. Wat is er met die jongen gebeurd met wie ze verkering had? Waren ze niet verloofd?'

Weer zuchtte ik. Sinds ik terug in Arden was, had ik weinig anders gedaan dan zuchten. 'Ja, ze is inderdaad verloofd. Maar weet je... ik bleef toch hoop houden.' Ik had geen hoge dunk van Luke Stevens, de vrijer in kwestie. Hij was op zijn manier best aantrekkelijk, maar ongelooflijk lomp. Martha was een vrolijke, pientere meid. Ik zag al helemaal voor me hoe ze door hem onderdrukt zou worden. Zou ze echt met die hork gaan trouwen? Dit was uiteraard niet het geschikte moment om het haar te vragen.

Dulcie kneep in mijn hand en leidde me naar de zitkamer. 'Ga zitten, Josie. Ik zal wat te eten halen. We hoeven vanavond in elk geval niet op de klok te letten, want je hoeft niet zoals vroeger op tijd thuis te zijn. Een kleine troost misschien. We gaan gewoon gezellig bij elkaar zitten en ik zal goed voor je zorgen.'

Het wás een troost. Als ik dan toch terug naar Arden moest, was dit de enige plek waar ik me op mijn gemak voelde. Als Tansy dan toch moest sterven, kon alleen oprechte genegenheid balsem voor mijn ziel zijn. Ik keek om me heen in de schemerige kamer, naar de ruggen van de dierbare boeken in de kast, de ronde gaslampen met de mooie kappen die in de hoeken van de kamer hingen. In mijn jonge jaren had ik hier urenlang gezeten, genietend van verhalen en goede gesprekken, het moment vrezend dat ik weer naar huis moest. Weer verbaasde het me dat ik de eerste twaalf jaar van mijn leven tevreden had kunnen zijn. Onwetendheid was een godsgeschenk, concludeerde ik, zolang het duurde.

Dulcie kwam terug met een dienblad met sandwiches, cake, limonade en voor ons allebei een klein glaasje sherry. 'Daar word je lekker warm van,' zei ze terwijl ze het glas op de tafel naast me zette. 'Nu gaan we lekker bijpraten totdat we onze ogen niet meer open kunnen houden.'

En dat deden we, tot diep in de nacht. Toch hield ik me aan mijn belofte aan Martha en was ik de volgende ochtend al heel vroeg fris en monter in het oude huis – de klopper voor de mijnwerkers op het raam van Dulcies buren had me gewekt. Ik hield Martha nog een half uur gezelschap aan de ontbijttafel voordat ze naar haar werk moest. Pa en Bert waren al weg en ma zat boven bij Tansy. Het zou een lange dag worden, bedacht ik somber, samen met mijn moeder aan Tansy's bed.

Ik vergezelde Martha naar haar werk en liep langzaam terug naar huis. Op de een of andere manier slaagden ma en ik erin de dag samen door te komen. Omdat we beurtelings een uurtje bij Tansy waakten, hoefden we niet of nauwelijks met elkaar te praten. Terwijl ik boven zat, hoorde ik dat ma beneden luidruchtig bezig was met de huishoudelijke klusjes: deeg kneden, de was door de mangel halen en de afwas doen… Toen het haar beurt was om te waken, hield ik het niet meer uit in huis. Met stevige pas liep ik naar de schacht om Martha te zien. Helaas was het haar niet toegestaan om te praten. Lunchen deed ik bij Dulcie. Daarna ging ik nog bij een paar buren langs van wie ik vermoedde dat ze het leuk vonden om me te zien en zich niets aantrokken van wat de rest van me vond. Ten slotte kwam Martha thuis, gevolgd door de mannen, en voelde ik me tot de avond iets meer op mijn gemak in huis. De volgende dag werkten we dit schema helemaal opnieuw af.

46

JOSIE

De sfeer was zo gespannen en droevig dat ik elke avond lang opbleef bij Dulcie. Dat was eigenlijk niet zo verstandig omdat ik steeds vermoeider raakte, maar het sterkte me tegen ma's vijandigheid en mijn diepe verdriet om het lot van mijn kleine zusje.

De dagen sleepten zich voort, maar zoals verwacht kwam Tansy's dood toch nog snel. Op de vierde dag dat ik in Arden was, gleed ze weg, slechts enkele uren later dan de dokter had voorspeld. Martha was aan het werk en ma deed een paar boodschappen, dus ik was alleen met Tansy toen ze overleed. Terwijl ik haar hand vasthield, opende ze haar ogen en glimlachte naar me, een dappere glimlach voor zo'n klein meisje.

'O, Tansy,' zei ik, in het plotselinge besef dat het einde nabij was. 'Nu nog niet, lieverd.'

Maar Tansy, die op dat moment al een dag niets meer had gezegd, opende haar droge lippen. 'Ik kan niet anders, Josie. Maak je geen zorgen, het is beter in elfenland,' fluisterde ze verwijzend naar mijn koosnaampje. Zo liet ze me weten dat ze niet bang was.

Ik drukte een kus op haar voorhoofd en zei haar dat ik voor altijd van haar zou houden. Ze knikte, sloot haar ogen en een seconde later was ze weg. Ik bleef roerloos zitten en hield mijn adem in op het moment dat zij stopte met ademen. Ik kon het niet aanvaarden en wachtte tot haar smalle borst weer op en neer zou gaan bewegen, waarna het allemaal vals alarm zou blijken te zijn. Maar dat gebeurde niet. Ten slotte slaakte ik een huiverende zucht en legde mijn hoofd op haar zachte buik.

Niettemin was ik blij dat ma er niet bij was, zodat ik nog wat tijd alleen had gehad met mijn kleine zusje. Ik huilde met schorre uithalen. Mijn arme kleine zusje. Ze had niet de kans gekregen om te bloeien en zou die nu nooit meer krijgen. Ze zou nooit een stad zien, of de zee of een jurk met lovertjes. Zonder haar was mijn wereld een stuk doffer. Hoewel ik haar sinds mijn vertrek nauwelijks had gezien, droeg ik mijn familie, hoe aangenaam of teleurstellend die ook was, overal met me mee, als een gedaante die diep binnen in ons zetelde en bepaalde hoe we ons leven vormgaven. Voor mij waren Tansy en Martha de beste elementen van die gedaante.

Ik kon me niet voorstellen dat ik terug zou gaan naar York zonder de hoop dat ze zich op een dag bij me zou voegen en ik haar alles kon laten zien waar ik van hield. Ik stelde me haar verrukte gezichtje voor. Maar misschien was ze nu ergens waar ze beter af was. Ze had het op haar allerlaatste moment over een elfenland gehad. Het was ons zussentaaltje. Ik had haar altijd gezegd dat ze daar thuishoorde. Had ze me alleen maar willen geruststellen of had ze al een glimp gezien van een schitterend hemels kleurenspel? Ik hoopte op een legioen feeën dat voor haar zou zorgen.

Na een tijdje hoorde ik ma thuiskomen en ik vroeg me af hoe ik het droeve nieuws aan haar zou vertellen. Ik vreesde haar reactie. Zou ze boos worden? Of zou ze treuren en jammeren? Mijn moeder verdrietig te zien... Dat paste helemaal niet bij haar en ik wist niet hoe ik daarop zou reageren. Ik gaf Tansy een laatste kus, haalde diep adem, rechtte mijn schouders en liep de trap af.

Ik hoefde niets te zeggen, want één blik op mijn betraande, gevlekte gezicht was genoeg. 'Is ze dood?'

Ik knikte. 'O, ma!'

Een verslagen blik schoot door haar ogen, alsof het leven haar de zoveelste klap had toegebracht. Even, heel even maar, dacht ik dat ze me zou omhelzen. Maar in plaats daarvan draaide ze zich om en begon de boodschappen die ze mee had genomen op de keukentafel uit te stallen.

'Nou, dan zit jouw taak erop,' zei ze. 'Dan kun je nu vertrekken. We laten je weten wanneer de begrafenis is, daar hoef je niet over in te zitten.'

Ik vroeg me af hoe lang het duurde voor ze naar boven zou gaan om dat kleine, roerloze wezen te zien. Maar dat was haar zaak.

'Laat het me weten als ik iets voor jullie kan doen,' zei ik.

Toen ze doorging met haar bezigheden, verliet ik het huis.

Ik ging naar Hepzibah en vertelde het nieuws aan Martha. De opzichter vond het goed dat ze naar huis ging. Ze zou haar baan niet verliezen, maar het loon van deze dag was ze kwijt. Toen ging ik naar Drammel Depth en ging ik op zoek naar de bureauchef. Ik vroeg hem om mijn vader en Bert op de hoogte te stellen. Toen we samen terug naar het dorp gingen, liep Martha als verdoofd achter me aan.

Vlak voor het tuinhekje viel Martha me snikkend in de armen. Ik popelde om haar te vragen hoe het met Luke Stevens zat, en haar te smeken om met mij mee naar York te gaan, maar ik wist dat ze daar op dit moment niet over zou willen nadenken.

'Als je me wilt zien, kun je altijd bij juffrouw Embry terecht. Ze zei dat je altijd welkom bent,' was het enige wat ik kon uitbrengen. Mijn hart ging naar haar uit toen ik zag hoe ze zich het treurige huisje in sleepte. Ma was nu in elk geval niet alleen. Ik wist niet of ze troost nodig had, maar als ze iemands aanwezigheid op prijs zou stellen, was het die van Martha.

Drie dagen later vond de begrafenis plaats. Terwijl ik met Dulcie naar de kerk liep, kon ik me bijna niet voorstellen dat ik de volgende dag weer zou vertrekken. Deze tragedie had me volledig opgeslokt. Maar wat had het voor zin om te blijven?

We zongen psalmen om het kleine graf. Ma en pa stonden naast elkaar en keken me niet aan. Maar ze keken niemand aan. Alice was er met haar Fred. Ze had nog steeds prachtige goudkleurige haren, maar ze begon mollig te worden, dat viel niet te ontkennen. Luke Stevens had zijn vlezige arm om Martha geslagen en boog af en toe zijn hoofd naar haar toe om vervolgens om zich heen te kijken, alsof niemand het moest wagen dichter bij zijn meisje te komen. Of misschien bracht ik hem daarmee in diskrediet. Als Tommy erbij was geweest, zou ik het ook fijn hebben gevonden als hij mij vasthield. Ik zou bij hem hebben willen schuilen tegen de buitenwereld. Misschien voelde Martha dat ook zo. En Luke wás er toch maar. Hij had zijn dienst verwisseld, misschien zelfs zijn recht op loon verspeeld. Wie weet was hij veel zorgzamer dan ik dacht.

Donkere aarde viel neer op de kist. De menigte ging uiteen. Zonder Tansy gingen we naar huis. Ons engeltje was er niet meer. Ze was slechts tien jaar oud geworden.

47

JOSIE

Wat me altijd had verwonderd, was het feit dat ma, die geen greintje poëzie in haar bloed had en meer waarde hechtte aan schoonmaakmiddelen dan aan schoonheid, ons, de meisjes, zulke mooie namen had gegeven. Alice en Martha waren nog redelijk gebruikelijke namen, maar allebei mooi, vond ik. Josephine was echter absoluut geen dorpsnaam, dus ik had geen flauw idee waar ze die naam vandaan had gehaald. En Tansy, een prachtige, gouden naam die helemaal bij mijn zusje had gepast, riep niet alleen een mooi beeld op, maar betekende ook 'onsterfelijk'. Ik herinnerde me nog hoe verbaasd ik was toen ik hoorde dat ma de betekenis kende en de naam bewust had gekozen. Het was een prachtige naam om aan je kind te geven, maar in ons geval had het ook iets ironisch.

Ik had dat altijd opgevat als een teken dat ma toch een hart had, dat er in een verre hoek van haar wezen, heel klein opgevouwen, wat zachtheid en fantasie huisde. Maar vanaf de dag van de begrafenis was ik voor altijd van het tegendeel overtuigd.

Onbedaarlijk snikkend verliet ik met Dulcie het kerkhof. Het verlies was te groot, de ontreddering onverdraaglijk. Luke had Martha losgelaten en liep naast Fred, de man van Alice, terwijl Martha, Alice en Bert en mijn ouders samen een klein treurig clubje vormden. Ik haastte me naar hen toe, waarna Dulcie alleen naar haar eigen huis liep. Martha en Bert omhelsden me. Alice kuste me op de wang en kneep in mijn hand. Zelfs pa trok me heel even dicht tegen zich aan.

'O, Josie, meisje toch,' zei hij met bevende stem. 'Dat we dit moeten meemaken.'

Vervolgens liepen we allemaal verder, maar ma bleef tot mijn verbazing achteraan lopen, naast mij. Ik vertraagde mijn pas, dankbaar voor elk momentje dat we konden delen en vanwege alle emoties bereid om me over de pijn van het verleden heen te zetten.

'O, ma,' zei ik. 'Mijn hart breekt. Ze was zo mooi en zo lief. En morgen moet ik al weer terug. Maar als ik ook maar iets kan doen om jullie te helpen, dan hoop ik dat u aan me denkt. Ik ben nog steeds uw dochter, ook al ben ik verhuisd.'

Ze bleef staan terwijl de overige rouwenden ons passeerden. 'Ja,' zei ze met schorre stem. 'Je bent mijn dochter. Dat zal ik nooit vergeten.'

Onzeker keek ik haar aan. Zoals ze het zei, klonk het niet als iets positiefs. 'Hm, ma... Zullen we dan vrienden zijn? Zullen we tenminste proberen aardig tegen elkaar te zijn? Al die nare dingen van vroeger vergeten?'

'Nee, er staat namelijk iets heel naars recht tegenover me en telkens als ik het zie, word ik daar weer aan herinnerd. Daarom heb ik de rest voor laten gaan. Ik wil je nog één ding vragen, als moeder. Ga weg en kom nooit meer terug. Ik wil je niet meer zien.'

Ik voelde me weer als een bang kind. 'Ma? Dat kunt u niet menen. Waarom haat u me zo? Ik haat u niet, ook al is dat moeilijk. U bent mijn moeder!'

'Ja,' zei ze weer. 'Dat ben ik. Maar Sam Westgate is niet jouw vader. Je bent een schande voor de familie. Je bent een bastaard. Je kwelt me, met je rode haren en je deftige maniertjes. En dat is in de loop der jaren niet minder geworden, erger zelfs. Dus als je morgen weggaat, wil ik je nooit meer zien. Begrepen?'

Melkwegstelsels draaiden om me heen, landen vielen weg, sterren ontbrandden aan de hemel... allerlei reusachtige, onpeilbare dingen overspoelden me. Niets was groter dan dit.

'Ma?' Mijn stem kwam van heel ver. Ik strekte mijn hand naar haar uit om mijn evenwicht te bewaren, maar ze deed een stap opzij. Bijna viel ik om, maar een passant ving me op.

'Arm kind,' zei hij. 'Flauwgevallen van verdriet.' En toen hij me weer op de been had geholpen, liep hij tactvol verder.

'Ma, wilt u in godsnaam dat soort dingen niet zeggen?' smeekte ik haar op gedempte toon. 'En als het waar is, dan is dit toch niet het moment?'

'Het is zeker waar,' klonk het onverschillig.

'Maar... Maar... dat kán toch niet. En pa dan? Hij is toch... mijn vader. Dat kan niet anders. En als het niet zo is, wie...'

'Dat gaat je niks aan. Geloof me, hij zou niet willen dat je het wist. Sam heeft zijn best gedaan, hij heeft je opgevoed en onderdak gegeven, hoewel dat allemaal te min voor je was. Maar het lukte hem niet om van je te houden. Hoe kon hij ook, hij wist het. Hoe kán iemand van je houden die weet wie je bent? Je hebt hier nooit thuisgehoord, Josie. Je wilde hier weg en je bent ook weggegaan. Dus doe ons allemaal een plezier en blijf weg. Dan kan ik eindelijk doen alsof het niet is gebeurd. Daar heb ik altijd van gedroomd.'

Met die woorden beende ze weg en ik zag de laatste restjes van mijn kleine familie in de verte verdwijnen. Tansy was weg. Pa was mijn vader niet. Ma had me verstoten. Ik had nog twee zussen en een broer over. Ik besefte dat ik vlak bij de struik stond waar ma jaren geleden mijn schort had verstopt toen ik te laat was voor de bruiloft van Alice. Ze had me geslagen en mijn haren hardhandig gekamd en me mee naar de kerk getrokken. Maar daarna hadden er boshyacinten in mijn schort gezeten, dankzij Tommy. Maar Tommy was ver weg, op school. En al die dingen voelden als de jeugdherinneringen van een ander meisje. Ik was niet langer Josie Westgate uit Arden.

48

JOSIE

Ik weet achteraf niet hoe ik bij de winkel ben gekomen. Mijn benen waren slap. Ik weet niet wie er tegen me sprak terwijl ik liep, maar als ik me al vreemd gedroeg, zouden ze dat wijten aan de treurige dag. Dulcie stond al naar me uit te kijken en ik strompelde hijgend door de geopende deur naar binnen.

'O, Dulcie!' riep ik. 'Het is zo erg. Veel erger kan het niet meer worden.'

Ze gaf me sherry en wikkelde een deken om me heen, hoewel het een warme dag was. 'Bedoel je Tansy?' vroeg ze, maar ik schudde mijn hoofd. Een uur lang kon ik niets uitbrengen.

Dulcie liet me alleen, maar kwam af en toe even de kamer in om te kijken hoe het met me ging. Discreet redderde ze wat in het rond, zodat ik me niet alleen voelde, maar ze stelde geen vragen. Lange tijd staarde ik voor me uit, tot ik ten slotte weer een beetje tot mezelf kwam.

'Dulcie?' zei ik, en meteen stond ze naast me. 'Dulcie, ik ben... eh... een bastaard.'

'Pardon? Wat zeg je nu, meisje?'

'Het is zo. Ma heeft het me eerder vandaag verteld. Ik ben niet het kind van mijn vader.' Ik keek haar angstig aan. Zou zij me nu ook gaan haten?

'O...' zei ze langzaam. 'Nou, dat verklaart veel, nietwaar?'

Dat deed het inderdaad. Toen de eerste schrik een beetje was weggeëbd, spraken we er uitvoerig over en probeerden we er samen wijs uit te worden. Al snel realiseerde ik me dat er in de praktijk weinig zou veranderen. Mijn ouders en ik hadden elkaar nooit kunnen luchten of zien. Alice moest zelf maar zien wat ze ervan vond, maar Martha en Bert zouden me niet anders gaan behandelen. Tommy eveneens. En Dulcie ook niet. En of ik nu een bastaard was of niet, of mijn achternaam nu Westgate was of iets heel anders, ik was toch al uit Arden weg, zoals mijn moeder had gezegd. Natuurlijk was de bodem onder mijn bestaan aan het wankelen gebracht en natuurlijk was ik diep geschokt. Ik was niet degene die ik altijd dacht te zijn geweest. Mijn vader had eigenlijk nooit veel voor me gedaan. Hij was nooit een bepalende factor in mijn leven geweest.

Ik had geen flauw idee hoe ik op de wereld was gekomen. Als ik de oudste was geweest, had ik me kunnen voorstellen dat ma een eerdere liefde had gehad die ze was misgelopen, en dat pa daarna op het toneel was verschenen, met ma wilde trouwen en bereid was mij als zijn eigen kind te accepteren. Maar ik was het vierde kind! De laatste vóór Tansy! Ik kon me niet voorstellen dat ma stiekem een scharrel had gehad en daarvoor alles op het spel had gezet. Ik kon me niet voorstellen dat ze ooit in de greep van een grote passie was geweest. Ik kon me niet voorstellen dat ze zo dom had kunnen zijn om te denken dat een affaire goed kon aflopen. Ik moest er niet aan denken dat ik het resultaat was van geweld, hoewel dat haar houding ten opzichte van mij wel zou kunnen verklaren. Maar als dat het geval was geweest, zouden de eerste jaren, vlak na die vreselijke gebeurtenis, toch het ergste geweest moeten zijn. Ma's antipathie jegens mij was naarmate ik ouder werd steeds groter geworden.

Misschien was ik in de loop der jaren steeds meer op mijn vader gaan lijken. Ik hoopte van niet. Ik wilde niet dat anderen een gelijkenis zagen terwijl ik nog in onwetendheid verkeerde. Maar ik leek op niemand. Hoezeer Dulcie en ik die avond onze hersens ook pijnigden, we konden niemand in het dorp bedenken en ik had nog nooit iemand gezien die op mij leek. Mijn rode haar was het enige wat me eventueel aan iemand zou kunnen koppelen. Ik had precies hetzelfde haar als Coralie. De graaf, haar oom, was een beruchte donjuan met een zwak voor dorpsmeisjes. Was het denkbaar dat hij mijn vader was? Of een ander lid van die familie met rood haar?

Ik ijsbeerde een tijdje door de kamer. 'Lieve hemel!' riep ik ineens uit terwijl ik me op de sofa wierp. Dulcie overhandigde me nog een glaasje sherry. 'Tommy en ik hebben als kinderen jarenlang gefantaseerd dat hij een van de bastaarden van de graaf was. Het zal toch niet waar zijn dat ík dat aldoor was?'

Dulcie spreidde haar handen uit. Ze was even verbijsterd als ik. 'Je haar is niet doorslaggevend, Josie. Voor de rest lijk je helemaal niet op haar.'

'Dat klopt,' peinsde ik hardop. 'Jammer genoeg. Maar stel je voor dat ma het aan iemand anders vertelt? Stel je voor dat Coralie en ik familie van elkaar zijn? Dan krijgt ze misschien spijt dat ze me aangenomen heeft. O, Dulcie, misschien krijgt ze wel een hekel aan me. Dat zou ik niet kunnen verdragen, want ik hou van haar. Maar als er een verloren gewaande zus of nicht zou komen bovendrijven, zou ze vast niet willen dat het een meisje van hier zou zijn, of wel soms?'

'Josie, je zou beter moeten weten. Je kent haar toch. Stel dat het allemaal waar is, dan kan ik me nauwelijks voorstellen dat juffrouw Honeycroft bevooroordeeld zou zijn jegens jou. Niet na alles wat ze voor je heeft gedaan. Nee. En ik betwijfel of je moeder haar mond nog eens voorbij zal praten. Daarmee zou ze zichzelf veel meer problemen bezorgen dan jou. Maar nu ze het alleen jou heeft verteld en niemand anders...' Haar stem stierf weg en haar gezicht kreeg een boze uitdrukking.

Ze had gelijk. Het enige doel van ma was om mij te treiteren en te kwellen, en dat was genoeg voor haar.

'Ik haat dit dorp, Josie,' zei Dulcie ineens. 'Ik heb mijn uiterste best gedaan om hier gelukkig te zijn, voor mijn oom, om zijn winkel open te houden, om zijn herinnering levend te houden. Maar niets groeit hier. Toen Nieuw-Arden werd gebouwd, draaide de winkel even heel goed, maar nu is dat weer afgevlakt. De zaken gaan niet slecht, maar ook niet goed. Als ik het zou willen, zou ik de winkel tot aan mijn dood op deze manier kunnen openhouden. Maar dan zou ik nooit echt geld verdienen en de zaak niet verder kunnen uitbouwen. Bovendien zou ik dan nooit trouwen en als jij weggaat, zou ik hier geen enkele echte vriend meer hebben...'

Ze zweeg, buiten adem. Toen voegde ze eraan toe: 'Ik zal worden omringd door lijdzame, treurige mensen zoals jouw buren en boze, verbitterde mensen zoals je moeder. En aan hen zal ik tot het eind der tijden meel moeten verkopen.'

Ik had geen flauw idee dat Dulcie ooit twijfels had gekoesterd over haar rol in het dorp. Ze leek altijd zo kalm en stabiel. Maar natuurlijk verbaasde het me niet. Ze was nog niet oud. Ze was slim en energiek. En ze was mooi, wat die nare Barridge-tweeling er ook van vond. Dit was niet de plek waar zij kon gedijen.

'Maar wat wil je dan gaan doen?' vroeg ik. Ik was blij om even over andermans ellende na te denken en te praten, zodat ik mijn eigen sores voor de rest van de avond naar de achtergrond kon verbannen. Dulcies problemen konden misschien op een positieve manier worden opgelost, mijn problemen zou ik de rest van mijn leven met me meedragen. Het was een boosaardige actie van ma geweest om mij met zo weinig informatie weg te sturen. Het zou alles bederven en me voor altijd met vragen en zorgen achtervolgen. Niettemin vertrok ik de volgende dag een stuk opgewekter dan ik ooit voor mogelijk had gehouden. Ik zou Arden immers verlaten. Dat was op zichzelf al vrolijkstemmend. Maar er waren nog meer redenen. Martha kwam al heel vroeg langs om op een allerliefste manier afscheid van me te nemen. Ik was er nog niet over uit of ik haar zou belasten met de onthulling van ma, en zij moest al snel door naar haar werk, dus zei ik er niets over. Ik maakte nog wel een opmerking over hoe attent Luke bij de begrafenis was geweest. Dat leek me een tactvolle manier om het onderwerp ter sprake te brengen zonder over te komen als een nieuwsgierige of afkeurende zus die wilde weten hoe het tussen hen ging. Martha antwoordde dat ze me zou schrijven. Toen ik wegging, hoopte ik dat ze een heel klein beetje twijfelde aan haar relatie met Luke, want anders zou een simpel 'ja' toch hebben volstaan?

Mijn vrolijkheid had ook te maken met de missie waarmee Dulcie me had opgezadeld. 'Let goed op of er vacatures voor me zijn in York,' had ze gezegd toen we voor de winkel stonden te wachten tot Norman langskwam met de koets om me naar huis te brengen.

'In York?' vroeg ik verrukt. 'Ik dacht dat je terug naar Leeds zou gaan als je hier ooit weggaat.'

'Nee, lieverd. Ik wil voorwaarts in het leven, niet terug. Ik hou van York, zoals je weet, en nu jij de afgelopen week bij me hebt gelogeerd, weet ik weer hoe fijn het is om een vriendin in de buurt te hebben. Nog een toevoeging aan de lange lijst attracties die York te bieden heeft...'

'Zodra ik terug ben, zal ik alle winkels en bedrijven afstruinen,' beloofde ik. 'O, stel je eens voor hoeveel pret we samen zullen hebben als jij er ook komt wonen. Jij bent het enige wat ontbreekt om York perfect te maken. En Tommy. En Martha...'

'We gaan ons best doen om hen er te zijner tijd ook naartoe te krijgen,' zei ze stralend. 'Met onze vriendenkring alleen al zal het inwonersaantal aanzienlijk stijgen.'

'Hoeveel tijd zal het je kosten om de boel hier te verkopen en te verhuizen?' vroeg ik me af.

'Niet lang, hoop ik. Toen ik hier begon, waren er nog twee andere partijen geïnteresseerd in de winkel. Toen het gerucht ging dat een vrouw de dorpswinkel zou overnemen, kwamen er ineens allerlei mannelijke kopers uit het niets opdagen.'

'Maar nu is het anders. Hoe lang wil je wachten? Ben je afhankelijk van een koper?' Nu ze het idee had geopperd, kon ik niet wachten om het uit te voeren.

'Ik ben bang van wel. Maar laten we niet op de zaken vooruitlopen, Josie. Het gaat zoals het gaat.'

Ik zat naast Norman op de bok toen we ratelend Arden uit reden. Het was een grijze, stormachtige dag, waarin zon en regen elkaar afwisselden, maar als mijn gedachten teruggingen naar Tansy of ma, voelde ik me niet alleen. Ik was blij dat ik me kon overgeven aan de elementen en de frisse wind kon inademen. Stukje bij beetje zag ik Arden naar de achtergrond verdwijnen, en ik genoot ervan.

Toen we Hepzibah, de reusachtige mijnschacht, passeerden, die oprees als een zwarte heks, klaar om toe te slaan, tuurde ik vergeefs naar de drommen bovengronds werkende arbeiders om een glimp van Martha op te vangen. Het deed me pijn om mijn zus hier, steenkolen wassend, achter te laten. Maar toen we het dorp definitief achter ons hadden gelaten, verscheen er een dubbele regenboog aan de horizon, die de grijze hemel in felle kleuren deed opvlammen.

'Kijk, een goed voorteken.' Ik wees naar de lucht en Norman keek op.

'Dat kun je wel gebruiken,' zei hij. 'En nog gecondoleerd met je zusje, Josie.'

'Dank je, Norman.'

49

TOMMY

Herfst 1903

Mijn eerste week op Westonbury was zwaar. Meer dan eens moest ik terugdenken aan de woorden die meester Latimer lang geleden tegen me zei. *In de klas mag je dan uitblinken, daar buiten zul je niets voorstellen...* En meer dan eens vroeg ik me af of hij misschien toch gelijk had gehad.

Ik arriveerde op een frisse septemberdag. De graaf was zo vriendelijk geweest om Matthias me met de koets te laten brengen. Vol ontzag en angst staarde ik naar het gebouw dat was opgetrokken uit de grijze steen uit de jakobijnse tijd, verlicht door de herfstzon en doorregen met donkere, koele schaduwen. Die eerste dag zweefde er een regenboog boven de schoorstenen en langs de muren dwarrelden bruine bladeren.

'Jij liever dan ik,' merkte Matthias op toen hij wegreed en me alleen bij de jongensingang achterliet. Het voelde misplaatst, ik was geen jongen meer, ik was achttien jaar, groot en sterk voor mijn leeftijd en ik had al zes jaar gewerkt. Ik wenste dat Josie bij me was. Westonbury was geen lelijke plek, maar ik kende er niemand. Maar ik zou de plek snel genoeg leren kennen.

Eenmaal binnen bevond ik me in een doolhof van lange, kaarsrechte gangen, zonder enige versiering, behalve een rij olieverfschilderijen die in lelijke lijsten aan de muren hingen – portretten van voormalige leerlingen die inmiddels succes en roem hadden vergaard. Zonder Rogue of Flinty om me wegwijs te maken wist ik dankzij die portretten algauw mijn weg te vinden. Mijn wiskundelokaal was op de tweede verdieping achter een dikke, roze jongen met een blauwe kravat. De eetzaal bevond zich links van de knokige oud-leerling met de wandelstok en de spaniël. Telkens wanneer ik de krulsnor met de gemene oogjes passeerde, wist ik dat ik in de penarie zat, want die hing vlak naast het kantoor van het schoolhoofd.

Mijn eigen kleine hoekje in deze vreemde nieuwe wereld was een bed in een slaapzaal waar in totaal acht jongens sliepen die allemaal drie jaar jonger waren dan ik. Het was een lichte ruimte, met hoge ramen die uitkeken op de uitgestrekte voortuin.

De lessen zelf waren niet moeilijk te volgen, maar als het aankwam op je hand opsteken en vragen beantwoorden, bleef ik achter. De andere jongens hadden een veel verfijndere manier van praten, die voor mij onhaalbaar leek. Soms had ik een antwoord goed, maar dan konden zij er nog opmerkingen en verwijzingen naar andere lesstof bij maken die ik nooit had gehad. De brokjes informatie die we elke dag kregen, konden zij toevoegen aan een groter tapijt van kennis dat met stevige steken aan elkaar vastzat. Ik wist alleen maar wat losse flarden. De anderen hadden toegang tot de wereld, hij was hun bekend. Ik ving er slechts af en toe een glimp van op.

Van jongs af aan had ik te horen gekregen waarom míjn mensen, de mijnwerkers, vonden dat ik geen ambities mocht hebben en niet thuishoorde in een ander milieu. Maar nu, op school, kreeg ik van mijn medeleerlingen precies hetzelfde te horen.

'Nou, kerel, echt een hele prestatie dat je hier toegelaten bent, maar zou je je in een... eh... gewonere omgeving niet meer thuis voelen?'

'Wisten jullie dat Tommy Green de helft van zijn leven met de kolenschop heeft gewerkt? God mag weten wat hem het idee heeft gegeven dat hij hier ook maar enige indruk zou maken.'

'Je hoort hier niet, Green, en een studiebeurs kan daar niets aan veranderen.'

Ik werd uitgedaagd tot twee vechtpartijen, die ik allebei in vier seconden won. Door de vechtpartijen kreeg ik enorme problemen met de schoolleiding, maar van de jongens had ik vanaf dat moment geen last meer. Hoe dan ook, ik miste vriendschap, zoals iedereen in mijn situatie dat zou doen.

Ik ben hier voor mijn toekomst, sprak ik mezelf in gedachten keer op keer toe. *Ik ben hier om te leren. Ik ben hier om een bemiddeld man te worden, zodat ik het leven voor mijn familie wat makkelijker kan maken en de wereld een beetje beter. Ik ben hier niet om vrienden te maken en plezier te hebben.*

Kerstmis lonkte als een ster in de verte en betekende het einde van mijn eerste trimester. Ik had gehoopt in triomf naar huis te gaan, vol verhalen over examens waarvoor ik met vlag en wimpel was geslaagd, over prijzen die ik had gewonnen, en misschien zelfs over het vooruitzicht op een baan als ik klaar was op Westonbury, aangeboden door een of andere rijke bezoeker die mijn uitzonderlijke capaciteiten niet was ontgaan. Tot nu toe was er echter niets waarover ik kon opscheppen, en ik begon me serieus af te vragen of ik niet steeds dommer werd naarmate de tijd verstreek.

Het was uiteraard allemaal heel teleurstellend. Ik voelde me opgelaten bij de gedachte dat ik aan mijn vader moest uitleggen dat ik het allemaal met de hakken over de sloot had gehaald. Alleen uitmuntende cijfers zouden hem met mijn keuze kunnen verzoenen. Daar was ik van overtuigd. Maar als ik me al ontgoocheld voelde, dacht ik aan alle mensen die me geholpen hadden om hier te komen. Juffrouw Embry, Manus, Walter, meneer Farthing, de graaf... en zelfs mijn vader, die me had geleerd om daar beneden te overleven zodat ik uiteindelijk hiernaartoe kon.

De brieven die ik van thuis kreeg, waren mijn grootste pleziertjes op Westonbury. Maar niet alle nieuwtjes uit Grindley waren even positief.

Oma was overleden en was nu bij opa. Op Connies brief zaten grote traanvlekken. Het liefst had ik op dat moment bij hen willen zijn om de begrafenis bij te wonen, maar de school hanteerde regels op dat gebied en bovendien had ik geen geld om te gaan. Het was de eerste maar niet de laatste keer dat ik wenste dat ik in plaats van alleen kost en inwoning ook een salaris had gekregen voor mijn werk op Silvermoor.

Ik hoorde ook dat Josies zusje, Tansy, was overleden, hoewel Josie me dat pas liet weten toen het allemaal achter de rug was en zij veilig en wel terug in York was. Ze had me tijdens mijn eerste weken op school niet van streek willen maken. Ik vond het vreselijk dat ik er niet voor haar had kunnen zijn en mijn enige troost was dat ze juffrouw Embry had om haar door die verdrietige periode heen te loodsen. Mijn haren gingen rechtovereind staan toen ik las dat ze niet in haar ouderlijk huis had mogen logeren.

> *En dan is er nog iets heel ergs wat ik je moet vertellen. Maar dat kan ik pas zeggen als ik je zie. Maak je geen zorgen. Ik ben niet ziek of zo, echt niet. Maar ik heb iets schokkends gehoord en het lukt me niet om het op te schrijven.*

Het kostte me moeite om in mijn volgende brief aan haar geen spervuur aan vragen op haar af te schieten, maar ik wist dat dat geen zin had.

Manus had nog steeds geen besluit genomen. Hij worstelde ermee. Zijn karakter hielp hem daarbij niet. Enerzijds droomde hij ervan de wijde wereld in te trekken, anderzijds was hij doodsbang om alles wat vertrouwd was achter te laten. Die tegenstrijdige behoeften hielden hem in een spagaat.

Ik verlangde naar huis, naar iedereen, maar eerst moest ik nog studeren voor mijn kerstrapport. Als ik het er goed vanaf bracht, zou dat het vertrouwen in mijn capaciteiten herstellen en had ik goed nieuws om thuis te vertellen. Ik wilde niets liever dan goede cijfers halen, dus deed ik enorm mijn best en werkte harder dan ooit. Ik schreef minder brieven aan mijn vrienden en concentreerde me op dit ene doel. Een week voor het einde van het trimester werden de resultaten bekend gemaakt. Ik was op twee na de slechtste.

50

TOMMY

Winter 1903

Kerstmis was geen onverdeeld genoegen, want hoewel het een van de gelukkigste periodes van mijn leven was, wist ik dat ik iedereen extra veel zou gaan missen als ik weer weg moest.

Nadat ik twee volle dagen bij mijn familie had doorgebracht, kreeg ik een brief van Josie, die me uitnodigde voor een kopje thee in de bibliotheek van Silvermoor. Ik rende de hele weg van ons simpele woninkje naar het landhuis. Inwendig moest ik erom lachen. Vijf jaar geleden, toen Josie en ik nog in weer en wind over de veldweggetjes tussen onze nederige dorpen zwierven, zouden we ons krom gelachen hebben als iemand ons had gezegd dat zij mij op een dag in een dergelijk deftig huis zou ontvangen en thee zou schenken uit een zilveren pot.

Na de eerste opwinding van het weerzien en de nieuwe ervaring om te genieten van kersttraktaties in andermans weelderige huis, had Josie algauw in de gaten dat me iets dwarszat. Ik wilde onze ontmoeting niet beginnen met geklaag, maar binnen tien minuten had ze me al zover dat ik de waarheid op tafel legde. Bedeesd gaf ik toe dat ik, met nog bijna twee weken vakantie voor de boeg, nu al tegen het moment opzag dat ik terug naar Westonbury moest.

Josie haalde haar schouders op. 'We wisten dat het begin moeilijk zou zijn,' zei ze met een hap in haar mond. 'Grindley is niet de juiste plek voor jou, maar je weet daar wel wie je bent. De school is een stap in de goede richting, maar het is nieuw voor je. En vergeet niet dat de anderen een voorsprong van jaren op jou hebben, en nogmaals, jij bent anders.'

Ik knikte en terwijl ik nog wat cognacsaus over mijn gebak schonk, zei ik: 'Het is naar om in een nieuwe omgeving weer die oude gevoelens te hebben.'

'Logisch,' verklaarde ze op besliste toon. 'Maar je gaat je school afmaken. Nog maar vijf trimesters te gaan en je kunt je eigen weg inslaan en het leven leiden dat je zelf wilt. Je zult met plezier terugkijken op je tijd daar. Westonbury is net zomin jouw stek als Grindley. Het is nooit jouw droom geweest om op Westonbury te zijn, het was je droom om te studeren. Westonbury is alleen maar de plek waar je dat moet doen.'

Ze had gelijk. Het lukte haar me zodanig op te beuren dat ik het onderwerp de rest van mijn bezoek kon laten rusten. Het was niet anders, en ik zou geen andere keus maken. Gelukkig hadden we verder nog een heleboel te bespreken. Ze vertelde me alles wat haar was opgevallen aan Luke en Martha en ik stelde haar naar beste kunnen gerust, wat uiteindelijk niet bijzonder goed uitpakte. In ons soort gemeenschap waren er veel mannen zoals Luke en de meeste mensen zouden zeggen dat Martha het slechter had kunnen treffen. Ik herinnerde Josie eraan dat haar zus slimmer was dan de meeste meisjes en zich heus niet in een situatie liet brengen die haar ongelukkig zou maken. Ze knikte en snotterde een beetje, waarna ze begon te vertellen over de laatste dagen van Tansy. Ten slotte durfde ik haar de grote vraag te stellen. Wat was het schokkende nieuws dat ze me alleen onder vier ogen kon vertellen?

En toen stak ze van wal. Mijn oude vermoeden, rechtstreeks uit háár mond... Uiteindelijk vertelde ik haar ook wat haar vader me had gezegd, die avond toen hij me in elkaar had geslagen. 'Ik heb er altijd over gezwegen, ik wilde je er niet mee belasten,' legde ik uit. 'Maar nu weet je het toch al. Volgens mij is het waar, Josie. Volgens je vader in elk geval wel.'

'Het is waar, ja,' zei ze verbitterd. 'Het is de enige manier om te verklaren waarom ma altijd zo gemeen tegen me is geweest en waarom ze me naar Drammel Depth hadden willen sturen terwijl er heus nog andere opties waren. Wie denk je dat mijn vader is, Tommy? Zou ik soms een van de ongelukjes van de graaf zijn? Of is het zomaar iemand voor wie mijn moeder is gevallen toen de relatie met pa... Sam niet lekker meer liep?'

'Ik weet het niet,' zei ik naar waarheid. 'Ik weet niet of de kleur van je haar een aanwijzing is. Misschien is het gewoon toeval. Ik weet niet hoe we er ooit achter kunnen komen. Ik bedoel... Wie zouden we het kunnen vragen?'

'Je hebt gelijk. Niemand. En ik wil mijn relatie met Coralie én de graaf niet bederven. Silvermoor maakt een groot deel uit van mijn werk, en van Coralies leven. Ik weet zeker dat ze er geen idee van hebben. En ik durf er een miljoen pond om te verwedden dat ma het me nooit zal vertellen. Dus zal het mijn hele leven een vraag blijven.'

'Misschien komt er ooit een dag dat al die vragen niet meer belangrijk voor je zijn,' zei ik. 'Mij kan het niet schelen wie je ouders zijn. Je bent nooit een echte Westgate geweest, nog niet voor de helft. Jij bent Josie. Mijn Josie, mijn beste vriendin. Van wie je ook afstamt, je bent meer jij dan iedereen die ik ken... en daar gaat het toch eigenlijk om?'

Ze glimlachte. 'Dank je, Tommy,' zei ze zacht.

Ik wilde nog meer zeggen. Dat ze er zo mooi uitzag, zittend bij het haardvuur en het ene na het andere pasteitje verorberend alsof ze niet driemaal daags al een stevige maaltijd kreeg. En dat ik zo blij was haar te zien. Maar zoals ik al zei, was ze mijn beste vriendin, en misschien was ik zo sentimenteel omdat we elkaar heel lang niet meer hadden gezien… Ik durfde onze vriendschap niet met iets anders te verwarren. Ze was te belangrijk voor me om het te verknallen.

Ik hield ervan om bij haar te zijn, ik hield van hoe ze eruitzag, ik hield ervan naar haar te luisteren, ik hield ervan hoe ze me begreep, ik hield ervan verhalen op te sparen om ze later met haar te bespreken… Betekende dat alles bij elkaar opgeteld dat ik van haar hield? Of was het gewoon vriendschap? Eén ding wist ik wel: ik zou elke minuut koesteren die we de komende veertien dagen samen doorbrachten.

Ik logeerde bij mijn familie, en dat was vreemd en prettig tegelijk. Er lagen veel nare herinneringen in Grindley, dus het was niet in alle opzichten fijn om terug te zijn. Maar ons kleine woninkje was zoals altijd gevuld met liefde en plaaglust, en ik was blij om weer met mijn familie samen te zijn. Omdat opa en oma overleden waren, mocht ik in hun voormalige opklapbed onder de trap slapen. Jimmy en Alfie hadden er sindsdien in geslapen en ik vond het vervelend om hen te verdrijven, maar ze zeiden dat ze het niet erg vonden om in de kerstvakantie tijdelijk naar boven te gaan.

'Onze John is nu toch getrouwd en hij schopte altijd het meest en liet het vaakst scheten,' zei Alfie, 'dus zo erg is het niet.'

Pa en ik gingen vriendschappelijker met elkaar om dan ooit tevoren. Ik kon het nauwelijks geloven. 'Verdien je al geld?' vroeg hij.

'Nee.'

'Ben je de beste van de klas?'

'Nee.'

'Spring je er wel uit op school? Al prijzen of zo gewonnen?'

'Nog niet, pa.'

'Nou ja,' zei hij. 'Constance, geef mij de jus even aan.'

Ma had van alles bij elkaar geschraapt om mijn thuiskomst met extra lekkernijen te vieren en van mevrouw Roundsby was er weer een kleine kerstmand bezorgd. Om die reden alleen al was Alfie blij dat ik weer thuis was. Connies blijdschap was aanstekelijk. Ze was levendig en zuiver als een bergbeek. Mijn getrouwde broers liepen in en uit, klopten me op de rug en vroegen hoe het met mijn studie ging. Mercy was inmiddels ook gelukkig getrouwd. Ze gaf me een sjaal die ze zelf had gebreid, en ik zei dat ik er heel zuinig op zou zijn. Tegen de verwachtingen in was de gezondheid van Ernest vooruitgegaan en hoewel hij nu ook in Crooked Ash werkte, leek hij er niet slechter aan toe dan toen ik vertrok.

Ik bracht bijna elke dag een bezoek aan Silvermoor. De Honeycrofts waren er gedurende de hele kerstperiode, hun vader en tante kwamen vier dagen over uit York, wat natuurlijk betekende dat Josie er ook was. Net als Norman, de bediende van Cedric Honeycroft.

Het was niet zo dat ik Norman niet mocht om wie hij was. Ik wist dat hij en Josie dik bevriend waren en kon zien dat hij precies zo was als zij hem had omschreven: een fatsoenlijke, eerlijke, hardwerkende kerel zonder kapsones en met een goed gevoel voor muziek en mooie architectuur. Geen slome duikelaar dus, en hij was bereid om zijn interesses met Josie te delen. Meer dan bereid. Nee, de reden dat ik Norman niet mocht, had te maken met de manier waarop hij naar haar keek. Ik kon zien dat hij haar aanbad.

Toen ik dat tegen Josie zei, barstte ze in lachen uit. 'Norman is verloofd!' hijgde ze tussen twee lachsalvo's door. 'Dat heb ik je toch verteld? Komende zomer gaat hij trouwen met Sally en ik ben voor de bruiloft uitgenodigd. Ik heb haar in oktober ontmoet en we kunnen het goed met elkaar vinden. Als zij zou denken dat haar verloofde een oogje op me had, zou ze toch niet bevriend met me willen zijn?'

'En zou jij willen dat het anders was?' kon ik niet laten te vragen. 'Zou jij willen dat hij vrij was?'

Ze keek me aan alsof ik stapelgek was geworden. 'Je leert niet zo heel veel op die school van je, of wel?' merkte ze op. 'Ik heb nooit op die manier over Norman gedacht. Hoe kom je erbij?'

'Nou, je hebt er de leeftijd voor en je ziet er heel mooi uit, Josie. Dus zo'n stomme vraag is het nou ook weer niet.'

Een paar keer opende ze haar mond om iets te zeggen en ze keek me aan met een blik alsof ze wilde zeggen dat ik er maar beter over op kon houden. Ik begreep niet helemaal waarom ze zo geïrriteerd was, maar ik veranderde braaf van onderwerp. Maar ook al vertelde Josie me honderd keer dat Norman haar slechts als een vriendin beschouwde en dat hij met zijn Sally zou gaan trouwen, ik wist wel beter.

51

TOMMY

Ik was al een week thuis toen ik Manus zag. We spraken op de gebruikelijke manier af en op 28 december glipte ik 's avonds laat toen iedereen sliep het huis uit. Het was een volmaakte decembernacht, de aarde was diep in slaap als een betoverde prinses, de maan was een flinterdunne sikkel. Hoewel ik geen geluid wilde maken, waren mijn voetstappen duidelijk te horen. Op de landweggetjes heerste een intense duisternis en de kou van de winternacht, de tijd van het jaar waarin je je maar beter niet buiten kon wagen. De meeste mensen deden dat ook niet. Uitzondering op de regel was, zoals altijd, Tommy Green uit Grindley.

Manus stond al te wachten. Na een snelle handdruk hees hij me op Ebony's rug en we draafden weg. Ik had hem maandenlang niet gezien, dus een vluchtig gesprek bij het hek zou niet voldoende zijn. Zijn lange haar was nog langer, maar zijn bleke gezicht was geen spat veranderd en zijn kravat en de wijde mouwen van zijn overhemd waren smetteloos wit als altijd. Toen we eenmaal veilig binnen waren, omhelsde hij me als een broer. Zoals gebruikelijk had hij voor ons tweeën wat lekkernijen klaargezet, maar ook een linnen tas gevuld met een kerstpudding, een fles cognac, een brood en een stuk eendenpaté. 'Voor je familie.'

'Beste vriend, wat aardig van je,' zei ik. Ik tuurde in de tas en snoof de rijke geur van de paté op. 'Maar hoe moet ik dat uitleggen?'

'Zeg maar dat je bent wezen stropen,' grijnsde hij.

Dankzij de hulp van juffrouw Embry waren we min of meer op de hoogte van elkaars wederwaardigheden, dus in plaats van bijpraten gingen we meteen over tot het maken van plannen. Die van mij waren momenteel nogal vaag, ik had immers nog minimaal anderhalf jaar Westonbury voor de boeg. Die van Manus waren, tot mijn frustratie, eveneens vaag. Ik moest bijna huilen toen hij verslag deed van zijn eerste kerstdag, moederziel alleen op Heston, een dag die precies hetzelfde was als alle andere, behalve dat hij zijn eigen eten moest ophalen omdat het personeel vrij had.

'Ik vind het niet erg om mijn eigen eten te halen,' zei hij. 'Helemaal niet zelfs.'

'Daar gaat het niet om,' zei ik. 'En je familie dan? Komen zij je nooit bezoeken? Weten ze wel dat je nog leeft?'

Hij zuchtte. In het maanlicht had zijn haar een zilverkleurige gloed, net zoals de manen van Equinox. 'Ja hoor, dat weten ze allemaal. Mama, Jocelyn, Willard, de meisjes...'

'En niet één van hen heeft je ooit een bezoek gebracht, zelfs niet met kerst?'

'Nee. De meisjes zouden wel willen, maar ze durven het niet te vragen en bovendien zouden ze het nooit mogen.'

'En je moeder?'

'Zij is zo mogelijk nog harder en meedogenlozer dan mijn vader. Ze passen prima bij elkaar.'

Ik kon me een dergelijke familie niet voorstellen. 'Ik snap niet hoe ze jou hier helemaal in je eentje kunnen achterlaten.'

'Soms vraag ik me af of mijn isolatie zwaarder is voor jou dan voor mij, Tommy,' zei Manus zacht.

Misschien had hij gelijk. Misschien had ik zo lang gevochten om mezelf te bevrijden dat ik niet meer zonder strijd kon leven en hem simpelweg op iemand anders had geprojecteerd. Maar wanneer we het over zijn familie hadden, zag ik hoe gespannen hij zijn vingers telkens in elkaar vlocht, en zodra we over andere, luchtigere zaken praatten, zag ik hem helemaal ontspannen. Het besef dat hij dag in, dag uit door dat reusachtige huis doolde, over dat enorme landgoed, zonder ook maar iemand om mee te praten… Ik voelde me ook weleens eenzaam op Westonbury, maar dat stond niet in verhouding tot wat Manus meemaakte. Natuurlijk wilde ik niets liever dan dat zijn omstandigheden beter werden.

'Heel fijn dat je gekomen bent, Tommy. Je zult nooit weten hoe dankbaar ik je ben. Maar het lijkt me beter dat we het hierbij laten, want er staat voor jou veel op het spel. Je zit nu op Westonbury en gaat een veelbelovende toekomst tegemoet. Dat wil je toch niet allemaal in de waagschaal leggen alleen maar om mij een paar uur gezelschap te houden?'

Inderdaad voelde het voor mij niet prettig om op het terrein van Heston te zijn. Het verboden landgoed stond voor een wereld die niet de mijne was en ik had er altijd naar verlangd om het te zien. Nu was alles anders. Maar wat er ook gebeurde, ooit zou ik het te zien krijgen.

'Eerlijk gezegd denk ik er hetzelfde over. Het zou wel vreselijk ironisch zijn als ik nu, terwijl ik niet meer stroop, door Paulson zou worden betrapt. Hij zou me meteen laten oppakken. En ik moet hoge cijfers halen, Manus. Niet alleen voor mezelf, maar ook voor mijn familie, om ze te helpen, dat heb ik ze beloofd, én om jou te helpen. Wat Josie betreft, wij zijn natuurlijk gewoon vrienden, maar…'

Hij glimlachte. 'Uiteraard.'

Het klonk zo veelbetekenend dat ik bloosde en haastig van onderwerp veranderde. 'Maar als jij hier nu gewoon zou weggaan,' vervolgde ik, 'dan hoefde ik geen enkel risico meer te nemen. Alles is beter dan dit, lijkt me.'

Maar Manus' gezicht kreeg een koppige uitdrukking, die kenmerkend is voor verlegen mensen. 'Het spijt me, Tommy,' zei hij gelaten. 'Voorlopig gaat het wel goed met me hier. Ik wil hier ooit heus weg, maar… misschien kun je tot die tijd beter niet meer komen. We kunnen elkaar schrijven, en eerlijk gezegd is een correspondentie voor mij al meer dan waar ik ooit op durfde te hopen.'

Ik zuchtte. 'Ik ben bang dat ik sowieso in Derbyshire vastzit tot ik klaar ben met school. De graaf was deze keer zo aardig om me met een koets te laten ophalen, maar hij heeft het nog met geen woord over Pasen gehad, en ik kan niet van hem verwachten dat hij me elke vakantie trakteert. Dus misschien hoef ik er zelf geen besluit over te nemen.'

'Dan moeten we er vanavond maar extra van genieten,' zei Manus. Hij schonk mijn portglas bij en vroeg naar Walter. Hij was altijd zeer geïnteresseerd in zijn tegenhanger, mijn vriend, de zoon van de andere mijndirecteur, die zo heel anders was dan zijn vader.

Over Walter had ik twee nieuwtjes. Eindelijk had hij een nieuw paard, Windfall, groot en grijs, want Walters benen waren enorm gegroeid. Het dier kon springen op een manier waarvan Walter altijd had gedroomd. Het andere nieuws was dat meneer Farthing zou vertrekken en worden vervangen door een nieuwe leraar. In feite was dit groter nieuws voor mij dan voor hem. Voor Walter was een leraar niet meer dan een noodzakelijk kwaad. Maar ik was nu al verdrietig bij de gedachte aan Silvermoor zonder de norse leraar aan wie ik zo veel te danken had.

'Hij verhuist naar Liverpool om dichter bij zijn zieke moeder te zijn,' vertelde ik Manus. 'Dus in het voorjaar zal er een nieuwe leraar zijn om Walter les te geven. Ik hoop dat ze een aardig iemand zullen vinden, want een leukere jongen dan Walter bestaat niet, maar van nature leert hij niet graag. Voor alle lesstof die niets met paarden te maken heeft moet je hem met zachte drang aan het werk zien te krijgen.'

'Volgens mij zou ik hem wel aardig vinden,' zei Manus.

'Eigenlijk jammer dat jij zijn leraar niet kunt zijn. Je zou hem kunnen overhalen tot studeren door hem te beloven je paardengeheimen te delen.'

Hij schoot in de lach. Daarna hadden we het nog over mijn familie en vrienden totdat een verandering in de lucht ons vertelde dat ik al veel te lang was gebleven.

'O, ik moet gaan,' zei ik haperend en ik haastte me overeind. 'Pa staat al bijna op om naar zijn werk te gaan. Wat moet hij wel niet denken als hij merkt dat ik weg ben.'

In een mum van tijd bracht Manus me terug naar de poort. 'Dus vanaf nu zullen we elkaar een hele tijd niet meer zien,' zei hij bedrukt. 'Nogmaals dank, Tommy, voor alles wat je voor me hebt gedaan.'

'Beloof me in elk geval dat je niet opgeeft,' smeekte ik. 'Beloof je dat je blijft zoeken naar een uitweg? Je verdient meer dan dit, Manus, je verdient meer geluk in je leven. Maar het is geen afscheid voor altijd. Ik blijf waarschijnlijk een paar maanden weg, maar komende zomer zul jij hier vast niet meer zijn en kunnen we elkaar misschien ergens anders...'

'Daar ben ik zeker van,' zei hij op die neutrale, zijdelingse toon die mensen gebruiken als ze een sociaal wenselijk antwoord willen geven, maar er zelf geen geloof aan hechten.

Terwijl ik me naar huis haastte, had ik het akelige gevoel dat er voor Manus nooit een beter leven zou komen. Hij dacht dat hij veilig was op Heston, en misschien was hij dat ook. Maar als iemand liet zien dat er voor een prettig leven meer nodig was dan alleen veiligheid, dan was het Manus Barridge wel. Maar hoe kon ik hem helpen? Ik had zelf het onmogelijke bereikt, mijn eigen dromen waren voor een deel al verwezenlijkt. Maar wat betreft mijn vermogen om invloed op de wereld te hebben, was er helemaal niets veranderd.

De tijd vloog voorbij. Spoedig nam ik ook van de rest afscheid; van Dulcie, die de kerst met haar familie in Leeds had doorgebracht, maar Josie en mij bij thuiskomst een bezoek bracht in Grindley; van mijn familie; van Walter en de graaf en de Honeycrofts. Het was een vreemde verzameling kennissen die ik in Zuid-Yorkshire had, maar ze waren me allemaal even dierbaar.

Josie liep met me mee naar de koets van de Sedgewicks en toen ik me had geïnstalleerd, greep ze mijn handen door het raam vast en kneep erin. We keken elkaar indringend aan, wetend dat we het met deze laatste blikken waarschijnlijk heel lang zouden moeten doen. Hoewel we twee weken lang bijna onafgebroken hadden gepraat, had ik het gevoel dat ze nog iets tegen me wilde zeggen.

De graaf, die overigens erg behulpzaam was geweest, had nog niet over een volgend bezoek gerept, en ik kon hem er moeilijk naar vragen. Hij had vast en zeker belangrijkere zaken aan zijn hoofd dan de vraag of ik over drie maanden weer opgehaald zou willen worden. Er gingen geruchten over een ophanden zijnde staking, iets wat de afgelopen vijftig jaar niet meer in een mijn van Sedgewick was voorgekomen. Elke stoot onder de gordel die de Barridges hun arbeiders toedienden, zorgde verhoudingsgewijs voor een verbetering van het imago van de Sedgewicks. Ik was ervan overtuigd dat die staking er niet zou komen.

Met een ruk zette de koets zich in beweging. Josies handen gleden uit de mijne en ik reed weg. Door het raam zag ik de glooiende heuvels, de slingerweggetjes en de meedogenloze mijnschachten in een sluier van regen oplossen.

52

JOSIE

Voorjaar 1904

Het voorjaar kwam dat jaar maar langzaam op gang. Hoewel het leven in York over het algemeen goed was, drukte er toch iets op me. Het was niet eens zozeer de vaderschapskwestie, ofschoon mijn gedachten daar toch angstvallig omheen draaiden. Ik voelde me nog steeds helemaal thuis in Gravenagh House en Coralie was de beste werkgeefster die een meisje zich kon wensen. Het heen en weer reizen tussen York en Silvermoor was nog steeds plezierig. Wat was dan de reden van mijn sluimerende onvrede, vroeg ik me regelmatig af terwijl februari zich voortsleepte en mijn achttiende verjaardag in zicht kwam.

Nadat ik er lange, sombere avonden over had nagedacht, kwam ik erachter dat ik niet teleurgesteld was in mijn eigen lot, maar in dat van alle anderen. Vreemd genoeg voelde het een beetje eenzaam om als enige gelukkig te zijn. Ik wilde dat ook de mensen van wie ik hield gelukkig waren. Maar iedereen zat vast. Tommy zat op school en dat zou zeker nog een jaar duren, en dat was natuurlijk geen verrassing voor me. Mijn verjaardag ging voorbij en ik werd alsmaar somberder. Tommy was ver weg en verkeerde in omstandigheden die hem verhinderden om aan liefde te denken. En waarom zóú hij ook aan liefde denken? Hij had nog zo veel te doen in zijn leven. En stel dat hij er ooit klaar voor was, zou hij dan aan mij denken? Ik was nu al zo lang een deel van zijn leven. Ik wist dat hij heel veel om me gaf, maar in totaal hadden we pas twee keer gezoend en als zijn liefde voor mij ook maar in de buurt kwam van wat ik voor hem voelde, dan zou hij zich vast niet hebben laten tegenhouden.

Ik wist dat ik er qua uiterlijk zeer op vooruit was gegaan, maar ik had ook weer niet zo'n hoge dunk van mezelf dat ik mezelf het mooiste meisje van York vond. En Tommy was een knappe jongen, dat stond vast. Hij had er altijd al aantrekkelijk uitgezien, zij het op een enigszins vreemde manier, maar inmiddels was hij helemaal in balans. Dit jaar zou hij negentien worden. Hij was niet langer een dromer, hij leefde in de realiteit, hij ontwikkelde zich. Daardoor straalde hij wilskracht en groei uit en leek hij bezield door een licht en vastberadenheid die hem, althans in mijn ogen, heel aantrekkelijk maakten, en ik kon zien dat de dienstmeisjes op Silvermoor er ook zo over dachten. Tommy was zich daar uiteraard niet van bewust. Ik wist niet of ik daar blij om moest zijn of hem erop moest attenderen. Hij was altijd zo verzonken in zijn eigen wereld, zijn eigen doelen. Natuurlijk zou ik niet willen dat hij net als de graaf zou worden, die van ieder mooi meisje dat hij tegenkwam in de ban raakte. O, gunde hij zichzelf maar het plezier van een héél klein beetje liefde en verlangen en kon hij dat maar op mij richten...

Mijn enige troost was dat hij een beetje jaloers op Norman leek te zijn. Wat eigenlijk belachelijk was, want wie vond Norman nu leuk? Afgezien van Sally uiteraard. En dat was maar goed ook, op elk potje paste een deksel. Maar Tommy was míjn deksel en hij moest wel heel onnozel zijn als hij dat niet in de gaten had. En dat hij niet onnozel was wisten we allemaal, dus wat kon ik doen? Als Tommy klaar was met school en aan het werk ging, zou ik dan überhaupt nog een rol in zijn leven spelen, behalve als het meisje dat vroeger brieven aan hem schreef?

Dulcie had nog geen koper voor de winkel en dus zat er voor haar niets anders op dan het hele grijze seizoen in Arden weg te kwijnen. Het enige spannende in haar leven was haar taak als boodschapper tussen Manus en Tommy. En met Manus ging het nog even slecht. Volgens Tommy voelde hij zich nog steeds gekweld en eenzaam en zat er geen schot in. En het pijnlijkste van alles was misschien het feit dat Martha ook nog steeds in Arden was, nog steeds verloofd met Luke. Met Pasen zouden ze gaan trouwen, had ze in haar laatste brief geschreven.

Ik hoop zo dat je komt. Ik weet dat het lastig voor je is om naar huis te komen en dat er iets is voorgevallen tussen jou en ma. Maar zonder jou kan ik niet trouwen en bovendien zou je Dulcie weer zien, dus dat maakt het misschien minder zwaar voor je...

Mistroostig vouwde ik de brief op. Ik wist niet hoe ik hem moest beantwoorden. Mijn grootste zorg was niet het vooruitzicht dat ik ma onder ogen zou moeten komen, veel erger vond ik het dat Martha haar leven in Arden zou moeten slijten. Ze had me nooit iets geschreven over wreed gedrag van Luke of over eventuele twijfels die ze diep in haar hart koesterde. Sterker, ze had niet één keer recht uit het hart geschreven. Hoewel het er in Arden zelden zachtaardig aan toeging, was Martha een vriendelijk en liefdevol persoon, en ik maakte me zorgen... Uiteindelijk pakte ik pen en papier en schreef dat ik zou komen. Wat kon ik anders doen?

Langzaam werd februari verdreven door maart. In de tuinen en langs de stadsmuren begonnen narcissen te bloeien. Regen en zonneschijn vielen elkaar aan als krijsende katten en als ik de deur uitging, wist ik nooit wat ik op mijn hoofd moest doen. Met witte en gele bloemetjes langs de rand was mijn nieuwe strohoed een ware lentedroom, maar helaas was hij niet tegen dit weer bestand, dus koos ik tegen mijn zin veel vaker voor mijn degelijke winterhoed.

Maar uiteindelijk gebeurde er toch nog iets. Het gebeurde zo onverwacht dat ik niet wist hoe ik Tommy erover moest schrijven. Op een stormachtige middag toen ik naar huis liep, zag ik Norman met haastige passen over The Mount naar me toe komen.

'Josie! Hallo!' riep hij. Hij zag er verhit en opgewonden uit.

'Hallo, Norman. Alles goed? Is er soms iets met Cedric?' Dat was de enige verklaring die ik kon bedenken voor zijn afwijkende gedrag.

'Cedric? Nee hoor, hij maakt het goed. Iedereen trouwens. Alleen... eh... Ik zou je graag even willen spreken. Loop je even met me mee om de renbaan? Ik heb een paraplu bij me, voor het geval het gaat regenen en je mooie strohoed nat wordt... Kom maar, geef je tassen maar aan mij.'

En hij griste de tas met boeken en de tas met mooie lila batist die ik voor Coralie had gekocht uit mijn handen en stopte me een gehavende paraplu toe.

'Leuk om even een stukje met je te wandelen, Norman, maar misschien kan ik beter eerst de boodschappen thuisbrengen. Coralie wacht op me.'

'Het komende half uur nog niet,' zei hij, en ik keek op mijn horloge. Hij had gelijk. Sinds wanneer was hij zo goed op de hoogte van mijn dagschema? Sinds wanneer had hij belangstelling voor wat ik op mijn hoofd droeg?

Naast elkaar liepen we in de richting van Knavesmire. Het was inmiddels droog, Norman en ik waren bevriend en het was een heerlijke plek om te wandelen. Toch voelde ik dat er iets aan de hand was en het duurde niet lang voor ik wist wat het was.

'Josie, het spijt me als ik je hiermee overval, maar misschien had je al een vermoeden. Ik had het je veel eerder moeten zeggen. O, Josie, wil je met me trouwen?' vroeg Norman, zodra we de andere wandelaars achter ons hadden gelaten. En onder een uitbundig knoppende kastanjeboom ging hij op zijn knieën.

In de veronderstelling dat hij een grapje maakte, bleef ik staan en staarde hem aan. Ineens drong tot me door dat het geen grap was. Tommy had gelijk gehad. Norman hield van me, dat zag ik gewoon. Hij was niet het type man dat voor de lol met huwelijksaanzoeken strooide.

En evenmin iemand die zijn verloving verbrak voor een nieuwe bevlieging. Hij werd gekweld en dat gaf me een naar gevoel. Arme Norman. En nu zat zijn knie ook nog onder de modder.

'En Sally dan?' vroeg ik zwakjes terwijl ik langzaam van de schrik bijkwam. Ineens kon ik me wel voor mijn kop slaan. Dat was natuurlijk niet het antwoord dat hij wilde horen.

'Ja, ik weet het' zei hij verlangend. 'Ik vind het heel erg voor haar. Echt waar. Ik zal altijd van haar blijven houden, maar niet op de manier zoals ik van jou hou, Josie. Dat moet je niet denken, hoor. Sally was een deel van mijn jeugd, een soort zusje.. Maar jij, Josie, jij bent de toekomst, of tenminste… ik hoop dat je dat wilt zijn. Dat hoop ik echt. Alsjeblieft, zeg me…'

'Maar… Maar wat vindt zíj ervan?' fluisterde ik. 'Stel je eens voor hoe verdrietig ze zal zijn.' Opnieuw stoorde ik me aan mezelf. Ik wilde hem niet laten denken dat Sally mijn enige bezwaar was, maar ik kon me er niet toe brengen om zonder enige waarschuwing vooraf zijn hart te breken.

'Ze was er kapot van,' bekende hij met hangend hoofd. 'Het was heel moeilijk. Ze huilde en ik voelde me heel slecht… maar Sally is een verstandige meid. Ze zag ook wel in dat er niets aan te doen was.'

'Heb je het haar al verteld? Wat heb je gezegd?'

'Nou, ik heb gezegd dat ik gevoelens heb voor jou en dat ik je ten huwelijk zou vragen. Ik ben eerlijk geweest, Josie. Ik kon niet anders. Ik hoop alleen maar…' Nu zakte zijn linkerknie ook in de modder, alsof één knie het gewicht van al zijn hoop niet kon dragen.

'O, Norman, sta op!' Ik had mezelf herpakt en trok aan zijn elleboog. Later zou er een moment komen dat ik dit allemaal kon laten bezinken en zou beseffen hoeveel pijn ik hem had gedaan. Misschien zou ik zelfs spijt krijgen van mijn antwoord. Norman zou een fantastische echtgenoot zijn en bovendien was ik tot nu toe nog door niemand anders gevraagd. Maar al die gedachten moest ik nu opzijzetten, want mijn instinctieve antwoord was zonneklaar. 'Je wordt vies. Sta op.' Ik begon te lopen en hij kwam achter me aan. 'Beste Norman, het spijt me heel erg, maar ik kan niet met je trouwen.' Zo, dat was eruit. 'Ik ben gevleid en ook verbaasd. En hoewel ik veel respect voor je heb, kan ik niet… Ik hou niet op die manier van je. Je bent een goeie man, maar niet de ware voor mij.'

O, die blik in zijn ogen. Ik stopte met praten. Nog meer woorden zouden de pijn niet verzachten. Het was vreselijk om op die manier iemand uit de droom te helpen.

'Het spijt me dat mijn vriendschap je op een ander spoor heeft gezet,' voegde ik er verhit aan toe. 'Ik heb je nooit valse hoop willen geven. Ik was blij met hoe het ging en heb er nooit bij stilgestaan dat… Dat had ik dus wel moeten doen.'

'Nee.' Zijn stem klonk hees en hij pakte mijn hand. 'Jij hebt niets verkeerds gedaan. Toen ik je vroeg, wist ik dat ik geen enkele garantie had, maar toch moest ik het doen. Als je aan mijn zijde verder wilt leven, zou je mijn dagen verlichten. Maar je voelt niet hetzelfde, dus dan houdt het op. Ik zal niet aandringen. Vergeef me dat ik je deze pijnlijke vraag heb gesteld.'

'Natuurlijk.'

Hij pakte mijn hand, stak hem onder zijn arm en zo liepen we langzaam een rondje om de Knavesmire. Allebei zwegen we. Ik durfde hem niet te vragen wat hij dacht of hoe het nu verder moest. Spoedig zouden we terug naar het huis gaan, waar hij zich aan zijn taken zou wijden en weer de Norman zou zijn die hij altijd was geweest, maar toch zou het anders worden. Vanwege zijn gevoelens voor mij had hij zijn verloving met Sally verbroken. Vanbinnen kreunde ik zachtjes. Ik vroeg me af of die wond ooit zou genezen. Maar hoe kon ze hem nu nog terugnemen? En waarschijnlijk was Norman te fatsoenlijk om haar terug te vragen.

'Dank je, Josie,' zei hij toen we bij Gravenagh House waren. Hij nam zijn paraplu van me over en gaf mij de boodschappentassen. Vervolgens ging hij naar de laarzenkamer. Ik bleef nog lang in de hal staan en voelde me misselijk. Toen ging ik naar de zitkamer, waar Coralie bij het raam stond.

'Hier is het batist voor uw paasjurk, juffrouw Coralie,' zei ik met een klein stemmetje, 'en de boeken die u van Coulson's wilde hebben.'

Ze draaide zich om. 'Ik neem aan dat Norman je ten huwelijk heeft gevraagd.' Ik knikte. Het bloed steeg naar mijn wangen. Had iedereen dit zien aankomen behalve ik?

'En jij hebt nee gezegd?' Weer knikte ik. De tranen prikten in mijn ogen. Ze keek me meelevend aan. 'Arme Josie. Moeilijk, hè? En ook arme Norman natuurlijk. Nou ja, het was onvermijdelijk.'

'O ja? Vindt u? Maar ik heb het niet zien aankomen. Ik had geen idee dat hij dergelijke gevoelens... O, had ik het maar op tijd geweten, dan had ik hem uit de droom... Ik wou dat hij het nooit...'

'Het is gebeurd, lieverd. We moeten de feiten onder ogen zien, niet wat we zouden willen. Je hebt niets verkeerds gedaan, maar het zal nog wel even duren voor je dat beseft.'

Die avond wilde ik Tommy's laatste brief beantwoorden, maar ik kon hem niet vertellen wat er was gebeurd, laat staan eromheen draaien. Hij zou moeten wachten tot ik de juiste toon had gevonden. In bed lag ik te woelen en te draaien. Nog nooit had ik zo slecht geslapen.

Uiteindelijk droomde ik dat ik aan boord van een groot zeilschip was, een ouderwetse galjoen, en Tommy was aan de mast vastgebonden. We zonken, het schip maakte slagzij in de huizenhoge blauwe golven. Uit talloze openingen gutste het water over het dek. Norman was er ook. Verbeten probeerde hij te hozen met een tinnen kroes.

'Wees niet bang, Josie,' zei hij telkens. 'We gaan het redden. Daar zal ik voor zorgen.'

Ik draaide mijn rug naar hem toe en probeerde bij Tommy te komen, maar de boot hing zo schuin dat ik de helling niet op kwam. Vergeefs bleef ik mijn armen naar hem uitstrekken, zelfs toen het galjoen met een enorm gekraak in tweeën brak...

En toen werd ik wakker. Hijgend schoot ik overeind, mijn dekens vastklampend, en stukje bij beetje probeerde ik de werkelijkheid te reconstrueren. Het schip was natuurlijk een droom geweest. Maar het geluid hield aan. *Boem! Boem! Boem!* Dat was echt. Er stond iemand aan de deur.

Ik sprong uit bed en stak met trillende handen de lamp aan. Op het klokje op mijn schoorsteenmantel was het vier uur in de ochtend. Wat een tijdstip! De familie stond pas om zes uur op. Ik trok mijn peignoir aan en liep naar de overloop. Ook Coralie en Cedric kwamen uit hun kamers gestormd, en hun vader, een verdieping lager, gehuld in een paars-rode paisleykamerjas. Toen hij opkeek, zag hij onze verontruste gezichten boven hem.

'Laat mij maar gaan,' zei hij.

Vanuit een nog lagergelegen deel van het huis kwam Norman tevoorschijn. Had hij soms de nacht in de laarzenkamer doorgebracht? 'Laat mij maar,' zei meneer Honeycroft weer. 'Het is goed, Norman.' Toen Norman omhoogkeek en mij zag, maakte hij zich snel uit de voeten.

Toen meneer Honeycroft de deur had ontgrendeld, slaakte hij een kreet van verbazing. 'Lieve help, wie ben jij?'

De jonge Honeycrofts en ik leunden over de balustrade als toeschouwers in een engelenbak. We zagen een jonge vrouw met verfomfaaid donker haar, kletsnat door de woeste, regenachtige nacht in maart.

'Alstublieft, meneer,' snikte ze. 'Het spijt me dat ik u op dit late uur moet storen, maar zou ik alstublieft mijn zus Josie kunnen spreken?'

53

JOSIE

Ik rende de trap af alsof ik een luchtgeest was, die gedragen door de wind naar mijn zus zweefde. Meneer Honeycroft had haar naar binnen getrokken en de deur dichtgedaan. Martha stond te bibberen in de plas water die zich om haar voeten op de vloer had gevormd. Voordat ik haar omhelsde, bekeek ik haar op een afstandje om te zien of ze misschien gewond was, maar ik zag niets.

'Hoe is het, Martha? Heb je ergens pijn?' vroeg ik voor de zekerheid.

'Nee, tenminste geen snijwonden of blauwe plekken. Je kunt me veilig omhelzen, maar ik ben wel nat...'

'O, dat geeft niet!' riep ik uit en ik sloeg mijn armen om haar heen. 'Ik ben zo blij om je te zien, Martha. Wat er ook is gebeurd, je hebt er goed aan gedaan om hiernaartoe te komen.'

Ik voelde hoe zachte handen me van mijn zus wegtrokken. 'Kom, Josie. Martha wil zich vast afdrogen en omkleden,' mompelde Coralie. 'Je wilt toch niet dat ze kouvat.'

'Natuurlijk niet.' Ik zag hoe Martha bleek wegtrok bij het zien van Coralie, gekleed in een deftige satijnen peignoir en met haar weelderige rode haren in een krullende, slordige vlecht. Martha had nog nooit een adellijke dame van dichtbij gezien. Ze maakt een reverence en keek alsof ze elk moment door haar knieën kon zakken. Mijn pretentieloze, bescheiden zus zou nooit uit vrije wil het huis van een vreemde zijn binnengedrongen. Ze zag er onthutst uit.

'Maak je geen zorgen, Martha,' zei ik. 'Dit is juffrouw Coralie, over wie ik je al zo veel heb verteld. Ze is heel aardig, dus je hoeft je niet te schamen.' Maar Martha leek haar tong te hebben verloren.

'Breng Martha naar je kamer, Josie, dan kan ze zich afdrogen,' zei Coralie. 'Je weet waar de handdoeken liggen. Daarna kan ze naar de zitkamer komen om op te warmen. Ik zal Norman vragen de haard aan te steken en mevrouw Crane kan iets te eten en te drinken voor haar maken. Neem de tijd om met je zus te praten en maak je geen zorgen over je ochtendwerkzaamheden. En meisje, natuurlijk kun je hier zo lang blijven als nodig is,' voegde ze er tegen Martha aan toe. 'Je bent ons absoluut niet tot last.'

'Kom.' Ik leidde mijn druipende riviernimf van een zus naar de trap, waar ze voor de eerste trede bleef staan en verwonderd omhoogkeek. Vergeleken met Silvermoor was dit geen groot huis, slechts drie verdiepingen hoog, maar vergeleken met ons kleine mijnwerkershuisje in Arden was het een paleis.

Ik pakte Martha's hand en trok haar achter me aan de trap op naar mijn kleine zolderkamer. Nu de spanning was weggeëbd, was het ineens koud en ik voelde klam aan door de omhelzing van Martha. Ik knoopte haar vertrouwde bruine jas los en wierp haar een paar handdoeken en reservekleding van mij toe. Ik wilde haar het liefste zo snel mogelijk naar het haardvuur brengen om op te warmen. Terwijl ze zich afdroogde en haar haren droogwreef, trok ik mijn gebruikelijke grijswitte werkjurk aan. Zodra ik wist wat er met Martha aan de hand was, wilde ik meteen aan het werk kunnen.

Even later zaten we bij het vuur in de zitkamer, met een grote beker warm, gekruid appelsap en kommetjes pap met honing. Martha was droog, behalve haar haar, maar ook dat ging de goede kant op. Ze droeg een warm donkerblauw vest van mij en als extraatje had ik een omslagdoek om haar schouders gewikkeld.

Toen ze iets had gegeten en gedronken, keek ze me intens opgelucht aan. 'Ik heb het gered,' zei ze verwonderd. 'Ik ben er! O, Josie, wat voelde ik me ellendig om zomaar bij de familie binnen te vallen. Ik was doodsbang dat ze me ongemanierd zouden vinden. Ik kon wel door de grond zakken. Onder andere omstandigheden had ik gewacht tot het ochtend was, maar ik had het zo koud dat ik niet langer buiten durfde te blijven.'

'Maar goed dat je dat niet hebt gedaan, want anders had je het met mij aan de stok gekregen. Je hebt het juiste gedaan, Martha, en nu je weer een beetje bij zinnen bent, zul je merken wat voor mensen de Honeycrofts zijn. Ze zullen heus niet slecht over je denken.'

'Nee, dat geloof ik ook niet,' zei ze bedachtzaam. 'Heel aardig van ze om ons zo veel tijd samen te geven. Hoe dan ook, ik kan hier niet eeuwig blijven en ik kan ook niet naar huis... O, Josie, wat moet ik doen?'

Ik snoof. 'Vertel me eerst maar eens wat er is gebeurd voordat je je druk gaat maken over wat er zal komen,' opperde ik. 'Schiet op, want ik begin me allerlei nare dingen in het hoofd te halen.'

'Ik kon daar niet blijven, Josie,' zei ze. 'Ik had tegen Luke gezegd dat ik niet meer met hem wilde trouwen. Hij was woedend, Josie. Hij zei dat ik hem ten overstaan van het hele dorp belachelijk had gemaakt. Hij zei dat ik een slet was en dat hij mijn leven zou vergallen...'

'Met andere woorden, hij liet zien wat voor man hij in werkelijkheid is,' zei ik berispend. 'Nou, dat verbaast me niet, Martha, maar waarom ben jij ineens van gedachten veranderd? In je laatste brief was je nog vol van je trouwplannen, overigens tot mijn grote ontzetting. Ik dacht dat dat was wat je wilde.'

'Dat was ook zo. Heus waar. Ik vond hem energiek en knap en hij was in mijn ogen de interessantste man die ik zou kunnen krijgen. In het begin was hij lief voor me, hij bracht bloemen voor me mee als we uit wandelen gingen, hij zei dat ik mooi was, dat soort dingen. Ik dacht dat het wel goed zat. Ik had nooit gedacht dat ik uit Arden weg zou gaan, dat ik dat zou kunnen. Maar toen we ongeveer een jaar verkering hadden, begon hij zich aan me te storen. Tegen zijn vrienden zei hij dat ik een zeurkous was en voortdurend achter hem aan liep. Telkens als ik iets zei, rolde hij met zijn ogen. Hij gaf me het gevoel dat ik een domoor was, Josie, en saai en... alsof ik niets waard was. Dat wilde ik niet voelen. Ik dacht dat hij niet meer met me wilde trouwen, maar hij zei van wel. Ik snapte niet waarom, want hij vond me irritant.'

'Omdat jij een lieve meid bent, Martha, en omdat hij anders niet zijn zin zou krijgen. En je bent wel mooi, heel mooi zelfs, dus hij mocht zijn handjes dichtknijpen. Hij dacht niet aan jouw geluk, of zelfs maar zijn eigen geluk. Hij wilde alleen maar zijn zin doordrijven en zich bewijzen tegenover het dorp.'

Martha fronste haar voorhoofd en trok de omslagdoek dichter om zich heen. 'Wat zijn mensen toch vreemde wezens. Nou ja, de hel brak los toen het nieuws bekend werd dat ik het had uitgemaakt. Zo zag iedereen dat. Je weet hoe ze zijn. Lukes moeder stond ineens bij ons voor de deur om me luidkeels een uitbrander te geven. Ze zei dat ik niet goed genoeg was voor haar zoon en begreep niet waar ik het lef vandaan haalde om het beste aanbod dat ik ooit zou krijgen, af te slaan. Ze zei dat ik al net zo omhooggevallen was als mijn zus en dat ik die arrogante maniertjes vast van jou had overgenomen...' Ze zweeg even en keek me bezorgd aan, alsof het mij ook maar iets kon schelen wat Milly Stevens over me dacht.

'Het was vreselijk, Josie. De buren hingen allemaal uit het raam en verzamelden zich op straat om mee te luisteren. Het enige wat ik kon zeggen was sorry en dat ik niet van hem hield en hem niet gelukkig zou maken. Maar je weet hoe ze in Arden zijn. Liefde en geluk zijn niet zo belangrijk. Maar ik bleef het telkens zeggen...'

'En waar waren onze dierbare ouders op dat moment?' vroeg ik spottend.

'Pa zat gewoon bij de haard en zei niets. Je weet hoe hij is. En ma stond een eindje van me af, uit het zicht, met haar armen voor haar borst gekruist. Uiteindelijk kwam ze naar me toe en zei: "Zo is het wel genoeg, mevrouw Stevens. U hebt uw zegje gedaan. Ik zeg niet dat u ongelijk hebt, maar het is mooi zo. Ik zal haar tot rede brengen." Toen mevrouw Stevens zei dat Luke me niet eens terug wilde, ook al zou ik hem op mijn blote knieën smeken, gooide ma de deur in haar gezicht dicht.

En toen begon ma tegen mij, Josie. O, wat was ze boos. Het was de eerste keer dat ze me geslagen heeft. Ze zei dat ze diep teleurgesteld in me was…'

'Wanneer speelde dit allemaal?' wilde ik weten.

Het was eergisteren gebeurd. Martha had het uitgemaakt met Luke toen hij van zijn werk kwam, zijn moeder was diezelfde avond in de aanval gegaan en ma had het klusje de rest van de avond afgemaakt. De volgende ochtend was Martha zoals altijd naar haar werk gegaan, maar daar had niemand met haar willen praten.

In elk dorp had men natuurlijk graag een mening over zoiets als dit, en met name in Arden. Luke stamde uit een oude dorpsfamilie, hij zag er goed uit als je van dat type hield, en in zijn hele brein was geen gedachte te vinden die niet afkomstig was van zijn voorouders. Kortom, hij had vaste normen en waarden. Door zijn huwelijksaanzoek af te slaan had Martha te kennen gegeven dat ze iets meer in het leven wilde en neerkeek op de keuzes van haar dorpsgenoten. Een paar jonge vrouwen die bovengronds met haar samenwerkten, hadden zelf een oogje op Luke en waren jaloers op haar verloving. En nu zei zij dat ze te goed voor hem was?

Het hele dorp koos partij voor Luke. Hij was de afgewezen minnaar, de goede, trouwe jongen. Martha daarentegen was de meedogenloze hartenbreker die was aangestoken door haar ondermijnende zus. Wie zou haar nog willen hebben, nu ze zich van haar onbetrouwbare, grillige kant had laten zien? Ze zou voor altijd thuis blijven wonen, bij ma. En ma dacht er precies zo over als de rest, wat ze haarscherp duidelijk had gemaakt vanaf het moment dat Martha die dag van haar werk thuiskwam. 'Ik schaam me voor je, je bent een schande voor de familie. Je denkt zeker dat je iets bijzonders bent, je kunt…' Het bekende repertoire. Doodop na een dag werken was ze tot niets anders in staat dan huilend aan tafel zitten.

Een uur of twee later werd er weer geklopt. Nu door een ander lid van de familie Stevens. Het was Luke, niet zijn moeder. Het bleek dat ze ongelijk had gehad, want hij wilde haar wél terugnemen.

'Ik zeg het maar één keer,' zei hij. 'Je hebt tijd gehad om erover na te denken en ik denk dat je zelf wel snapt dat je een vergissing hebt begaan. Ik wil je terugnemen, Martha, want ik heb je gevraagd of je mijn vrouw wilt worden, dus daar blijf ik bij. Maar zodra we getrouwd zijn, ga ik al die rare gedachten heel snel uit je hoofd rammen.'

Ondanks deze hartverscheurende liefdesverklaring zei Martha opnieuw nee.

'Eruit, jij!' schreeuwde ma furieus. 'Mijn huis uit! Wegwezen, jij ondankbaar wezen!' gilde ze. 'Eruit. Hiervoor heb ik je niet opgevoed. O, wat ben ik gestraft met mijn dochters. Tansy is dood, Josie deugde al vanaf haar geboorte niet en nu jij! Wegwezen!'

Martha zei dat ma op dat moment hysterisch was. Ze had geen andere keus dan haar jas te pakken en weg te gaan. Luke rende de duisternis in. Uiteraard ging ze rechtstreeks naar de winkel, in de veronderstelling dat ze bij Dulcie zou kunnen overnachten en wat geld zou kunnen lenen om de volgende dag naar York te reizen. Maar Dulcie was er niet en hoewel Martha twee uur bleef wachten, kwam ze niet thuis.

'Waar zou ze zijn geweest?' vroeg ik nieuwsgierig.

Martha haalde haar schouders op. 'Ik heb geen idee. Afijn, ik bleef maar wachten en wachten, de wind floot om mijn oren en de regen sloeg in mijn gezicht en ik was bang dat ze me daar dood zouden vinden, dus ben ik naar de kerk gegaan. Ik dacht eraan om bij onze Bert aan te kloppen, maar ik wist dat Franny het niet prettig zou vinden. Op goede voet staan met het dorp is het enige wat zij belangrijk vindt. Bovendien is ze nogal prikkelbaar nu ze weer in verwachting is.'

'En onze Alice?' plaagde ik, waarop Martha snoof. Alice was in de loop der jaren alleen maar nog ijdeler en onsympathieker geworden.

'De predikant liet me natuurlijk binnen, maar alleen maar om tegen me te preken. Hij zei dat vrouwen zich door hun ouders en het mansvolk moesten laten leiden en niet verder moesten kijken dan de voorgeschreven orde der dingen...

Toen begon hij over hoe teleurgesteld hij in me was en dat hij me altijd zo'n bescheiden, gedwee, verstandig meisje had gevonden... En ik bedacht dat ik dat helemaal niet wilde zijn, tenminste niet op de manier die hij bedoelde... Niet als dat betekent dat ik de rest van mijn leven moet doen wat anderen zeggen.'

Ik grijnsde en klapte zachtjes in mijn handen. Eindelijk.

De predikant was even de kamer uit gegaan om Martha bedenktijd te geven. Toen de klok negen uur sloeg, besefte ze dat ze, als ze het op een rennen zou zetten, de laatste koets richting het noorden zou kunnen halen. Er lagen een paar munten op tafel en nadat ze haastig een schuldbekentenis had gekrabbeld, stak ze het geld in haar zak en rende weg. De koets bracht haar tot Askham, waar een van de paarden een hoefijzer verloor, zodat ze vandaar verder moest lopen, helemaal naar York, door die vreselijke gure nacht.

Er gleed een zware last van mijn schouders nu ik haar bij me had. Haar lange, donkere haren werden pluizig door de warmte van het vuur en de kleur kwam terug op haar wangen. Ik was niet bezorgd dat ze van gedachten zou veranderen en zou teruggaan. Ze was kalm en zeker van zichzelf, en bovendien kón ze niet terug. Ze had, definitiever dan ik ooit, haar schepen in Arden achter zich verbrand. Ik was alleen maar gevlucht voor een toekomst in de mijnen. Terwijl die brave, lieve, verstandige Martha niet alleen Lukes hart had gebroken, maar ook nog geld van de predikant had gestolen. Ik was nog nooit zo trots geweest.

54

TOMMY

Voorjaar 1904

Terwijl de winter schoorvoetend plaatsmaakte voor de lente, wees niets erop dat ik met Pasen naar huis zou kunnen. Ik kreeg geen enkel aanbod van iemand die de reis zou kunnen betalen, en ik was niet van plan ernaar te vragen. Naar huis gaan zou een traktatie zijn, geen noodzaak, en ik vond niet dat ik recht had op traktaties. Ik was al blij dat ik überhaupt hier mocht studeren.

In maart ontving ik echter een brief van Josie die me het gevoel gaf dat naar huis gaan toch noodzakelijk was. Die vervloekte Norman had Josie een aanzoek gedaan. Mijn bloed begon te koken alsof ik in een pan boven het vuur hing. Die gluiperige, gladde bediende. Mijn Josie. Natuurlijk was ze niet van mij, althans niet officieel. Ik kon geen aanspraak op haar maken, want ik had haar geen aanzoek gedaan. Hoe zou ik dat kunnen doen? Ik had geen rooie cent en zat voorlopig vast op school. En bovendien durfde ik mijn gevoelens voor haar niet kenbaar te maken.

Met de kwetsende brief in mijn hand geklemd schoten er talloze gedachten door mijn hoofd en ik besefte als nooit tevoren dat ik aan niets anders kon denken dan aan Josie. Ik verlangde naar haar. Haar vriendschap was voor mij van onschatbare waarde en evenzeer een deel van me als mijn ledematen of mijn liefde voor kennis. Maar ik kon niet ontkennen dat het was uitgegroeid tot iets groters. Jong als we waren en onaf als ik was, een leven zonder haar vriendschap kon ik me niet voorstellen. Tegelijkertijd wist ik dat ik niet langer bij haar kon zijn zonder uiting te geven aan deze nieuwere gevoelens. Mochten ze haar weerzin opwekken en niet wederzijds blijken te zijn, dan zou mijn leven een saaie bedoening worden, beroofd van kleur en licht, alsof alles met een laag kolenstof werd bedekt.

Josie had nu al een tijdje een goede betrekking. Ze verdiende een fatsoenlijk loon terwijl ik nog steeds een schooljongen was. Ofschoon ze jonger was dan ik, was ze al veel verder in het leven. Het was dan ook volkomen logisch dat Norman haar ten huwelijk had gevraagd (zijn arme verloofde buiten beschouwing gelaten, uiteraard). En waarschijnlijk zouden anderen zijn voorbeeld volgen. Stel je voor dat ze tegen een van hen ja zei voordat ik hier weg was en mijn plaats naast haar kon innemen. Een gruwelijke gedachte: stel je voor dat dat al was gebeurd? Ik was bij het schokkende nieuws in haar brief opgehouden met lezen, in de veronderstelling dat ze ja tegen Norman had gezegd. Haastig streek ik het papier weer glad en las verder.

Natuurlijk heb ik nee gezegd. Ik heb niet dezelfde gevoelens voor hem en zal ze ook nooit krijgen. Die arme Norman heeft Gravenagh House binnen een week verlaten. Hij vond het onverdraaglijk om in mijn buurt te zijn, wetende dat ik zijn liefde nooit zou kunnen beantwoorden, en hij was te aardig om van mij te verwachten dat ik mijn baan zou opgeven. Dus nu is hij weg en de verandering in ons kleine, gezellige huishouden stemt me verdrietig. Ik had hem geen pijn willen doen, maar ik kon niet anders. Ik mis zijn vriendschap, maar vriendschap alleen is niet hetzelfde als liefde. Het is er een belangrijk deel van, maar liefde behelst zo veel meer dan dat. Ja, Tommy, ik ben nu een vrouw die af en toe over dat soort dingen nadenkt.

Ik slaakte een enorme zucht van opluchting. *Natuurlijk heb ik nee gezegd*. Natuurlijk. En Norman was weg. Hij had zich teruggetrokken om haar in alle rust haar leven te laten leiden. Misschien was zíjn leven nu saai en bedekt met kolenstof. *Arme Norman*. Ik kon niet verhullen dat mijn opluchting groter was dan mijn medelijden en ik had het gevoel dat ik door het oog van de naald was gekropen.

In de dagen die volgden bleef de rest van de alinea me bezighouden. *Vriendschap alleen is niet hetzelfde als liefde... Liefde behelst zo veel meer dan dat... Ja, Tommy, ik ben nu een vrouw die af en toe over dat soort dingen nadenkt.*

Probeerde ze me iets duidelijk te maken? Zo ja, wat? Mijn grootste angst was dat ze me wilde waarschuwen om geen hoop te hebben, dat we vrienden waren en dat vriendschap niet genoeg was. Of misschien was ík de reden dat ze in gedachten deze vergelijkingen maakte. Norman was slechts een vriend geweest. Durfde ik te hopen dat ik méér voor haar zou kunnen zijn?

Ik wist dat ik het haar moest vragen, maar dat vooruitzicht boezemde me meer angst in dan een week in de mijnen zonder licht. Op de een of andere manier moest ik de onmannelijke neiging om me achter vage hoop en onuitgesproken verlangens te verschuilen, zien te overwinnen. Ik moest het weten, hoe dan ook. Als zij ook hoop koesterde, verdiende ze te weten dat ik hetzelfde voor haar voelde. En als dat niet zo was, dan kon ik het maar beter weten voordat die gevoelens nog meer vat op me kregen dan al het geval was. Zo sprak ik mezelf toe, hoewel ik wist dat mijn gevoelens al zo diep geworteld waren dat hun uiteinden zich al stevig om het gloeiende gesteente van de aardkern hadden gekruld. Er was geen weg meer terug.

Ik overwoog een brief te schrijven. Daar viel veel voor te zeggen. Ik kon het meteen doen. Ik kon alles opschrijven wat ik kwijt wilde. Om me te beschermen tegen geblunder en gestuntel kon ik hem eindeloos verbeteren. Ik kon mijn hart helemaal uitstorten zonder haar gezicht te hoeven zien betrekken en net als Norman te horen dat we niet meer dan vrienden konden zijn. Bovendien was het een beschaafde methode, want zij zou de gelegenheid hebben om haar antwoord te formuleren zonder dat ze rechtstreeks op mijn meelijkwekkende verlangens hoefde te reageren.

Maar ik kon het niet. Een brief zou niet voldoende zijn. Het was een zwakke, afstandelijke oplossing en mijn liefde voor haar was allesbehalve dat. Ik moest bij haar zijn. Ik moest haar gezicht kunnen zien, het moment van de waarheid zelf meemaken. En als haar antwoord ja was, wilde ik niets liever dan het van haar persoonlijk horen, haar in mijn armen nemen, haar gezicht zien oplichten, naar haar kijken als we elkaar onze liefde zouden verklaren. Maar ik moest wachten. Ik moest geduldig zijn. En bidden dat ze haar hart intussen niet aan een ander zou schenken, en dat was zo'n gruwelijke gedachte dat ik bijna alsnog aan een brief wilde beginnen.

Mijn hoop om met Pasen naar huis te kunnen was vervlogen. En als ik eventueel in de zomer zou kunnen gaan, duurde dat nog drie maanden. Stel dat ik tot aan het einde van mijn studie geen enkele vakantie naar huis kon, dan zou ik Josie vijftien maanden of misschien langer niet zien. Dat was onverdraaglijk. De kans was klein dat een mooi en bijzonder meisje als Josie gedurende zo'n lange periode niet door iemand anders zou worden ingepikt. Maar uiteindelijk waren Josies gevoelens bepalend. Als ze van me hield, zou ze honderd vrijers afwijzen. Daar was ik van overtuigd. En voor mij gold hetzelfde. Al zou de godin Diana zelf met me aanpappen en de maan aan mijn voeten leggen, dan nog zou ik voor Josie kiezen.

55

TOMMY

Ik kreeg gelijk. Het lukte me niet om met Pasen naar huis te gaan. Het werden twee lange eenzame weken op Westonbury, zonder lessen en zonder gezelschap. Ik voelde me bevoorrecht om te mogen studeren en toegang te hebben tot een geweldige bibliotheek en ik had alle tijd om in afzondering aan mijn levensdoelen te werken, maar ik was moederziel alleen. Ik hunkerde ernaar om een belangstellend gezicht te zien, iemand met wie ik een plotseling opkomende grap kon delen, of dromen en ideeën kon uitwisselen. Cicero, Descartes en Herodotus waren stimulerend, maar ze zeiden helaas niet zo veel. Wat me wel echt troost gaf, waren de brieven die uit Yorkshire kwamen. Ze herinnerden me aan mijn hartenwens en aan de reden waarom ik hier was.

Josie had interessante nieuwtjes. Geen aanzoeken meer, godzijdank, maar haar zus Martha was op een donkere, stormachtige nacht in York aangekomen. Het was fijn om te horen hoe blij Josie met haar komst was. En zelf was ik ook blij. Ik vond het een prettig idee dat Josie iemand bij zich had van wie ze hield en ik had Martha altijd te goed en te mooi gevonden voor Arden. Ze bleef twee weken bij de Honeycrofts, en in die korte tijd ging juffrouw Coralie haar kennissenkring langs en kwam, zoals gebruikelijk, uit het niets met een oplossing. Nu had

Martha een betrekking als leerling-kok in het huis van een deftige oude dame, schreef Josie in een brief.

Ze woont maar tien minuten van Gravenagh House vandaan. Vergeleken met ma's huishouden is het werk een makkie. Toen ze hier logeerde, heeft mevrouw Crane haar nog een paar verfijndere gerechten dan we in Arden gewend waren, leren bereiden, maar voor de rest had ze meer dan voldoende ervaring. Dus daar mag ze ma dankbaar voor zijn.

En ten slotte leek er voor Manus ook iets te veranderen. Als een nerveus paard dat moed verzamelt om over een schutting te springen was hij zich uiteindelijk aan het voorbereiden om Heston te verlaten. Hij en juffrouw Embry waren onderling ook een correspondentie begonnen. In haar brieven moedigde ze hem aan om zich los te maken van zijn vreemde, spookachtige gevangenschap en een leven voor zichzelf op te bouwen. Of het nou was omdat de smeekbedes van een vrouw meer effect hadden of simpelweg omdat de tijd rijp was en Manus er klaar voor was, hij begon in zijn brieven aan haar geld bij te sluiten. Zijn ontsnappingsfonds, noemde hij het in zijn brief.

Juffrouw Embry zal het voor mij bewaren. Ik heb niet zo veel, maar het zou vreselijk zijn als ik plotseling moet vertrekken zonder dat ik geld bij me heb, want ik heb geen enkel idee hoe en wanneer ik hier weg kan.

In zijn volgende brief kwam er een nog verrassender project ter sprake.

Al het geld dat ik heb, is nu in het bezit van die aardige juffrouw Embry. Het is niet genoeg om een nieuw leven te beginnen, zo heeft ze me gezegd. Maar ik ga niet stelen, hoewel sommige mensen van mening zullen zijn dat ik recht heb op alles wat Heston ooit zal opbrengen, en de rest. Maar ik herinner me wat je me ooit hebt verteld over de gewoonte onder mijnwerkers om hun geld in materiële zaken te steken...

Dat klopte. In de kerstvakantie had ik om een of andere reden verteld over de manier waarop mijnwerkers in deze onzekere wereld voor enige financiële zekerheid zorgen. Als een gezin, hoe arm ook, een paar zonen telde, kwamen er meerdere loonzakjes binnen. Soms lukte het iets opzij te leggen en daar kochten ze dan iets voor het huis van: een pendule, een muziekinstrument of koperen kandelaars. Banken vertrouwden ze niet. Die werden beheerd en bezocht door de adel. Ze bewaarden hun verdiende geld liever zelf, zodat ze het konden zien en aanraken. Want zodra een mijnwerker met pensioen ging en zijn huisje moest verlaten, kon hij zijn bezittingen meenemen en eventueel verkopen. Het was hun versie van een pensioen. En het leek Manus te hebben geïnspireerd.

Ik bezit een aantal voorwerpen waar ik wettig en moreel aanspraak op kan maken, zoals een zakhorloge, een kostbare antieke snuifdoos, een paar onyxen manchetknopen... Ik heb telkens twee of drie voorwerpen in de struiken tegenover de poort verstopt. Daar kan juffrouw Embry ze ophalen en voor mij bewaren, totdat ik deze plek eindelijk kan verlaten. Mijn fonds groeit...

Dit nieuwtje vervulde me met afgrijzen. Ik had hevige spijt dat ik juffrouw Embry ooit bij onze intrige had betrokken als dat betekende dat ze in de struiken moest rommelen en met allerlei kostbare spullen in de zakken van haar rok door het veld moest lopen. Stel dat Paulson haar betrapte op het moment dat ze een gouden horloge in haar zak stopte. Hij zou haar onmiddellijk voor de rechter slepen en hoe zou ze zich dan moeten verdedigen? Moest ze soms vertellen dat die spullen haar uit vrije wil waren toevertrouwd door een dode man? Dat was bespottelijk.

Meteen schreef ik hun allebei een brief om ze te wijzen op de gevaren en te zeggen dat ze ermee moesten stoppen. Juffrouw Embry schreef beleefd terug dat ze een volwassen vrouw was, die zeer goed in staat was om de risico's in te schatten. Het leek erop dat ze Manus' situatie als een persoonlijk project was gaan beschouwen. Maar godzijdank reageerde Manus verstandig.

Ik zou juffrouw Embry nooit in gevaar willen brengen, voor niets ter wereld. Ik zie nu wel in dat we ons allebei hebben laten meeslepen en geen oog meer hadden voor de risico's. Maar wees gerust, Tommy, voortaan zal ik zelfs geen gouden dasspeld meer in de struiken verstoppen.

Opgelucht richtte ik me weer op Cicero en een beker warme chocolademelk. Met zulke verrassende schrijfsels waren de dagen veel beter door te komen dan ik had verwacht.

De eenzame vakantie had ook voordelen. Ik had volop de tijd om mijn kennis van de verschillende vakken te verdiepen en verbreden. Daardoor was ik uiteindelijk, net als mijn medeleerlingen, in staat om mijn commentaar en vragen te voorzien van verwijzingen en onderlinge verbanden te leggen. Ik werd geprezen door de leraren en oogstte zelfs enige bewondering bij de andere jongens. Belangrijker nog was het feit dat ik elk beetje kennis begon te zien als een deel van een groter geheel en dat gaf extra glans aan mijn studie.

Toen de overgangsexamens achter de rug waren, bleek ik, samen met een andere jongen, de beste van de klas te zijn. Als beloning kregen we allebei een in leer gebonden verzameling van Shakepeares toneelspelen, met een inscriptie van het schoolhoofd. Ik zette het boek op mijn nachtkastje, naast Kipling. Eindelijk begon ik vooruitgang te boeken. Eindelijk had ik mijn vader iets te vertellen.

Maar toen het schooljaar ten einde was en er een zomervakantie van tweeënhalve maand voor me lag, slaakte ik onwillekeurig een zucht. Ik had gehoopt dat ik af en toe een paar uur in de schooltuin kon werken om zo wat geld te verdienen zodat ik in juni de koets naar Silvermoor zou kunnen betalen. Maar dat plan ging al snel in rook op. De huismeester, meneer Talbot, zei me dat beursstudenten niet mochten werken gedurende hun tijd op Westonbury. Het was een strenge regel, waar niet van afgeweken kon worden.

En dus was ik nog net zo blut als altijd en had ik weer een eenzame wake op het altaar van de kennis voor de boeg. Nog steeds was ik dankbaar voor het feit dat ik zo veel studiemiddelen binnen handbereik had, maar ik verlangde ook naar een beetje gezelschap. En natuurlijk had ik Josie nog... Soms begon ik haar een brief te schrijven over hoe ik me voelde, maar het lukte me niet om de juiste woorden te vinden. Daarvoor waren mijn gevoelens te diep en te echt.

Volgens een vrijwillig opgelegd studieplan begon ik me door de schoolbibliotheek heen te werken. Daarnaast las ik ook voor mijn plezier, vooral over onderwerpen die mijn speciale belangstelling hadden, zoals de Europese hoofdsteden, de tempels in het Midden-Oosten, oude opgravingen in Griekenland en de kersenbloesems en boeddhistische goden van Japan. Voor de tweede keer verslond ik *Het jungleboek* en opnieuw slingerde India als een wijnrank, als een cobra, als de rivier Brahmaputra, mijn geest binnen. Elke dag liep ik twee rondjes om het terrein om mijn geest en lichaam in conditie te houden. Ik kletste wat met het personeel als ze daar zin in hadden, en voor de afwisseling dronk ik één keer per week thee met meneer Talbot in zijn studeerkamer. Er ging een maand voorbij. Ik telde de dagen af.

Op een dag toen ik terugkwam van een wandeling zag ik een bekende koets op de oprijlaan staan. Even vroeg ik me af of ik het me verbeeldde en of ik door mijn lange afzondering misschien rare visioenen had. Het was de kleine donkerblauwe tweede koets van de familie Sedgewick. Vanaf de bok stak Matthias een hand naar me op. Zou er iets aan de hand zijn? Ik zette het op een rennen, maar werd meteen gerustgesteld toen Matthias de deur opende en de jonge heer Walter haastig uitstapte. De brede grijns op zijn gezicht zei me dat hij geen treurig nieuws had.

'Allemachtig!' riep ik verbaasd uit. 'Ik kan mijn ogen niet geloven. Je hebt wel een enorme afstand afgelegd voor een bezoekje.'

'Inderdaad, Tommy, ouwe makker.' In een poging tot een volwassen begroeting stak hij zijn hand naar me uit, maar uiteindelijk sloeg hij zijn armen om me heen. Ik omhelsde hem ook en even stonden we als twee broers ongemakkelijk te lachen. 'Maar we komen niet op bezoek, we komen je halen.'

Meteen liet ik hem los. 'Echt? Hoe dan?' Ik wendde me tot Matthias en gaf hem een hand.

'Dat klopt,' verzekerde Matthias me. 'Ik moest je komen halen van heer Sedgewick en de jonge heer Walter wilde graag mee. We nemen je vandaag nog mee naar huis. Schikt je dat?'

'Jazeker!' lachte ik. 'Ik heb geen andere bezigheden en kan over tien minuten al klaar zijn. Maar misschien willen jullie eerst even uitrusten en je opfrissen voordat we weer vertrekken?'

'Graag,' beaamde Matthias, en Walter sprong opgewonden op en neer.

'Mag ik je kamer zien als Matthias uitrust?' vroeg hij. 'Ik hoef niet te rusten. Ik ben veel te opgewonden.'

Anders ik wel. Ik sleepte hen mee naar de keuken en overtuigde de kok ervan dat Matthias even moest uitrusten. Hij kreeg een kop thee, gekookte eieren en een plak vruchtencake. Vanwege de cake ging Walter even naast hem zitten en intussen ging ik op zoek naar de huismeester om toestemming te vragen voor mijn vertrek.

Talbot was het er direct mee eens. 'Prima,' zei hij. 'Betaald werk verrichten is niet toegestaan, vakantie wel. Geniet ervan, Green. Je hebt hard gewerkt.'

Terwijl ik mijn tas pakte, kletste Walter de oren van mijn hoofd. 'Slapen jullie hier met z'n achten?' vroeg hij vol afschuw. 'Zo veel bedden in één kamer? Hoe kun je dat verdragen? Nou, dan ben ik toch wel blij dat ik thuis les krijg. Ik had niet gedacht dat ik dat ooit zou zeggen, maar soms heeft papa toch wel gelijk...'

'Bij mij thuis, heer Walter, sliep ik met al mijn broertjes in één bed.

Dat is niet bevorderlijk voor een goede nachtrust, maar meer ruimte hadden we simpelweg niet. Wat dat betreft is dit een verbetering.'

Walter huiverde.

'Waar slaap ik als we thuis zijn? Weet u dat?' vroeg ik. Ik rekende niet op de gastvrijheid van Silvermoor, maar ik hoopte wel dat ik lang zou kunnen blijven en ik keek er niet naar uit om wekenlang weer met mijn broers in één bed te liggen, laat staan in het opklapbed.

'De huurder van mevrouw Murphy is vertrokken,' legde Walter verheugd uit, 'en mijn vader heeft haar betaald, zodat jij zijn kamer de komende zes weken mag gebruiken. Je gaat dus weer terug naar je oude stek op het landgoed. Wat zeg je daarvan, Tommy?'

'Ik vind het een geweldig plan!' En dat was ook zo, het voelde goed. Het was comfortabeler dan Grindley en gepaster dan wanneer ik in het grote huis zou slapen. Tegelijkertijd was ik in de buurt van Josie en Walter en kon ik dagelijks mijn familie bezoeken als ik dat wilde. 'Trouwens, hoe gaat het met iedereen, heer Walter?'

'Joh, noem me alsjeblieft Walter. We hebben al zo veel samen meegemaakt. Ik ben je vriend, niet je... je meester. Het gaat goed met iedereen. Mijn zus Flora is zo goed als verloofd met een man genaamd Devon Ashcroft. Een heel saaie vent. Mijn zus Elizabeth is altijd al saai geweest, en dat is niet veranderd. Maar de kleine Humphrey is een leuke jongen geworden. We hebben samen een waanzinnig spel verzonnen met de molshopen op het gazon... Maar ik ben blij dat jíj er straks weer bent, Tommy. We gaan een ouderwets leuke tijd hebben samen.'

Ineens drong tot me door dat ik Josie binnenkort zou zien. Misschien vanavond al. Dat zou de gelegenheid zijn om haar alles wat ik op mijn hart had te vertellen, onder vier ogen, eindelijk. En even plotseling voelde ik me daar niet mans genoeg voor. Ik plofte op de rand van mijn bed. Natuurlijk hoefde ik het niet meteen te zeggen. Zes weken, had Walter gezegd. Misschien konden we eerst een paar dagen op de ouderwetse manier met elkaar omgaan voordat ik iets deed wat de bodem onder alles wat me vertrouwd was zou kunnen wegslaan. 'Hoe komt het dat jullie hier zijn? Heb ik een brief gemist of zo?'

'O nee. Het was Josies idee om jou te verrassen. Ze zei dat je het leuk zou vinden en dat we niet bang hoefden te zijn dat je niet met ons mee zou willen. Het was zo'n grappig toeval, Tommy. Op een dag zei papa ineens: "Waar hangt die Tommy Green tegenwoordig uit? Op Westonbury moet de zomervakantie toch allang begonnen zijn? Waarom komt hij niet bij ons langs?" Niet te geloven, hè, Tommy. Papa kan soms zo naïef zijn.'

Ik proestte het bijna uit om Walters arrogante, wereldwijze houding. Hij bewoog zijn vinger heen en weer en zei op waarschuwende toon: 'Ik moest het hem uitleggen. Ik zei: "Papa, je moet begrijpen dat Tommy niet de middelen heeft om terug te komen. Hij kan niet weg uit Derbyshire. En met Pasen heeft hij daar ook al de hele vakantie vastgezeten. Niet iedereen kan gaan en staan waar hij wil."'

'Jeetje! En wat had je vader daarop te zeggen?'

'Nou, hij vond het nalatig van zichzelf en beloofde Matthias meteen te sturen zodra er een koets gemist kon worden. Toen ik vroeg of ik mee mocht, zei hij ja. En toen zei hij... O, wacht, ik ben iets vergeten. Ik moest je dit geven, Tommy.' Hij tastte in zijn zak en haalde er vijf shilling in een stoffen beursje uit. 'Hier. Het is fijner om ook iets van jezelf te hebben. Ja toch, Tommy?'

'Zeker. Bedank je vader heel hartelijk. Hij heeft al meer voor me gedaan dan ik verdien.'

Met geld op zak, een vakantie van zes weken in Yorkshire voor de boeg en een abrupt einde aan mijn monnikenbestaan leek het of er een wolkbreuk aan rijkdommen over mijn hoofd was uitgestort. Zoals beloofd had ik mijn tas binnen een paar minuten gepakt.

'Kom, Walter.' Nog eenmaal keek ik onbewogen de slaapzaal rond. 'We gaan naar huis.'

56

JOSIE

Zomer 1904

Ik rende minstens twee keer per minuut naar het raam, maar de oprijlaan bleef leeg. Hoewel ik wist dat ze niet voor het eten thuis zouden zijn, kon ik het niet laten telkens te gaan kijken. Dat eerste moment wilde ik voor geen goud missen. Ik wilde geen énkel moment missen. Tommy kwam thuis.

Sinds Martha's komst naar York had mijn leven een transformatie ondergaan. Hoewel de oude dame in Fossgate haar flink aan het werk hield, zagen we elkaar bijna elke zondagmiddag. Het was ook fijn om te weten dat we elkaar bij toeval tegen konden komen. Maar het allerfijnste was te weten dat Martha gelukkig was. Ze was helemaal in haar element in de stad. Ik kon haar in vertrouwen nemen over de veranderende aard van mijn gevoelens voor Tommy en dat was een enorme opluchting. Maar nog steeds miste ik hem en dat gevoel liet zich door niets verzachten. Hij was een deel van me en hij was veel te ver weg. Vaak moest ik ineens huilen, geen slappe tranen van zelfmedelijden, maar dikke, gepijnigde tranen die vanuit een peilloze diepte leken op te wellen. Ze werden niet alleen veroorzaakt door zijn afwezigheid, maar ook door het simpele feit dat hij bestond, en wat ik voor hem voelde.

Toen de Honeycrofts hun koffers pakten voor een maand op Silvermoor, werd mijn gebruikelijke blijdschap om in het grote huis te verblijven getemperd door het besef dat Tommy op school moest blijven. Ik begon me af te vragen of ik hem dit jaar nog wel een keer zou zien. Maar nu kwam hij uiteindelijk toch en ik was door het dolle heen.

Juffrouw Coralie was een roman aan het lezen waar ze helemaal in opging, dus terwijl zij rustig de ene na de andere bladzijde omsloeg, redderde ik wat om haar heen. Ik liet haar briefopener met het parelmoeren handvat van haar bureau vallen en struikelde over een paar schoenen. Af en toe sloeg ze haar ogen op en keek ze me met opgetrokken wenkbrauwen aan, maar ze zei er nooit iets bij.

De hele dag verkeerde ik al in een opperste staat van opwinding. Ik begon een beetje raar te doen. Ik maakte een schroeivlek op juffrouw Coralies blauwgestreepte popeline, liet een van haar kristallen oorbellen uit mijn handen vallen en moest onder het bed kruipen om hem te pakken... Het was dan ook een half jaar geleden dat ik Tommy had gezien.

'Zou je niet even iets gaan eten?' vroeg Coralie toen de etensbel voor het personeel klonk. Ik keek haar met stomheid geslagen aan. Als ik ergens onder het trappenhuis zat te eten, zou ik de koets niet kunnen horen. Haar ogen begonnen te schitteren. 'Of wil je liever hier eten? Dan laat ik een paar sandwiches komen.'

'O, dank u, juffrouw,' hijgde ik. Ik zou gezworen hebben dat ze naar me knipoogde.

57

TOMMY

Het was heerlijk om al die kilometers naar huis een voor een onder de wielen van de koets te zien verdwijnen. En met 'huis' bedoelde ik natuurlijk Josie.

'Dus ze is nu op Silvermoor? Is ze er als we aankomen?' vroeg ik telkens aan die arme Walter, die steeds hetzelfde antwoordde.

'Ja, Tommy. Josie is op Silvermoor. Ze is vandaag gekomen en blijft een aantal weken. Je zult haar vanavond al zien,' herhaalde Walter geduldig. Het leek wel of híj negentien was en ik de jongste van ons twee.

Gedurende een groot deel van de reis kletste Walter over alles wat een heer zoal bezighoudt. Sinds kort weigerde zijn nieuwe paard voor een hindernis. Dat was niet eerder gebeurd, hij begreep er niets van. Zijn vader had zestien sollicitatiebrieven gekregen voor de functie van privéleraar voor Walter, maar hij had nog niemand voor een gesprek uitgenodigd. Niet dat Walter het erg vond om geen leraar te hebben, maar hij was bang dat zijn vader in zijn streven naar perfectie een paar aardige kerels over het hoofd zou zien. Hij wilde niet naar school gestuurd worden alleen maar omdat zijn vader geen leraar kon vinden die aan zijn strenge normen voldeed. En waarom was hij in vredesnaam zo zwaar gestraft omdat hij een kikker in Elizabeths bed had gestopt? Ze had echt niet krijsend door het huis hoeven rennen. Een kikker veranderde toch in een prins, als je het sprookje mocht geloven?

Ik zei dat zussen lastige portretten waren, behalve één: mijn kleine zusje Connie, die over meer verstand beschikte dan mijn hele familie bij elkaar.

Toen we Grindley passeerden, keek ik uit het raam. Ik had nog steeds een hardnekkige fascinatie voor het dorp. Hoewel ik er niet naar terugverlangde, was het wel de plek waar ik mijn vormende jaren had doorgebracht, en om die reden moest ik er respect voor hebben, vond ik. Ik was er geworden wie ik nu was. Net als steenkool was ik samengeperst tot Tommy, de dromer, de student, de rare snuiter. Een eenmansrevolutie, zoals ik ooit tegen Josie had gezegd.

Terwijl de koets langs de mijnschacht ratelde, zag ik de kooi opengaan en een tiental vermoeide mannen uitstappen. Ik huiverde. We reden verder over de veldweg en langs de bocht waarvandaan je een goed zicht had op de lange rij troosteloze mijnwerkershuisjes. Ik zag een vertrouwde gestalte het dorp uit lopen. Het was Jimmy, mijn broer. Hij keek op toen we voorbijreden en ik zwaaide uitzinnig. Jimmy zwaaide niet terug. Even vroeg ik me af of hij me wel had gezien, maar ineens draaide hij zich om en rende zo hard als hij kon terug het dorp in.

Ik grijnsde. Hij ging natuurlijk direct terug naar huis om te zeggen dat zijn broer Tommy in een deftige koets op weg was naar Silvermoor. Ik kon me de consternatie helemaal voorstellen. Ze zouden zich afvragen of ik me nu niet te voornaam voor hen zou voelen, omdat ik zonder hen op de hoogte te stellen naar Silvermoor ging. Ik besloot om diezelfde avond meteen naar hen toe te gaan om dat recht te zetten.

Inmiddels waren we bij het terrein van Silvermoor aangekomen. We reden de brede oprijlaan op, waar de eiken aan weerszijden een gespikkelde schaduw over de koets wierpen. Algauw hielden we stil voor de voordeur. Walter kroop over me heen om uit te stappen omdat de deur aan zijn kant klemde. De honden renden het huis uit, de trap af en stormden over het grind naar ons toe. En enkele seconden later kwam Josie op haar zwarte knooplaarzen aangerend, bijna alsof ze op de uitkijk had gestaan. Ze hield haar grijs-wit gestreepte jurk omhoog en vloog in mijn armen.

'O, Tommy!' riep ze uit. 'Daar ben je eindelijk. Ik begon bijna te denken dat ik je had gedroomd.'

Ik lachte onnozel, ontroerd door haar warme onthaal. 'Ik ben het echt, Josie,' zei ik in haar haar. 'O, wat fijn om je weer te zien.' Ik liet mijn armen over haar rug glijden. Ze was zo smal, ik kon haar makkelijk omvatten, maar ze was niet langer mager. Ik voelde de volle zachtheid van haar borst tegen de mijne en vlak daaronder de welving van haar heupen. Ik moest me bedwingen om mijn handen niet lager te laten gaan, maar ik liet haar nog niet los. Onze omhelzing verdiepte zich en werd zachter, van koortsachtig en uitbundig naar rustig en oneindig. Ik had het gevoel dat mijn hele leven, alle ontberingen en avonturen bedoeld waren om me naar dit moment te leiden.

'Tommy!' schreeuwde Walter. 'Laat haar los! Kom, ik wil je Windfall laten zien. Kijk, daar heb je vader. O, hallo, Cedric, en hallo, Coralie. Ik heb een fantastische dag gehad. Ik heb Tommy's slaapzaal gezien. Daar slaapt hij met zéven andere jongens.'

Voordat ik met de anderen kon praten, laat staan iets eten of drinken, werd ik door Walter meegesleept naar de stallen. Maar ik vond het niet erg, het was fijn om na de reis even mijn benen te strekken.

Ten slotte kreeg ik toch nog de kans om thee te drinken in de salon, waar ik me onderwierp aan de algemene vragen van de familie. Zoals altijd was vrouwe Amelia nergens te bekennen, maar vrouwe Flora was er wél. Zij leek de bijzondere vriend van haar kleine broertje wel interessant te vinden. Ze was een mooie jonge vrouw en ook heel hartelijk, maar ik kende haar niet zo goed als de rest, waardoor ik me in haar bijzijn een beetje opgelaten voelde. De jongere kinderen kwamen ook binnen, maar glipten algauw verveeld de kamer uit. Cedric zat er maar heel kort bij. Hij was op weg naar een vergadering in Grindley.

'Fijn om je weer hier te zien, Tommy,' zei Cedric toen hij me ten afscheid een hand gaf. 'Heb je nog speciale plannen voor je verblijf op Silvermoor?'

'Nee, meneer. Het is sowieso een verrassing om hier te zijn. Ik ben al blij dat ik iedereen weer kan zien.'

'Je zult je tijd hier ongetwijfeld plezierig kunnen invullen. Maar ik wil je iets vragen. Kan ik je, zodra je je hebt geïnstalleerd, een keer onder vier ogen spreken?'

Ik wierp een blik op Josie, maar aan haar gezicht kon ik zien dat ze geen idee had waar het over ging. Haar donkere ogen schitterden van nieuwsgierigheid, nog steeds haar meest typerende eigenschap.

'Heel graag, meneer. Wanneer het u maar schikt.'

De graaf liep in en uit. Zodra hij wilde gaan zitten om te praten, herinnerde hij zich weer een ander dringend bericht dat verstuurd moest worden, of hij maakte een aantekening voor zichzelf. Enerzijds leek hij oprecht geïnteresseerd in een gesprek met mij, anderzijds werd hij van alle kanten afgeleid. Toen hij ten slotte terugkwam, bleef hij een tijdlang bij ons zitten. Verder waren alleen Coralie en Josie nog in de salon. Josie zat rustig naast Coralie een bonnet te verstellen, voor de vorm, maar intussen wisten we allemaal dat zij degene was voor wie ik was gekomen en dat al het andere alleen een manier was om het mogelijk te maken.

'Zo, Tommy,' zei de graaf, die er een beetje moe en bleek uitzag. 'Vertel eens over school en je toekomstplannen. Hoe is je eerste jaar gegaan?'

Ik vertelde hem over de aanvankelijke strijd, de hoop en de wanhoop, de eenzame paasdagen op Westonbury en mijn uiteindelijke succes bij de overgangsexamens. En hoe blij ik was om te kunnen zeggen dat ik het jaar op een positieve manier had afgesloten.

'Ik ben u heel veel dank verschuldigd, meneer,' concludeerde ik. 'Zonder u zou dit onmogelijk zijn geweest. Als u me hier niet had laten logeren toen ik gewond was, had ik meneer Farthing nooit ontmoet, laat staan dat hij me begeleid zou hebben en me over de mogelijkheid van een beurs zou hebben verteld. U hebt een referentiebrief geschreven, u hebt mijn vervoer geregeld... Dankzij u is er een wereld voor me opengegaan, meneer, en dat zal ik nooit vergeten. Ook heel hartelijk bedankt dat u me deze zomer naar huis hebt gehaald. En voor de vijf shilling die ik van Walt...'

'Geen dank. Graag gedaan. Zo veel heb ik nu ook weer niet gedaan. Met Pasen was ik je eerlijk gezegd helemaal vergeten. Schandalig van me. Jij hebt mijn zoon net zo veel geholpen als wij jou. Bovendien is het inspirerend om te zien hoe een jongen zich boven de omstandigheden uit werkt en hunkert naar kennis. Ach ja, Farthing,' verzuchtte hij. 'Wat een goeie leraar was dat toch. Heel jammer dat hij ons moest verlaten. Ik heb nog steeds geen vervanger gevonden.'

'Ja, dat hoorde ik van heer Walter, meneer. U zult vast wel iemand vinden. Het is een mooie baan.'

'Ik hoop dat je gelijk hebt, maar ik heb eigenlijk al genoeg aan mijn hoofd.'

'Het komt door de mijnen, Tommy,' zei Coralie. 'Er broeit iets. Er gaan geruchten over stakingen of god weet wat. Mijn oom heeft al zijn andere werk stopgezet om deze zaak op te lossen. Het zou me niet verbazen als dat de reden is waarom Cedric met je wil praten.'

'Wat is er gebeurd, meneer? Ik weet van niks.'

'Tysen's is bezig de nieuwe mijnen naar de ondergang te helpen,' zei hij verbitterd. 'Nu al! Ze behandelen hun mannen als slaven. Wat dat betreft heeft Barridge geen aanmoediging nodig. Hij doet al jaren niets anders dan personeel ontslaan, bezuinigen en de winst opdrijven. Ik vrees dat er een cultuur zal ontstaan die alleen maar tot revolutie en rellen kan leiden, maar zij blijven de harde lijn volgen. Kortzichtige dwazen zijn het.'

'Dat verbaast me niks, meneer, en goed dat u zich er boos om maakt. Maar hebt u er ook van te lijden, als ik vragen mag? In Grindley is er toch niets veranderd? De mannen daar zijn altijd heel blij geweest dat ze voor u mochten werken.'

'Dat heb je goed aangevoeld, maar ik heb het belangrijkste nog niet verteld. De mannen in Arden, Nieuw-Arden en ook die van Steepley hebben hun krachten gebundeld en eisen hogere lonen, hoger zelfs dan die ik betaal. Ik kan het ze niet kwalijk nemen. Als al je zekerheden en de relatie met je werkgever op het spel staan, is het zeker de moeite van het proberen waard. Ze hebben Grindley onder druk gezet om mee te doen en die zijn gezwicht. Het hing al langer in de lucht.

De helft van jouw volk, Tommy, heeft het tegen willen houden, inclusief je vader. Zij zijn niet alleen positief over mijn meesterschap, maar ook over de lonen en de arbeidsomstandigheden, en willen dat niet op het spel zetten. Hoewel ze meeleven met de situatie van de mannen in Arden, vinden ze dat het hún strijd is, niet die van Grindley. De andere helft steunt alles wat tot een hoger loon kan leiden. En zij hebben uiteindelijk gewonnen.

Dus nu hebben we drie mijnwerkersgemeenschappen, of vier als je Arden en Nieuw-Arden afzonderlijk telt, die zich hebben verenigd in hun eis voor loonsverhoging. Daarmee stellen ze de Sedgewicks, de Barridges, de Spackles, die de mijnen in Steepley bezitten, en de club van Tysen's op de proef. We reageren allemaal verschillend, maar de mijnwerkers vormen één blok. We moeten dus met een unaniem antwoord komen. Zo niet, dan zal er voor het eerst sinds zesenvijftig jaar in Grindley weer gestaakt worden. De productie zal met één klap stilvallen terwijl we aan contracten gebonden zijn. Als het alleen om Grindley ging, was het nog te overzien. En Spackles is ook nog wel voor rede vatbaar. Maar hoe kom ik in hemelsnaam ooit tot een overeenstemming met iemand als Winthrop Barridge? Ik kan het me niet voorstellen...'

'Tja,' zei ik zacht. Het was een heleboel nieuws in één keer. Terwijl ik in mijn ivoren toren opgesloten zat, was mijn oude wereld gewoon blijven doordraaien en binnen luttele maanden op de rand van een gigantische omwenteling beland. Omdat ik bekend was met het vermogen van de mijnwerkers om het onverdraaglijke te aanvaarden en het kleine beetje zekerheid tot elke prijs te beschermen, kon ik me maar al te goed voorstellen hoezeer de mijnwerkers van Tysen's en van de Barridges hen tot het uiterste gedreven moesten hebben. Anders was het vast niet zover gekomen.

'Nou, Tommy, je bent niet thuisgekomen om het over stakingen en politiek te hebben,' zei de graaf terwijl hij met zijn handen op zijn dijen sloeg. 'Je bent gekomen om je te ontspannen na je harde werk en je bewonderenswaardige prestaties. Ik zal je nu met rust laten, maar ik hoop je de komende weken nog vaak te zien.'

'Dat hoop ik ook, meneer.'

Opnieuw verliet hij de salon, peinzend nagekeken door Coralie. 'Ik vind het zo erg voor hem,' zei ze. 'Hij heeft zich altijd zo ingezet voor de mijnwerkers. Natuurlijk weet ik dat ze nog steeds aan het kortste eind trekken, Tommy, maar hij heeft zo zijn best gedaan, en nu wordt hij samen met de anderen ten val gebracht. De dorpelingen denken dat hun zaak gediend is met de invloed van een wat ruimdenkender directeur, en daarom hebben ze ook zo hun best gedaan om Grindley erbij te betrekken. Maar eigenlijk heeft mijn oom niet meer invloed op Winthrop Barridge dan ieder ander.' Ze slaakte een zucht. 'Maar goed, jij hebt wel iets anders aan je hoofd nu. Of niet, Tommy? Josie, waarom ga je niet een uurtje met hem wandelen? Jullie zullen een heleboel bij te praten hebben.'

'Dank u, juffrouw,' zei Josie bezadigd terwijl ze de bonnet weglegde. 'Dan maak ik deze later wel af. Ik ben er bijna klaar mee.'

En algauw liepen we door de schemerige bossen. We hoorden duiven koeren en snoven de geur van wilde knoflook op, waarvan mijn maag begon te knorren. Het was fijn om alleen met haar te zijn, buiten, in de stilte. In mijn hoofd duizelde het nog van al het nieuws en de vele vertrouwde gezichten die ik zo lang niet had gezien.

Wekenlang had ik mezelf voorgenomen dat ik Josie zodra we alleen waren, zou zeggen dat ik van haar hield... Maar iets hield me tegen. We hadden maar een uurtje. Niet dat ze een uur nodig zou hebben om mijn hart te breken, als dat zo mocht zijn. Maar als ze positief zou reageren... zou ik graag meer tijd hebben om haar te kussen, te huilen en toekomstplannen te maken. Maar Josie ratelde maar door over de staking, deze keer vanuit het perspectief van Arden, zoals juffrouw Embry het haar had verteld. Het was groot nieuws dat invloed had op onze hele familie. Hoewel Josie haar familie nooit meer zag, kon ze zich onmogelijk afsluiten voor hun lot. Misschien moesten we dit gedoe eerst achter de rug hebben, bedacht ik, en ons daarna pas met romantiek bezighouden. Of was dat weer een laffe gedachte van me?

Het werd een hemels uurtje. Het was een luxe om Josie te zien, haar te horen lachen en het licht over haar levendige gezicht te zien wervelen, om rechtstreeks gedachten te kunnen uitwisselen in plaats van eerst een brief open te vouwen en haar gedachten van twee dagen daarvoor te kunnen lezen. En we hadden nog vele dagen en weken voor de boeg. Toen Josie bij de personeelsingang afscheid van me nam, had ik haar willen kussen, maar in plaats daarvan kneep ik even in haar hand.

'Goeienavond, Tommy,' zei ze met een schittering in haar ogen. 'Ik zie je morgen weer.'

'Ja, tot morgen, Josie. Hoe fijn is het om dat te kunnen zeggen.'

Ik zag haar een moment aarzelen en ik aarzelde ook, maar als de kuise vrienden die we waren, gingen we uiteindelijk ieder onze eigen weg.

58

TOMMY

Nadat ik me die avond in mijn kamer bij mevrouw Murphy had geïnstalleerd en een stevige maaltijd had genoten, begaf ik me op weg naar Grindley. Ik wilde niet met lege handen aankomen en smeekte mevrouw Roundsby om wat restjes. Ze diepte een paar nog warme broden voor me op, die die dag waren gebakken, en een pot honing van de bijen op Silvermoor.

Toen ik ons huisje binnenwandelde, slaakte ma een kreet van verrassing en sloeg haar armen om me heen. 'O, Tommy! Wat zie je er goed uit. Als een echte heer. O, wat fijn om je weer te zien.'

Mijn zussen dromden liefdevol om me heen, kusten me en glimlachten, terwijl mijn broers me toeknikten en op de rug klopten.

'Je bent je familie dus nog niet vergeten,' merkte pa op. 'En nog niet zo verwaand dat je niet meer met ons soort wilt omgaan.'

Ik rolde met mijn ogen. 'Nee, pa.' Ze waren er bijna allemaal, dus ik vertelde hoe verrast ik was toen er onverwacht een koets voor mij was gekomen. 'Ze hebben me gewoon meegenomen en ik ben meteen naar jullie toe gegaan. Op mijn eerste avond al,' sloot ik met enige nadruk af.

'Ik vind het zo fijn,' zei ma. 'Echt waar.'

Toen kwam mijn broer George met Agnes binnen. Kennelijk hadden ze nog niet gehoord dat ik terug was, want ze waren stomverbaasd.

‘Hé…’ zei Agnes toen ze van de verrassing waren bekomen en George een paar keer mijn hand had geschud. ‘Dus je voelt je, nu je zo deftig bent geworden, niet te goed om met ons soort om te gaan?’ En zo ging de avond verder.

Ik bleef maar een paar uur, want ik herinnerde me maar al te goed dat een goede nachtrust noodzakelijk was met een dag in de mijnen voor de boeg. Nadat we kort alle nieuwtjes hadden uitgewisseld, vroeg ik pa naar de staking. ‘Het is een slecht idee,’ zei hij. ‘Wat er in Arden is gebeurd, is werkelijk schandalig. Het is goed dat ze in actie komen, maar het is niet onze strijd. De Sedgewicks hebben ons nooit slecht behandeld. Er kan niets goeds van komen.’

Pa en mijn broers waren allemaal aan het gapen en tegen de tijd dat ik vertrok, zag ik ma ook al indommelen. Maar de meisjes waren teleurgesteld dat ik niet langer bleef. Ik beloofde de volgende dag terug te komen. Ik was nog helemaal niet moe. Ondanks wat er die dag allemaal was gebeurd, voelde ik me opgewekt en gelukkig. Ik had zin in een wandeling, om alle gedachten en indrukken te verwerken. Zonder na te denken liep ik in de richting van Arden. Hoe vaak had ik dat in het verleden niet gedaan, overdag in de hoop Josie te zien, en als het donker was op strooptocht met pa of om Manus te bezoeken. Wat was het leven veranderd sindsdien. En wat was ik daar dankbaar voor.

Het was tien uur. In de grijze lucht was nog een zweempje roze licht te zien. Boven me cirkelde een zwerm kauwen, snel en behendig klapwiekend in de stilte van de avond. Toen ik over mijn schouder keek, zag ik de knusse lampjes in Grindley, die schitterden in het schemerlicht, een voor een uitgaan. Op het zandpad voor me zag ik hoe de dauw opkwam. Het leek wel elfenstof, wat heel even een magische, veelbelovende indruk gaf. Algauw herinnerde ik me dat het me niet de juiste weg zou wijzen. Ik liep alsmaar verder en dacht aan Josie, aan thuis, en aan de vrije weken die voor me lagen. Ik besloot twee of drie shilling van de vijf aan pa te geven. Niet alles, want ik had zelf nog wat nodig om met Kerstmis een koets naar huis te kunnen nemen, maar ik vond het fijn om na al mijn mooie praatjes ook iets bij te kunnen dragen.

Ik hoopte dat ik juffrouw Embry zou tegenkomen. Misschien was ze op weg om de brieven van Manus op te halen. Dan zou ik haar kunnen uithoren over Josie. Vrouwen bespraken alles met elkaar. Dat wist ik van mijn zussen. Misschien zou ze me hoop kunnen geven of me op een teleurstelling kunnen voorbereiden. Maar ik kon me niet voorstellen dat ik haar bij toeval tegen het lijf zou lopen. Ik ging immers niet naar Arden. Had ik maar een briefje voor Manus geschreven, maar ik had van tevoren niet verwacht dat mijn wandeling me zo ver zou voeren.

Toen ik de poort van Heston naderde, ging ik langzamer lopen. Ik dacht terug aan al die jaren dat ik met Josie had gespeculeerd over de familie Barridge, over dat grote lege huis, aan al die jaren dat Manus er opgesloten had gezeten. Hoewel er geen enkel teken van leven van Paulson of zijn honden was, begon mijn hart gewoontegetrouw sneller te kloppen. Ik liep niet, maar ik sloop. Het 'stropersloopje' noemden we dat, alsof je over fluweel liep.

Tot mijn verbazing zag ik een gestalte aan de andere kant van de poort, even heimelijk als ik, tastend naar de kettingen en de hangsloten. Hij droeg zwarte kleren, maar zijn haar was even wit als altijd, en achter hem doemde een grote donkere schaduw op, die kleine, voorzichtige geluidjes maakte.

'Manus,' fluisterde ik verheugd.

Verschrikt draaide hij zich om en dook met een snelle, angstige beweging in de struiken aan zijn kant van de poort.

'Ik ben het, Manus, Tommy,' siste ik, bang dat hij weg zou rennen zonder dat we elkaar zouden hebben gesproken. 'Ik had niet gedacht dat ik je vanavond zou treffen. Laat me erin.'

'Tommy?' klonk het gesmoord vanuit de varens.

'Ja, ik ben het. Wees niet bang, Manus. Ik ben het maar.'

Ik was vergeten hoezeer het leven van hem een nerveus en angstig wezen had gemaakt. Pas na eindeloos geritsel kwam hij eindelijk uit de struiken tevoorschijn, waarna hij heel langzaam naar de poort liep, alsof hij bij elke stap verwachtte belazerd te worden. Daarom liep ik hem tegemoet zodat hij me kon zien.

'O, Tommy,' zei hij opgelucht. 'Je bent het écht. Wat geweldig. Wat een verrassing. Kom verder, dan drinken we een glas.' Toen hij de kettingen pakte, trilden zijn handen.

Bijna had ik ja gezegd, als vanouds, maar de gedachte aan Josie hield me tegen. Er stond te veel op het spel. Niet alleen alles wat ik al hád bereikt, maar ook wat ik nog wilde bereiken.

'Beter niet, Manus,' zei ik. 'Ik wil hier nu niet betrapt worden. Weet je... eh... Josie is...'

Hij glimlachte en in het licht van de opkomende maan zag hij er engelachtig uit.

'Ach ja, natuurlijk,' zei hij. 'Ik heb altijd geweten dat het op een dag zover zou komen. Zijn jullie verloofd?'

'Nee. Dat is het nu juist. Ik heb er nog met geen woord over gerept tegen haar, Manus. Ze weet niet wat ik voor haar voel. Ik weet ook niet of het wederzijds is en of mijn hart gebroken gaat worden. Maar ik moet het haar zeggen. Ik heb haar een half jaar niet gezien en ik kan geen dag langer wachten. Dus vanavond wil ik absoluut niet gearresteerd worden.'

'Je hebt gelijk,' mompelde mijn vriend terwijl hij de poort openmaakte en me het terrein op trok. 'Laten we dan gewoon hier gaan zitten en heel zachtjes praten. Het is een warme avond, dus het is goed uit te houden.'

Ik deed wat hij zei. We omhelsden elkaar en gingen vervolgens op twee polletjes veerkrachtig gras zitten. Ebony kwam me begroeten en kauwde op mijn haar. Hoewel het misschien al tegen elven liep, was het nog steeds aangenaam buiten.

'De graaf heeft me vandaag laten ophalen, zonder dat ik het wist, en ineens ben ik hier. Ik blijf maar liefst zes weken,' legde ik uit.

Manus' ogen schitterden. 'O, Tommy, dan hoop ik dat ik je nog een keer zie, al is het gewoon hier bij de poort. Ik heb onze gesprekken gemist. Eenzaamheid kan soms... eh... Het kan soms verpletterend zijn. Soms kan ik er gewoon niet meer door denken.'

'Ik heb het zelf ook meegemaakt op Westonbury, in veel mindere mate weliswaar, maar ik vond dát al erg. Zes weken is een lange tijd, Manus. Als jij nu eens voor een keer van het terrein af zou gaan, zouden we elkaar ook ergens anders kunnen treffen.'

Tot mijn ontzetting zag ik hem weer in de verdediging schieten. Zijn schouders hingen omlaag en zijn gezicht kreeg een starre uitdrukking. 'Zo simpel is dat niet,' mompelde hij, zoals zo vaak.

Ik kon mijn teleurstelling niet verbergen. 'Maar Manus, ik dacht dat je al stappen had gezet. Je hebt een ontsnappingsfonds, je hebt juffrouw Embry. Ik dacht dat je onderhand zover was. Je hebt lang genoeg de tijd gehad om een plan te bedenken. Er zijn al drie jaar voorbij sinds onze eerste ontmoeting.' Maar hij keek me zo verdrietig aan dat ik meteen spijt had van mijn strenge toon.

'Ik weet dat ik je teleurstel, Tommy,' zei hij. 'Ik ben sowieso een zielig figuur. Ik zal proberen het uit te leggen... Zoals ik al zei, ben ik vanwege de eenzaamheid soms niet in staat tot helder denken. Mijn angst zit heel diep. Tien jaar is een lange tijd, en ze hebben me in veel opzichten hulpeloos gemaakt. Ik ben veel vaardigheden die ik vroeger had vergeten, zoals innemend zijn, logisch nadenken of praten over koetjes en kalfjes. Maar eerlijk gezegd was ik daar al nooit zo goed in. Als ik eraan denk dat ik weer de echte wereld in moet, een hospita moet benaderen voor onderdak, solliciteren bij een bank... ik geloof niet dat ik het kan. Manus Barridge doet dat soort dingen niet. Manus Barridge woont heimelijk op Heston Manor, opgesloten in zijn vertrekken. Overdag leest hij de boeken uit zijn kleine privébibliotheek, 's nachts rijdt hij op zijn paarden door de tuin.'

'Ach ja,' gaf ik toe, 'ik begrijp hoe je je voelt. Maar, mijn beste vriend, zolang je hier blijft, zal het nooit anders worden. Eerst moet er een verandering plaatsvinden. Daar ben ik van overtuigd. Zet die stap, ook al ben je bang. Je zult zien dat het allemaal meevalt en je zult blij zijn dat je het hebt gedaan. Dat weet ik zeker.'

'Juffrouw Embry zei ongeveer hetzelfde tegen me. Jullie zijn allebei slim en verstandig. Jullie hebben vast gelijk. Maar Tommy, stel dat ik het niet in me heb. Jíj hebt je oude leven achter je gelaten, je bent opnieuw begonnen. Maar als het zo gemakkelijk was, zou iedereen het doen, of niet?'

'Nee, niet iedereen voelt zich daartoe geroepen. Niet iedereen is door zijn eigen vader afgesloten van de buitenwereld, laat staan doodverklaard. Je hebt het in je, Manus, geloof me. Deze week ga je, beloofd? Doe het nu ik hier ben, dan kan ik je misschien helpen.'

Hij lachte zachtjes. 'Deze week? Ik dacht eigenlijk meer aan dit jáár.'

'Nee, Manus. Je kunt niet nog maandenlang hier blijven. Hoe langer het duurt, hoe moeilijker het wordt. Waag de sprong.'

'Aan het einde van jouw vakantie dan,' marchandeerde hij. 'Wat zeg je ervan als ik een plan bedenk en hier wegga voordat jij terug naar Westonbury gaat?'

'Nou, dat klinkt al veel beter,' gaf ik toe.

Er kwamen andere onderwerpen ter sprake: de dreigende staking, mijn studie en Josie, juffrouw Embry, Ebony en Equinox. Er ging een uur voorbij en net toen ik bedacht dat ik moest gaan, begon Ebony waarschuwend te hinniken, een laag, nerveus geluid. Verstijfd keken we elkaar aan.

De weinige keren dat we elkaar in al die maanden in de stallen hadden ontmoet, hadden we nog nooit een terreinknecht gehoord, behalve die eerste keer, toen Josie en ik ons in het stro moesten verstoppen voordat we Manus troffen. Ik was niet vergeten hoe gevaarlijk het was om op Heston te zijn, daarom zaten we nu hier tussen de struiken. Maar aan de andere kant had ik ook vaak het gevoel dat onze gesprekken in een soort betoverde bubbel plaatsvonden en was ik gaan geloven dat onze vriendschap veilig was. Maar hoewel we niets konden horen – geen stemmen, geen honden, geen voetstappen – bleef Ebony zachtjes stampen. Hij was bang. Paarden voelden alles aan.

Ik stond op en stapte geruisloos door de poort. Manus stond ook op en bleef achter me op de uitkijk staan. Ineens bedacht ik dat hij nu meer te verliezen had dan ik. Ik bevond me niet op verboden terrein, en als Paulson me in mijn kraag zou grijpen, was er geen enkele aanleiding om me van stropen te betichten. Ik was een student, een vriend van de Sedgewicks. Ik had de fazanten van Heston niet meer nodig. Het zou niet aangenaam zijn, daar was ik zeker van, maar ik zou het wel overleven. Manus zou echter weinig kans maken om te ontsnappen. De poort zou verzegeld worden, er zou extra bewaking ingezet worden, en als ze ontdekten dat hij een vriend had, zouden ze hem misschien zelfs ergens anders heen verbannen. Terwijl we daar als versteend stonden, vroeg ik me af waarom we voor dit soort gevallen nooit een plan hadden beraamd.

Toen hoorden we iets. Geblaf in de verte. Ebony sperde zijn neusvleugels open, Manus' pupillen verwijdden zich. Ik zette een stap naar voren en trok de poort iets naar me toe, zodat niet te zien was dat hij openstond. De kettingen hingen echter los. Ik gebaarde naar Manus dat hij terug moest gaan. Hij had immers het recht om op zijn eigen landgoed rond te lopen. Ik liep achteruit de veldweg op. Ik wilde zo snel mogelijk terug naar Silvermoor lopen, liefst zonder argwaan te wekken.

Maar voordat ik op weg kon gaan, barstten de doornstruiken open en stormden er twee honden op ons af. Manus werd omvergelopen en ik vroeg me af waar de derde bleef. Ebony steigerde en hinnikte. Ik zag een glimp van zijn zwarte hoef door de ijle lucht graaien. Sterke handen grepen me onverhoeds van achteren vast en klemden mijn armen op mijn rug. Op dat moment hoorde ik de derde hond grommen.

59

JOSIE

Toen ik die nacht naar bed ging, cirkelden er sterren door mijn hoofd. Tommy was thuis. Ik dacht aan hoe hij me had vastgehouden toen hij uit de koets stapte. En hoe heerlijk het was geweest om met hem in de bossen te wandelen, om rechtstreeks met elkaar te praten in plaats van op afstand via een langverwachte brief, om zijn stem te horen en zijn gezicht te zien. Af en toe had ik het gevoel gehad dat hij iets wilde gaan zeggen… of dat ík iets wilde gaan zeggen. Maar we hadden niet veel tijd en we hadden immers nog zes weken voor de boeg. Bovendien hadden we op onze oude manier al zo veel bij te praten. Ik had ongehinderd al mijn gedachten over allerlei onderwerpen met hem gedeeld, gewoon omdat het kon.

Maar nu de nacht was ingevallen en ik weer alleen was, kon ik de slaap niet vatten, wetend dat hij in de buurt was. Toen de klok twaalf uur sloeg, probeerde ik mezelf tot rede te brengen, maar toen werd het een uur, twee uur… Heel irritant. Nu zou ik morgen met opgezwollen ogen en een wazig hoofd opstaan, terwijl ik voor Tommy op mijn allercharmantst wilde zijn. Ik snoof, draaide me om en sloeg met mijn vuisten op mijn kussen, maar om kwart voor drie gaf ik het op. Ik stond op en kleedde me snel aan. Teacup wilde per se met me mee, als een kleine strijder die me in het donker zou beschermen. Het kostte me ongeveer twintig minuten om naar de cottage van mevrouw Murphy te lopen. De maan scheen en het geurde naar de zomer. De trillende roep van een uil ontroerde me.

Gelukkig lagen de twee slaapkamers van het kleine huis tegenover elkaar, zodat ik steentjes naar Tommy's raam kon gooien zonder bang te hoeven zijn dat ik de verkeerde wakker zou maken. Met bonzend hart wachtte ik af totdat een donkere gestalte met de raamgrendel zou gaan rommelen, waarna een warrige krullenbol uit het raam zou leunen. Wat moest ik zeggen? Ik had geen idee. Dat ik van hem hield en het niet langer voor me kon houden? Of zou ik een of andere ongeloofwaardige smoes verzinnen? Of zou ik simpelweg zeggen dat ik niet tot de ochtend kon wachten om hem te zien, wat nog waar was ook.

Hoe dan ook, het was goed om hier te zijn, in de intimiteit van deze schitterende nacht. Ik wachtte.

Ik gooide nog een paar steentjes, toen een wat grotere en ten slotte een vrij grote steen, die een krakend geluid veroorzaakte dat me niet beviel. Mijn ongeduld nam toe. Ik wachtte. Tommy was nergens te zien.

Ik ging op het gras zitten en Teacup sprong op mijn schoot. 'Hij komt niet, hè, kleintje,' mompelde ik. Die laatste steen was niet subtiel geweest. Tommy kon onmogelijk zo'n diepe slaper zijn dat hij dat niet had gehoord. Hij was er niet. Ik zuchtte. Misschien was hij bij zijn familie in Grindley blijven slapen. Misschien lag hij op dit moment te slapen op dat gekke bed van hen onder de trap. Veilig en wel. Ik hoopte het maar. Tegelijkertijd was ik heel bang dat hij in een of ander avontuur verzeild was geraakt.

60

TOMMY

'Welk recht hebt u om me vast te houden? Ik heb niets verkeerds gedaan!' riep ik. 'Laat me onmiddellijk los. Ik ben een vriend van Rufus Sedgewick, ik ben op weg naar Silvermoor.'

Gegrom bij mijn linkeroor. 'O ja, een vriend van Rufus Sedgewick? Dat zal wel. Dwalen de vrienden van de heer altijd midden in de nacht rond over het terrein van Heston? Dat lijkt me nogal een rare situatie.'

'De veldwegen zijn voor iedereen toegankelijk,' beet ik hem toe. 'Iedereen mag er gebruik van maken. Ik bevind me niet op verboden terrein.'

'O ja? En dat moet ik geloven?'

'Paulson, laat hem los.' Manus was weer opgekrabbeld. De honden zaten nu, maar gromden nog steeds. 'Wat je ook denkt, je vergist je. Deze jongen was gewoon op een mooie zomeravond een wandeling aan het maken. En ik reed met Ebony rond over het landgoed en had niet in de gaten dat we dicht bij de grens waren. We hebben een paar beleefdheden uitgewisseld en waren net van plan ieder ons weegs te gaan. Je denkt toch niet dat hij aan het stropen was, hoop ik? Kijk naar zijn kleren, luister naar hoe hij praat. Het is geen arme mijnwerkersjongen.'

'Maar hij is evenmin een gast van de graaf van Silvermoor,' verklaarde Paulson. Hij draaide zich naar me om en bekeek me nog eens goed. Zijn ogen draaiden een beetje weg en om hem heen hing een sterke geur van whisky. Hoewel zijn argwaan hardnekkig was, betwijfelde ik of hij wel helder was. 'Ik weet niet wie hij is en het kan me ook niks schelen. Meneer Barridge zou dit niet goedvinden. Er is iets vreemds aan de hand en ik ben van plan uit te zoeken wat het is.'

Op mijn beurt bekeek ik hem eens goed, zijn brede, rode gezicht, zijn tweed hoed met de veren erop, zijn bruine kravat. In zijn blauwe ogen lag een koele, enigszins wilde blik. Hij was ouder dan vijftig, zwaargebouwd en opgeblazen. Ik kon hem aan, dat wist ik. Maar Manus dan? En de honden, niet te vergeten...

'Uw waakzaamheid siert u,' zei ik, op een toon alsof ik van adel was. 'Ik weet zeker dat meneer Barridge onder de indruk zal zijn. Maar helaas hebt u het hier bij het verkeerde eind. Laat me gaan, dan praten we er niet meer over.'

Hij lachte. 'Snotjongen!' sneerde hij. 'En wat u betreft...' Hij wendde zich tot Manus. 'U moet niet denken dat ik dit onder mijn pet hou. Er zullen maatregelen getroffen worden, strenge maatregelen.'

'Maar waarom?' vroeg Manus onschuldig, maar ik kon zien hoe bang hij was. Hij vlocht zijn handen telkens in elkaar, met stille, zinloze bewegingen. Een tweede terreinknecht was er inmiddels bij komen staan en hield de honden vast, in afwachting van Paulsons instructies. 'Deze jongen weet nergens van... Hij was heel beleefd en allesbehalve nieuwsgierig. Hij begrijpt heus wel dat er mensen op dit landgoed rondlopen die voor de paarden en het terrein zorgen enzovoort.'

'Inderdaad,' ze ik. 'Ik heb helemaal geen belangstelling voor wat er hier allemaal gebeurt. Ik zit op school, op Westonbury, en ik heb genoeg aan mijn hoofd met mijn studie.'

'En jullie hebben elkaar nooit eerder ontmoet?' zei Paulson op sarcastische toon.

'Nooit,' zei Manus nadrukkelijk. Te nadrukkelijk. 'Nou, wat mij betreft is het mooi geweest, Paulson. Ik ga naar bed. Goedenavond, jongeman, het spijt me zeer.' Hij pakte de teugels vast en stond op het punt Ebony terug naar het huis te leiden. De terreinknecht en zijn honden keken hem na, maar maakten geen aanstalten om hem te volgen.

Ik hield mijn adem in. Ging hij echt weg? Zou hij ongedeerd blijven? Wat ging er met mij gebeuren? Paulson kon ik wel aan, maar drie honden zo groot als kalveren? Terwijl ik de mogelijkheden aan het afwegen was, wenste ik met heel mijn hart dat ik mijn gevoelens vandaag aan Josie bekend had gemaakt. Zelfs buiten de mijnen was het leven gevaarlijk, mensen konden wreed zijn, het leven was kort en onvoorspelbaar. Zes weken had een eindeloze tijd geleken, maar wat ging er nu gebeuren? Had ik het haar maar verteld.

'Ja, ga maar gauw terug naar binnen,' grauwde Paulson. Het choqueerde me dat hij niet het minste respect toonde voor de man die zij met z'n allen moesten beschermen. 'Ik zal het er morgen met meneer Barridge over hebben. En wat jou betreft...' voegde hij eraan toe terwijl hij me een harde duw had gaf, '... jij gaat met mij mee.'

'Geen sprake van!'

'O, zeker wel. Kom hier, Breaker.' De hond gromde nog harder en stond, lomp en sterk, naast zijn baas. Als ik weg zou rennen, zouden ze me verslinden. Als ik met ze meeging, kon ik me misschien nog uit deze situatie praten. Maar mijn bloed kookte. Hoewel ik heus wel wist dat ik het verstandig moest aanpakken, was ik het liefst op de vuist gegaan. Mijn handen jeukten.

'Hoe heet je?' wilde hij weten. 'Als je je naam zegt, ben ik misschien wat minder streng voor je.'

Ineens dacht ik aan die arme Flinty en ik glimlachte zwakjes. 'Al Crace,' zei ik duidelijk verstaanbaar. 'Al Crace uit Grindley.' Als Al er al problemen mee kreeg, zou dat een kleine wraakactie zijn voor de dood van die dappere pony.

Ik draaide me om. Manus zat inmiddels op de rug van Ebony en ik zag zijn witte haar tussen de bomen verdwijnen.

'Al Crace, zei je?' herhaalde Paulson argwanend.

'Ja. Ik heb u mijn naam gegeven en gezegd waar ik verblijf. Dat is volgens mij een duidelijk teken dat ik van goede wil ben. Ik verzoek u dan ook dringend me te laten gaan. Morgen bent u van harte welkom op Silvermoor om mijn verhaal te verifiëren.'

'Zo? Verifiëren nog wel?' Hij was zo'n type dat een nieuw woord verdacht vond. 'Nee, ik denk dat ik u toch maar meeneem, meneer Crace. U gaat een nacht in de kelder doorbrengen, dan hebt u mooi de tijd om na te denken, meneer, en omdat u zo goed met de adel overweg kunt, zal ik meneer Barridge morgen vragen het verder af te handelen.'

'O, wacht nog even, jongeman,' klonk Manus' stem ineens vanuit het bos. 'Wat ons eerdere gesprek betreft... ik geloof dat je toch gelijk hebt. Het is tijd om te vertrekken.' Hij draaide Ebony om en stoof in galop op de poort af.

'Natuurlijk heb ik gelijk!' riep ik. Ik gaf toe aan de jeuk aan mijn handen en haalde krachtig uit. Mijn vuist kwam neer op Paulsons opgezwollen rode gezicht. Het krakende geluid stemde me tevreden. Toen Paulson achteruitwankelde, rende ik naar het hek en trok het open.

'Breaker!' riep Paulson, die kronkelend op de grond lag. De hond sprong tegen me op. Het leek of ik door een vluchtende stier omver werd gelopen. Zijn enorme kaken sloten zich om mijn arm en ik slaakte een kreet van pijn. Ik stompte en schopte, maar het dier was te groot, te sterk en te woest. Paulson was overeind gekrabbeld en spande de haan van zijn geweer. Gelukkig hoorde ik het gestage gedreun van Ebony's hoeven dichterbij komen. Ik hoorde het enorme dier briesen. Toen deze veel grotere tegenstander naderde, liet de hond me los. Hevig bloedend liep ik naar Ebony toe.

'Paulson, doe dat ding weg, of richt het anders op mij,' beval Manus.

Paulson keek hem schaamteloos aan en richtte zijn geweer op ons. Hij kon de trekker overhalen. Ik achtte hem ertoe in staat.

Manus stak een hand naar me uit, maar mijn arm was te zeer gewond om hem fatsoenlijk te kunnen vastpakken. Ik stak een voet in de stijgbeugel en probeerde me op het paard te hijsen, maar Breaker sprong op me af. Ik voelde zijn tanden in mijn rechterenkel happen, alsof ik in een ijzeren klem was gestapt. In gedachten hoorde ik mijn vaders stem. *Dat is onze grens. Ga daar niet overheen. Nooit. Als je leven je lief is, tenminste.*

Ebony draaide zich om, zodat ik met mijn voet in de stijgbeugel achter hem aan werd gesleept en Breakers tanden mijn enkel loslieten. Ik viel bijna, maar Manus greep me bij mijn oksels en hees me omhoog. Het kostte me enorm veel moeite om vanuit die ongebruikelijke positie op zo'n groot paard te klimmen en ik brulde het uit van de pijn, maar op de een of andere manier lukte het me. Ik probeerde me op de brede, gladde rug te installeren terwijl Breaker nog steeds naar mijn been hapte en Ebony steigerend rondjes draaide. Toen Manus uiteindelijk voelde dat ik rechtop zat, knikte hij.

'Kom, Tommy,' fluisterde hij. 'Hoogste tijd om te gaan.'

Ebony schoot als een pijl uit een boog weg. Paulson loste twee schoten, maar ze misten doel. Of dat de bedoeling was of niet, zou ik nooit weten. Ebony gaf in elk geval geen krimp. Het was zo'n reusachtig paard dat noch honden, noch kogels hem leken te deren.

Nooit eerder had ik zo hard gereden. Ebony bewoog zich zo vloeiend dat ik zelfs zonder zadel en met slechts één voet in de stijgbeugel moeiteloos bleef zitten. De honden gaven de achtervolging algauw op. We stoven over de veldweggetjes en vluchtten Silvermoor Rise op. Aan de linkerkant ving ik een glimp op van het donkere groepje huizen dat Arden was. Aan de rechterkant lag de grens met het terrein van Heston, die Josie vroeger had overschreden om boshyacinten te plukken. Zonder zijn evenwicht te verliezen galoppeerde Ebony verder. We daalden de heuvel aan de andere kant weer af en kwamen in een open gebied, het uitgestrekte heidelandschap, verder dan ik ooit was geweest, afgezien van Westonbury natuurlijk. Uiteindelijk stopten we.

Het was stil. Geen honden, geen geweerschoten, geen geschreeuw. We hadden ze allemaal achter ons gelaten.

'Zo,' zei Manus terwijl hij zich van Ebony's rug af liet glijden. 'Ik heb het gedaan. Ik ben weg.'

Toen ik wilde afstijgen, schoot me ineens te binnen dat mijn enkel gewond was, dus ik bleef toch maar zitten. 'Jammer. Zo had ik het me niet voorgesteld.'

Toen we elkaar in het donker aankeken, schoten we in de lach om de vreemde situatie waarin we waren beland.

'Juffrouw Embry heeft je geld,' peinsde ik.

'En jij moet terug naar Silvermoor,' zei Manus. 'Jammer dat je tegen Paulson hebt gezegd dat je daar verblijft. Nu gaat hij er natuurlijk naartoe om vragen te stellen.'

'Hij geloofde me niet. Ik heb hem gezegd dat ik Al Crace heette. De Sedgewicks kunnen naar waarheid zeggen dat ze niemand met die naam kennen.'

'Slimme zet van je.' Hij leunde tegen Ebony's hoge schouder. 'Wat een toestand, wat een toestand. O, Tommy! Hoe kom ik nu bij Equinox?'

'Dat weet ik niet. Nu we het erover hebben, wat doen we met Ebony? Een man kan zich wel ergens verbergen, maar jij bent daar te groot voor, nietwaar, ouwe jongen?' mompelde ik terwijl ik hem aaide. Het dier kromde zijn nek van genoegen.

'Komt tijd, komt raad,' zei Manus. 'Ik moet eerst weg van deze hei en jij moet terug naar Silvermoor... Ik denk dat ik wel weet wat we het eerst moeten doen. De rest volgt dan vanzelf.'

Nu het erop aankwam, wist hij wat hem te doen stond. Het ging precies zoals ik had gezegd. Zijn angst voor de uitdagingen van de wereld was groter tijdens zijn isolement dan nu hij er in het echt mee geconfronteerd werd. Of misschien was hij overmand door vreugde en zou de shock later pas intreden.

61

TOMMY

De volgende ochtend reed ik vroeg het terrein van Silvermoor op. De zon liet zich al zien en de zomernevel trok langzaam op. Het was nog stil op het landgoed, er was niemand te zien. Ik was echter nog maar net in de stallen toen Josie binnen kwam rennen.

'Tommy Green!' riep ze woedend. 'Waar heb jij de hele nacht gezeten? Ik heb me vreselijke zorgen gemaakt. Telkens wanneer je uit mijn buurt bent, ben ik bang dat je levend begraven wordt, me vergeten bent of door die grote monsters van honden verscheurd wordt... O, je bloedt! Dus die honden hebben je écht te pakken gehad? Wacht eens... Is dat Ebony?'

'Het is een lang verhaal.' Ik strompelde naar haar toe en sloeg mijn armen om haar heen. Ik was uitgeput na alweer een nipte ontsnapping op het terrein van Heston en een nacht buiten in het veld. Ik zakte tegen haar aan, leunde met mijn hoofd tegen het hare en hoewel ze klein en tenger was, hield ze me overeind. Deze keer voelde het gewoon als thuiskomen. Ik had mijn lesje geleerd. Ik zou geen minuut langer meer wachten.

'Ik hou van je, Josie,' zei ik. Ik hield mijn ogen gesloten, haar gezicht was in mijn hals gedrukt. Het was niet de liefdesverklaring die ik had gepland. Ik had haar gezicht willen afspeuren op een reactie, de kracht van mijn liefde willen overbrengen met de intensiteit van mijn blik. Maar ik moest het nú zeggen, voordat er iets tussen kwam. En ik was zo opgelucht om haar weer te zien dat het me bijna niet meer kon schelen hoe ze zou reageren, als ze het maar wist. Misschien was het maar goed ook dat de woorden er zo eerlijk en zakelijk uit kwamen.

'Tommy,' zei ze streng, 'ik hou ook van jou, maar je bloedt en zo te zien zit je in de problemen. Wat kan ik voor je doen?'

Daar had je haar praktische vrouwelijke kant weer. En ze had gelijk. Er zouden spoedig mensen naar het landgoed komen en ik was natuurlijk niet toonbaar. Mijn strompelende gang kon ik verklaren met het verhaal dat ik mijn enkel in het donker had verzwikt, maar het was overduidelijk dat de wond in mijn arm door een hondenbeet was veroorzaakt en omdat ik dat niet kon zeggen, strompelde ik terug naar de cottage voordat mevrouw Murphy wakker was. Ik liet de deur open voor Josie, die algauw terugkwam met verband en carbolzuur uit het grote huis. Gelukkig waren de wonden makkelijk schoon te maken en dompelde ze het verband eerst in het carbolzuur alvorens mijn wonden strak te verbinden. Met moeite verbeet ik de pijn.

'Zo,' zei Josie toen ze eindelijk klaar was en ik me uitgeput op mijn smalle bed had laten neervallen. 'Nu wil ik natuurlijk horen wat er is gebeurd, maar eerst moet ik je nog één ding vragen. Toen je daarnet zei dat je van me hield, was dat vanwege de consternatie, net als die keer dat je me kuste nadat ik het aanbod van Coralie had afgewezen, of was het... Tja, wat wás het eigenlijk, Tommy?'

Haar gezicht was witter dan ik het ooit had gezien en ik besefte dat ze bang was. Plotseling begreep ik waarom er nooit een tweede kus was geweest. Ik had steeds gedacht dat ze het niet wilde, maar nu snapte ik dat ze niet echt had kunnen geloven dat ik het meende. Ik stak de hand van mijn niet-verbonden arm naar haar uit. Ze pakte hem aan. Vervolgens trok ik haar naar me toe zodat ze naast me op het bed terechtkwam. Eindelijk was mijn moment gekomen.

'Ten eerste,' zei ik, 'had die kus niets te maken met de consternatie. Het was een pure emotie. Ik was bang dat je je kans zou mislopen, maar ook ontroerd dat je dat voor mij had gedaan. Ons leven was destijds hopeloos en het enige dierbare wat ik had, was jij. Dat ben je altijd geweest, dat ben je nog steeds en dat zul je altijd blijven. Sindsdien had ik je zo graag nog eens willen kussen, maar ik was bang dat je het niet wilde en ik durfde onze vriendschap niet op het spel te zetten.'

'O,' zei Josie heel zacht.

'Ten tweede, mijn vriendschap voor jou is uitgegroeid tot liefde, Josie. Ik wilde je dat al heel lang zeggen, maar niet in een brief. Ik wilde het je onder vier ogen zeggen. Ooit heb je tegen mij gezegd dat vriendschap een belangrijk deel van liefde is, maar dat liefde groter is. Mijn vriendschap voor jou bestaat nog steeds en zal er altijd zijn. Maar ik voel meer, veel meer voor je dan alleen vriendschap... tenzij jij...' Van mijn welsprekendheid was uiteindelijk niet veel meer over en ik speurde haar mooie gezicht af op zoek naar een antwoord.

'O,' fluisterde ze weer. 'Ik ben zo opgelucht.' Ze keek uitzonderlijk verlegen en onzeker.

'Dus... voel jij hetzelfde?' wilde ik weten.

'Nou en of. Ik heb zo lang gewacht en me steeds maar afgevraagd... Ik zou voor eeuwig kunnen wachten, als ik het maar wíst. O, Tommy, ja, ja, ik hou ook van jou.' Ze hief haar hand op om met haar vingertoppen mijn kaaklijn te volgen en mijn wang te strelen, mijn lippen te beroeren. Ze deed het zo geconcentreerd alsof ik een wonder was dat voor haar zat. Heel even liet ik het besef tot me doordringen dat al mijn hoop niet uit elkaar was gespat en al mijn wensen waren uitgekomen. Ik kuste haar hand en vervolgde: 'Laten we gaan trouwen, Josie. Wil je dat? Al die maanden op school heb ik gewacht tot ik het je persoonlijk kon zeggen en was ik bang voor je reactie. Maar gisteravond bedacht ik ineens dat ik je misschien nooit meer zou zien en ik kon niet wachten om het je te vertellen. Ik hou van je. Je was voor mij het heldere licht dat me al die jaren ondergronds heeft helpen doorstaan en dat me nu door mijn jaren op Westonbury loodst. Daarvoor wil ik je bedanken. Ik wil mijn hele leven met je delen, ook al heb ik je nog helemaal niets te bieden. Of, nou ja, twee shilling...'

'Sst,' zei Josie. 'Natuurlijk wil ik met je trouwen. Wat dacht je dan? Ik was ook bang, Tommy... maar nu is het goed. O...' Ze trok me dicht tegen zich aan en zo zaten we lange tijd tegen elkaar aan. Toen nam ik haar gezicht tussen mijn handen en kuste haar. Deze keer niet haastig of onverwacht, zoals de eerste keer, geen uiting van vluchtige emoties of een bekroning van een speciale gelegenheid. Allebei wisten we dat dit moment zou komen, allebei meenden we het met heel ons hart. Haar lippen waren zacht en zoet, en hoewel ik een mijnwerkersjongen was, voelde ik me dankzij haar kus een prins. Toen ik haar losliet om even in haar donkere ogen te kunnen kijken, gleed er een brede glimlach over mijn gezicht die zich door mijn hele lijf verspreidde en me verwarmde. Een toekomst met Josie. Een leven met Josie. Met dit bijzondere sprankelende meisje voor altijd aan mijn zij zou alles wat we zagen en deden worden verlicht. Nooit was er iemand zo blij geweest dat hij niet door de honden aan flarden was verscheurd.

62

JOSIE

Ik vloog door het bedauwde gras naar het grote huis om mijn ochtendwerkzaamheden voor juffrouw Coralie uit te voeren. Tot mijn verbazing waren mijn schoenen en de zoom van mijn jurk nat, zo overtuigd was ik ervan geweest dat ik vleugels had. Tommy hield van me. Na al die tijd wist ik het... We zouden gaan trouwen, ooit, als hij klaar was met school. Ik wilde niets liever dan het aan juffrouw Coralie vertellen, maar het nieuws was nog te vers. Het nieuwe 'ons' bestond nog maar net. Ik wilde er eerst in mijn eentje nog even van genieten.

Later die ochtend had ik een paar uur vrij. Omdat Tommy niet ver kon lopen, leenden we Walters pony om naar Arden te rijden. Als we Ebony hadden meegenomen, had dat zeker op argwaan kunnen rekenen.

Ik had mijn armen om zijn middel geslagen en voelde de warmte van zijn rug tegen de mijne. Hij vertelde me wat er de vorige avond was gebeurd. Hij was met Manus naar Arden gereden. Ondanks het grote risico hadden ze Ebony aan de rand van het dorp aan een boom vastgebonden. Ik begreep dat ze weinig keus hadden gehad. Als iemand hen samen op dat grote zwarte paard had gezien, zou het nieuws zich binnen een paar minuten door heel het dorp hebben verspreid.

Gelukkig was juffrouw Embry een slechte slaper en ze was dan ook snel wakker. Ze had het raam geopend en in de kleine achtertuin waar Tommy zich jaren geleden had verstopt, hadden Tommy en Manus haar op gedempte toon de situatie uitgelegd. Vervolgens had ze Manus door het raam naar binnen laten klimmen; liever dat dan dat ze op dit ongebruikelijke uur de deur aan de straatkant voor hem had moeten openmaken. Tommy had Ebony weer opgehaald en was via de lange route terug naar Silvermoor gereden, de veldweggetjes waren te gevaarlijk op dat moment. Geen wonder dat hij pas tegen de ochtend weer op het landgoed was aangekomen.

Eenmaal in Arden deden we geen enkele moeite om ons te verbergen. Niemand zou Tommy op klaarlichte dag in elkaar slaan en bovendien hadden we allebei inmiddels genoeg afstand van het dorp genomen dat we bij juffrouw Embry op bezoek konden gaan wanneer we dat wilden. We troffen haar, zoals gewoonlijk, achter de toonbank.

Toen ze ons zag, begonnen haar ogen te schitteren. Wat een aardige, lieve vriendin was ze toch. Ik was nog nooit zo blij geweest om haar te zien.

'Ik hád al zo'n vermoeden dat jullie tweeën langs zouden komen,' zei ze. Ze haastte zich naar ons toe om ons te omhelzen. 'Wat heerlijk je te zien, Josie, en wat zie je er goed uit. Tommy, je bent een echte heer geworden. Welkom thuis, voor zover het dat ooit was. Ik sluit de winkel liever niet tijdens het lunchuur, want ik wil geen argwaan wekken nu ik een… eh… logé heb. Jullie kunnen wel naar achter gaan. Volgens mij is hij wakker.'

Hoewel we Manus meteen wilden zien, hadden we ook graag even bij juffrouw Embry willen blijven, die we allebei al zo lang niet meer hadden gezien. Per slot van rekening hadden we groot nieuws.

'We moeten je iets vertellen, Dulcie.' Ik kon het simpelweg niet voor me houden.

'Laat maar, meisje. Het is me al duidelijk. Jullie zijn… eh…'

Ik knikte grijnzend. Het bloed steeg naar mijn wangen, maar dat kon me niets schelen. Weer omhelsde Dulcie me en ze kuste Tommy op de wang. 'Lieverds, ik ben zo blij voor jullie. Het kon ook bijna niet anders, hè? Zijn jullie verloofd?'

'Ja!' riep ik verrukt uit terwijl Tommy op hetzelfde moment 'nee' zei. Ik keek hem verbijsterd aan. Nog maar drie uur geleden hadden we dat besloten. Waren mannen dan nog onvoorspelbaarder dan me altijd was voorgehouden? Dat kon ik me van mijn Tommy niet voorstellen.

'Ja, we gaan trouwen,' verklaarde hij. 'Maar ik wil haar vragen zoals het hoort, met een ring en een plan. Dat heb ik nog niet gedaan.'

Ik was opgelucht. Typisch Tommy om alles te doen zoals het hoort, om onderscheid te maken tussen een officiële verloving en wat wij samen als waar beschouwden. *Ik ben verloofd! Ik ben verloofd!* juichte ik in gedachten.

Op dat moment rinkelde de bel en kwam mijn oude overbuurvrouw de winkel binnen. Toen ze me zag, schrok ze. 'Jeetje, wat ben jíj deftig geworden, Josie Westgate.' En ze tuitte haar lippen erbij alsof deftigheid het werk van de duivel zelf was.

'Goedemorgen, mevrouw Mallen,' zei ik. 'Gaat het goed met u?' Ik was trots op mezelf.

'Gaan jullie maar verder, lieverds,' zei Dulcie. 'Maak het jullie gemakkelijk en ik kom ook zodra het kan.'

We troffen Manus in Dulcies zitkamer. Hij zat aan haar bureau, waar hij slagroomgebakjes at en tegelijkertijd koortsachtig in een met leer gebonden notitieboekje krabbelde.

'Tommy!' riep hij en hij sprong op uit zijn stoel. 'O... en Josie! Wat fantastisch om je na zo'n lange tijd weer te zien. Je ziet er heel anders uit nu.' Hij schudde Tommy hartelijk de hand en gaf mij een ouderwetse handkus. Na zo lang alleen in Tommy's brieven over hem gehoord te hebben kon ik amper geloven dat ik hem weer zag.

'Wat een toestand was dat vannacht, hè, Tommy?' zei hij met een fonkeling in zijn ogen. 'Maar we hebben het gedaan. Ik ben eindelijk vrij. Ik kan je niet genoeg bedanken. Maar hoe gaat het met jou? En je wonden? Heb je er nog problemen mee gehad? Hoe gaat het met Ebony? En hoe krijg ik Equinox van het terrein af? O jee!' Hij stopte abrupt toen hij besefte hoeveel vragen hij had afgevuurd. 'Sorry. Ga zitten. Willen jullie een gebakje?'

Tommy schudde zijn hoofd terwijl ik mezelf van een gebakje voorzag.

Tommy beantwoordde Manus' vragen zo goed als hij kon en deed vervolgens verslag van de woeste rit terug naar Silvermoor, zijn aankomst in de vroege ochtend en ons blije nieuws.

'O, ik ben meer dan blij voor jullie beiden,' zei Manus. 'Geen wonder dat je er zo goed uitziet, Tommy, na onze huiveringwekkende nacht. En jij, Josie... je straalt gewoon. Eigenlijk... Mijn god!' Hij zweeg en staarde me aan met een blik die ik niet anders dan 'geschokt' zou kunnen noemen.

'Wat is er?' vroeg ik halverwege een hap. 'Heb ik slagroom op mijn neus?'

'Nee hoor. Maar... eh... zou je zo vriendelijk willen zijn om je gebakje even neer te zetten, dan kan ik je beter bekijken.'

'Wat is dat toch met jullie Barridges?' bromde ik. 'Toen ik uw broers jaren geleden tegenkwam, keken ze me aan alsof ik twee hoofden had, en nu doet u hetzelfde. Ik weet dat ik niet moeders mooiste ben, maar dan nog.'

'Daar gaat het niet om,' zei Manus. 'Je bent beeldschoon, geloof me. Heel aantrekkelijk zelfs. Het is alleen dat... Goeie genade! Je lijkt sprekend op mijn tante Pheeney.'

63

JOSIE

Het enige wat ik hoorde was het tikken van Dulcies mahoniehouten pendule. Er kwam een soort kalmte over me heen, die vermoedelijk niet lang zou duren.

Eindelijk maakte ik mijn blik van Tommy los – ik kon zien dat hij hetzelfde dacht als ik – en keek Manus aan. 'Tante Pheeney?' herhaalde ik met een klein stemmetje.

'Ja, de zus van mijn vader. Ik heb Tommy al over haar verteld. Ze was een geweldige amazone en het enige familielid op wiens belangstelling ik in mijn jeugd kon rekenen.'

'De zús van uw vader?' echode ik en weer keek ik Tommy aan. Hij kwam dichter naar me toe en pakte mijn hand vast.

'Ja,' zei Manus. Hij leek te betreuren dat hij erover was begonnen. 'Ik heb je toch niet van streek gemaakt, hoop ik? Dat spijt me dan. Ze was een fantastische vrouw, de enige fatsoenlijke Barridge eigenlijk, en heel aantrekkelijk ook.'

Ik glimlachte. 'Ik heb geen last van ijdelheid,' zei ik. 'Allemachtig, ik zou blij moeten zijn als ik op zo'n bijzonder iemand leek. Het punt is dat... eh... Mag ik u iets vertellen, meneer? Hoewel... Misschien komt het als een schok voor u en ik wil u niet nog meer van streek maken. U hebt momenteel al genoeg aan uw hoofd.'

'Een schok meer of minder… En noem me alsjeblieft Manus, Josie. Ik ben toch geen meneer voor jou.'

'Goed hoor. Nou, het gaat hierom. Een paar maanden geleden vertelde mijn moeder me dat Sam Westgate niet mijn vader is. Wie mijn echte vader is, wilde ze me niet vertellen. Sindsdien maak ik me zorgen en zit ik vol vragen, en dat was ongetwijfeld ook haar bedoeling. Maar door sommige opmerkingen van haar kreeg ik de indruk dat hij wel eens van adel zou kunnen zijn, of in elk geval iemand van buiten Arden. Al die tijd vraag ik me al af of het misschien de graaf zou kunnen zijn. Hij heeft een reputatie als rokkenjager en zijn nicht, mijn werkgeefster, heeft net zulk knalrood haar als ik. Maar meer gelijkenissen zijn er niet, en eerlijk gezegd… de graaf en mijn moeder… Ik zie het niet voor me. Nu vraag ik me af wat voor kleur haar je tante had, Manus?'

'Rood,' zei hij onmiddellijk. 'Iets donkerder dan het jouwe, maar wel rood. Maar het is niet je haar waardoor het me opviel, het zijn je ogen, je botstructuur. Het is gewoonweg eng, echt waar.'

Ik zuchtte en liet de vele gebeurtenissen in mijn leven, oftewel mijn hele persoon, in het licht van deze nieuwe informatie nog eens de revue passeren. Ik voelde me als de kralen in een caleidoscoop, die bij elke beweging verschuiven en zich moeten herschikken. Zou er voor mij ooit een vaste plek zijn weggelegd?

'Ik heb altijd gedacht,' zei ik langzaam, 'dat je broers me uitlachten. Lang geleden heb ik ze hier in de winkel gezien. Ze kwamen voor Dulcie omdat ze nieuw was en ze hadden gehoord dat ze knap was. Ze waren vreselijk grof. En mij staarden ze allebei aan en toen zei de een tegen de ander: "Zie je het?" Ik dacht dat ze bedoelden hoe ik eruitzag, maar misschien zagen ze toen de gelijkenis al.'

'Dat zou goed mogelijk kunnen zijn. Die nacht toen we elkaar voor het eerst zagen, viel het me niet op, omdat je haar helemaal in de war zat en je gezicht opgezwollen was van het huilen. Bovendien was het donker en waren we allemaal een beetje van slag. We waren alleen maar bezig om te bedenken hoe we jou in veiligheid konden brengen. Maar vandaag… tja, het is zo helder als glas.'

'Het zou kunnen kloppen, Josie,' zei Tommy, die aldoor niets had gezegd. 'Je zei zelf dat je moeder niet het type was voor een liefdesaffaire. En ik kan me de graaf niet flirtend met een vrouw uit Arden voorstellen. Wat heeft hij hier te zoeken?'

'En mijn moeder is het dorp nog nooit uit geweest,' vulde ik aan. 'Het moet onder dwang zijn gebeurd. Het is ondenkbaar dat ma ooit hartstochtelijke gevoelens voor Winthrop Barridge heeft gekoesterd. Onvoorstelbaar. Geen wonder dat ze een hekel aan me heeft. Arme ma. Dat ik dat ooit nog eens zou zeggen, maar...'

'Winthrop Barridge,' verzuchtte Tommy. 'O, Josie.'

Ik wierp een behoedzame blik op Manus. Hij was niet dol op zijn vader, wist ik, maar dan nog was het een pittige veronderstelling. Maar tot mijn verrassing zag ik zijn ogen schitteren. Hij straalde.

'O, Josie,' zei hij met een klein stemmetje. 'Het spijt me vreselijk dat je moeder dit heeft moeten ondergaan. Maar tegelijkertijd... is het ook gewéldig.'

'Hoezo?'

'Omdat hij ook mijn vader is natuurlijk. Dat betekent dat jij mijn zus bent.'

Mijn mond viel open van verbazing. Waarom was ik daar niet eerder op gekomen? En niet alleen van Manus, maar ook van de tweeling, de jongens en de meisjes... Ik was een halfzus van hen allemaal.

'Mijn hemel,' zei ik zachtjes. Ik kneep Tommy's hand bijna tot moes. 'Mijn hemel, Manus. Je bent mijn halfbroer.'

Hij sprong op. 'Jazeker!' riep hij. 'O, Josie, ik ben zo blij!' Hij trok me overeind en sloeg zijn armen om me heen. 'Dit moet een enorme schok voor je zijn, maar kun je je voorstellen wat het voor mij betekent? Al die jaren dat ik door mijn familie ben verstoten, al die tijd dat ik me zorgen maakte om wat er van mij zou worden... En nu, op de eerste dag dat ik vrij ben, kom ik erachter dat ik een zús heb.'

De caleidoscoop sloot zich, met een gedecideerde klik. Ik wist dat het waar was. Alles, alles viel op zijn plek. Al die keren dat ma me hatelijk had toegeworpen dat ik mezelf iets bijzonders vond, dat ik anders was, te goed voor hun soort mensen, terwijl niets minder waar was. Ik had het altijd vreemd gevonden dat ze dat tegen mij zei, terwijl Alice juist degene met kapsones was. Naarmate de jaren vorderden en ik kennelijk steeds meer op een Barridge ging lijken, was ma's haat jegens mij toegenomen. Ik was voor haar niet alleen een pijnlijke herinnering, maar ook een levende mogelijkheid dat het geheim ontdekt zou worden. Ik gruwde van het idee dat ik een deel van de oude Winthrop was. Ik concentreerde me liever op mijn tante, de wonderschone Pheeney.

Het verklaarde tevens waarom pa me zo onverschillig behandelde. O, en die opmerking die hij ooit maakte over de slechte smaak van de dorpelingen die hun bastaarden met aristocratische namen opzadelden. Dat was een sneer naar ma geweest. Maar het was typisch iets voor haar om net dat ene te doen wat binnen haar macht lag waarvan ze wist dat Winthrop Barridge er een hekel aan had. Ik was bijna trots op haar. Haastig vertelde ik het aan Tommy en Manus.

'Ja, het wordt afgekeurd,' zei Tommy. 'Iedereen weet dat het gebeurt, maar het bewijs wordt snel onder het tapijt geveegd.'

'Goed dan. Komt de naam Josephine voor bij de Barridges, Manus? Is Pheeney er een afkorting van?'

Hij knikte verbluft. 'Ja, maar die gebruikte ze nooit, want ze vond het een hele mondvol. Dus het was altijd Pheeney en dat paste bij haar. Ik was bijna vergeten hoe ze voluit heette.'

'Ik wist niet eens hoe je voluit heette,' zei Tommy. Hij staarde me aan. 'Ik heb er al die jaren nooit bij stilgestaan. Ik dacht dat je gewoon Josie heette.'

'Ik heb Josephine altijd een mooie naam gevonden. Ik zou willen dat ze me zo genoemd hadden, maar het paste niet echt bij Arden. Allemachtig, ik lijk niet alleen op je tante, ik ben ook naar haar vernóémd.'

'Onze tante,' verbeterde Manus me.

Op dat moment ging de deur open en kwam Dulcie binnen. Ik keek naar de klok en zag tot mijn ontsteltenis dat het al middag was. We zouden heel snel terug naar Silvermoor moeten.

'Ik heb de winkel gesloten,' zei Dulcie. 'Het is een beetje vroeg, maar ik wil ook nog wat tijd voor jullie hebben. Hoe gaat het, Manus? Het is vast niet prettig om je voor iedereen te moeten verschuilen. Ik hoop dat je je een beetje op je gemak voelt.' Ze keek om zich heen en zag onze verbijsterde gezichten. 'Wat is er? Is er iets gebeurd?'

64

TOMMY

Ik kan me niet herinneren ooit zo verbaasd te zijn geweest. En dat voor iemand die van een wisse dood was gered en met heel weinig onderwijs toch een beurs had bemachtigd. Bij de onverwachte wendingen in míjn eigen leven had ik me inmiddels neergelegd, maar dit ging om Josies leven... Hoewel niemand op een vader als Winthrop Barridge zat te wachten, hoopte ik met heel mijn hart dat het een positief effect op haar zou hebben. Eindelijk kreeg ze een antwoord op al haar vragen en kon ze bovendien een familieband opbouwen met een broer als Manus.

Zodra juffrouw Embry op de hoogte was gesteld, bewoog het gesprek zich naar een andere belangrijke kwestie: wat moest er van Manus worden? Vandaag leek hij een metamorfose te hebben ondergaan, alsof één nacht onder juffrouw Embry's dak hem een energiestoot had gegeven.

'Aangenaam gezelschap, huiselijk comfort, een herinnering aan het echte leven... dit is nog maar het begin van wat ik allemaal heb gemist,' voorspelde hij terwijl hij het notitieboekje pakte waarop hij aan het schrijven was toen we binnenkwamen.

Hij bleek een schatting te hebben gemaakt van zijn vermogen, te weten de kleine geldsom die juffrouw Embry voor hem had bewaard en de bezittingen die hij zou kunnen verkopen. Ook had hij een aantal mogelijke stappen beschreven die hij met dat kapitaal zou kunnen zetten, waarvan sommige eerlijk gezegd een beetje driest waren, maar in zijn positie was misschien geen enkel idee slecht. Uit het lijstje voors en tegens bij elk idee kwam telkens één bepaald punt terug: hij was lang genoeg alleen geweest, zonder liefde, en het liefst zou hij op een plek willen wonen die niet al te ver van juffrouw Embry en Josie verwijderd was en waar ik ook regelmatig zou terugkeren. Het grootste nadeel van een nieuw leven beginnen in deze omgeving was de nabijheid van zijn familie. Maar het was dát, of zich in zijn eentje in een vreemde stad of ander land vestigen. Niemand van ons was immers in de gelegenheid om hem te vergezellen.

'Jammer dat je geen stalknecht op Silvermoor kunt worden,' verzuchtte Josie, denkend aan hoe goed hij was met paarden. 'Daar zou je je goed schuil kunnen houden voor je familie, maar niet op zo'n akelige manier als op Heston. Ik kom daar om de paar weken... Dulcie zou ons daar kunnen bezoeken... Maar de stallen zijn al bezet, met personeel bedoel ik, niet met paarden. En Gravenagh House heeft ook geen vacature.'

'Nee, hij kan geen stalknecht op Silvermoor worden,' beaamde ik, 'maar ik weet iets anders.'

'O ja!' riep Josie uit. Ze wist meteen wat ik bedoelde.

Haastig legde ik het uit aan Dulcie. 'De jonge heer Walter, je herinnert je hem toch nog wel? Hij heeft een privéleraar nodig. Zijn vorige is vertrokken en heer Sedgewick heeft nog geen geschikte vervanger gevonden. Aan het einde van de zomer moet hij iemand hebben, want anders moet Walter naar een gewone school en dat wil heer Sedgewick niet.'

'Maar dat is geweldig!' Dulcie klapte in haar handen.

'Dat kan ik niet,' zei Manus uiteraard direct.

'Dat kun je wél,' drong ik aan. 'Denk er maar over. Je bent hoogopgeleid, van adel, en je bent er zonder meer toe in staat om Walter te onderwijzen. Silvermoor is een mooie plek, de graaf is aardig en rechtvaardig. Walter is een aardige jongen en bovendien dol op paarden. Hij is misschien geen briljante student, maar als hij zijn best doet, kan hij goed meekomen. O, Manus! Silvermoor is zo'n fijn huis om te wonen. Je zou een salaris verdienen en je hebt je vrijheid terug. Ook al doe je het maar een jaar, dan heb je toch een heel ander perspectief vanwaaruit je je volgende stappen kunt plannen. En tegen die tijd ben ik klaar met mijn studie. We zouden samen een bedrijf kunnen beginnen... of... nou ja, mogelijkheden te over. En je bent veilig voor je vader, want volgens mij is er al twintig jaar geen enkele Barridge meer op Silvermoor geweest.'

'Ik zou me kunnen verbergen in het volle zicht bedoel je,' zei Manus peinzend. 'Een gewaagd plan, dat kan ik je verzekeren. Ik weet niet of ik dat volhoud... Ik ben zo lang alleen geweest. Het idee alleen al om de hele tijd door mensen omringd te worden, met iemand van Walters leeftijd te werken... Ik heb geen enkele ervaring met jongeren.'

'Zouden ze hem niet herkennen?' vroeg Dulcie.

Ik keek Manus aan en mijn humeur daalde.

'Ik weet het niet,' zei Manus bedachtzaam. 'Ik heb de graaf van Silvermoor voor het laatst gezien toen ik een kleine jongen was. Hij had toen niet veel aandacht voor me. Ook al voordat hij me in afzondering plaatste, hield mijn vader me zo veel mogelijk weg van andere mensen. Ik mag dan een opvallend uiterlijk hebben, ik denk niet dat veel mensen me kennen.'

'Maar je leek toch op je vader?' vroeg ik. 'Dat zei je een van de eerste keren dat we je spraken.'

'Ja, maar de kleur van onze haren en ogen verschillen. Hij heeft donker haar en ogen zoals die van Josie. En ik... nou ja, dat zien jullie zelf toch wel.'

We staarden naar zijn witte haren, blauwe ogen en zijn lijkbleke huid. 'De kleur van je haar en ogen valt als eerste op, niet je botstructuur,' gaf Dulcie toe.

'En de Honeycrofts? En het personeel?' vroeg Josie. 'Zouden zij je herkennen?'

'De Honeycrofts... Nee, die heb ik nooit ontmoet. En het personeel... Theoretisch is het mogelijk dat er iemand op Silvermoor werkt die mij dertien jaar geleden heeft gezien. Het zou kunnen...'

We keken elkaar aan. Allemaal wilden we dat dit een succes zou worden. Voor Manus. Na dat krankzinnige isolement van dertien jaar gunden we hem nieuwe energie, rust en gezelschap. Het was geen veilige, waterdichte oplossing en het zou verstandiger zijn als hij ergens anders naartoe ging. Maar echt verstandig waren we volgens mij geen van allen. Bovendien had een grote familie als de Barridges ongetwijfeld connecties in voor de hand liggende steden, zoals Londen of Newcastle. Hij zou nergens écht veilig zijn. Hier zou hij zich, zoals hij zelf zei, in het volle zicht kunnen verbergen. Als er al een uitdrukking voor was, kon je er misschien ook van uitgaan dat het kans van slagen had.

'Hoe gaan we het regelen?' vroeg Dulcie. 'We kunnen zeggen dat je een neef van me bent uit Leeds en dat je hebt gehoord dat er een baan vrij is. Maar het kost te veel tijd om brieven vanuit Leeds heen en weer te sturen.. Nee, je kunt je beter persoonlijk melden. Zeg maar dat je bij mij op bezoek bent en dat de vacature toevallig ter sprake kwam...'

'Wacht, wacht, beste juffrouw Embry. Nu gaat u iets te snel voor me. Ik kan toch niet zomaar de oprijlaan van Silvermoor op lopen en om werk vragen? Bovendien maak ik in een brief een veel betere eerste indruk dan in levenden lijve.'

'Nee hoor, u maakt een prima eerste indruk,' corrigeerde Dulcie hem. 'De graaf zal geen nee tegen u kunnen zeggen en dat is precies wat we willen.'

65

TOMMY

En zo zat ik twee dagen later met Josie en juffrouw Coralie in de kleine zitkamer van Silvermoor en had ik de eigenaardige ervaring om Dulcie in de geleende paardenkar naar het huis te zien rijden. Manus zat naast haar. Hij zag er verzorgd uit, maar maakte tegelijkertijd een opvallend nerveuze indruk. De voorgaande dag was goed besteed. Manus en Dulcie waren voor het krieken van de dag uit Arden vertrokken en op de trein naar Leeds gestapt, waar Manus naar de kapper was geweest en een nieuw pak had gekocht, waarin hij er wat moderner uitzag. Hoewel zijn excentrieke smaak aandoenlijk was, had Dulcie hem ervan overtuigd dat zijn ouderwetse kleding voor een sollicitatiegesprek met de graaf ongeschikt was. Toen ze terugkwamen, was het nog licht. Met al het toekomstige heen-en-weergereis zou het lastig worden om voor het dorp te verbergen dat ze een logé had.

'Vanaf nu ben je mijn neef, anders breekt er een schandaal los,' giechelde Dulcie.

Voor Josie en mij was het een hard gelag om te doen alsof we van niets wisten toen Coralie de kar hoorde aankomen en naar het raam liep. 'O, het is de vrouw van de dorpswinkel met een uitzonderlijk bleke man,' kondigde ze aan. 'Komt ze voor jou, Josie?'

'Juffrouw Embry?' vroeg Josie onschuldig. 'Nee, ik heb niets met haar afgesproken. Jij wel, Tommy?'

'Ik ook niet.'

'Nou, als ze voor een van ons komen,' zei Coralie, 'zal Portis ze wel binnenlaten.'

Het liefst waren we opgesprongen om te zien hoe ze werden ontvangen, maar het enige wat we konden doen, was afwachten. Hoe zou de graaf reageren op het onverwachte bezoek? Naarmate de minuten verstreken en we geen wielen over het terrein hoorden ratelen, veronderstelden we dat Portis hen had binnengelaten. Zouden ze nog zitten te wachten of zou Manus al in gesprek zijn met heer Sedgewick? De spanning steeg.

Josie was druk bezig met een borduurwerkje. Had ik ook maar iets omhanden. Toen Cedric binnenkwam en me een glas sherry aanbood, zei ik 'graag'. Eigenlijk hield ik er niet zo van, maar nu had ik tenminste iets om vast te houden.

'U wilde mij toch nog een keer spreken, meneer,' hielp ik hem herinneren. 'Is dit misschien een goed moment, of liever een andere keer?'

'Nu kan het eigenlijk wel,' zei hij opgewekt. 'Zullen we naar de bibliotheek gaan of wil je hier blijven? Het gaat niet over iets wat de dames niet mogen weten. Sterker nog, ik heb het er al met mijn zus over gehad.'

Ik wierp een blik op Josies gezicht en schoot in de lach. Als ik haar nog langer zou laten wachten op de onthulling van het mysterie, zou ze me vermoorden. 'Ik zit hier goed, meneer.'

Cedric was niet vergeten dat hij me ooit een baan als secretaris had aangeboden als hij de politiek in zou gaan. 'Nou, het is bijna zover,' zei hij. 'Jij zit voorlopig natuurlijk nog aan school vast, maar ik hoorde dat je de komende maand hier bent en ik vroeg me af of je zin hebt om deze zomer alvast parttime voor me te werken. Ik sta mijn oom bij in zijn campagne om betere arbeidsomstandigheden in de mijnen wettelijk verplicht te maken. En nu, met de dreigende staking, heb ik me ook in de journalistiek gestort. Ik schrijf artikelen en brieven voor verschillende kranten. Wat ik graag zou willen, is een vollediger beeld van het mijnwerkersleven. Natuurlijk loop ik vaak genoeg door Grindley, de mensen tolereren me, maar ze zullen me nooit echt in vertrouwen nemen. De wij-zij-mentaliteit zit er te diep in.'

'Ja, we zijn nogal op onszelf,' beaamde ik.

'Maar jij, Tommy... eh... jij bent dat niet. En jij hebt wel jarenlang in het dorp gewoond. Zou jij de gaten in mijn kennis willen opvullen?'

'Graag, meneer, maar daar hoeft u me niet voor in dienst te nemen. Ik kan het u ook gewoon zo vertellen. Wanneer u maar wilt.'

'God zegene je, Tommy, dat is aardig van je. Maar ik zou het toch liever officieel willen vastleggen. Dan hoef ik me ook niet schuldig te voelen als ik te veel van je diensten gebruikmaak. Ik zou het ook fijn vinden als je mijn artikelen en stukken wilt doorlezen voordat ik ze opstuur, en ze waar nodig verbetert. Ik wil een zo nauwkeurig mogelijk beeld van de werkelijkheid geven. En ik zou je graag willen meenemen naar vergaderingen met de andere mijndirecteuren en ook met de mijnwerkers. Ik hoop dat hun bereidheid om naar mij te luisteren groter wordt als ik door een van hen word vergezeld.'

'Heel graag, meneer, maar ik weet niet of ik van veel nut zal zijn. Onder mijn eigen mensen word ik al raar gevonden en sommigen zien me als een verrader omdat ik dat leven achter me heb gelaten. Misschien zou ik u vooral tot last zijn.'

'Dat zullen we wel zien, maar als jij ertoe bereid bent, Tommy, wil ik het graag proberen. Met andere woorden, ik bied je een echte baan aan. Voor mij is dit werk heel belangrijk en hoewel ik niet je hele vakantie wil opeisen – een paar uur per week zou voldoende zijn – wil ik wel graag zo veel mogelijk profiteren van het feit dat je er bent. Je bent nu eenmaal een geweldige informatiebron.'

Ik glimlachte. Mijn jaren ondergronds had ik altijd als verloren tijd beschouwd, maar er was maar één oprecht geïnteresseerd, vooraanstaand persoon voor nodig om plotseling de waarde in te zien van mijn ervaringen in de Stygische duisternis. Als ze anderen die na mij de mijn in moesten, konden helpen, dan waren er behalve steenkool misschien nog meer rijkdommen diep onder de aarde te vinden. En dat hoefde meneer Talbot nooit te weten.

'Echt? Nou ja, wie ben ik om daar nee tegen te zeggen? Dank u, meneer. Ik ben heel blij om met u te mogen samenwerken.' En natuurlijk was ik ook heel blij met het geld dat hij me ervoor wilde geven. Ik vond het niet nodig om een bepaald bedrag te eisen, want, zoals ik al zei, ik had het ook gratis willen doen. Maar daar zou hij niet akkoord mee gaan, en zo rekende ik erop dat ik in september met geld in mijn zak zou weggaan, wat betekende dat ik niet alleen met Kerstmis, maar ook met Pasen naar huis zou kunnen. Geen half jaar meer zonder Josie.

'Het lijkt me een uitstekend plan,' zei Coralie. 'Ik bewonder je, Cedric. Het ene moment ben je nog een indolente jongen die achter de meiden aan zit, het volgende moment ben je volwassen en probeer je verschil te maken in de wereld.'

Cedric glimlachte. 'Ik weet niet hoeveel verschil ik maak, maar ik doe mijn best.'

'Dank u, meneer, voor alles waar u voor ijvert,' zei Josie. 'Dank u namens mijn broer Bert die in de mijnen werkt. Hoewel ik geen contact meer heb met mijn familie, ben ik nog altijd bang dat hem iets overkomt.'

We klonken met een glas sherry op mijn nieuwe benoeming en even later hoorden we de kar met Dulcie en Manus wegrijden. 'Zouden ze bij onze oom zijn geweest?' vroeg Coralie peinzend. 'Ik vraag me af wat ze te bespreken hadden?'

'Ik ook,' zei Josie, hen door het raam nastarend.

66

TOMMY

Er brak een bijzondere periode aan, en met bijzonder bedoel ik, denk ik, gelukkig. Ik liep geen gevaar, ik had geen problemen en iedereen van wie ik hield, was in de buurt. Ik zag Josie elke dag, mijn familie om de paar dagen en Dulcie ongeveer één keer per week. En het gekste was dat Manus inmiddels op Silvermoor woonde.

Hij had zich aan de graaf voorgesteld als meneer James, een neef van Dulcie. Zijn verhaal had hij simpel gehouden: hij was leraar geweest in Leeds, de baan was geëindigd toen zijn leerlingen volwassen werden en tijdens een bezoek aan zijn nicht had hij gehoord over de vacature op Silvermoor.

Er werd niet naar referenties gevraagd. Dankzij de persoonlijke ontmoeting kon de graaf een inschatting maken van zijn onmiskenbare intelligentie en zijn beschaafde manieren. Ze spraken over literatuur, wiskunde, geschiedenis en paarden. Ook kwam de politiek ter sprake en de graaf was duidelijk verrast te horen hoe goed Manus de mijnindustrie kende.

'Als je in Yorkshire woont, kun je je daar moeilijk voor afsluiten,' had Manus opgemerkt, en dat was natuurlijk ook zo.

De graaf riep Walter bij zich en stelde hem voor aan 'meneer James'. Mijn twee vrienden bleken uitstekend met elkaar overweg te kunnen en de graaf begreep dat hij iemand had gevonden die zijn zoon met zijn liefde voor paarden voor zich kon winnen, maar die ook de kennis had om hem te onderwijzen. Toen hij Manus uitliet, stond juffrouw Embry buiten te wachten. Ze sprak zo gloedvol over de kwaliteiten van haar neef dat dat ter plekke als een referentie gold. De graaf, die de druk van de dreigende staking voelde en wanhopig op zoek was naar een geschikte leraar, was volgens mij vastbesloten om Manus niet door zijn vingers te laten glippen.

'Wanneer kun je beginnen?' vroeg hij.

'Volgende week?' opperde Manus.

En zo geschiedde.

Er brak een makkelijke tijd aan voor meneer James. Er waren nog geen lessen gedurende die zomerweken, dus hij bracht uren door met zijn jonge leerling, waardoor ze de gelegenheid hadden om vrienden te worden. Vaak gingen ze samen paardrijden op het landgoed of in de velden rondom het huis, waar Manus Walter en Windfall instructies gaf. Walter was dolblij toen hij merkte dat zijn eigen prestaties en die van Windfall vooruitgingen.

Het was natuurlijk logisch dat meneer James zijn 'nicht' af en toe wilde zien, en Josie en ik verbaasden ons een beetje over hoe serieus Dulcie haar rol in het verhaal opvatte. Ze bezocht Silvermoor vaker dan ze ooit had gedaan toen alleen Josie er was. De winkel was helaas nog steeds niet verkocht. Ze had een paar maanden geadverteerd en brieven gestuurd aan mensen die haar eventueel aan contacten konden helpen. Ook maakte ze de winkel twee keer zo vaak schoon, zodat hij er zo aantrekkelijk mogelijk uitzag, maar nu begon ze moedeloos te worden.

'Het voelt inmiddels als een blok aan mijn been,' zei ze tegen ons. 'Hier op Silvermoor, waar mijn drie beste vrienden zijn, heb ik het gevoel alsof ik de winkel al achter me heb gelaten. Ach, die lieve oom van me... Hoewel ik veel van hem hield, had ik achteraf gezien zijn nalatenschap liever niet voortgezet. Maar ik wilde bewijzen dat ik het kon...' gaf ze bedrukt toe. 'Nou ja, dat heb ik inmiddels gedaan, maar het maakte me niet gelukkig.'

Het duurde niet lang voordat Manus met ons had 'kennisgemaakt' en voor iedereen leek het of we onmiddellijk vriendschap sloten. Josie en ik waren vaak toeschouwer bij Manus' paardrijlessen aan Walter, en soms kwam de graaf ook kijken.

'Aparte vent,' merkte hij op, 'maar wel van het goede soort. Zonder meer. Echt een meevaller dat hij van paardrijden houdt. Walter eet uit zijn hand. Ik hoop dat hij het in het leslokaal straks in september net zo goed doet.'

'Vast wel, meneer,' zei ik. En dat was ook zo. Manus' zachtaardige karakter, dat hem het slachtoffer van zijn vader had gemaakt, maakte hem bij uitstek geschikt om met paarden te werken, én met Walter. Hij zette de jongen niet onder druk om iets te doen, maar moedigde hem aan en stimuleerde hem, en dat was de juiste methode om Walter aan het leren te krijgen.

Ebony, voor wiens aanwezigheid nog geen uitleg was gegeven, was simpelweg het paard van meneer James. Als iemand al had opgemerkt dat het paard van meneer James een paar dagen eerder was gearriveerd dan de man zelf tot leraar was benoemd, werd er met geen woord over gerept. En als iemand het al vreemd vond dat hij met slechts één kostuum en zonder boeken was gekomen, waren dat eigenaardigheden die in het niet vielen bij datgene wat voor iedereen onmiskenbaar een zeer bevredigende oplossing leek te zijn.

Niemand van Heston was ooit op Silvermoor komen zoeken. Ik weet niet hoe het gesprek tussen Paulson en Barridge was gegaan, maar het zou hoe dan ook bizar zijn geweest als Barridge bij zijn aristocratische buurman langs was gegaan en hem had beschuldigd van het verbergen van zijn overleden zoon. En waarom zouden ze op zoek gaan naar míj? Ik was alleen maar op de veldweg geweest. Ik had niets gestolen. Manus was op zijn eigen paard weggereden en had mij meegenomen. Waarschijnlijk hoopten ze dat Manus zo ver mogelijk was weggegaan om een nieuw leven te beginnen. Wél had ik gehoord dat Paulson bij een zeer verbaasde Al Crace voor de deur had gestaan. Het was donker geweest op de avond dat Paulson mij had aangehouden, en hij had gedronken. Er schenen nogal wat woorden gevallen te zijn voordat Paulson ervan overtuigd was dat Al niet degene was die hij zocht.

Niemand van ons had kunnen denken dat ons plannetje zo goed zou uitpakken. Het was volmaakt, op één detail na. Manus maakte zich dagelijks zorgen over Equinox. Hij vond het vreselijk om gescheiden te zijn van het paard dat jarenlang een van zijn twee vrienden was geweest. En hij was bezorgd om wat er van haar zou worden.

'Stel dat mijn vader haar slecht behandelt om mij betaald te zetten? Of haar voor de jacht gebruikt, haar ruw berijdt en haar geest breekt? O, ik moet er niet aan denken, Tommy.'

Ik ook niet. Maar wie van ons kon zich op het terrein van Heston wagen om haar te redden? Na Manus' ontsnapping was de beveiliging ongetwijfeld verdriedubbeld. En we konden moeilijk op bezoek gaan bij de Barridges en zeggen: 'Hebben jullie toevallig een wit paard over dat we kunnen kopen?' We pijnigden onze hersenen, maar we konden niets bedenken.

Het enige andere wolkje aan de lucht was de onrust in de dorpen. Als ik naar huis ging, hoorde ik er van alles over. De staking zou in de herfst plaatsvinden tenzij de meesters akkoord gingen met een loonsverhoging voor alle dorpen. Er gingen steeds vaker verhalen rond van brutaal gedrag jegens de opzichters, alsof er al iets was veranderd, alsof het zware juk al was opgetild en de ossen al begonnen te snuiven.

Predikant Tawney deed extra zijn best om de mensen tot gehoorzaamheid aan te zetten, maar het kerkbezoek nam af ten gunste van 'geheime' bijeenkomsten, waar iedereen van afwist. Ze werden gehouden in de oude schuur, waar ooit de postduiven van Grindley gehuisvest waren. Pa wilde er niets mee te maken hebben en hoewel niemand het recht in zijn gezicht durfde te zeggen, hoorde ik van mijn broers dat er achter zijn rug over hem gesproken werd. Omdat ik bevriend was met de graaf, zo vond men, was pa een slapjanus geworden.

Het liet pa koud. 'Laat ze het me maar in het gezicht zeggen,' was zijn korte commentaar als het ter sprake kwam.

'Ik ben het er nog steeds niet mee eens,' zei hij op een middag. 'Ze willen dat Grindley meedoet met de staking om de graaf erbij te betrekken. Dat snap ik wel. Hij is de enige meester die zich ons lot aantrekt en de enige die misschien een verandering teweeg kan brengen. Ik durf te zeggen dat alles nu afhangt van jouw graaf, Tommy. De bal ligt bij hem.'

'En dat weet hij ook,' zei ik. 'Het drukt op hem. Hij zal doen wat hij kan, pa. Daar ben ik van overtuigd, maar vergeet niet tegen wie hij het moet opnemen.'

'Barridge,' beaamde pa somber. 'Ik heb weinig hoop, jongen. God weet waar dit allemaal toe gaat leiden, wat het ons gaat brengen. Maar...' voegde hij eraan toe en even klaarde zijn gezicht op, '... stel je voor dat het iets oplevert. Stel je voor dat we allemaal loonsverhoging krijgen...'

Ik glimlachte. De staking was als een dreigende storm, die in de verte onheilspellend rommelde. Maar nu ik zag dat mijn vader een klein beetje durfde te dromen, was het niet alleen maar kommer en kwel.

67

JOSIE

Uiteindelijk had Winthrop Barridge besloten om de ontsnapping van zijn zoon niet zomaar over zijn kant te laten gaan. Daar kwamen Tommy en ik op een ochtend achter toen we in een schaars moment van privacy in het hakhoutbos waren en Manus op ons af kwam stormen zonder zich ook maar met één woord te verontschuldigen. Mij kon het niet zo veel schelen. Onze kussen waren zoet en vurig als wilde rozen en ik zou er de hele dag aan kunnen toegeven, maar allebei wisten we waartoe dat zou kunnen leiden en we vonden het steeds moeilijker om elkaar los te laten. Tommy moest eerst zijn school afmaken en ik mocht mezelf niet te schande maken, en misschien was het dus maar goed dat Manus er op dat moment aan kwam. Bovendien was hij mijn broer. Elke dag werd ik wakker met het blije besef dat ik een broer en een verloofde had. Ik was niet langer een Westgate, ik had op wonderbaarlijke wijze familie gekregen. Ik was nog nooit zo gelukkig geweest.

Manus hijgde en zwaaide met een krant. 'Kijk,' zei hij. 'Kijk.'

Haastig gingen we overeind zitten, veegden het mos van onze kleren en de bladeren uit onze haren.

Hij had de krant niet opengevouwen op een artikel met dramatisch nieuws, maar op de pagina met advertenties voor vee. Ik fronste. Wilde hij soms een koe kopen? Maar toen wees Tommy op een advertentie in de paardenrubriek. Equinox stond te koop.

'Hij wil me uit mijn schuilplaats verjagen,' riep Manus uit. 'Hij weet dat ik haar nooit zal laten gaan. Hij weet dat ik als ik in de buurt ben, deze krant zal lezen en hij hoopt dat dat me tot een ondoordachte actie zal aanzetten.'

'Laat je nergens toe aanzetten, zou ik zeggen,' zei ik terwijl ik de advertentie las. 'Je hebt te veel te verliezen. Je weet nu in elk geval waar ze is, dus kunnen we een plan bedenken.'

'Alweer?' merkte Tommy op.

Ik glimlachte. 'Ja, alweer. We smeden het ene na het andere plan, zo lijkt het, het ene nog onwaarschijnlijker dan het andere. Er moet toch iets op te bedenken zijn?'

Het antwoord was eenvoudig: iemand moest naar Heston gaan om Equinox te kopen. De grote vraag was wie. Tommy in elk geval niet, want als Paulson er was, zou die hem kunnen herkennen. Natuurlijk kon Manus ook niet gaan. En gezien het feit dat ik zo opvallend veel op tante Pheeney leek, was het voor mij ook moeilijk om Barridge in zijn studeerkamer onder ogen te komen. Dus Dulcie bleef over, maar waar moest zij het geld vandaan halen om zo'n mooi paard te kopen en waarom zou ze er een willen? Het was een probleem, maar we hadden geen tijd te verliezen. Als iemand anders Equinox eerder kocht, zou ze voor ons voorgoed verloren zijn.

Uiteindelijk bleef er slechts één oplossing over. We moesten Coralie bij ons geheim betrekken. Diezelfde middag sprak ik haar aan en ze was uiteraard hogelijk verbaasd, maar zoals altijd begon ze meteen van alles te regelen. Ze ging naar de graaf en zei hem dat ze een paard voor Walter wilde kopen en dat ze een advertentie in de krant had zien staan.

'Het is een perfect paard voor hem,' zei ze met haar kenmerkende enthousiasme. 'Achttien handbreedtes en een duim. Zo'n groot paard kan zelfs Walter niet ontgroeien. Het is een dressuurpaard, dus het sluit aan op zijn vaardigheden, vooral nu hij zo voortreffelijk les krijgt van meneer James. En ook nog voor een redelijke prijs.'

De graaf begreep uiteraard niet waar haar plotselinge belangstelling voor de paardrijkunst van haar neefje vandaan kwam en waarom ze hem twee maanden na zijn verjaardag zo'n extravagant cadeau wilde geven. 'Walter heeft nog geen nieuw paard nodig,' wierp hij tegen. 'Windfall is nog steeds heel geschikt voor hem. En waarom zou je een paard kopen dat in de krant te koop wordt aangeboden?'

'Het is niet zomaar een oud paard,' voerde mijn vasthoudende werkgeefster aan. 'De Barridges verkopen het.'

'Reden te meer om er niet op in te gaan, nietwaar? De oude Winthrop heeft het dier vast halfdood gereden. Eerlijk gezegd heb ik geen zin om op dit moment zaken met hem te doen. Ik heb mijn handen al vol aan die staking.'

'Het zou juist kunnen helpen. Het zou de scherpe kantjes er een beetje af kunnen halen als u het met hem over iets anders hebt. O, ga alstublieft met me mee, oom. Ik kan niet in mijn eentje naar Alderway Chase. Ze zullen me levend opeten. Zoals u weet, is Cedric tot dinsdag in Londen, anders had ik u er niet mee lastiggevallen. We moeten nú toeslaan.'

'Ik heb hier geen tijd voor, Coralie. Kan er niet iemand anders met je mee? Neem meneer James maar mee. Hij heeft verstand van paarden en kan je adviseren.'

'O nee. Hij niet,' zei Coralie verschrikt, om er onhandig aan toe te voegen: 'Hij heeft het veel te druk.'

'Ik hebt het ook druk,' klaagde de graaf. Hij keek haar met samengeknepen ogen aan. Naderhand vertelde Coralie ons dat ze op dat moment wist dat ze het had verknald, maar tot haar opluchting vroeg haar oom niet door. 'Het spijt me,' zei hij kortaf. 'Ik heb er echt geen tijd voor.'

'O, lieve oom, alstublieft,' zei Coralie. 'Alstublieft?'

Drie dagen later arriveerde Equinox ongedeerd op Silvermoor.

68

TOMMY

In het gezelschap van mijn familie, Josie, Manus, Dulcie en Cedric vlogen de weken op Silvermoor voorbij. Ik had nooit geweten dat de tijd zo snel voorbij kon gaan.

De paar uur per week die ik voor Cedric werkte, werden er spoedig meer. Ik werd algauw een echte secretaris, die al zijn brieven - en dat waren er veel - opstelde, boodschappen deed en vergaderingen notuleerde. De situatie bleef onrustig. Ondanks dreigementen van de Barridges en smeekbedes van de Sedgewicks bleven de mijnwerkers opstandig en was het gevaar van een staking nog niet geweken.

'Ik heb een idee,' zei de graaf op een middag. 'Ik ga een diner organiseren. Winthrop Barridge wordt met de dag koppiger. Op deze manier gooit hij zijn eigen glazen in. Dat zou me niet eens zo veel kunnen schelen als hij daarmee niet ook onze glazen ingooit. Ik weet dat er met hem geen redelijk gesprek te voeren valt, maar laten we het nog één keer proberen. Als we dan toch ten onder moeten gaan, hebben we er in elk geval alles aan gedaan om het te voorkomen. We nodigen de Spackles uit, de mensen van Tysen's en Barridge, die waarschijnlijk die vreselijke zonen van hem zal meenemen. En ook al duurt het de hele nacht, ze moeten net zo lang blijven en cognac drinken totdat we een plan de campagne hebben.'

'Wat een geweldig idee, oom,' zei Cedric. 'Ik zal ook nog een paar politici die ik ken uitnodigen om het een breder perspectief te geven. Er schijnt een man in Wales te zijn die vorig jaar met een soortgelijk probleem te maken heeft gehad. Zal ik hem ook een uitnodiging sturen? Hij kan ons argument wat meer gewicht geven. En Tommy moet er natuurlijk ook bij zijn... We gaan ze zo'n compleet beeld voorschotelen dat ze wel blind moeten zijn als ze ons standpunt niet zien.'

'Eens, eens,' mompelde de graaf. Hij stond op en liep weg. 'Over twee weken, is dat haalbaar? Dan hebben we tijd genoeg om alles te regelen en de uitnodigingen te versturen. Ik wil niet dat deze kwestie nog langer blijft doorzeuren. Laten we er eens en voor altijd een eind aan maken.'

Verschrikt keken Josie en ik elkaar aan. Ik wist dat we allebei hetzelfde dachten. Een diner voor iedereen, inclusief Winthrop Barridge. De enige zekerheid die we hadden toen we Manus aanmoedigden om naar Silvermoor te komen, was dat zijn vader hier nooit zou komen.

Naarmate de dagen verstreken, kalmeerden we. Het diner duurde maar één avond. Manus moest gewoon zorgen dat hij uit de buurt bleef. Er was geen enkele reden waarom de privéleraar ook uitgenodigd zou moeten worden. En als de graaf erop stond dat hij er ook bij was, kon hij nog altijd op de dag zelf ziek worden. Het was allemaal heel eenvoudig te regelen.

Manus was echter bang, en dat begreep ik wel. Het idee alleen al dat hij met zijn vader onder één dak moest zijn, was voldoende om het nieuwe web van geluk dat om hem heen hing te vernielen. De herinneringen waren te pijnlijk, de band was te slecht. Op een zonnige avond organiseerden we een spoedpicknick in de bossen voor Manus, Josie, Dulcie en mijzelf.

We installeerden ons op een bruine deken die Josie ergens vandaan gehaald had en deden ons tegoed aan koude kip, gekookte aardappelen en gemberbier. Josie zag er mooier uit dan ooit, in een nieuwe roze jurk die ze op aandringen van Coralie, die erg van kleuren hield, had gekocht. Manus zag er bedrukter uit dan ik hem in tijden had gezien, en dat deed me pijn. Het viel me op dat Dulcie er bijzonder knap uitzag, met een witte bloem in haar donkere haar en een parelketting om haar hals. Ik had haar nog nooit met parels gezien. Er waren maar weinig parelkettingen in Arden.

Zoals gewoonlijk was ze gedecideerd in haar advies. 'Je moet je er niet druk om maken,' zei ze. 'De kans is groot dat je hem niet eens ziet. En zo ja, wat dan nog? Meestal is een oudste zoon die teleurstelt of zijn vader anderszins te schande maakt, bang om onterfd te worden. In jouw geval is het ergste al gebeurd. Je bent dood, dus wat kan hij je nog maken?

Daar had ze een punt, maar Manus was niet echt gerustgesteld. 'Hij kan alles kapotmaken wat ik tot nu toe heb opgebouwd. Hij kan tegen de graaf zeggen dat ik een dégénéré ben, jammerlijk mislukt, bezeten door de duivel, al die dingen die hij vroeger tegen me zei. Stel dat de graaf hem gelooft. In het gunstigste geval komt hij erachter dat ik gelogen heb en moet ik weg. Ik zou het vreselijk vinden om onder verdachte omstandigheden te moeten vertrekken. Ik hou van Walter. Ik hou van Silvermoor.'

'Maar wat je vergeet,' zei Josie, 'is dat hij jou niet kan ontmaskeren zonder zichzelf te verraden. Hij is degene die jou dood heeft verklaard en je heeft opgesloten. Hij heeft veel meer te verliezen dan jij, Manus. Als ik jou was, zou ik gewoon naar dat diner gaan zodat hij je kan zien en jij hem in de ogen kunt kijken. Hij zal peentjes zweten.'

En toen drong het tot de rest door dat Winthrop Barridge natuurlijk ook háár vader was. Het was een bizarre gedachte. We wisten het nog maar zo kort dat we het makkelijk vergaten. Josies vader, die vermoedelijk geen idee had van haar bestaan, en die ze nog nooit had gezien, zou naar het diner komen.

'Ik ga hem zeker van dichtbij bekijken,' vervolgde ze. 'Ik vraag Ally, het dienstmeisje, of ze zich ziek wil melden en dan ga ik in haar plaats bedienen. Ik wil per se bij dat diner zijn. Ik wil die Barridge met eigen ogen zien.'

'Is dat wel verstandig?' vroeg Manus. 'De gelijkenis... zou kunnen opvallen.'

Ze haalde haar schouders op. 'Dat kan me niks schelen. Waarom zou ik hem niet met zijn fouten confronteren?'

'Kún je eigenlijk wel bedienen?' vroeg Dulcie zich af. 'Bij dat soort gelegenheden horen vaak speciale gewoonten. Heb je dat soort werk al eens eerder gedaan?'

Josie snoof. 'Een aardappel op een bord leggen, wat is daar nu moeilijk aan? Coralie zal er zijn, Cedric zal er zijn, mijn vader komt en Tommy ook. Denken jullie nu echt dat ik dat zomaar aan mijn neus voorbij laat gaan? Ik zal er zijn, daar hoeven jullie niet aan te twijfelen.'

Dat deden we ook niet.

69

JOSIE

Op de ochtend van het diner werd ik wakker met kramp in mijn maag. Ondanks al mijn bravoure zou ik Winthrop Barridge, mijn vader, voor de eerste keer in mijn leven te zien krijgen. Alleen dat al was een angstaanjagend vooruitzicht. Daar kwam nog bij dat hij bekendstond als de wreedste man van de vijf graafschappen en ik had geen idee hoe ik een avond lang mijn kalmte zou kunnen bewaren.

Ik wilde dat Tommy me vasthield en zou zeggen dat alles goed zou komen, maar de kans was klein dat we elkaar vandaag zouden zien. Coralie had me nodig, Cedric en de graaf hadden Tommy nodig. Deze zomer hadden we volop tijd samen gehad. De Honeycrofts en de graaf hadden ons verwend, en dat wisten we. Dit duurde maar een dag en het zou verder niets hebben uitgemaakt, als het niet de belangrijkste dag van mijn leven zou zijn geweest.

Ingetogen wijdde ik me aan mijn ochtendtaken. Mijn maag trok zich af en toe samen van de zenuwen en ik maakte me zorgen. Ik had Ally omgekocht (met geld en de belofte dat ik vóór zondag haar bonnet zou afwerken, want dan zou ze haar nieuwe liefje ontmoeten) om te doen alsof ze vanavond buikgriep had. Maar als het zo doorging, was ik degene die vanavond ziek in bed lag.

Hoewel ik Tommy door alle huishoudelijke drukte niet te zien kreeg, zag ik Manus, mijn broer, wél. Het besef dat we familie waren, vervulde me nog steeds met blijdschap en deed me glimlachen. Net zoals de wetenschap dat ik geen familie was van Coralie, zodat onze fijne werkrelatie daar nooit onder zou hoeven lijden.

Sinds Manus op Silvermoor woonde, was hij er steeds gezonder gaan uitzien. Zijn gezicht was niet meer zo bleek en hij was zelfs een beetje bruin geworden. Daardoor leek zijn haar witter dan ooit, maar het stond hem goed. Ook zijn nerveuze maniertjes leken te zijn verdwenen. In het bijzijn van de paarden was hij altijd ontspannen en vol zelfvertrouwen. In zijn ouderwetse kostuum had hij ouder geleken dan vijfendertig, maar zijn nieuwe kleren pasten veel meer bij zijn leeftijd. Het grootste verschil was echter dat hij nu veel vaker lachte. Alles bij elkaar had hij zich als een aantrekkelijke man ontpopt. Ik kon zien dat Dulcie dat ook was opgevallen, wat me op ondeugende gedachten bracht.

Vandaag zag Manus echter zo bleek dat het leek of hij ziek was. Eigenlijk zag hij eruit zoals ik me voelde.

'Josie,' mompelde hij toen we elkaar op de trap tegenkwamen. 'Wat ben je wit?'

Ik lachte. 'Ik niet alleen. Jij ziet eruit als de geest die je hoort te zijn. En dat terwijl jíj hem niet eens te zien zal krijgen. O, Manus! Ik ben bang dat ik het niet zal aankunnen. Het idee dat ik de hele avond in één ruimte met hem zal zijn, terwijl ik weet wie hij is en wat hij jou en mijn moeder heeft aangedaan. Ik zou Ally wat graag willen zeggen dat het plannetje niet doorgaat, maar daar zou ik dan ook weer spijt van krijgen.'

'Je kunt het, Josie,' zei hij resoluut. 'Je bent het dapperste meisje dat ik ken. De avond dat ik je voor het eerst ontmoette, zal ik nooit vergeten. Als ik toen had geweten dat je mijn zusje was, zou dat een grote troost voor me zijn geweest. Misschien was ik dan wel eerder weggegaan. Hoe dan ook, ik ben trots op je.'

Mijn ogen vulden zich met tranen. Behalve Martha had mijn oude familie nooit vertrouwen in me gehad. Mijn broer Bert was een goeie vent, maar ook een aparte. Hij ging nergens diep op in en zei nooit veel. Dat Manus mij bewonderde, gaf me een warm gevoel, het gevoel dat ik de moeite waard was. Het herinnerde me eraan hoe mijn moeder me ervan had beschuldigd dat ik mezelf bijzonder vond en hoe wanhopig ik dat had ontkend. Nou, misschien wás ik wel bijzonder. Misschien wílde ik dat ook.

Op de een of andere manier sloeg ik me door de dag heen. Ik was vergeten hoe traag de tijd voorbij kan gaan. Om vijf uur glipten Ally en ik de bibliotheek in om ons plan te bespreken. Zij zou naar bed gaan, ik zou tegen mevrouw Roundsby zeggen dat ze ziek was geworden en meteen een oplossing aandragen, namelijk dat ik haar zou vervangen. Om het geloofwaardiger te maken zou ik Ally's taken de volgende ochtend ook overnemen, en ik bood aan om af en toe naar boven te rennen om te zien hoe ze het maakte, zodat niemand anders zou zien dat ze niets mankeerde. De dag daarna zou ze weer aan het werk gaan, hoewel ze niet mocht vergeten heel vaak te geeuwen en af en toe duizeligheid te simuleren. Vervolgens zou ik haar bonnet afwerken met satijnen boterbloemen, wat een grote wens van haar was.

Toen ik op de dag van het diner ons plannetje voor de tiende keer met haar doorsprak, verloor ze haar geduld. 'Oké, Josie. Oké, Josie,' riep ze. 'Buikgriep of niet, van jou krijg ik inmiddels hoofdpijn. Ik ga nu naar bed. Ga jij nu maar naar mevrouw Roundsby toe. Ik weet wat me te doen staat.'

De deur van de bibliotheek stond op een kier en net op dat moment hoorden we stemmen op de gang. De graaf en Portis.

'Allemachtig, Portis, dat komt heel slecht uit,' zei de graaf. 'Uitgerekend vandaag. Kun je hem niet zeggen dat hij morgen terug moet komen?'

'Dat kan. Sterker nog, dat heb ik al gedaan. Maar hij beweert dat het niet kan wachten. Ik heb eerlijk gezegd al behoorlijk met hem in de clinch gelegen, anders had ik u er niet mee lastiggevallen. Het punt is, heer, ik kom niet van hem af.'

'Goed dan, Portis. Breng hem dan maar naar de bibliotheek. Hij krijgt tien minuten, niet meer.'

'Prima, meneer.'

'De bibliotheek,' piepte Ally en ze vloog als een opgejaagde eekhoorn de bibliotheek uit, terwijl ik de voetstappen van de graaf dichterbij hoorde komen.

Ik had haar voorbeeld moeten volgen, maar mijn nieuwsgierigheid hield me tegen. Ik had net iets te lang geaarzeld. Ik had niets te zoeken in de bibliotheek en had geen zin in een onhandige verklaring, waarmee ik nog voor het diner argwaan zou kunnen wekken. Althans, dat was mijn excuus voor het schokkende wat ik daarna deed. Ik dook achter de lange gordijnen en ging zo stil mogelijk op de vensterbank zitten. Meteen voelde ik me verschrikkelijk. Dat ik de graaf, die altijd zo goed voor me was, opzettelijk wilde afluisteren, was het ergste wat ik kon doen. Maar nu was het te laat. Hij was al in de bibliotheek en schonk, binnensmonds vloekend, een glas voor zichzelf in. Ik grimaste. Hij was niet in een opperbeste stemming. Ik kon maar beter blijven zitten waar ik zat.

Even later leidde Portis de onwelkome bezoeker de bibliotheek in en de graaf begroette hem kortaf. 'Hoe maak je het? Je bezoek komt niet erg gelegen, maar van Portis hoorde ik dat het dringend is. Hou het kort, alsjeblieft.'

'Het spijt me dat het u niet goed uitkomt, heer,' klonk een mij onbekende stem. 'Het gaat om iets wat me al veel langer dwarszit en... nou ja, het kan niet langer wachten.'

De graaf zuchtte en bood hem geen drankje aan.

'Het is nu al jaren een doorn in mijn oog. Ik móét het een keer zeggen, alleen wist ik niet hoe of wanneer, laat staan wat... Het is niet makkelijk, heer.'

'En dat moest uitgerekend vandaag?' zei de graaf droogjes. Ik had te doen met de bezoeker, maar toen ik zijn volgende woorden hoorde, verdween mijn sympathie als sneeuw voor de zon.

'Ik kan niet langer aanzien hoe u Tommy Green bevoordeelt. U hebt hem uitverkoren, u hebt hem naar school gestuurd... Het hele dorp weet dat u denkt dat hij uw zoon is. En nu verblijft hij de hele zomer op Silvermoor en werkt samen met uw neef, alsof hij van adel is. Dat is hij niet. Hij is gewoon een mijnwerkerszoon, hij heeft geen drúppel adellijk bloed.'

Mijn mond viel open van verbazing. Wie was diegene die met zo veel venijn over mijn Tommy sprak? Wie maakte zich zo druk over hoe Tommy zijn vakantie doorbracht dat hij dat bij de graaf thuis ter sprake moest brengen? Ik moest me beheersen om het gordijn niet een klein stukje open te schuiven. Hij klonk niet als een mijnwerker. De gunsten die de graaf mij en Tommy had verleend, kwamen voort uit het feit dat hij ons vertrouwde, en ondanks onze ongebruikelijke vrijheden overschreden we de geldende grenzen niet. Met Coralie en Cedric lag dat anders, want zij waren jonger. Maar de graaf was altijd de graaf, en het was vast niet de bedoeling dat ik dit allemaal hoorde.

'Als ik het goed begrijp,' zei de graaf op gedempte toon, 'ben je zo vrij geweest onuitgenodigd mijn huis te betreden op de voor mij drukste en belangrijkste dag van het jaar, alleen maar om me te vertellen dat je het niet eens bent met de manier waarop ik een jonge beschermeling van me behandel? Dat je een oordeel hebt over de manier waarop ik mijn gezinsleven inricht, is één ding, maar dat je dat oordeel met mij denkt te moeten delen... Nee. Ik hoor alleen maar een hoop gelul en onzinpraatjes. Roddels zijn het. Ik zou denken dat hij mijn zoon is? Waar heb je het over, man? Is je inkomen je dan niets waard?'

Inkomen? Hij was dus afhankelijk van de graaf, maar hij klonk als een ontwikkeld man. Zou het de predikant zijn?

'Ik heb u nog niet alles verteld, heer.'

'Ik hoef niets meer te horen. Ik neem aan dat je alleen nog maar meer modder naar Tommy wilt gooien. Je bent altijd al negatief over hem geweest, en dat is onterecht gebleken. Zo hoort een man zich niet te gedragen. Allemachtig, ben je je verstand soms verloren? Waarom maak je je druk over wat ik wel en niet voor Tommy Green doe? Wat heeft hij met jou te maken?'

‘Niets, meneer. Niets,’ mompelde de man. Door de gordijnen heen kon ik zijn gekrenktheid voelen. ‘Alleen verdient hij uw gunsten niet...’

‘Latimer!’ Toen de graaf zijn naam riep, schrok ik me dood. Latimer. De schoolmeester. Nu begreep ik het. Ik wist al wat er zou komen voordat het werd uitgesproken. ‘Ik hoef jouw mening over Tommy Green niet te horen. Laat dat alsjeblieft tot je hersenpan doordringen. Ik hoef aan jou geen verantwoording af te leggen, maar nu we toch in deze bizarre conversatie zijn beland, kan ik je vertellen dat ik niet denk dat hij mijn zoon is. Ik heb het zelfs nooit gedacht. Ik steun Tommy omdat hij een bijzondere jongen is. Hij is slim, ambitieus en wilskrachtig. Er zit geen greintje kwaad in hem. En hij is er niet op uit om zijn dromen waar te maken over de rug van anderen, laat staan anderen ten val te brengen...’

Latimer verhief zijn stem. ‘Daar gaat het niet om!’ riep hij. Ik sperde mijn ogen open. ‘Hij verdient uw gunsten niet. Ik wel. Hij is niet uw zoon. Ik ben uw zoon.’

Ik wist het. Hierbij vergeleken was het feit dat ik Winthrop Barridges dochter was onbelangrijk nieuws. Ik was zo nerveus en gespannen dat ik bijna in lachen uitbarstte.

‘Pardon?’ zei de graaf. Ik had zijn stem nog nooit zo dreigend horen klinken.

‘Het is waar. Ik wilde het u al heel lang vertellen, al vanaf het moment dat ik het wist, maar ik kon het niet. En ja, vandaag heb ik al mijn moed verzameld. Ik wil dat u hetzelfde voor mij doet als voor Tommy. Ik ben uw zoon. Ik heb er recht op.’

‘Je liegt. Je bent een jaloerse, kleinzielige onruststoker. Uit mijn ogen, Latimer. Pak je koffers, en op referenties hoef je niet te rekenen.’ Ik was geschokt. De man gedroeg zich schandelijk, maar om hem nu zomaar te ontslaan en weg te sturen?

‘Het is geen leugen, meneer. Mijn moeder was Kitty Makepeace. Ze was de dochter van bakker Makepeace. U bent haar een keer toevallig tegengekomen in Harrogate. Ze was beeldschoon. U herkende haar uit het dorp en hebt een praatje met haar gemaakt. Van het een kwam het ander. Het spijt me dat ik dit soort gevoelige zaken ter sprake moet brengen, maar toen ze ontdekte dat ze zwanger was, was haar leven kapot. Haar vader wilde niets meer met haar te maken hebben. De bakkerij sloot haar deuren en hij verhuisde. Ze heeft u er nooit mee lastiggevallen, meneer, nooit om iets gevraagd.

Ze heeft me in Leeds grootgebracht en pas op haar sterfbed iets over mijn vader verteld. Toen ik hoorde dat er een vacature was op de dorpsschool van Grindley, nam ik de baan aan om dicht bij u te zijn. Ik hoopte dat u in mij iets zou herkennen. Maar dat gebeurde niet. Ik dacht dat het met geduld en respect voor uw familie vanzelf een keer zou gebeuren. Dat ik uw respect zou verdienen als ik goed mijn best zou doen. Maar u hebt er nooit iets van gemerkt. En dat terwijl Tommy Green prijzen won, uw aandacht trok en uw gunsten verdiende. Ik verdraag het niet langer. Ik wil dat u me erkent, vader.'

Op dat moment moesten mijn ogen zo groot als schoteltjes zijn geweest. Stel je voor dat ik de oude Barridge op die manier zou toespreken. Geen schijn van kans. Er volgde een lange stilte. Ik hield mijn adem in. Je kon een speld horen vallen in de bibliotheek.

Ten slotte verbrak de graaf de stilte. 'Goed, je hebt gezegd wat je wilde zeggen, je hebt je van een last bevrijd. Maar nu moet je gaan, want er zijn dringende zaken die vanavond mijn aandacht vragen.'

'Moet ik nog steeds mijn koffers pakken, meneer?'

'Vandaag nog niet.'

'En mag ik morgen terugkomen, meneer? Of vrijdag?'

'Ik wil niet dat je ooit nog een voet in dit huis zet. Als ik er klaar voor ben, kom ik naar jou toe. Spreek er met niemand over.'

Het was hardvochtig, maar er was weinig waar de adel een grotere hekel aan had dan geconfronteerd te worden met hun tekortkomingen. En Latimer was echt niet de enige. Dat was onmogelijk, zeker gezien de reputatie van de graaf. Maar hij was wel de enige die het de graaf recht in zijn gezicht durfde te zeggen.

'Goeiedag dan,' zei Latimer met een in mijn ogen indrukwekkende waardigheid. Ik hoorde de deur open- en dichtgaan en toen was het stil.

Ga weg, alsjeblieft, smeekte ik de graaf in stilte, tegen beter weten in hopend dat hij niet nog twee uur in de bibliotheek zou blijven zitten. Nog los van mijn angst dat mevrouw Roundsby naar Ally op zoek zou gaan en ons plannetje in duigen zou vallen, begon ik kramp te krijgen. Ik hoorde het gekraak van leer toen de graaf zich op een stoel liet zakken.

'Verdraaid nog aan toe,' vloekte hij. 'Jezus nog aan toe!' Ik beet op mijn lip. Hij liet een luid, boos gebrom horen. 'Verdomme,' mompelde hij. 'Latimer. Uitgerekend Latimer. Was Tommy het maar geweest.'

Ik doorstond het gebrom, gevolgd door een paar opmerkelijke krachttermen die ik nog nooit eerder had gehoord. Weer kraakte de stoel, het gerinkel van een karaf weerklonk en even later de smachtende zucht die volgt nadat iemand een borrel achterover heeft geslagen. En toen voetstappen en de deur. Hij was weg.

70

TOMMY

Een uur voor het grote diner was ik in de eetzaal met Cedric en de graaf. Terwijl Cedric het draaiboek nog even met me doornam, veranderde de graaf hier en daar nog iets aan de tafelschikking, waarmee hij mevrouw Roundsby helemaal gek maakte. Hij was ongewoon kortaf tegen iedereen. Ik denk dat het belang van de avond zijn tol begon te eisen.

Josie was er ook. Ze kreeg een spoedcursus in het uitserveren van gerechten. Ze had haar grijs-wit gestreepte jurk verruild voor een zwart dienstmeisjesuniform met een wit schortje en haar vuurrode haar was weggestoken onder een wit kapje. Eén losgeraakte krul piepte er al onderuit.

Uiteindelijk was de tafel perfect gedekt. Josie was met zachte drang richting de keuken geduwd. Vrouwe Amelia kwam met afwezige blik de eetzaal binnen. Behalve bij openbare gelegenheden had ik haar nooit eerder gezien. Ik herinnerde me de eerste keer dat ik haar had gezien toen ik vijf was en vanavond was ze net zo mooi als toen. Jaren ouder natuurlijk, maar dat maakte geen verschil. Haar blonde haar was in vlechten opgestoken en aan één kant prijkte een bordeauxrode bloem, die heel goed paste bij de bordeauxrode jurk van een glanzende stof, die haar gezicht kleur gaf.

'Kom, Rufus,' zei ze met een diepe, zachte stem die me aan elfenbossen en riviernimfen deed denken. 'Je gasten komen zo en jij hebt je nog niet eens omgekleed.'

'Ónze gasten, liefste,' verbeterde hij. 'Je hebt gelijk. Ik moet gaan. Cedric, kun je het nu zonder mij af?'

'Ja, oom. Hallo, tante Amelia. Wat ziet u er prachtig uit. Tante, kunt u zich Tommy nog herinneren? Hij is sinds een aantal weken mijn rechterhand.'

Ze keek me aan en ik was compleet verblind. Ik zag sterren in haar ogen, échte sterren. Hoe kon de graaf haar ontrouw zijn geweest? Maar toen ze me aankeek, zag ik die sterren tot vuursteentjes verharden.

'O ja, die mijnwerkersjongen,' zei ze luchtig. 'Goedenavond.'

Op dat moment was voor mij de betovering verbroken. Ze dacht dat ik zijn zoon was. Zoals zovelen, ongetwijfeld. Het was voor haar onvoorstelbaar dat ik hier was, zo onvoorstelbaar zelfs dat er maar één verklaring voor kon zijn, maar die was helaas niet juist.

'Een bijzondere vrouw,' zei Cedric. Hij keek naar na terwijl ze wegschreed. 'Maar ze kan soms wel wat… eh… koeltjes zijn. Arme oom. Het was geen huwelijk uit liefde. Hoe dan ook, ze heeft gelijk. We moeten ons omkleden, Tommy. Wegwezen hier!'

Ik rende terug naar de cottage en trok het zwarte avondjacquet aan, compleet met vlinderstrik, dat ik van Cedric had geleend. Ik kamde mijn haar glad met water en een beetje pommade, eveneens met dank aan Cedric. Mijn krullen lieten zich met moeite in bedwang houden, maar voor één keer zag ik er fatsoenlijk uit. Sterker nog, ik zag eruit als een heer. Een paar keer haalde ik diep adem. Er was geen reden om nerveus te zijn. De graaf en Cedric waren degenen die moesten proberen hun invloed te laten gelden. Ik ging alleen omdat Cedric zo ruimhartig was en mij erbij wilde hebben na al het werk dat ik voor hem had gedaan. Ik hoefde alleen maar hier en daar een praatje te maken en verder zou ik me op de achtergrond houden. Wat het resultaat ook mocht zijn, ik zou er niet veel van merken. Mijn familie wel, en de graaf eveneens, maar ik ging volgende maand terug naar Westonbury en daarna zou ik een baan zoeken waar ik maar wilde, en één ding stond vast: het zou niets met steenkool te maken hebben.

Toch was ik nerveus, want ik was nog nooit bij een dergelijk feestelijk diner geweest. Hoe zouden ze naar mij kijken, al die rijke mensen die misschien ook wel dachten dat ik de zoon van de graaf was? Het kon weleens een heel ongemakkelijke avond worden. Maar ik had nu eenmaal beloofd dat ik zou komen, dus ging ik ook. En ook voor Josie moest ik er zijn. Vanavond zouden we Winthrop Barridge voor het eerst zien. Ik haalde diep adem en liep over het gazon naar het huis.

De gasten hadden zich al verzameld voor een aperitief in de salon. Op de drempel aarzelde ik, onder de indruk van het grote aantal smokings. Ze deden me denken aan een groep kauwen, in tegenstelling tot de vrouwen, die meer op een boeket bloemen leken. Cedric maakte zich van de gasten los om me naar binnen te leiden en voor te stellen. Van Tysen's alleen al waren drie mannen gekomen: meneer Tysen zelf, de stichter van het bedrijf, meneer Wickleton, zijn partner die de twijfelachtige eer had dat de nieuwe mijn naar hem was genoemd, en meneer Hallow, ook een partner. Drie zeer hooggeplaatste heren die dit heel serieus namen en gehoord wilden worden.

Verder was meneer Spackles van de mijn in Steepley gekomen, en meneer Howells uit Wales, die Cedric had uitgenodigd om ons te inspireren met zijn verhalen over een soortgelijke situatie in zijn regio. Behalve meneer Howells had iedereen zijn vrouw meegebracht. De graaf was er uiteraard ook, en vrouwe Amelia, vrouwe Flora en juffrouw Coralie. Josie en de Barridges waren nergens te bekennen.

Er hing iets onheilspellends in de lucht, waar ik niet aan kon ontsnappen, en ik hoopte dat de avond snel voorbij zou zijn. De graaf keek regelmatig op zijn horloge en ik kon zien dat het hem stoorde dat de Barridges zo laat waren. Hij maakte sowieso een gespannen indruk, alsof hij door het minste of geringste uit zijn slof zou kunnen schieten. Hij deed me denken aan mijngas, de stof die altijd een dreiging vormde in de mijnen.

Net toen we ons naar de eetzaal begaven, arriveerden Winthrop Barridge en zijn twee zonen. Het was uitermate onbeleefd om zo laat te komen en ik verwachtte een scherpe opmerking van de graaf. Maar kennelijk was zijn opvoeding sterker dan zijn impuls. Hij begroette hen vriendelijk, stelde hen snel aan iedereen voor en begeleidde hen naar hun plaatsen. Op zijn goede manieren viel niets aan te merken. Niemand had zijn ergernis in de gaten, tenzij je hem kende.

Gefascineerd staarde ik naar de nieuwkomers. Ze deden me denken aan krijgsheren. Ze hadden hun vrouwen niet meegenomen, geen mevrouw Barridge, geen zussen. Net als Manus waren ze allemaal lang en mager, en ondanks het zachte weer droegen ze allemaal een donkere mantel over hun smoking. Met hun spitse neuzen en hun donkere, achterovergekamde haar hadden ze alle drie iets arrogants over zich. De tweeling was niet van elkaar te onderscheiden, en ik hoopte maar dat Jocelyn altijd rechts van Willard zou blijven staan. Niet dat ik verwachtte dat ze met mij een gesprek zouden aanknopen. Dat zag ik meteen aan de onverschillige, minachtende blik waarmee ze me aankeken.

De vader, Josies vader, was een boef. Dat zag ik meteen. Hij had uitstekende jukbeenderen en een haakneus. Hoewel hij noch knap, noch charmant was, vulde hij de ruimte. De graaf, met zijn knappe gezicht, goede manieren en charismatische uitstraling, verbleekte naast hem, alsof de duisternis van de een alle kleur aan de ander onttrok.

Maar het opvallendste waren zijn ogen. Ze waren donker als obsidiaan, als een nacht zonder sterren, net als die van Josie, besefte ik met een schok. Het waren inderdaad Josies ogen. Afgezien van het feit dat háár ogen fonkelden van nieuwsgierigheid, blijdschap en genegenheid. De zijne waren koud en vlak als de bodem van een put. Nu begreep ik Manus nog beter. Voor iedere zoon is het moeilijk op te staan tegen een autocratische vader, dat wist ik zelf maar al te goed. Deze man was echter van een ander kaliber. Met zijn persoonlijkheid alleen al kon hij mensen beïnvloeden en aan zich onderwerpen. Ik keek hem aan en dacht: wij gaan de discussie vanavond verliezen.

Ik was blij dat ik tijdens het diner naast vrouwe Flora zat. Haar kende ik tenminste een beetje. Rechts naast me zat mevrouw Wickleton. Ze was groot en statig en leek zich niet te interesseren voor het hele gedoe. Coralie zat tegenover me en toen we allemaal zaten, knipoogde ze naar me.

De graaf sprak een toost uit en heette iedereen welkom. Hij sprak over veranderende tijden en de behoefte aan eensgezindheid, creatieve oplossingen en nieuwe zienswijzen. Ik voelde me geïnspireerd, maar toen ik een steelse blik op Winthrop Barridge wierp, was dat gevoel weg. Zijn twee zonen hadden dezelfde donkere ogen als hij, maar terwijl die van hem dof en uitdrukkingsloos waren, glinsterden die van de tweeling als kolen. Ze leken op wilde dieren die wachtten op een prooi. Waar kwam deze duivelse familie vandaan? Waren ze soms ontsproten uit de diepten van de aarde, uit de diepste steenkoollaag? Waren zij de duivels die ik me had ingebeeld toen ik nog in de tunnels werkte?

De eerste gang werd aangekondigd: selderijsoep met munt, zomers en verfijnd. Ineens stond Josie naast me. Ze bediende alsof ze nooit anders had gedaan. 'Dank u,' mompelde ik.

'Geen dank, meneer,' mompelde ze terug. Ik zag hoe ze zich langs de tafel bewoog tot ze bij haar halfbroers en vader was. Natuurlijk negeerden ze haar en toen alle borden gevuld waren, nam ze, samen met Portis en een ander dienstmeisje, plaats aan de zijkant van de eetzaal. Ze gedroeg zich ingetogen en professioneel, maar ik wist dat ze elk detail en elk woord in zich opnam.

De eerste tien minuten van het diner werd er beleefd geconverseerd over algemene onderwerpen. Totdat een van de zonen van Barridge – was het Jocelyn of toch Willard? – de kwestie ter sprake bracht. 'Zo, Sedgewick, hoe zit het met die staking?' vroeg hij op een toon alsof hij tegen een mindere sprak. 'Bent u nog steeds van mening dat we aan hun eisen moeten toegeven en de lonen moeten verhogen?'

Zijn brutale toon veroorzaakte een tastbare schokgolf onder de gasten. Zijn vader maakte geen aanstalten hem tegen te houden of te berispen. Ik moest aan Paulson denken, altijd geflankeerd door zijn woeste honden. Dit leek een vergelijkbare opstelling.

Ik zag een spiertje trillen onder het oog van de graaf, maar zijn stem klonk licht en kalm. 'Inderdaad, jongeman, dat ben ik nog steeds van mening.' Ik glimlachte. Brutaliteit werd afgestraft met neerbuigendheid. Eén tegen één. 'Ik heb er lang en grondig over nagedacht en mijn conclusie is dat de mijnwerkers een punt hebben.' Hij somde een lijst op van alle argumenten die we afgelopen week hadden doorgenomen. De mijnwerkers hadden al vijftien jaar geen loonsverhoging meer gehad. Als gevolg daarvan behoorden enkele mijnen in het zuiden van Yorkshire, waaronder Hepzibah, Drammel Depth en Wickleton's, tot de slechtst betalende van het land.

'Als we instemmen,' zei hij, 'betekent dat niet dat we een ongunstig precedent scheppen of dat we een slechte strategie volgen. Het enige wat we hoeven te doen, is de lonen te verhogen tot een niveau dat vergelijkbaar is met de rest van het land. Niemand hier zal kunnen ontkennen dat onze mankracht de basis vormt waarop we staan. We hebben jarenlang een reputatie opgebouwd die de beste, sterkste en minst tegendraadse mijnwerkers aantrekt.'

'Pff,' snoof Winthrop Barridge. 'Ze willen staken. Dat noem ik tegendraads, Sedgewick. Maar misschien hanteren we verschillende definities van dat woord.'

'Over het algemeen het minst tegendraads,' vervolgde de graaf onverstoorbaar. 'Het is ongebruikelijk rustig geweest in onze bedrijven. Dit is de eerste opstand in lange tijd. En om die reden vind ik het belangrijk om er heel goed over na te denken. Onze mannen zijn geen onruststokers die bij het minste of geringste actievoeren. Ze verrichten belangrijk werk voor een loon dat onder de norm ligt. Laten we dat rechtzetten. Zo eenvoudig is het.'

'Ondenkbaar,' zei Wickleton. 'Wat heeft dat voor gevolgen voor onze winst?'

'Die zal dalen,' zei de graaf schouderophalend. 'Maar wat voor gevolgen heeft een staking als we onze eigen steenkool niet meer naar boven kunnen halen, onze orders niet kunnen voldoen, onze contracten kwijtraken?'

'We moeten ons teweerstellen,' zei Winthrop Barridge traag. 'We laten ons toch niet gijzelen door een stelletje ongewassen schurken? U klinkt als een vrouw, Sedgewick.'

Deze keer werd er hoorbaar gesnoven. Hij had niet alleen de graaf beledigd, maar ook in één klap alle aanwezige vrouwen. En we waren pas bij de eerste gang. Ik kon mijn ogen niet van de graaf afhouden en ik denk dat iedereen zich hetzelfde afvroeg. Hoe moest hij op een dergelijke uitspraak reageren?

De graaf had charme. Het was zijn tweede natuur. 'Ik klink als een vrouw, zegt u? Nou, als dat betekent dat ik zorgvuldig en met vooruitziende blik beleid voer, dat ik zo slim ben dat ik me baseer op tientallen jaren ervaring, dat ik zo wijs ben niet mijn eigen glazen in te gooien, dan dank ik u voor het compliment,' zei hij met een glimlach. 'Net als de dierbare dames die hier vanavond met ons dineren, hoop ik dat mijn lompe mannelijke koppigheid af en toe plaatsmaakt voor wat subtielere eigenschappen. De mannen die hier vanavond zijn, zijn geen groentjes, althans de meeste niet,' voegde hij er met een smalende blik op de Barridge-tweeling aan toe. 'We moeten naar de toekomst kijken, we maken deel uit van een groter geheel, we zijn meer dan onze eigen egoïstische beslommeringen. Laten we deze gewaagde stap zetten en een ramp afwenden.'

'Bravo, bravo,' zei meneer Spackles. 'Ik ben het met u eens, Sedgewick. Samen staan we sterk. Het voortbestaan van onze mijnen staat op het spel, dus laten we, nu we de kans hebben, iets doen voor het algemeen belang. Wat hebt u daarop tegen, Barridge? Jezus, ze vragen een shilling meer.'

'Wat ik erop tegen heb? Nou, dat zal ik u vertellen. We winnen geen steenkool voor de lol. We winnen steenkool om geld te verdienen. We hebben een enorm aantal arbeidskrachten. Eén shilling vermenigvuldigd met het aantal mijnwerkers dat bij ons in dienst is, is bij elkaar een heleboel shillings, Spackles. Bovendien is het verboden, het mag niet. Ze mogen blij zijn dat ze werk hebben, allemaal. Vroeger beseften ze dat nog, maar tegenwoordig krijgen ze steeds meer kapsones, en dat heeft ongetwijfeld te maken met de geruchten over de privileges die de mensen bij Sedgewick krijgen. Ja, Sedgewick, veiligheidsmaatregelen, uitkeringen voor weduwen en feesten bij speciale gelegenheden… Door ú hebben ze kapsones gekregen en nu heeft het zich verspreid en nu staat ons een opstand te wachten. Nou, zíj noemen het misschien opstand, ik noem het oorlog.'

Er brak tumult uit aan de tafel. Omdat niemand zijn mening hardop aan Barridge of de graaf durfde te verkondigen, begon iedereen opgewonden tegen degene naast zich te mompelen. Voor het eerst richtte ik mijn blik rechtstreeks op Josie. Haar ogen waren opengesperd van ongeloof. Ik wist wat ze dacht. *Is deze man mijn vader?*

'Oorlog?' riep de graaf. 'Barridge, hoor wat je zegt, man. Laten we de zaak in perspectief plaatsen. Als werkgever moeten we een plan bedenken waarmee onze werknemers en wijzelf het beste gediend zijn. Dat is alles. We zijn geen leiders van een natie die een ander land gaan binnenvallen…'

'Nee,' onderbrak Barridge hem. 'U wilt misschien iets waarmee zij en wij het beste gediend zijn, maar ik wil iets wat goed voor mezelf is. Omdat we leiders van het land zijn. Waar zou Groot-Brittannië zijn zonder ons? Onze economie, onze spoorwegen, onze export zijn van ons afhankelijk. We zijn de goden van deze maatschappij.'

'Goden?' riep Cedric uit. Zijn ogen straalden woede uit. 'Kan het iets minder hoogdravend? Waarom blijft u vasthouden aan deze oude victoriaanse waarden terwijl de wereld om ons heen verandert? De mijnindustrie is kwetsbaar. De oude machtsstructuren staan op instorten. Ik heb slecht nieuws voor u, Barridge: we zijn geen goden. We zijn mensen, met al onze fouten en gebreken. Vanavond zijn we hier bijeengekomen om waakzaam te zijn, om elkaar ervoor te behoeden dat we ten prooi vallen aan onze zwakheden. Zodat we samen in alle wijsheid tot een plan de campagne kunnen komen. Helaas bent u doof en blind voor dit alles, behalve voor uzelf.'

'Bravo, bravo,' zei Coralie duidelijk hoorbaar. 'Goed gesproken, Cedric.'

Weer keek ik naar Josie. Haar wangen waren rood.

'Kijk, daar hebben we het groentje over wie u het net had, Sedgewick,' zei Barridge. 'Ik hoor idealisme, ik hoor naïviteit, ik hoor gevaarlijk liberalisme dat al onze mijnen zal ruïneren. Wat ik niet hoor, is gezond verstand.'

'Onze mijnen ruïneren? Barridge, wij zijn rijk, wij allemaal. We zijn zelfs rijker dan rijk. Als we een tijdelijke omzetdaling al niet kunnen doorstaan, dan hebben we ons vermogen wel heel slecht beheerd.'

'Maar Sedgewick, wij zijn beter dan die lui. Wij horen een bepaalde levensstijl te hebben. Een compromis zoals u dat voorstelt, zou tegen de wetten van de natuur indruisen. Ik doe er niet aan mee. Geen sprake van. Als u uw mensen meer wilt betalen, dan is dat uw zaak. Ga uw gang. Maar ik doe het niet.'

Hij stond op en smeet zijn servet op zijn bord. Weer keek ik naar Josie. Ging hij echt weg? 'En ik denk dat de Tysen's er net zo over denken als ik,' voegde hij eraan toe.

Maar de drie mannen van Tysen's keken vertwijfeld in het rond. Ik kon zien dat ze eensgezind gekomen waren, maar dat ze van gedachten waren veranderd na de overtuigende logica van de graaf en de steun van Cedric en Spackles. Ze zeiden niets.

'Zoals u weet, Barridge,' zei de graaf met zachte stem, 'heeft het geen zin wanneer ik mijn mensen loonsverhoging geef en u niet. Dan zullen ze toch gaan staken. Voor het eerst in de geschiedenis staan de mijnwerkers schouder aan schouder, uw mannen en de mijne en die van Tysen's en Spackles. Als u bij uw standpunt blijft, gaan we allemaal ten onder.'

'Het zij zo.'

'Meneer Barridge, gaat u toch zitten en geniet van het geroosterde lam dat straks geserveerd gaat worden,' zei vrouw Amelia op sussende toon. 'Misschien kunnen we dit onderwerp even laten rusten, zodat we van de maaltijd kunnen genieten. Josie, wil je alsjeblieft een schoon servet voor meneer Barridge halen?'

Josie schoot naar een tafel waarop schoon tafellinnen, glazen en bestek waren uitgestald, en pakte een hagelwit servet voor haar vader.

'Alstublieft, meneer,' zei ze met een klein stemmetje en ze reikte hem het servet aan. Zonder haar aan te kijken griste hij het uit haar handen. Hij stond nog steeds, alsof hij twijfelde of hij zou blijven of gaan, terwijl de tweeling hem met hun glinsterende ogen als twee waakhonden in de gaten hield. Ook Josie hield hem in de gaten. Ik kon zien dat ze, nu ze dicht bij hem stond, elk detail van zijn gezicht in zich opnam. Zoals ze daar naast elkaar stonden, viel het me op dat ze erg veel op elkaar leken. Voorzichtig keek ik de tafel rond om te zien of anderen het ook was opgevallen, maar uiteraard was er op dat moment een ander drama aan de gang.

'Josie,' sneerde vrouwe Amelia, en meteen kwam Josie tot zichzelf. Haastig nam ze haar plaats weer in aan de zijkant van de eetzaal. Het lam werd geserveerd en de bedienden deden hun best om het diner weer op gang te brengen. Intussen stond Barridge nog steeds met een boos gezicht naast zijn stoel en pas toen er een bord met heerlijk geurend lam voor hem werd gezet, was hij bereid weer te gaan zitten en begon halsstarrig op zijn vlees te kauwen. Ook bij de volgende gang werd er alleen over koetjes en kalfjes gepraat, net zoals bij het citroenijs om de smaakpapillen van de gasten te neutraliseren.

Maar toen de omelette sibérienne werd geserveerd, stak Barridge weer van wal. Mevrouw Henriette Tysen wilde net vertellen over het succes van haar zingende oudste dochter bij een regionaal optreden, toen hij haar halverwege de zin ruw onderbrak, alsof de laatste drie kwartier niet vreedzaam waren verlopen.

'Vertel eens, Sedgewick,' zei hij. 'Hoe bent u precies van plan die loonsverhoging te bekostigen? U moet uw vermogen wel heel goed hebben beheerd als u een dergelijke jaarlijkse stijging kunt doorvoeren zonder daar pijn van te voelen in de portemonnee.'

Nu was het geduld van de graaf op.

'Verdomme!' bulderde hij en hij sloeg met zijn hand op tafel, waardoor de gasten schrokken en het servies rinkelde. 'Barridge, wilt u zich alstublieft fatsoenlijk gedragen? Er was nota bene een dame aan het woord. Mevrouw Tysen, excuses voor onze opgewonden gast,' voegde hij er terloops aan toe voor hij zich weer tot Barridge richtte. 'Het doel van de actie is niet om pijn te vermijden. Van een beetje pijn gaan we echt niet dood, lijkt me.'

'Hoe wilt u het dan doen?' drong Barridge aan.

'Desnoods zal ik de diamanten van mijn dochter verkopen,' brulde de graaf, tot het uiterste getergd.

Iedereen keek verschrikt op, vooral vrouwe Flora, die onwillekeurig een hand om haar hals legde, waar ze een prachtige ketting om droeg die schitterde in het lamplicht.

'Allemachtig, man,' vervolgde de graaf. 'De sieraden die mijn vrouw en dochters vanavond dragen, zijn alleen al meer waard dan wat de mijnwerkers in een jaar verdienen, terwijl zij elke dag hun leven en dat van hun zonen op het spel zetten. Als wij al die juwelen zouden weggeven, zijn we nog steeds rijk. Stel dat we ze weggeven, dan zal ons vermogen binnen een jaar weer gaan groeien en kunnen we weer nieuwe diamanten kopen.'

'U slaat een beetje door, meneer,' zei Barridge geamuseerd. 'Mijn vrouw en dochters dragen geen diamanten.' Daar twijfelde niemand aan. Zij droegen hoogstwaarschijnlijk zwart onkruid en as. Zij hadden geen enkele reden om te fonkelen en te stralen.

Toen deed vrouwe Flora iets waardoor ik begreep waarom ik altijd van de Sedgewicks had gehouden en zo graag op hen wilde lijken. 'Hier, vader,' zei ze terwijl ze haar glimmende ketting afdeed. 'Wat u zegt klopt helemaal.' Ze reikte over de tafel en liet de diamanten naast het bord van haar vader vallen.

'Een mooi gebaar,' sneerde Barridge. 'En nu gaat u uw mooie jurken zeker aan de vrouwen in het dorp schenken. En nodigt u ze uit voor een diner met geroosterd lam terwijl u zelf genoegen neemt met een boterham met kaas.'

Vrouwe Flora haalde haar schouders op. 'Waarom niet?' zei ze.

Ten slotte nam Tysen het woord. 'Ik ben het eens met Sedgewick, Barridge,' zei hij. 'Ik dacht eerst van niet, maar ik besef nu dat we er slechter voor zullen staan als we in onze koppigheid volharden. Ik beschouw een loonsverhoging als een bedrijfsinvestering, zoals je ook geld steekt in een nieuw kantoor of een nieuwe schacht. Dat is ondernemen. Laten we aan hun eis tegemoetkomen, dan kunnen we er een punt achter zetten.'

Barridge tuitte alleen maar zijn lippen en schudde zijn hoofd.

'Dat zal hij nooit doen!' riep Spackles uit. 'Daar is hij te hardvochtig en te wreed voor. Ja, dat bent u, Barridge. Dat weet iedereen in het graafschap. We weten allemaal dat u geen snars geeft om het welzijn van uw mannen. U richt nog liever al uw arbeiders en ons erbij te gronde dan dat u bereid bent van het voetstuk te stappen waarop u zichzelf hebt geplaatst. Het kan u allemaal geen barst schelen.'

'Heren,' zei de graaf resoluut. Hij stond op. 'De avond loopt uit de hand. Er is geen enkele reden waarom we de dames zouden blootstellen aan deze woede-uitbarstingen. Laten we ons terugtrekken in de salon en de discussie met een glas cognac en een sigaar tot een beschaafd einde brengen. Dames, excuseer ons en geniet nog van het dessert.'

71

JOSIE

Toen de mannen opstonden, keken de vrouwen elkaar opgelucht aan. Al had ik alle chocolade van de wereld gekregen, ik bleef zitten waar ik zat. Ik kon mijn ogen niet van mijn vader afhouden, want dit was misschien de laatste keer dat ik hem zag.

De mannen liepen de eetzaal uit en toen Willard Barridge me passeerde, bleef hij plotseling staan en stootte zijn tweelingbroer aan. 'Hé, Joss, moet je dit zien!' riep hij. Ik voelde me weer dertien, in Dulcies winkel met een pak meel tegen me aan geklemd. Jocelyn Barridge bleef ook staan en keek me aan, zoals iedereen inmiddels.

'Ze komt me bekend voor,' zei hij. 'Wie is dat, Willy?'

'Dat vraag ik me de hele avond al af. Ik ben in gedachten allerlei dinertjes en bedienden afgegaan, maar het wil me niet te binnen schieten. Kijk jij nog eens goed.'

Jocelyn zette een paar stappen naar me toe. Hoewel ik voelde dat ik tot in mijn haarwortels bloosde, stak ik mijn kin fier omhoog. Maar vanbinnen verschrompelde ik, zoals iedereen zou verschrompelen onder de kritische blik van deze kraaiachtige man. Plotseling stond Tommy zonder iets te zeggen naast me.

'Nu zie ik het,' zei Jocelyn. 'Lieve hemel, ze lijkt sprekend op tante Pheeney.'

'Zo is het genoeg!' riep Cedric. 'Ik wil niet dat u ons personeel op die manier aangaapt. Dat accepteer ik niet. Ga maar, Josie. Als je wilt, mag je de eetzaal verlaten.'

Maar nu stond Winthrop Barridge stil. 'Josie?' vroeg hij. 'Je hebt ook nog dezelfde naam als mijn zus. Van wie ben jij er een, meisje? Wie is je moeder?' Wat had ik graag antwoord op zijn vraag willen geven. Maar ik kon het niet. Ik was mijn tong verloren.

'Barridge!' riep de graaf. 'Laat dat kind met rust. Kom mee naar de salon om ons gesprek te vervolgen of verlaat mijn huis.'

Barridge wierp me nog een indringende blik toe en draaide zich om. 'Ach, het maakt ook niets uit,' zei hij. 'Kom, Will en Joss. Hoogste tijd om te gaan. Vanavond zullen we geen overeenstemming bereiken.'

Toen ze de eetzaal verlieten, keek Willard me nog een keer over zijn schouder aan. In zijn ogen lag een onaangenaam mengsel van nieuwsgierigheid en antipathie. Tommy stond nog steeds naast me, zodat ze zagen dat ik niet alleen op de wereld was. Coralie had alles met wijd open ogen gadegeslagen.

Eindelijk waren ze weg. Cedric keek ons aan en knikte, ten teken dat Tommy bij me mocht blijven. Maar toen voelde ik de kracht in mijn benen terugkomen en kon ik weer praten. Dit was dus de laatste keer dat ik mijn vader zou zien. Ik kon hem onmogelijk zomaar laten gaan. Eerst had hij me genegeerd, daarna kritisch bekeken en vervolgens was hij weggegaan, en aldoor had ik dat als een angstig muisje ondergaan. Dat kon ik niet laten gebeuren. Ik was niet Manus, die hij al vanaf zijn geboorte had gekoeioneerd. Ik liep de eetzaal uit en rende naar de hal, waar de Barridges hun jassen opeisten en Spackles en de mannen van Tysen op het punt stonden de salon binnen te gaan. Ik liep recht op Winthrop Barridge af en sprak hem aan, in de wetenschap dat Tommy vlak naast me stond.

'Ja, meneer, ik ben vernoemd naar uw zus. Mijn moeder is Maggie Westgate en ik weet pas sinds kort dat u helaas mijn vader bent. Maar met één ding ben ik het eens: het maakt niets uit.' Tot mijn plezier hoorde ik hoe kalm en scherp ik klonk.

Er viel een stilte in de hal. Discreet haastten de andere mannen zich naar de salon, maar ze lieten de deur open. Zo'n heerlijk schandaal lieten ze zich niet afpakken. Een van Barridges bastaards die hem recht in zijn gezicht de waarheid zei. De graaf trok zijn wenkbrauwen op.

'En wat dan nog?' wilde Barridge weten. 'Ik zie dat je op de een of andere manier iets bereikt hebt in het leven. Je hebt invloedrijke werkgevers en je zult nu wel je geboorterecht willen claimen en me geld willen afpersen. Nou, dat gaat niet gebeuren.'

'Heel opmerkzaam van u, meneer. U toont groot inzicht in de menselijke aard,' zei ik sarcastisch. 'Nee, ik wil niets van u. Ik walg van u. Ik wil alleen dat u dat weet, en ook dat ik niet in het minst bang voor u ben. Ik ben dolblij dat ik nooit iets met u te maken hoefde te hebben. En dat wil ik graag zo houden.'

Ik draaide me om en liep zo waardig als ik kon in de richting van het trappenhuis. Achter me hoorde ik de graaf zich tot Barridge richten.

'Barridge, ik wil dat u weet dat Josie een belangrijk onderdeel uitmaakt van ons huishouden. Beloof me dat noch u, noch uw zonen haar zullen lastigvallen. Ze kan te allen tijde op mijn bescherming rekenen.' Glimlachend liep ik de trap op.

'Stoere taal,' smaalde Barridge. 'Ik beloof niets, Sedgewick. U hebt mijn geduld vanavond op de proef gesteld. Wat kan mij het schelen dat een van mijn misstappen onder uw dak woont? Wat kan mij het schelen als mijn mannen samen met die van u in staking gaan? Mijn vermogen is groot, heel groot. Wat de toekomst ook brengt, ik zal niet buigen of toegeven. De hiërarchie in ons land is er niet voor niets. U lijkt vergeten te zijn hoe het hoort. Ik ben Winthrop Barridge. Niemand doet me wat.'

'O ja?' zei de graaf, en ik bespeurde een verandering in zijn toon. Alsof hij ineens besefte dat hij aan de winnende hand was. Alsof hij wist dat alles in zijn vermogen lag en de volgende zet zijn tegenstander ten val zou brengen. Halverwege de trap bleef ik staan en draaide me om. Ik zag de deur van de salon verder opengaan. De andere mannen luisterden mee. 'Doet niemand u wat?'

'Nee, niemand,' zei Barridge. 'Goedenavond.'

'Ook niet een schandaal waardoor elke deur in het land voortaan voor u gesloten zal blijven? Of een onthulling van een geheim waardoor u in een zeer slecht daglicht komt te staan en uw hele familie teloor zal gaan? Niemand, Barridge, zal ooit nog zaken met u willen doen als ze wisten dat uw kind incognito onder mijn dak woont.'

Barridge keek hem minachtend aan. 'Dat kan me niets schelen,' zei hij langzaam, alsof hij het tegen een idioot had. 'Het kan me niet schelen dat ze hier werkt. Iedereen mag weten dat ik een paar bastaards heb verwekt. Ik ben niet de eerste en zal ook niet de laatste zijn. Dat kind vormt geen enkele bedreiging voor mij.'

'Inderdaad,' zei de graaf, 'maar ik heb het niet over Josie. Ik heb het over uw zoon.'

Nu ging de deur van de eetzaal open en ik zag de gezichten van vrouwe Flora en juffrouw Coralie om de deur piepen. Barridge fronste. 'Waar hebt u het verdomme over?' wilde hij weten terwijl hij een blik op Tommy wierp alsof hij bang was dat ook hij van hem was.

'Ik heb het over uw wettige zoon, uw rechtmatige erfgenaam, die u dood hebt laten verklaren en wiens bestaan u jarenlang geheim hebt gehouden,' zei de graaf. Ik was geschokt. Wist de graaf wie Manus was?

Mijn halfbroers drentelden heen en weer, van hun arrogante houding was weinig meer over. 'Ik heb het over uw oudste zoon, James Barridge, die u tien jaar lang god weet waar verborgen hebt gehouden en die momenteel in mijn huis woont, als de privéleraar van mijn zoon.'

Het was een verrukkelijk schouwspel. Je kon een speld horen vallen. Vanuit de eetzaal hoorde ik verschrikte kreetjes en ik zag de dames stilletjes de hal in glippen. Ook meneer Spackles stapte de hal in. Barridge keek om zich heen, naar al die mensen die meeluisterden en allemaal wilden dat hij zich overgaf. Even, heel even, leek hij te beseffen hoe dit alles hem zou kunnen ruïneren. Maar toen lachte hij.

'De verantwoordelijkheid voor uw mijnen heeft uw verstand aangetast, Sedgewick,' zei hij. 'Het spijt me het te moeten zeggen, maar we zijn niet allemaal even goed bestand tegen moeilijke tijden. U raaskalt. Mijn zoon is dood.'

'Integendeel,' zei de graaf. 'Hij geeft les aan mijn zoon en noemt zich meneer James. Het komt niet vaak voor dat een vader zijn zoon doodverklaard en hem vervolgens langer dan een decennium opsluit. Als dat bekend wordt, zal dat een enorm schandaal veroorzaken. Vanavond hebben al een paar mensen de waarheid vernomen en onder normale omstandigheden zouden dat er al te veel zijn om uw geheim veilig te stellen. Ik ben er echter van overtuigd dat iedereen hier bereid is erover te zwijgen... In ruil daarvoor zult u uw standpunt moeten loslaten, zodat het niet tot een staking zal komen.'

'Ik heb altijd geweten dat er aan de dood van die jongen een luchtje zat,' zei Spackles. Hij zette een paar stappen naar voren. 'Hoe hebt u dat in hemelsnaam klaargespeeld, Barridge? Waar hebt u die arme jongen al die jaren verborgen gehouden? Hoe is hij in hemelsnaam hier beland?'

'Ze hebben hem op Heston Manor verstopt,' zei ik terwijl ik met een poeslieve glimlach op mijn gezicht weer de trap af kwam. Een waardige aftocht was één ding, maar hier wilde ik per se bij zijn. 'Niemand had toegang tot het landgoed en hij moest overdag binnenshuis blijven. Lange tijd heeft niemand hem gezien. Maar een paar weken geleden is hij ontsnapt en toen is hij hier een nieuw leven begonnen.'

'Heb jíj daar soms iets mee te maken?' gromde Barridge. Zijn ogen schoten vuur.

'Natuurlijk. Hij is mijn broer.'

Barridge draaide zich om naar zijn zonen. 'Naar huis, jullie,' zei hij.

'Maar... vader...' stamelde Jocelyn.

'Als het waar is wat ze zeggen...' kwam Willard tussenbeide. Hij dacht aan zijn erfdeel, dat kon je aan zijn gezicht zien.

'Naar húís!' herhaalde Winthrop op bulderende toon. En ze gingen. Toen wendde Barridge zich tot de graaf. 'Ik wil u onder vier ogen spreken.'

'Dan gaan we naar de bibliotheek,' zei de graaf. 'Kom, Josie, Tommy.'

‘Onder vier ogen, zei ik,’ gromde Barridge.

‘Ik, meneer?’ vroeg Tommy.

‘Als Josie iets weet, weet jij er ongetwijfeld ook meer van. Het wordt tijd dat we de zaak tot de bodem uitzoeken. Cedric, wil jij naar boven gaan en meneer James vragen of hij zich bij ons in de bibliotheek wil voegen? Zeg maar dat het je spijt hem te moeten storen.’

Met twee treden tegelijk stormde Cedric de trap op.

‘Heren, wilt u me excuseren?’ zei de graaf tegen zijn nieuwsgierige gasten. ‘Neem gerust een drankje, waar u maar zin in hebt. Ik ben zo bij u terug.’

Zo waren Tommy en ik weer in de bibliotheek van de graaf. Deze keer niet alleen met de graaf, maar ook met Winthrop Barridge. Hij deed nog steeds alsof zijn neus bloedde. ‘Ik geloof er geen woord van,’ zei hij luchtig. ‘Wat een bizar verhaal. Niemand zal het ooit geloven. Dit is duidelijk bedoeld om me aan jullie kant te krijgen. Maar dat gaat niet lukken.’

Op dat moment ging de deur open en kwam Manus de bibliotheek in. Toen hij de oude Winthrop zag, trok het bloed uit zijn gezicht weg. En onze vader keek alsof hij een geest zag, wat in zekere zin ook zo was.

72

TOMMY

‘Een fortuin,’ zei Barridge onmiddellijk, ‘als je verdwijnt en je nooit meer laat zien.’

Even bleven zijn woorden in de lucht hangen, maar toen zei Manus: ‘Ik hoef geen geld, vader. Ik hoef niets van u.’

‘Ik ben zo vrij daar anders over te denken,’ zei de graaf haastig. ‘Het is je geboorterecht, Manus. Door jou dood te verklaren heeft je vader jou je erfdeel ontnomen. Denk er goed over na. Vraag wat je nodig hebt. Je hoeft niet zijn hele vermogen op te eisen, maar van een lerarensalaris kun je geen fatsoenlijk leven opbouwen.’

‘Ik weet het niet,’ fluisterde Manus. ‘Wat is een gepast bedrag in een dergelijke situatie? Hoeveel mensen zijn er die geld van hun vader krijgen om te blijven doen alsof ze dood zijn?’

‘Dat weet ik niet,’ zei de graaf. ‘Hebt u een idee, Barridge?’

Barridge zag net zo bleek als zijn zoon. ‘Vijfduizend pond,’ zei hij. ‘Vijfduizend pond om uit Engeland weg te gaan en de naam Barridge nooit meer te gebruiken.’

‘Tien,’ opperde de graaf beminnelijk.

‘Tien dan.’

‘En achthonderd voor Josie,’ voegde de graaf eraan toe.

‘Achthonderd voor het meisje,’ herhaalde Barridge op de automatische piloot.

Josie keek me aan. Haar zwarte ogen fonkelden.

'En ik reken erop dat u uw mijnwerkers de loonsverhoging geeft waarover we hebben gesproken, om zo een staking te voorkomen.'

'Goed.'

'Prima. Zodra u hier weg bent, zal ik de andere heren vertellen dat u van gedachten bent veranderd. Ze zullen blij zijn. Hier vergaart u een enorme hoeveelheid goodwill mee, die niet in geld is uit te drukken. Op de lange termijn zult u er alleen maar voordeel van ondervinden. Nou, beste kerel, hebt u een chequeboekje bij u? Hier is een pen.'

Barridge ging aan het bureau zitten en schreef een cheque uit, die eerst door de graaf werd gecontroleerd en vervolgens aan Manus werd gegeven. Zwijgend hield Manus de cheque vast. Barridge keek Josie aan. 'Wat is je naam, meisje? Je achternaam?'

Josie aarzelde. Ik wist dat ze zichzelf niet meer als een Westgate beschouwde, maar ze was zeker niet van plan om de naam Barridge aan te nemen.

'Green,' zei ik. 'Binnenkort in elk geval,' voegde ik er voor de graaf en Manus aan toe.

Barridge mompelde iets en schreef een tweede cheque uit. 'Zo, dan zijn we klaar hier,' zei hij en hij gaf de cheque aan Josie.

'Wacht!' riep Manus. Hij trilde over zijn hele lijf. 'Ik wil nog één ding van u, vader.'

'De duivel hale je,' vloekte zijn vader. 'Ik heb je je geld gegeven. Dit is afpersing. Ik kan je laten arresteren.'

'Ik bedoel niets materieels,' zei Manus. 'Ik zal nooit meer om geld vragen, laat staan het geheim prijsgeven of u last bezorgen. Ik doe alsof ik dood ben zolang u dat wilt. Dat garandeer ik u. Ik wil alleen dat u me nog één ding belooft.'

'En dat is?'

'Ik wil mijn zussen zien. Violet en Ivy, bedoel ik. En als ik eenmaal weg ben, dan wil ik dat ze me mogen schrijven. Ik zou graag contact met ze willen houden. Ze zullen denk ik net zo behulpzaam en terughoudend zijn als ik. In ruil daarvoor krijgen ze de kans om hun broer te leren kennen, plus een klein beetje vrijheid.'

Donkere emoties kronkelden als slangen over Barridges gezicht. Hij gunde zijn dochters noch geluk, noch vrijheid, dat kon je duidelijk zien. Maar wat voor reden kon hij hebben om het te verbieden? Iedereen wist inmiddels op welke geheime, wrede manier hij zijn gezin bestierde. Het was geen prettig gezicht om een slecht mens in het nauw gedreven te zien worden.

'Een bescheiden eis,' merkte de graaf op. 'U komt er nog makkelijk van af, Barridge. Ik neem aan dat u akkoord gaat, anders moet ik misschien toch naar de politie gaan om te melden dat uw oudste zoon uit de dood is opgestaan.'

'Goed dan. Ze mogen maandag naar Silvermoor komen.'

'En daarna met me corresponderen?'

'Ook goed.'

'Fantastisch! Nou, beste kerel, ik wens u een veilige rit naar huis.' De graaf belde om Portis. 'Morgen stelt u uw mijnwerkers op de hoogte van uw besluit en daarna doet u alles wat nodig is om de loonsverhoging te implementeren. Zullen we afspreken dat die vanaf eind september ingaat? We moeten ze niet in alles hun zin geven, toch? Sommige dingen moeten we op onze voorwaarden doen. Breng jij hem naar zijn koets, Portis? Goedenavond, Barridge. We moeten snel weer een keer samen dineren.'

Even bleef Winthrop Barridge op de drempel van de bibliotheek staan. Zijn ogen schoten vuur. 'Ik vervloek u, Sedgewick,' beet hij hem hatelijk toe. 'En ik hoop dat u voor eeuwig zult branden in de hel.' Zijn uitstekende jukbeenderen wierpen smalle schaduwen over zijn gezicht en zijn ogen waren zwarter dan de duisternis van Crooked Ash. Weer zag ik de duivel in hem, een bovennatuurlijke en gestoorde geest. Ik huiverde. De graaf lachte echter alleen maar.

Toen Barridge zonder zijn kinderen ook maar één blik waardig te keuren was vertrokken, schoot ik ook in de lach. Ik had nog nooit zo veel van de graaf gehouden en ik hoopte ooit, als ik ouder was, een fractie van zijn kalmte en wijsheid te bezitten. Josie begon ook te lachen, maar Manus stond er nog als een standbeeld bij.

'O, dank u wel, meneer,' zei Josie ademloos. Ze stak haar hand naar hem uit. De graaf aarzelde even voordat hij hem aannam. 'Dank u voor wat u vanavond voor ons hebt gedaan. Ik had dit nooit verwacht.'

'Graag gedaan. Sinds kort ben ik gaan beseffen dat een man verantwoordelijk is voor de kinderen die hij zowel buiten als binnen het huwelijk heeft verwekt. Soms is het niet makkelijk of wenselijk om het juiste pad te kiezen, maar in dit geval leek het me duidelijk. James? Of moet ik je Barridge noemen? Nee, die naam ga je vast niet gebruiken, of wel? Mag ik Manus zeggen?'

Manus knikte.

'Hoe gaat het met je, beste kerel? Heb ik me te veel laten gaan? Had jij nog iets tegen je vader willen zeggen?'

'Nee, dat niet. Het is... Ik kan niet geloven wat er zojuist is gebeurd. Al die jaren was ik doodsbang om hem weer onder ogen te komen. En nu is het gebeurd, hij is weg en ik ben tienduizend pond rijker. Meneer, ik had dit in mijn eentje nooit voor elkaar gekregen. Wat u voor mij hebt gedaan... U had me er net zo goed uit kunnen gooien toen u wist dat ik tegen u gelogen had.'

'Toen ik erachter kwam wie je was, kon ik alleen maar sympathie voor je voelen. Ja, je hebt inderdaad tegen me gelogen, maar ik ga ervan uit dat je dat niet meer zult doen. Ik begrijp dat je je in een zeer uitzonderlijke situatie bevond. Het is wel heel jammer dat ik je als leraar voor Walter zal kwijtraken. Hij draagt je op handen en je hebt wonderen met hem verricht.'

'Als u het goedvindt, meneer, zou ik graag nog een jaar willen blijven. Mijn vader wil het liefst dat ik helemaal verdwijn, maar ik meende wat ik zei. Ik zal hem niet meer tot last zijn. Kan ik hier niet heel rustig blijven leven, net zoals de afgelopen weken? Ik ben ook dol op Walter en ik heb nog helemaal geen zin om hem te verlaten. En hoe mijn toekomst er ook uit gaat zien, ik zou Tommy en Josie er graag bij willen betrekken. Als u het niet gek vindt, meneer, zou ik willen blijven tot

Tommy klaar is met school en daarna pas beslissen wat ik wil doen.'

'Dat zou niet gekker zijn dan wanneer je je als iemand anders zou voordoen en ik zou moeten doen alsof ik dat niet wist.'

Dit klonk geweldig. Nog één jaar op Westonbury en dan zou ik met Josie trouwen en met Manus een bedrijf opzetten en al mijn dromen zouden uitkomen...

'Meneer, hoe wist u eigenlijk dat ik het was?' vroeg Manus. 'En waarom hebt u daar niets over gezegd?'

De graaf lachte. 'Toen je hier aankwam, Manus, was ik er niet helemaal met mijn hoofd bij. Ik geloofde meteen dat je de neef van de winkeleigenaresse was en ik heb niet de moeite genomen om je verhaal te verifiëren. Maar er bleef wel iets aan me knagen. Een paar dingen eigenlijk. Je manier van doen, te verontschuldigend en bedeesd voor een priveleraar die lesgaf aan jongens. Ook je uiterlijk, heel excentriek en toch vertrouwd. Wekenlang kon ik het niet plaatsen. Je hechte vriendschap met Tommy en Josie... in zo'n korte tijd. En ineens besloot mijn nicht het paard van Barridge te kopen, maar ze wilde per se niet dat jíj naar Alderway zou gaan. Toen viel bij mij het kwartje. Toen wist ik waarom je me zo bekend voorkwam. Je deed me aan je vader denken, al die tijd al. Alleen qua uiterlijk, gelukkig.

Er was dus sprake van een intrige en ik wist ook dat deze twee, juffrouw Embry en mijn nicht er op de een of andere manier bij betrokken waren. Waarom ik er niets over gezegd heb? Om twee redenen. Allereerst had ik te veel aan mijn hoofd, ik kon er geen andere problemen bij hebben. Ten tweede, instinctief wist ik dat je een troef zou kunnen zijn voor het geval ik met je vader op een dood spoor zou komen. Als het niet nodig was geweest, had ik het spel nooit op deze manier gespeeld. Maar ja, het is gelukkig allemaal goed afgelopen.'

En zo was het. Ik dacht aan mijn vader en broers die ieder een shilling per week meer zouden gaan verdienen. Eindelijk zou er wat soelaas komen in het kleine huisje. De winter zou hun dit jaar minder zwaar vallen. En als ik klaar was met school, zouden ze ook nog steun van mij krijgen.

‘Zo, en nu jullie twee...’ De graaf wendde zich tot Josie en mij. ‘Ik wil graag weten wat jullie rol is geweest, maar ik heb mijn gasten verwaarloosd. Ze zitten verdeeld over twee kamers en wachten met smart op het nieuws. Ik ga naar ze toe en zal de avond met ze afronden. Maar morgen wil ik graag het hele verhaal van jullie horen. Tommy, kom je mee of blijf je hier?’

‘Ik zou graag hier willen blijven, meneer. Tenzij meneer Honeycroft me nodig heeft.’

‘Cedric zal het prima vinden, dat weet ik zeker. Maak het jullie hier maar gemakkelijk. Tot morgen dan.’

‘Goedenavond, meneer,’ mompelden we eensgezind, waarna de deur achter hem dichtviel en we met z’n drieën achterbleven.

Verwonderd keken we elkaar aan. Ineens zag de toekomst er voor ieder van ons heel anders uit.

EPILOOG

TOMMY

Zomer 1905

Elf maanden later keerde ik terug naar Silvermoor. Ik was met vlag en wimpel voor mijn eindexamen geslaagd, met de hoogste cijfers van mijn klas. Het tweede jaar op Westonbury was heel anders verlopen dan het eerste. De wetenschap dat Josie ook van mij hield en dat we na mijn schooltijd voor altijd samen zouden zijn, had alles veranderd. Ik had meer redenen dan ooit om mijn best te doen, zodat ik later een goed salaris zou verdienen en haar iets te bieden zou hebben. Zij was nu immers een jongedame met een vermogen van achthonderd pond.

Op de dag dat ik naar huis zou gaan, pakte ik mijn tas in en keek voor de laatste keer om me heen in de slaapzaal. Ik schudde de hand van de leraren en sommige medeleerlingen, met twee van hen zou ik zelfs contact blijven houden. In gedachten sprak ik mijn oprechte dank uit aan de school. Hoewel ik niet altijd gelukkig was geweest op Westonbury, had ik er de opleiding gekregen waarvan ik altijd had gedroomd. Met mijn diploma op zak zou ik een baan kunnen vinden die bij mijn talenten paste en me gelukkig zou maken. Nog steeds wist ik niet precies wat het zou worden, maar wel dat het geweldig zou zijn. Josie,

Manus en ik hadden elkaar het afgelopen jaar vele brieven geschreven waarin we droomden van alle schitterende plekken waar we naartoe zouden kunnen gaan.

In minder dan geen tijd reed de koets wederom de brede oprijlaan van Silvermoor op. Walter stormde naar buiten om me te begroeten. Hij was inmiddels vijftien jaar. Als hij in een ander gezin was geboren, zou hij nu in de mijn moeten werken. Hij begon er als een echte jonge man uit te zien en we schudden elkaar broederlijk de hand. Zijn vader volgde en nodigde me uit in zijn studeerkamer voor een glas port. Hij feliciteerde me met mijn examenuitslag en gaf me tweehonderd pond. 'Zodat je een startkapitaaltje hebt om iets te beginnen, wat het ook mag zijn,' zei hij. 'Ik ben trots op je, Tommy.'

Die avond keerden de Honeycrofts en Josie terug van een tweedaags bezoek aan Sheffield, waar ze familie hadden bezocht. Josie viel in mijn armen alsof ze me jaren niet had gezien.

'Nooit meer,' mompelde ik terwijl ik haar warme, slanke lijfje vasthield. 'Nooit meer zullen we gescheiden zijn, Josie. Vanaf nu beleven we al onze avonturen samen.'

'Ja,' verzuchtte ze, en toen ze mijn hals kuste, vergat ik heel even waar ik was.

Een week later, op een mooie dag in juni, trouwden we in de kleine kapel op het landgoed. Het was me uitdrukkelijk verboden om ook maar een glimp van Josie te zien voor de ceremonie, die om twaalf uur 's middags plaatsvond en werd gevolgd door een picknicklunch op het gazon. Mijn hele familie was er. Pa en ma, al mijn zussen en zelfs al mijn broers. Pa had met Bulford gesproken en erop gestaan dat ze allemaal een dag vrij kregen. Hij nam er zelfs genoegen mee dat ze die dag hun loon zouden mislopen. Aan het einde van de vorige zomer op Silvermoor had ik de helft van het bedrag dat ik bij Cedric had verdiend aan mijn vader gegeven.

'En je bent nog niet eens klaar met school,' had hij op licht argwanende toon gezegd. 'Je weet me altijd weer te verrassen, jongen.' Dat had ik maar als een bedankje opgevat.

Ze liepen achter elkaar de kleine kapel in en zagen er even sjofel als schitterend uit, als een dierbaar boek of een geliefd stuk kinderspeelgoed. Ma en mijn zussen droegen allemaal een nieuwe bonnet, die door Josie op een fantastische – althans naar de maatstaven van Grindley – manier waren versierd met satijnen bloemen en glanzende linten in zomerse kleuren, lila, smaragdgroen, botergeel. Josie had in York vier gewone, goedkope hoedjes gekocht en ze zelf opgeleukt. Ik had mijn vrouwelijke gezinsleden nooit eerder zo opgedoft gezien.

Mijn vader gaf me een hand. Zijn gezicht stond strak, alsof een huwelijk een sombere aangelegenheid was.

'U weet toch dat ik altijd contact met jullie zal blijven houden?' zei ik op dringende toon. 'Ik zal altijd een Green blijven.'

'Dat weten we, jongen.' Hij slaakte een zucht.

Ma omhelsde me alsof ze me nooit meer los wilde laten. 'O, mijn jongen,' fluisterde ze. 'De beste van de klas en nu ook nog trouwen... Ik barst van trots bijna uit elkaar. En je ziet er zo knap uit, Tommy. Ik heb nooit eerder zo'n knappe vent gezien.'

De andere helft van mijn loon van Cedric had ik aan een mooi, grijs kostuum besteed en dat droeg ik vandaag op mijn bruiloft, met een groene zijden das en een groene zijden pochet. Josie had op groen aangedrongen omdat dat goed bij mijn ogen paste. Ik zag er best goed uit, vond ik zelf, maar toen Josie aan de arm van Cedric over het met madeliefjes bestrooide pad naar de kapel liep, vroeg ik me ineens af wat ze in me zag. Haar vuurrode krullen waren zodanig gekapt dat ze met Coralies kapsel kon wedijveren. Er waren crèmekleurige linten doorheen gevlochten en verder droeg ze niets op haar hoofd. Haar bleke huid glansde, haar donkere ogen hadden een zachte, blije uitdrukking. Haar jurk had de warme, rijke tint van vers geklopte slagroom en was gemaakt van een zachte, eenvoudige stof. De rechte rok kwam tot haar laarzen. Op haar rug waren tientallen knoopjes genaaid en de mouwen waren doorregen met dezelfde linten als die in haar haren. Om haar hals droeg ze een deftige diamanten hanger in de vorm van een madelief, haar huwelijksgeschenk van Coralie.

Toen ze even bij de deur bleef staan, had ik met haar te doen. Van mijn kant was er een heleboel familie, terwijl voor Josie alleen haar zus Martha was gekomen, vergezeld door haar nieuwe man Edward. Ik had Edward al een paar keer ontmoet en anders dan Luke Stevens was hij geknipt voor Martha. Het was een enorme geruststelling voor Josie te weten dat Martha gelukkig was. Hun broer Bert had willen komen, maar hij moest die dag werken. Zelfs Alice kwam niet, waarschijnlijk uit ergernis omdat haar roodharige, weinig veelbelovende halfzusje op het landgoed van Silvermoor zou gaan trouwen terwijl ze het zelf niet verder dan de kerk van Arden had geschopt.

Maar Josie keek glimlachend om zich heen. Haar broer Manus was er. Naast hem haar geliefde Dulcie, die haar gehandschoende hand door Manus' arm had gestoken, en natuurlijk Coralie. Toen Cedric Josie naar het altaar had begeleid, nam hij plaats naast zijn zus. Aan de kant van de bruid in de kapel zaten ook nog Violet en Ivy Barridge, die voor een dag aan de greep van hun vader waren ontsnapt om hun halfzusje, over wie hun broer al zo veel had geschreven, te zien trouwen.

De hele familie Sedgewick was er, behalve vrouwe Amelia. Ze verbleef op het continent. Een tijd geleden had de graaf Latimer als zijn zoon erkend, maar vrouwe Amelia had daar niets van willen weten en was nu meer dan de helft van het jaar op reis. Er was een nieuwe onderwijzer in Grindley, een vrouw! Latimer was naar Leeds verhuisd, op respectabele afstand van de familie Sedgewick, waar de graaf een mooi appartement voor hem had gevonden en één keer in de maand een middag op bezoek ging om hem te leren kennen. Er werd beweerd dat hij die bezoekjes niet erg plezierig vond, maar hij wilde per se het juiste doen. Het was echter te hopen dat Latimer nu gelukkiger was.

De plechtigheid werd geleid door predikant Tawney, die zo te zien nogal verbijsterd was door de uitzonderlijke veranderingen die er hadden plaatsgevonden. Ik hoopte maar dat hij er geen geloofscrisis aan zou overhouden.

Algauw was de dienst voorbij en was Josie mijn vrouw. Het was een schitterend moment, als een veelkleurige zeepbel waarin ik voor altijd had willen blijven. Maar het moment ging voorbij en de rest van het feest moest nog komen. Bestrooid met rijst en rozenblaadjes stapten we het zonlicht in. De oude bronzen klok luidde alsof hij het goede nieuws helemaal tot de kathedraal van York wilde verspreiden. Vrienden en familie omhelsden en feliciteerden ons. Iedereen lachte, behalve mijn kleine zusje Connie, die er een beetje verloren bij stond.

Ik nam haar even apart. 'Wat is er met jou, Con?' fluisterde ik.

'O, Tommy,' jammerde ze. Haar ogen stonden vol tranen en haar onderlip trilde. 'Ik ben heel blij voor je, maar nu ga je van ons weg, nog veel verder dan Derbyshire, en ik ga je heel erg missen. En...'

'En wat nog meer?'

'Nou...' Ze sprak nu wat zachter en keek een beetje schuldig. 'Nou, ik vind het niet fijn in Grindley. Ik wil geen kolen wassen en ook niet met een mijnwerker trouwen. Ik wil iets... moois. Maar pa zegt dat dat kletskoek is en dat ik kapsones heb.'

Ik grijnsde. 'Ik ben blij dat je dat zegt,' zei ik.

'Hoezo?'

'Omdat Josie en ik een plan hebben bedacht waar we het met jou over willen hebben. We willen hier weg, dat weet je. Misschien wel héél ver weg, naar een totaal andere wereld.'

'Ja.'

'En je weet ook dat Manus met ons mee zal reizen en dat we met z'n allen een nieuw leven gaan beginnen.'

Ze snoof.

'En nu wilden we jou vragen of je het leuk zou vinden om mee te gaan.'

Ze keek me aan alsof ik ineens twee hoofden had gekregen.

'We snappen het ook als je liever hier blijft. We hebben geen idee wat de toekomst ons zal brengen en je bent eigenlijk nog te jong om bij je ouders weg te gaan. Maar áls je meegaat, kun je erop rekenen dat ik voor je zal zorgen en dat je fatsoenlijk onderwijs krijgt. Je krijgt de kans om de wereld te zien, liefje, en je kunt alles doen en worden wat je maar wilt.'

'Ook zingen?'

'Dat ook.'

'Zou ik... eh... Zou ik ook zangles kunnen krijgen?' Ze keek me aan alsof ze om vleugels vroeg. Wat in zekere zin ook zo was.

'Jazeker.'

'O, Tommy, ik zou dolgraag mee willen gaan. Maar pa zal het niet goedvinden.'

'Ik heb al met hem gesproken. Ik heb gezegd dat we jou willen meevragen.'

'En hij heeft je niet vermoord?'

'Nog niet.'

'O, Tommy!'

Ik gaf haar een kneepje in haar hand en ging terug naar Josie.

De gasten volgden de graaf naar het gazon. Ineens bleef Josie staan. Ik volgde haar blik. Een zwijgende gestalte in een donkere jurk stond buiten het hek toe te kijken. Toen ik zag wie het was, liep ik snel verder om Josie wat privacy te geven, maar ze pakte mijn hand. 'Nee, Tommy. Je moet met me mee.'

En zo liepen we over het gras naar het hek en stonden we oog in oog met Maggie Westgate.

'Hallo, ma,' zei Josie.

Haar moeder zuchtte. 'Ik wilde toch even komen,' zei ze mat, alsof ze een innerlijk gesprek afsloot.

'Ik ben blij om u te zien,' zei Josie. 'Komt u erbij? Als u wilt, kunt u bij de maaltijd aanschuiven.'

Maggie snoof. 'Nee. Dat is geen plek voor mensen zoals ik.'

'Toch wel,' zei Josie heel zacht. 'Het feest is voor iedereen, ma.'

'Kom verder, mevrouw Westgate,' zei ik. 'We vinden het fijn als u erbij bent.'

Maar Maggie schudde haar hoofd. Het hek was letterlijk en figuurlijk te hoog voor haar, ik zag het aan haar gezicht. Mijn hele leven had ik mensen zoals zij gekend en mijn hart ging naar haar uit vanwege alle barrières die haar hadden tegengehouden, waarvan de ijzeren spijlen nog het minste probleem waren.

‘Ik weet wie mijn vader is,’ fluisterde Josie. ‘Het spijt me, ma. Het spijt me zo. Hij is een slecht mens. Ik kan het u niet kwalijk nemen dat u me haat.’

‘O, Josie,’ snikte Maggie, alsof ze een levenslang gekoesterde woede eindelijk kon loslaten. Ze leek leeg te lopen en zonder haar woede bleef er niet veel van haar over. De verkrampte, verbitterde trekken in haar gezicht verdwenen en heel even herkende ik haar bijna niet.

‘We gaan over niet al te lange tijd naar het buitenland,’ vervolgde Josie. ‘We weten nog niet waar we ons gaan vestigen. Waarschijnlijk zit u niet op brieven van mij te wachten, maar mocht u me nodig hebben, dan kunt u een bericht achterlaten op Silvermoor. Ik koester geen wrok tegen u. Ik wil dat u dat weet.’

Josie stak haar hand door het hek. Zo bleef ze voor mijn gevoel een hele tijd staan, totdat Maggie hem tot mijn en Josies verbazing met haar ruwe werkhand stevig vastpakte.

‘Vaarwel dan,’ zei ze. Het volgende moment draaide ze zich om en liep weg.

We keken haar na totdat ze tussen de bomen was verdwenen.

Uren later, toen de feestelijkheden, inclusief vuurwerk, achter de rug waren en de gasten naar huis waren, zaten Josie en ik nog buiten te genieten van de zomeravond. Na een tijdje kwam Manus bij ons zitten. Hij nam plaats op de tuinbank naast de onze en terwijl hij omhoogkeek naar de lilakleurige lucht en de eerste gouden sterren, slaakte hij een tevreden zucht. Hij leek in niets meer op de schim die ik destijds op Heston had ontmoet. Zijn gezicht was diepbruin, zijn witte haar was kortgeknipt en viel in plukjes over zijn voorhoofd, en hij liet een snor staan. Zijn ogen glinsterden ondeugend en hij gedroeg zich over het algemeen ontspannen en opgewekt.

‘Zo,’ zei hij. Hij leunde achterover en strekte zich uit. ‘Ik ben een rijk man, ik heb ruime ervaring op het gebied van lesgeven en paardendressuur. Jullie zijn een pasgetrouwd stel en hebben samen duizend pond. Josie heeft jarenlang een uitstekende baan gehad en is uitgegroeid tot een beschaafde, ontwikkelde dame. Tommy heeft een eersteklas opleiding genoten en de wereld ligt aan zijn voeten. Zijn we nog steeds van plan om onze krachten te bundelen en neer te strijken op een verre kust?'

Ik keek neer op Josie en zag haar tevreden gezicht, haar ogen vol dromen. 'Jazeker,' zei ze.

'Ik ook,' zei ik. 'Mijn hele leven heb ik of in een klaslokaal of in een tunnel doorgebracht. Nu wil ik eindelijk mijn horizon eens verbreden. Ik wil mijn dromen laten uitkomen. Ik wil ergens wonen waar niet alles altijd bedekt is met kolenstof.'

'En weten jullie zeker dat je dit avontuur met mij wilt aangaan?' vroeg Manus. 'Jullie zijn een jong stel. Jullie leven begint net. Misschien willen jullie liever met z'n tweetjes romantisch doen. Voel je alsjeblieft niet verplicht om mij onder jullie hoede te nemen. Ik ben niet meer de man die ik een jaar geleden was. Ik red me wel.'

'Natuurlijk,' zei Josie, 'maar we willen graag dat je meegaat. We hebben al zo lang plannen gemaakt. Je bent mijn broer. Je bent een deel van ons plan en dat zal altijd zo blijven. Connie gaat ook mee. We gaan een geweldige tijd tegemoet.'

Manus glimlachte. 'Nou, dan kunnen we net zo goed nóg iemand meenemen,' zei hij.

'Wie dan?' vroeg ik, hoewel ik een vaag idee had.

'Dulcie natuurlijk,' verzuchtte Josie blij. 'Ja, Manus. Natuurlijk mag Dulcie ook mee.'

Zwijgend keken we naar de lucht die steeds donkerder werd en van poederblauw naar indigo verkleurde, en daarna naar de sterren die koud en wit boven de bomen en het gazon van Silvermoor fonkelden.

'En waar gaan we met z'n allen naartoe?' vroeg Josie. 'Londen, Parijs of Rome?'

'Verder,' opperde Manus. 'New York of Istanboel.'

'Daar heb ik ook over nagedacht,' zei ik, 'en ik geloof dat ik een heel goede bestemming weet.' Ze keken me vol verwachting aan. Er waren zo veel plekken die ik wilde zien, maar ik wist precies waar we moesten beginnen. Ik had het altijd geweten. 'Wat denken jullie van India?'

DANKWOORD

Allereerst wil ik mijn geweldige agent Eugenie Furniss bedanken voor haar enorme inzet en – in het geval van dit boek – de inspiratie. 'Volgens mij moet iemand eens een roman schrijven die zich afspeelt in de mijnstreek van Zuid-Yorkshire,' zei ze lang geleden eens.

Na jaren van peinzen en broeden was ik tot dezelfde conclusie gekomen, met als resultaat *Het geheim van Silvermoor*. Ik ben niet alleen trots op dit boek, maar het heeft me ook geholpen het beroep van mijn grootvader Len opnieuw te leren waarderen en respecteren.

Het was niet makkelijk om dit boek te schrijven. Ik moest er, geestelijk althans, langdurig voor ondergronds gaan en het vergde heel veel onderzoek, want de locatie, de periode en de mijnbouw waren aanvankelijk nog helemaal nieuw voor me. Heel veel dank aan Bev en Paul Rogers voor onze geweldige onderzoeksweek in Yorkshire. Jullie enthousiasme en stimulans zijn van onschatbare waarde geweest. Ik heb nooit geweten dat research zo leuk kan zijn. Ook bedank ik al mijn vrienden in York die me op mijn onderzoeksreisjes hebben vergezeld. Bedankt voor jullie gastvrijheid en vriendschap. Jullie zijn fantastisch. En ook wil ik het National Coal Mining Museum bedanken, evenals Beamish, the Living Museum of The North voor de waardevolle informatie die ik heb gekregen.

Zoals altijd gaat mijn dank ook uit naar mijn vrienden in Wales en Londen, die me af en toe van achter mijn bureau vandaan hebben gehaald om me aan het echte leven te herinneren. Met name: Rosie Stanbridge, Ludwig Esser, Marjorie en Dale Hawthorne, Donna Piper,

Lisa Mears, Lucy Davies, Ann Davies, Patsy Rodgers, Kathryn Taussig, Liane-Louise Smith. Te weten dat jullie er zijn maakt het verschil.

Een speciaal woord van dank wil ik richten tot mijn groep schrijversvrienden. De steun en vriendschap van andere schrijvers is iets heel bijzonders – ik heb er zelfs een artikel over geschreven. Ik stel jullie empathie en advies zeer op prijs. Dankzij Twitter en de gezellige contacten in de uitgeversbranche zou het onmogelijk zijn om de namen van al die aardige schrijvers op te noemen die me zo geweldig hebben gesteund, maar in het bijzonder bedank ik: Rebecca John, Lucinda Riley, Gill Paul, Rosanna Ley, Rachel Hore en Louisa Treger voor onze schrijfgerelateerde gesprekjes in zowel slechte als goede tijden.

Zoals altijd bedank ik mijn team bij Quercus. We werken al vijf jaar samen en daar ben ik nog steeds blij om. Ik dank mijn redacteur, Emma Capron, voor haar inzet en steun, en tevens Lorraine Green, de beste persklaarmaker die er bestaat. En ook de andere afdelingen en teams (sales, pr, marketing, en buitenlandse rechten) die deel uitmaken van mijn uitgeverij. Jullie zijn onbetaalbaar.

Ten slotte wil ik mijn geweldige ouders bedanken. Hartelijk dank voor het lezen, luisteren, aanmoedigen en alle steun bij wat ik beroepshalve doe. En natuurlijk dank ik mijn fantastische partner Phil, die me opbeurde toen Tommy vastzat in de tunnel en die mijn leven heeft veranderd. Ik hou van jullie allemaal.